权威·前沿·原创

皮书系列为
"十二五"国家重点图书出版规划项目

上海蓝皮书

总编/王战 于信汇

上海文学发展报告（2015）

ANNUAL REPORT ON LITERATURE DEVELOPMENT OF SHANGHAI (2015)

青年批评家崛起

主　编/陈圣来
副主编/袁红涛

社会科学文献出版社
SOCIAL SCIENCES ACADEMIC PRESS (CHINA)

图书在版编目(CIP)数据

上海文学发展报告.2015：青年批评家崛起/陈圣来主编.—北京：社会科学文献出版社，2015.1
（上海蓝皮书）
ISBN 978-7-5097-6972-0

Ⅰ.①上… Ⅱ.①陈… Ⅲ.①当代文学-文学研究-上海市-2015 Ⅳ.①I206.7

中国版本图书馆CIP数据核字（2015）第000136号

上海蓝皮书
上海文学发展报告（2015）
——青年批评家崛起

主　　编／陈圣来
副 主 编／袁红涛

出 版 人／谢寿光
项目统筹／郑庆寰
责任编辑／陈　帅

出　　版／社会科学文献出版社·皮书出版分社（010）59367127
　　　　　地址：北京市北三环中路甲29号院华龙大厦　邮编：100029
　　　　　网址：www.ssap.com.cn
发　　行／市场营销中心（010）59367081　59367090
　　　　　读者服务中心（010）59367028
印　　装／北京季蜂印刷有限公司

规　　格／开　本：787mm×1092mm　1/16
　　　　　印　张：20.25　字　数：270千字
版　　次／2015年1月第1版　2015年1月第1次印刷
书　　号／ISBN 978-7-5097-6972-0
定　　价／69.00元

皮书序列号／B-2012-270

本书如有破损、缺页、装订错误，请与本社读者服务中心联系更换

▲ 版权所有 翻印必究

上海蓝皮书编委会

总　　编　王　战　于信汇

副总编　王玉梅　黄仁伟　叶　青　谢京辉　王　振
　　　　　何建华

委　　员（按姓氏笔画排序）
　　　　　王世伟　石良平　刘世军　阮　青　孙福庆
　　　　　李安方　杨　雄　杨亚琴　肖　林　沈开艳
　　　　　季桂保　周冯琦　周振华　周海旺　荣跃明
　　　　　胡晓鹏　屠启宇　强　荧　蒯大申

《上海文学发展报告》编委会

主　编　陈圣来

副主编　袁红涛

编　委（按姓氏笔画为序）

王光东　王安忆　王纪人　方克强　朱大建
刘　轶　孙　颙　孙惠柱　杨　扬　杨剑龙
汪　澜　陈思和　陈惠芬　陈歆耕　赵丽宏
郜元宝　侯小强　徐锦江　葛红兵　臧建民

主编介绍

陈圣来 上海社会科学院文学研究所研究员，教授，高级编辑，国家对外文化交流基地主任。兼任北京大学、复旦大学特约研究员，美国加利福尼亚州立大学奇科分校荣誉教授，美国纽约理工大学特聘国际咨询专家，上海师范大学、西南大学、上海视觉艺术学院等客座教授，亚洲艺术节联盟主席，中国对外文化交流协会常务理事，中国作家协会会员，中国戏剧家协会会员。历任东方广播电台台长、总编辑，中国上海国际艺术节中心总裁。2011年6月起任上海社会科学院文学研究所所长。2012年获国家社科基金重大项目资助，任国家重大课题"大型特色活动和特色文化城市研究"首席专家；获上海市社科基金资助，任上海市系列课题"上海建设国际文化大都市研究"首席专家。

1981年从事新闻工作，1992年创办东方广播电台，以创新和改革的姿态颠覆了传统的广播模式，被原广播电影电视部领导誉为"中国广播改革的第二块里程碑"。2000年被中国广播电视学会主持人研究会授予杰出贡献奖。2000年受命组建中国上海国际艺术节中心，策划运作了当今中国最高规格、最大规模的中国上海国际艺术节，成功举办了12届。其主持和操办的上海国际艺术节被文化部部长誉为"国际艺坛极具影响力的著名艺术节之一，我国对外文化交流的标志性工程和国际知名品牌"。2005年被世界节庆协会（IFEA）授予杰出人物贡献奖。2007年被授予世界节庆协会中国杰出人物奖。

著有《生命的诱惑》《广播沉思录》《晨曲短论》《品味艺术》

等，在诸多重要报刊上发表了大量学术论文，并策划主编了《中国百家广播电视台·东广卷》《东方旋风》《世界艺术节地图》《中国节庆地图》《艺术展痕》等。此外，还撰写了数百篇小说、散文、报告文学、评论、特写、随笔等，曾获《花地》佳作奖、中国广播节目奖、中国新闻奖、上海新闻论文奖等。

摘　要

《上海文学发展报告（2015）》对2014年上海文学各方面的发展状况进行了全面、系统、即时性的回顾、总结和分析，聚焦热点议题和现象，直陈写作困境与误区，进而对中国城市文学的发展前景进行了探讨和展望。

近年来，上海青年批评家群体的成长引人注目，2014年这一现象更为凸显。一群生于20世纪70年代末以及80年代的上海新生代批评家已经崭露头角，他们以敏锐的观察力和新锐的批评精神，对当下社会、文化、文学发出了自己年轻的声音。上海批评家的生态链并没有断裂，一股新生的批评家力量正在悄然崛起。这一方面得益于上海以开放性、创造性和多元性为特征的"海派"文化传统；另一方面得益于上海对文学批评的大力扶持与推动。这群批评新人刚一出场，便以其鲜明的学术风格和新锐姿态，为中国当代文学批评带来了新的话题与新的风格。

上海是中国都市文化和精神最生动呈现的地方，引领着中国城市文学的发展。报告不仅直指青年作家"上海写作"的困境，而且对中国城市文学的发展进行了富有前瞻性的思考。在互联网和信息时代，中国的都市文学正在转型，正在从"有形的城市"向"无形的城市"转移，"无形的城市"的都市文学时代正在来临。

2014年，上海作家新作不断，如叶辛、孙颙、赵丽宏、王宏图、程小莹、周嘉宁等都有长篇小说面世。《缥缈的峰》《别了，日耳曼尼亚》《女红》《密林中》等作品既体现了不同作家的创作个性，又共同展现了城市生活的历史与现实。"90后零姿态丛书"13位年轻

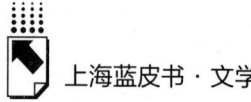

作者的集体亮相，不仅带来了蓬勃朝气，而且显示了移动互联网时代对文学生产的深刻影响。

要建设世界文学之城，上海还需要在打造精品文学活动和普及文学教育上多做文章。关于创设城市文学馆的热议，就体现了上海各界建设文学城市的意识逐渐明确。对比世界文学之城的发展历程，上海与中国城市文学的产业化发展值得关注。本报告对中国代表性文学网站进行了深入考察，全面、系统地揭示了中国网络文学独特的生产机制与运行方式，呈现了"粉丝文化"的形成过程与强大推动力。这种力量同样已经影响到了电影业的发展。

Abstract

The *Annual Report on Literature Development of Shanghai* (2015) makes a comprehensive and systematic review, summary and analysis of every aspect of Shanghai literature, focusing on the hot topics and phenomena. It reveals the difficulties and misunderstandings in writing and explores the prospects of city literature in China.

It is eye-catching that a group of young critics has been getting mature recently and it was more obvious in 2014. With keen observation and innovative criticism on society, culture, and literature, the new generation of critics born in the end of the 1970s and the 1980s has shown itself by making their young voice heard. As the new power of critics is arising, the ecological chain of Shanghai criticism is in good condition because of the traditional openness, creativity and diversity of Shanghai Culture as well as the promotion and support of literature criticism by Shanghai. Their distinctive academic style and innovative stance bring new topics and style to contemporary literature criticism.

Shanghai embodies at the utmost the city culture and spirit, leading the development of Chinese city literature. The report not only points out the difficulty of young writers but also makes thinking about the development of Chinese city literature. In the age of internet and information, the transformation of Chinese city literature is taking shape as it moves from the visible to the invisible, and the era of city literature about an invisible city is coming around the corner.

In 2014, new works of Shanghai writers came out one after another, for example, Ye Xin, Sun Yong, Zhao Lihong, Wang Hongtu, Cheng

Xiaoying, and Zhou Jianing all created new long novels. *Hazy Peak*, *Goodbye*, *Germania*, *Needlework* (*Nv Gong*), and *In the Dense Forests* present both the personality in writing of different writers and history and reality of city life. In the series *No Pretense of the Generation Born after the 1990s*, 13 young writers appeared on the stage, together with vitality of youth and profound influence of internet on literature creation.

To build an international city of literature, Shanghai needs more efforts to create quality works and literature education. Discussions on establishment of city literature museum reflect the intention to build a city of literature of all walks in Shanghai. Compared with the development of international literature city, the industrialization of literature of Shanghai and other Chinese cities should be paid more attention to. Through an in-depth investigation on the representative literature websites, the report discloses the production and operation mechanism of Chinese online literature in a comprehensive and systematic way, showing the sophistication and impetus of "Fan's Culture". The power of fans has also great impact on film making.

目 录

BⅠ 总报告

B.1 安顿在城市的文学
　　——2014年的上海文学……　杨　扬　叶祝弟　朱　军 / 001
　　一　都市小说：世情与坼裂……………………………… / 002
　　二　文学批评：厚度与锐气……………………………… / 006
　　三　从文学聚落到文学之都……………………………… / 009
　　四　一年获奖……………………………………………… / 014

BⅡ 青年批评家崛起

B.2 上海青年批评家：正在崛起的新力量
　　……………………………………… 何　平　赵婷婷 / 016
B.3 精神荒原上的流浪
　　——王宏图《别了，日耳曼尼亚》的
　　几种读法　……………………………………… 金　理 / 025
B.4 城市文学的困境
　　——以几类上海青年写作为例　………………… 黄　平 / 030

001

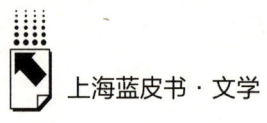

B.5 工厂名物与青春之歌
　　——评程小莹长篇小说《女红》 …………… 项　静 / 038

B.6 她的心里长着一头巨兽
　　——读周嘉宁新作《密林中》 …………… 李伟长 / 046

B.7 一次隐秘的成长
　　——格非的《隐身衣》 …………… 黄德海 / 055

BⅢ　年度关注

B.8 拯救文学记忆，塑造城市心灵
　　——创设巴金文学馆的畅想 …………… 胡凌虹 / 064

B.9 2014：在"上海"写作
　　——第三届上海青年作家创作会议纪要 …………… / 081

B.10 上海市作家协会全方位开展文学批评活动 …… 郭　浏 / 103

BⅣ　作家作品评论

B.11 触摸人性的维度
　　——评孙颙新作《缥缈的峰》 …………… 来颖燕 / 111

B.12 "忧郁者"与"以赋为小说"
　　——评王宏图《别了，日耳曼尼亚》 ……… 郑　兴 / 120

B.13 路内的青春叙事
　　——兼谈"70后"创作的困境 …………… 贾艳艳 / 132

B.14 一群天真与伤感的年轻人
　　——评90后创作者13人 …………… 王辉城 / 149

BⅤ　城市文学前瞻

B.15 "大流转"：中国都市文学的梦想与纠结 …… 殷国明 / 166

B.16 文学的产业化发展及待解问题
　　　　——对比世界文学之城的上海文学
　　　　发展策略 ································· 葛红兵　张永禄 / 181
B.17 沉潜或上升：城市文学研究向何处去？ ········· 王　进 / 194

⑬ Ⅵ 网络文学

B.18 "大神"是怎样养成的
　　　　——中国文学网站生产机制与粉丝文化考察
　　············ 邵燕君　周　轶　肖映萱　王恺文　李　强 / 219
B.19 文科大学生对网络文学的接受及思考 ············ 刘　畅 / 256

⑬ Ⅶ 上海电影

B.20 《小时代》系列电影的越界之旅 ················ 张新璐 / 264
B.21 多管齐下，打造完整产业链
　　　　——2014年上海电影产业发展回顾 ············ 朱鹏杰 / 276

⑬ Ⅷ 附录

B.22 2014年上海文学纪事 ································· / 287

B.23 后记 ·· / 304

CONTENTS

B I General Report

B.1 Literature Settled in a City
　　—Shanghai Literature in 2014　　Yang Yang, Ye Zhudi and Zhu Jun / 001
　　1. Novels of the City : Reality and Crack　　/ 002
　　2. Literature Criticism : Depth and Innovation　　/ 006
　　3. From Settlement to City of Literature　　/ 009
　　4. Awards of the Year　　/014

B II Rising of Young Critics

B.2　Young Critics in Shanghai:a New Rising Power　　He Ping, Zhao Tingting / 016
B.3　Roam on the Spiritual Wasteland
　　—Goodbye,Germania by Wang Hongtu　　Jin Li / 025
B.4　The Dilemma of City Literature
　　—Categories of writings of Young Writers　　Huang Ping / 030
B.5　Factory and the Song of Youth
　　—Review of Needlework by Cheng Xiaoying　　Xiang Jing / 038
B.6　Facing the Spiritual Predicament
　　—Review of in the Dense Forests by Zhou Jianing　　Li Weichang / 046
B.7　Growth in Secret
　　— An Invisible Dress by Ge Fei　　Huang Dehai / 055

CONTENTS

BIII Highlights of 2014

B.8 Save Literature Memory and Shape City Soul
—*Thoughts on the Establishment of the BaJin Literature Museum*
Hu Linghong / 064

B.9 2014: Writing in Shanghai
—*Memo of the Third Conference of Shanghai Young Writers' Works* / 081

B.10 Shanghai Writers' Association Carries out All-round Criticism
Guo Liu / 103

BIV Review on Writers and Works

B.11 A Touch of Humanity
—*Review on Hazy Peak by Sun Yong*
Lai Yingyan / 111

B.12 "Melancholic Man" and "Make a Fu as a Novel"
—*Comment on Goodbye, Germania*
Zheng Xing / 120

B.13 Lu Nei's Narration on Youth
—*Difficulties in Writing of Writers Born after the 1970s*
JiaYanyan / 132

B.14 Naive and Sentimental Young People
—*On 13 Writers Born after the 1990s*
Wang Huicheng / 149

BV Outlook of City Literature

B.15 "Big Reversion": Dream and Tangle of Chinese City Literature
Yin Guoming / 166

B.16 Industrialization and Problems of Literature
—*Comparison of Literature Development Strategies Between Shanghai and International Cities*
Ge Hongbing, Zhang Yonglu / 181

B.17 Ups or Downs: Where Should City Literature Research Go?
Wang Jin / 194

上海蓝皮书·文学

₿ Ⅵ　Internet Literature

B.18　How Can "the Talent (Da Shen)" Be Cultivated?
　　——The Investigation on the Production Mechanism
　　　of Literature Websites and Fans Culture
　　　　　　Shao Yanjun, Zhou Yi, Xiao Yingxuan, Wang Kaiwen and Li Qiang / 219

B.19　How Do College Students of Liberal Arts Receive
　　and Think About Online Literature　　　　*Liu Chang* / 256

₿ Ⅶ　Shanghai Films

B.20　The Cross-boundary Travel of Movies Series Tiny Times
　　　　　　　　　　　　　　　　　　　　Zhang Xinlu / 264

B.21　Efforts by All Channels to Complete Industry Chain
　　——The Retrospect of the Development of Shanghai
　　　Movie Industry in 2014　　　　　　　*Zhu Pengjie* / 276

₿ Ⅷ　Appendix

B.22　The Shanghai Literature Chronicle of 2014　　　　/ 287

B.23　Postscript　　　　　　　　　　　　　　　　　　/ 304

总 报 告
General Report

B.1 安顿在城市的文学
——2014年的上海文学

杨 扬 叶祝弟 朱 军*

摘 要： 近年来，上海的文学书写日益融入城市整体的生活方式，城市书写成为作家生命的一部分。以滕肖澜、甫跃辉、张怡微、走走、路内为代表的新生代作家，正在把笔触伸向世情的细部，在世俗的铺陈与坼裂之间，让都市中的个体面向自我。对上海的文学批评界来说，2014年是收获的一年，批评中坚在国内斩获颇丰，批评家新秀则初露锋芒。来自世界各地的读者、作家与学者、评论家组成了各色各样的文

---

* 杨扬，博士，华东师范大学中文系教授，博士生导师，上海市作家协会副主席；叶祝弟，博士，《探索与争鸣》杂志副主编；朱军，博士，上海师范大学人文学院教师。

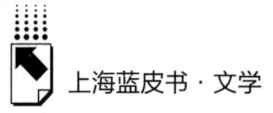

学聚落,在城市中扎根、开花、结果,上海正在向建设世界文学之城迈出坚实的步伐。2014年,我们见证了鲜活的文学共同体在城市中自然生长,从文学到聚落再到城市,一种有机的城市文化将是最有生命力的文化。

关键词: 上海文学　青年　文学城市

2014年,上海文学犹如静水深流,平静之下也有波澜。文学日益成为这个城市整体生活的一部分,而这个城市的生活也折射出了文学的变迁。很多来自世界各个角落的人聚集在文学周围,因为文学触摸到这个城市的根。

一　都市小说:世情与圻裂

2014年,上海中短篇小说亮点不少,主要作品包括张怡微的《哑然记》(《收获》2014年第4期)、《春丽的夏》(《小说月报》2014年第7期)、《不受欢迎的客人》(《上海文学》2014年第4期),姚鄂梅的《蜜月期》(《北京文学》2014年第1期)、《东方披萨》(《北京文学》2014年第3期)、《预备役》(《天涯》2014年第5期)、《老鹰》(《收获》2014年第6期),周嘉宁的《让我们聊些别的》(《收获》2014年第1期),滕肖澜的《又见雷雨》(《人民文学》2014年第12期),甫跃辉的《普通话》(《人民文学》2014年第12期)、《圻裂》(《十月》2014年第4期)、《鬼雀》(《山花》2014年第4期)、《母亲的旗帜》(《长江文艺》2014年第5期),路内的《刀臀》(《江南》2014年第3期),走走的《水下》(《山花》2014

年第1期)、《看见》(《江南》2014年第3期)、《失踪》(《长城》2014年第3期),朱晓琳的《大学之恋》(《小说月报》2014第4期)、《登塔》(《北京文学》2014年第9期),孙未的《告别》(《收获》2014年第2期)、《愿同尘与灰》(《上海文学》2014年第9期),王小鹰的《解连环》(《小说界》2014年第2期),于是的《六小时》(《小说界》2014年第2期),徐敏霞的《想起李纯》(《上海文学》2014年第2期),等等。

《收获》2014年第4期特设"青年作家小说专辑",发表多部青年优秀作品。其中,张怡微的《哑然记》,延续其"世情小说"的路数,讲述了微妙的婚姻生活及一种斤斤计较的生活,友情与爱情都在变味,令人哑然不知所措。《春丽的夏》更是把"人实在难"写得更为细致:"人活着,方方面面都是很难的,尤其是在夏天里。想要支撑一个家,凡事少许细想一想就宛若在文火煎着心,横竖里厢全是摆不平的人情世故、儿女情长。""人要活下去,总归是很难的呀,怎么可能不说谎。他们家里都不是坏人,也没有特别大的余地选择让自己做一个多好的人。"既没有反讽,又没有瞒骗,张怡微只是安静地书写世情污垢的内在纹理。与《春丽的夏》一样,《不受欢迎的客人》也是这"家族试验"小说中的一篇,同样平静而且缓慢,静候耐心的读者。沙粒一样的普通人本身就具有家族相似的特征,这让这些人在文学的世界里聚沙成塔,相互吸附在一起,并且都拥有个人的、真实的、全部的样貌。

姚鄂梅《蜜月期》同样描写了让都市人"实在难"的难题。蜜月象征着一个"局",这个"局"不仅是都市人装修房屋的困局,而且是一个"天真的穷人"的困局。人人都很精明,但是穷困而苟且的暗疮证明"弱者的抵抗"终将无力,最终,"蜜月"必然向"生活"竖起白旗。作者心中最喜欢的语言总能够津津乐道于另一个绝不可能的真实,仿佛他就来自那个从未被我们发现的国度,他在用我们的语言讲述那个国度的事情，明知不可能，还是深深沉浸在煞有介事的讲述中，因为它听上去那么真实，真实得就像发生在我们身边的寻常事，真实得我们一边读一边直想去寻访那样的地方、模仿那样的人物，把全世界的读者吸引到小说炮制的另一个世界里去。如同走走的《看见》中的主人公"我"，穿着普通、长相普通，在图书馆干着普通的工作，当一个叫陈先知的盲童出现时，"我"终于明白，"如果我闭上眼睛，我就能看见你，看见整个世界"。孙未《告别》演绎了一场生死告别的荒诞场景，也试图告诉我们，死亡永远是一件大事，人在这里迷惘，也在这里觉悟。

张怡微和姚鄂梅的难题在周嘉宁小说中反映得更为直接。在《让我们聊些别的》中，成功的男作家反复对女主人公说"你得找一个好故事"，这导致她对故事偏执地追寻，文尾一个活生生的人物的消失，反而不及一个好故事的消失引出的惋惜。"她"执着于日常生活中的不平常，生命反而成了随时可以被抛弃的平常之物，生活充满了失重感。对这代人来说，回归平常成了难题。或者说，对小说而言，从传奇到世情是一个挑战。在这一意义上，滕肖澜《美丽的日子》可谓一个标杆，如2014年鲁迅文学奖的颁奖词所言，其叙述沉着、结构精巧，细致刻画了两代女性的情感和生活，展现了普通女性追求婚姻幸福的执着梦想，以及她们的苦涩酸楚、缜密机心、笨拙和坚韧。这是对日常生活中的美与善、同情与爱的珍重表达，名实、显隐、城乡、进出等细节的对照描写，从独特的角度生动地表现了中国式的家庭观念和婚姻伦理。

甫跃辉2014年再次发表多篇中短篇小说，皆获得了较高评价。其"顾零洲系列小说"记录了一代人的挣扎和成长，继《动物园》《丢失者》《晚宴》《饲鼠》之后，《坼裂》是第五篇。"坼裂"是一场危险而刺激的婚外情，恐慌远远胜过快感，可就算知道会死，还是会有欲望。"坼裂"如同僵硬肢体上的一阵疼痛，因为痛感生命才可以被感知。情欲不能证明爱情,活着不能代表存在,这是一个巨大的时代隐喻的折射。同样,《普通话》以一场婚外性爱而结束。在语言的坼裂中,城市与乡村、婚姻与性爱、亲情与友情、家乡与异乡、理想与现实的内在矛盾得以暴露。《亲爱的》是甫跃辉第一部面对性的作品。从始至终,他在面对一个困境——一个直面自我的困境:一方面,他总想用世俗的标准去约束自己,写到性时,不能太"露骨";另一方面,虽然他尽量真实地去写两人的欲望,也尽量写出由这种欲望衍生出的纯真的爱,但没敢写出这种爱里的自私和背叛,以及背负自私和背叛的那两个卑微而又值得怜悯的人。甫跃辉怕面对这种巨大的虚无,试图把这本就不能被世俗所容的爱写得体面一些。2014年,甫跃辉的小说比以往更加坦然地面对性,每一个性爱故事都是相当孤立的事,充满了意外。它们充满威胁性,譬如《坼裂》的篇名,坼裂一切世俗的东西让人面向自我,这让人无法抗拒。这些故事展示了性是种通道,在这里理性会崩溃,正如钱映紫在谈到甫跃辉另一部作品《母亲的旗帜》时所言:"他笔下的人物仿佛中了某种魔怔,在生活边角处茫然失神却又无力自持,而无常之手总是在毫无征兆之时突然翻转。这种'无事生非'的能力,让他的小说深藏张力。"①

  2014年,上海的小说坚守平静,但并不单调。门罗曾说:"我想让读者感受到的惊人之处,不是发生了什么,而是发生的方式。""世情"与"坼裂"是上海小说家2014年试图表达世界的两种方式。尽管这些故事发生的内容非常相似,甚至平淡无奇,但是表达方式的变迁往往也具有先锋意义,以此为路径,或许可以为当代文学探索出一条道路。

---

① 《一场别开生面的文学盛会》,《春城晚报》2013年12月30日。

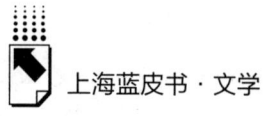

二 文学批评：厚度与锐气

对上海的文学批评界来说，2014年是收获的一年。这一年，鲁迅文学奖颁奖，程德培的评论集《谁也管不住说话这张嘴》和张新颖的论文《中国当代文学中沈从文传统的回响——〈活着〉、〈秦腔〉、〈天香〉和这个传统的不同部分的对话》获奖。程德培作为20世纪80年代就已经活跃在文坛的批评家，2012年借《你讲我讲他讲 闲聊对聊神聊》华丽归来，宝刀不老，批评依然恣意盎然，获奖实至名归。而张新颖则延续了其一贯学院派批评家不疾不徐、娓娓道来的风格，其研究专著《沈从文的后半生》史料翔实、知人论世，在"凝固"与"演绎"之外，力图寻找另外一种可能抵达历史现场和触及传主内心的表达样式。

提起上海的文学批评，依然绕不开《文学报·新批评》。在文学批评一团和气、批评锋芒越来越隐晦的当下，《文学报·新批评》继续倡导真诚、锐利的批评，秉承"靶标"精准、精到的及物批评理念，反对不及物的泛泛而论；倡导轻松、幽默、透彻的个性批评，反对故作高深、艰涩难懂的"学院体"，形成了独特的风格和影响力。2014年被《文学报·新批评》评论的作家有方方、村上春树、韩少功、严歌苓、周啸天、穆涛、王蒙等；学者则有王德威、黄子平、程光炜、夏志清等；论题有当代文学的经典化、学者型作家和教授小说、网络文学等。值得注意的是，《文学报·新批评》2014年聚焦于网络文学批评，发表了一系列文章，既有对网络文学的整体观察，如《网络文学才是真正意义上的传统文学？》《网络小说是中国传统小说的当代表达》《"宅一代"的自我探险和文学判别》《文学评论为何难以介入网络？》《评价标准体系如何建立》《"网络文学"面临双重压力》《网络对文学的改编》《文学观念的新革命——为小白文正名》，又有对某个网络作家的聚焦，如《唐家三少的"万年模式"》《猫腻的"强大"与疲乏》，践行了一种精准的文学批评精神。经过十多年的发展，网络文学已经蔚为大观，但是对网络文学的批评是缺失的，这不仅有批评视野的因素，而且有批评家知识结构固化、批评能力不济的因素。对于网络文学，单纯的批判或者价值肯定并无多大意义，而从文学生产的复杂机制出发做出的批评，抑或针对网络文学自身的特质做出的具有针对性的个案批评，才是正道。围绕当代文学中的"鲁郭茅巴老曹"问题，《文学报·新批评》发表了陈歆耕的《当代文学的"鲁郭茅巴老曹"在哪里?》、陈劲松的《文学的泛滥与经典的匮乏》、汤奇云的《莫作当代"姜子牙"》、刘继业的《做持灯的求索者》和王晓华的《经典之问有其文化语境》，这些争论表面上看是关于当代文学的经典化问题，其实是对当代文学价值的评价问题。大概没有哪个时代的人会像今天的人这样，对时代的文学做出截然相反的判断。前段时间的"唱盛论"和"唱衰论"，论证双方各执一词，便是明证。在如此缺乏共识的文学界，试图将在世的当代作家经典化，其背后的心态值得思索。事实上，20世纪中国文学一直有一种经典化的冲动，然而从文学经典层面来看，文学经典的形成是一个漫长的复杂过程，最起码需要经历时间的淘洗。此外，2014年《文学报·新批评》还聚焦了中国文学"走出去"中的翻译问题。

"文学批评家要像鲁迅所说的那样，做到剜烂苹果的工作，把烂的剜掉，把好的留下来吃。"在2014年召开的文艺工作座谈会上，习近平总书记的一席话，引发了与会者的共鸣。"剜烂苹果"本应是批评家的职责，然而这几年，文学批评中的圈子批评、红包批评屡见不鲜，某些批评家完全忘却了自己的职责，已经严重干扰了正常的文学批评生态，文艺批评失去了对好作品大力推介和对坏作品进行批评的能力。因此，重申文学批评的职责，正是对文学健康生态建设的呼吁。

文学批评家需要建构一种批评的能力。"剜烂苹果"的工作并不是人人都能胜任的，眼力不济，很有可能把烂苹果当成宝贝供着，而现在面对浩如烟海的网络文学，一些人则缺少披沙拣金的能力。网络文学是一种新的文学样式，自然也需要新的文学批评范式，传统的文学批评者往往对其不屑一顾，简单斥为"垃圾"，即使评论，也往往简单地将传统的文学批评标准搬用到网络文学上，没有能力揭示网络文学自身的内在结构，结果只能是"外行批评"，使文学和批评的裂痕越来越大。

更重要的是，优秀的文学批评家需要有自省的能力。这使我们想起了上海历史上两位令人尊敬的先生：一位是王元化先生；另一位是巴金先生。在2014年王元化先生冥诞纪念会上，许纪霖认为："一个城市的文化不是靠指标，而是靠人来彰显的，有大师、大家，这个城市的文化才会辉煌。王元化先生到了晚年跟我们交流时，一谈到思想的话题就非常尖锐，你会深深感受到，他就是一个为思想、为中国文化、为人类的未来而活着的人。为什么今天我们会觉得内心越来越寂寞，因为人世间缺少了应该存在的那些大师们，他们身后留下的巨大的空白无可弥补。"在巴金先生的纪念会上，陈思和与李辉也表达了类似的观念。今天，我们纪念王元化和巴金，不是因为王元化的文化官员身份和巴金的作协官员身份，而是因为王元化是"作为文化托命之人"的思想家、巴金是敢说真话的知识分子。他们在晚年不约而同地努力克服自己的人生弱点，对自己曾经信奉的人生做了艰难自省和忏悔，剖心自食，刻骨疗伤，为后人留下了宝贵的思想财富。他们在理想与现实之间保持了足够的张力，王元化对"五四"以来激进主义人格的反思以及巴金对"文革"的反思，均穿透了思想的迷雾，达到了他们这一代知识分子所能达到的高度，他们的存在增加了上海这座城市人文的厚度，提升了思想的高度。而今天，反观我们自身，就文学批评而言，有些批评家才气盎然，但是缺少自省意识和批判意识，更缺少洞穿我们这个时代精神状况的能力。今天重建文学批评，就是要站在时代精神的高度，把握当下中国文学和时代精神的脉搏，接近和揭示这个时代的本质。在文化发展的大时代，文学批评不应成为帮忙或者帮闲的文字游戏，不应成为虚妄的高头讲章，而应该被赋予更加崇高的使命。批评家通过阅读作家们带有鲜活生命体验的作品，条分缕析，提炼这个时代的新的质素，寻找解读我们这个时代的密码，进而为人们提供思想的力量。而达到这样高度的批评文章，不是太多，而是太少了。由此可见，我们不仅要呼唤及物的批评，更要呼唤有思想创作能力的批评。事实也证明了，那些立足人类价值立场、具有宏阔视野的批评，才是真正有穿透力和生命力的批评。

三 从文学聚落到文学之都

无论是文学作品，还是一个独具品格的都市，都具有植物的属性。上海这座城市像一束繁花，由生机盎然的天才之根自发而生，文学作品和都市是一个有机体。随着20世纪人类学和社会学的发展，城市有机体日益被理解为一种"整体生活方式"。如雷蒙·威廉斯所言："实际上，文化的这层含义来自文学传统。"①

思南读书会、思南书集始于2014年2月15日，从住居中回溯城市文化的过往，正在成为新的都市时尚。12月初，思南读书会已举办45期。第1期的主题为"让过去告诉未来"，主持人是王安忆，邀请孙颙作为嘉宾；第45期的主题是"王元化学术精神与文艺思想"，主讲人是陆晓光和李平教授。思南公馆作为一个"过去"，让我们张望到了梅兰芳、柳亚子的背影，更让我们念及那个由徐志摩、

---

① 〔英〕雷蒙·威廉斯：《文化与社会1780~1950》，高晓玲译，吉林出版集团有限责任公司，2011，第250页。

田汉、郁达夫、张若谷、叶圣陶、陈望道等组成的"聚落"。当年，曾虚白说，这里每天晚上"灯光耀目一直到深夜"。如今，王安忆、孙颙、金宇澄、格非、孙甘露、赵丽宏、王宏图、李西闽、姚鄂梅、甫跃辉等，在同一空间叙述着这个城市的现在，延续着文学传统。思南读书会作为一个读者、作家和学者评论家的文学"聚落"，很像一个城市中新型的"邻里关系"。围绕一本书、一个作家或者一群人和一些事，人们重新聚集在一起，在仅仅不到一年的时间里，读书会将曾朴、沈从文、巴金、老舍、萧军、萧红等重新"请"回当年现代文学的中心，温习种种文学与城市、人与城市的过往。在朗朗的读书声中，人们体会辛波斯卡谜一样的静默与寂寞，聆听普拉斯从狂暴内心发出的叫喊，听王安忆娓娓地讲《天香》、顾绣与小说里的考证……听众说"读书本质上是个孤独的行为"，但当"过去"和"未来"、作者和读者聚集于文学之家时，读书就成了彼此取暖的活动。更让人心生温暖的是，思南书集亲子阅读场景火爆，"挤不进读书会，好多孩子都哭了"。

  聚落是跨越时间的，更是跨越空间的，是上海的，更是世界的。当住居与"上海国际文学周"和"上海写作计划"聚合在一起时，物理的空间便被注入了灵魂。2014年8月17日，在上海老洋房中，诺贝尔文学奖得主奈保尔度过了自己82岁的生日。他和艾斯特哈兹·彼得（匈牙利作家）、帕斯卡尔·德尔佩什（法国语言学家、翻译家）、马振骋、叶兆言、戴从容一起畅谈现代人如何存在于"另一种语言"中。与之相对，埃莱娜·邦贝尔吉（法国摄影师）、袁筱一、BTR及诗人王寅在思南公馆赏读《杜拉斯传》《爱，谎言与写作：杜拉斯影像记》。2014年，在"上海写作计划"启动时，王安忆谈道："你的时时刻刻与我们的汇合，仿佛溪流汇入江河，一同流淌，在下一个岔道再分离，就这样，你中有了我，我中有了你。"这座城市的时时刻刻也许是拥挤的，太多的人生活在这里。就让静思从里面穿行，有了静思，平凡的时时刻刻也许就有机会变成戏剧。这静思来自哪里？来自我和你，写作人的时时刻刻。参与2014年"上海写作计划"的9位作家来自美国、新西兰、匈牙利、墨西哥、丹麦、哥伦比亚、阿根廷七个国家。其在上海60天的"时时刻刻"，赋予了文学"内部的视角"，也给了世界"寻根的感觉"。

思南读书会生长在春天，东方讲坛的文学演讲季则诞生在秋天。继哲学演讲季后，上海市社联和文汇报社再度联袂推出"文学与我们的生活"——东方讲坛·文汇讲堂文学演讲季，邀请格非、方方、孙甘露、贾平凹、韩少功五位作家和陈思和、王晓明、杨扬、汪涌豪、罗岗五位学者。生活如同阳光、空气和水，滋养着文学花朵的盛开，文学同样以特有的方式给生活以勇气、力量、温暖、想象和反思。第一场以"开放的写作·安顿在城市的文学"为主题，格非和杨扬提出，城市文学不仅需要在小空间中展示人物性格，而且需要呼唤更丰富、更深远的精神表达，因此，超越时代的好作品永远在等待读者成熟。第二场以"文学是照顾人心的·请倾听更广大世界的声音"为主题，方方和汪涌豪提出，文学是有态度的，并与弱者息息相通，以"否定"给人以理想，以"超越"予人以希望。第三场以"情感与故事·迁徙与阅读"为主题，孙甘露和罗岗将生命体验融入文学经验，故事、阅读夹杂着情感和迁徙，让"世界的存在，是为了一本书"。第四场以"品种、招魂与家园·法自然与现实主义创作"为主题，贾平凹与陈思和的"东西对话"，让都市人重新回归乡土、自然和家园。第五场则是韩少功谈"过去"的"文学的变与不变"，王晓明则面向"未来"展望"新的困难与新的可能"。东方讲坛的演讲季整合了作家、高校、媒体、社联各色文学力量，通过远程视频、微博、报纸、书籍广泛互动，邀请研究者、大学生全程参与选题和内容策划，正在成为一张声誉日隆的城市文化名片。

与作家的聚落相对，文学创意写作人才的成长也成为不可忽视的

文学力量。由上海大学葛红兵教授领衔的上海市华文创意写作中心，作为国内首家创意写作公益机构，主要提供文化与创意产业发展中急需的创意写作人才培养、孵化服务，以及社区文化公益服务。该中心立足于文化公益服务，吸收并立足于上海本土，发展了联合国教科文组织"文学之都"文化公益模式和理念，借助新媒体，提供了丰富的文化服务和便捷的学习体验；借鉴新媒体服务城市公共文化的思路，创建了由华文创意写作网官网、华文在线书坊在线培训系统、创意写作书坊公共微信、创意写作书坊系列微博、搜狐自媒体等构成的，拥有在线图书借阅、创意写作教育等功能的平台。尤其是线下实体运作的创意生活书坊，注重与国家级公共文化服务示范区和上海市嘉定区、浦东区等公共文化发展服务体系标准对接，加强社区与城市公共文化设施之间的联动，充分利用新媒体，做好公益阅读、公益展览、公益创意、公益读写项目等，形成符合城市公共文化设施、城市公共文化服务规章、体系接入标准的第三方公益力量。推动类似创意生活书坊文化公益项目的发展或创意生活书坊公益活动的开展，可以提高城市既有文化设施的使用效率，让上海强大的文学创作与相关科研力量转化为公众看得见、摸得着、可量化，以及适应现代大都市生活节奏的公共文化服务产品。

已经连续开展4年的上海国际文学周，已经成为上海书展和上海的重要文化品牌。在前三届上海国际文学周的筹备与组织过程中，为了让文学周进一步彰显国际性、专业性和公众性，主办方探索形成了独具特色的运作模式。由相关专业人士组成的项目团队，在研究遴选全球文学信息、确定国际论坛主题、邀请嘉宾和策划文学活动等方面积累了丰富的经验。2014年文学周活动的四大板块分别是主论坛、诗歌之夜和玛格丽特·杜拉斯100周年诞辰系列活动和萌芽文学夏令营，加上其他新书发布、作家对谈、名家签售等各类活动，共计37场。本届嘉宾阵容可谓星光熠熠，作家层次为历届最高，在24位嘉宾中，不仅有诺贝尔文学奖得主、英国作家奈保尔，而且有美国桂冠诗人、翻译家罗伯特·哈斯，美国小说家、普利策小说奖获得者罗伯特·奥伦·巴特勒，美国当代女诗人布伦达·希尔曼，西班牙女诗人尤兰达·卡斯塔诺，匈牙利作家艾斯特哈兹·彼得，法国语言学家、翻译家帕斯卡尔·德尔佩什，法国畅销书作家马克·李维，法国传记作家、法国龚古尔学院成员皮埃尔·阿苏里，以及马振骋、周克希、孙颙、叶兆言、刘醒龙、黄运特、余中先、袁筱一、戴从容、翟永明、欧阳江河、王家新、陈黎等翻译家、作家、诗人和学者。上海国际文学周的成功举办得益于日渐稳定的策划执行团队，以及"上海书展"这个精心耕耘了约11年的国家级书展的文化交流大平台，更得益于上海这座充满文学传统和底蕴的国际文化大都市。

上海国际文学周让人看到了一个未来"文学之都"的雏形。葛红兵等人发表于《探索与争鸣》2014第12期的《世界文学之都的启示——上海文化原创力培育与公共文化发展》进一步建议，与联合国教科文组织认定的"文学之都"相比，上海本身就是其创意城市框架下已认定的世界设计之都，上海的创意城市发展主要目标就在于"整合文化、技术和经济来改善城市环境和生活质量"。上海作为国际化大都市，同样拥有丰富的文学资源以及发达的文化与创意产业，其中，徐汇区为第一批创建国家公共文化服务体系示范区，全市范围内的城市公共文化服务也在经济飞速发展中得以不断完善。世界"文学之都"给予上海的启示在于，应着手加大鼓励文学发展力度，借助文学创意激活上海文化资源，进一步丰富公共文化服务内容、产品和体验模式。上海可以加强以文学创意为驱动的文化公益服务创新模式与公共文化示范区域文化活动体系的连接，通过活动配套与服务产品开发，让文学创造力量为公共文化服务提供新产品、新体验。

综观2014年的文学活动，可以发现，上海文学的聚落化呈现了一个大致的容貌，包括阅读团体（book group）、儿童文学活动、文学竞赛、文学课程、文学展览、文学节（festival）、文学讲座（lecture）、故事讲述（story telling）、戏剧（theatre）、工坊（workshop）等多种类型。聚落本质上难有标示，聚落的领地扩张到何处，一般也难以界定。由文学而形成聚落，由聚落而形成城市，也许是最符合自然的状态。

四 一年获奖

2014年，第六届鲁迅文学奖揭晓。除了程德培、张新颖之外，滕肖澜以中篇小说《美丽的日子》获中篇小说奖。一届中有三人获奖，是上海文学界在历届鲁迅文学奖评选中获得的最好成绩。从入围人数和范围看，上海在小说领域的实力令人瞩目，这是近年上海作家群实绩的展现。上海评论家在最后的五席中占据两席，则充分显示了上海在文学评论方面处于领先优势。《收获》杂志刊登的格非的《隐身衣》、徐则臣的《如果大雪封门》、叶弥的《香炉山》三篇中短篇小说也获得了鲁迅文学奖。此外，上海的出版机构也有三部图书获得鲁迅文学奖，分别是上海文艺出版社出版的鲁枢元《陶渊明的幽灵》和程德培《谁也管不住说话这张嘴》，以及上海译文出版社出版的菲利普·克洛代尔《布罗岱克的报告》（刘方译）。另外，上海文艺出版社出版的长篇小说《繁花》获得第十三届"五个一工程"优秀作品奖。

时隔12年，上海文学艺术奖评选活动于2014年10月16日拉开序幕。上海文学艺术奖是上海文学艺术界的最高奖，自本届起，将每五年评选一次。前五届"上海文学艺术奖"曾表彰过为中国、上海文学艺术事业做出杰出贡献的王元化、巴金、朱屺瞻、朱践耳、吴贻弓、周小燕、柯灵、贺绿汀、施蛰存、程十发、蒋孔阳、谢晋等文学艺术家。

陈伯吹儿童文学奖诞生于1981年，至今已举办25届，是我国目前连续运作时间最长和获奖作家最多的文学奖项。2014年，陈伯吹儿童文学基金专业委员会联手上海市新闻出版局和宝山区人民政府，依托上海国际童书展这一国际文化活动平台，创设陈伯吹国际儿童文学奖，每年与上海国际童书展同步举办。该奖设"年度作家奖"（国际国内各一名）、"年度特殊贡献奖"（国际国内各一名）、"年度作品奖"（15种），以此激励和表彰为推动儿童文学创作、出版和阅读做出贡献的中外儿童文学作家、插画家和知名人士。来自巴西的插画家、2014年国际安徒生奖插画家大奖获得者罗杰·米罗和中国儿童文学作家、诗人、首都师范大学教授金波获得2014年的"年度作家奖"。

一百多年来，上海从一个聚落发展到国际大都市，一个好的共同体、一种鲜活的文化不仅会营造属于它的空间，而且会积极地鼓励所有人思考每一种情感和价值观，我们无法预知上海文学的未来，但是我们确信今天所做的一切能使其未来更加丰富。

青年批评家崛起
Rising of Young Critics

B.2
上海青年批评家：正在崛起的新力量

何 平　赵婷婷*

摘　要： 如果将目光从占据各大评论版面的早已成名的20世纪50~70年代生上海批评家身上移开，而更多地注意上海文学批评界的"新面孔"，我们就会发现，一群生于20世纪70年代末以及20世纪80年代的新生代批评家已经崭露头角。他们以敏锐的观察力和新锐的批评精神，对当下社会、文化、文学发出了自己年轻的声音。上海批评家的生态链并没有断裂，一股新生的批评家力量正在悄然崛起，新生代批评家刚一出场便以其鲜明的学术风格和新锐姿态，为中国当代文

---

* 何平，博士，南京师范大学文学院教授；赵婷婷，南京师范大学文学院中国现当代文学研究生。

学批评带来了新的话题与新的风格。

关键词： 青年批评家 上海文学 当代文学

新文学运动以来，可以说上海一直是中国文学批评人才最为集中、文学批评最为活跃的地方。我们理解的"京"与"海"是中国文学因不同的城市气质、文化渊源发育出的两种不同的文学趣味和风度。从一定意义上说，正是因为客观上存在"京"与"海"，才有了中国现代文学的丰富发展。就文学批评而言，五四运动以来，上海不仅云集了一批出色的文学批评家，而且拥有一大批具有影响力的文学批评杂志和栏目。以当下文学批评杂志和栏目论，上海就拥有《上海文学·理论版》《文学报·新批评》《上海文化》《书城》《文景》《文汇读书周报》，以及《文汇报》《新民晚报》《东方早报》《上海壹周》《外滩画报》《上海青年报》的书评和文艺评论副刊。除了北京，中国没有一座城市有这么多样的文学批评媒体生态。而从批评家的代际结构分布来看，新时期以来，上海评论界空前活跃，人才代续，新人辈出，如以陈思和、王晓明、吴亮、程德培、蔡翔、王鸿生、栾梅健、杨剑龙、殷国明、李振声、方克强、吴炫和朱大可为代表的20世纪50年代生批评群体，以张新颖、杨杨、郜元宝、吴俊、王光东、罗岗、倪文尖、葛红兵、张闳、王宏图、郭春林、胡河清、李劼等20世纪60年代生批评群体，以毛尖、董丽敏、周立民、王晓渔、刘志荣、张屏瑾、李丹梦等为代表的20世纪70年代生批评群体。2014年揭晓的鲁迅文学奖就有程德培和张新颖两位上海批评家获得"文学理论批评奖"。此外，中国批评界的上海声音也常常引领时代新声，从20世纪70年代末提出"为文艺正名"，到20世纪80年代中期提出"重写文学史"，再到20世纪90年代讨论"人文精神",都已经成为中国当代文学批评史重要的文学批评资源。可以说,上海文学批评界保持了目前全国年龄层次分布最均衡、批评文类最丰富的文学批评队伍,形成了良好的批评环境和批评风气。这一方面得益于上海以开放性、创造性和多元性为特征的海派文化传统;另一方面得益于上海对文学批评的大力扶持与推动。因此,上海一直以来被称为"中国文学批评界的重镇"。

我们对上海新一代批评家的关注基于上述上海的文学批评传统,也基于"上海80后没有文学批评家"[①]的质疑。2011年,上海市作家协会和上海文艺出版社联合推出了"新世纪批评家丛书"。在入选的批评家中,最年轻的周立民也生于1973年。上海批评界真的遭遇了后继无人的问题吗?事实上,如果将目光从占据各大评论版面的早已成名的20世纪50~70年代生上海批评家身上移开,而更多地注意上海文学批评界的"新面孔",我们就会发现,一群生于20世纪70年代末以及20世纪80年代的上海新生代批评家已经崭露头角,他们以敏锐的观察力和新锐的批评精神,对当下社会、文化、文学发出了自己年轻的声音。2014年11月10日,《收获》杂志联合上海市作家协会举办了"文学与时代——首届收获论坛暨青年作家与批评家对话",出生于1981年的上海青年批评家金理主持了此次论坛,张定浩、项静、李伟长、黄德海、黄平等上海青年批评家也参与了此次论坛。这次集体亮相似乎在宣告:上海批评家的生态链并没有断裂,一股新生的批评家力量正在悄然崛起。这群批评新人刚一出场便以其鲜明的学术风格和新锐姿态,为中国当代的文学批评带来了新的话题与新的风格。

这批新生批评家的出现接续了上海的批评传统。从代际上看,他们保持了上海文学批评生态的完整性与连续性。一方面,这批生于

[①] 陈熙涵:《"80后"没有文学批评家?》,《文汇报》2011年10月20日。

20世纪70年代后期至20世纪80年代的新生批评家不仅在年龄上及时衔接了20世纪50~70年代生的前辈批评家，而且以其广博的学识、开阔的理论视野与敏锐的洞察力，在接续上海批评界良好批评传统的同时，显露了极大的发展潜力。另一方面，这批青年批评家的职业在空间分布上也呈现了均匀与多样化的特征。相比于前辈批评家多在高校工作，青年批评家多是供职于院校、杂志社、作协体制及各类传媒机构的大学教师、编辑、记者、文化撰稿人，有的还身兼多职，突破了传统学院批评与非学院批评的简单划分，在各种文化身份之间转换自如。例如，黄德海与张定浩均为《上海文化》杂志社的编辑，吴亮主编的《上海文化》几乎每期都以"本刊观察"的栏目发表黄德海和张定浩对中国当下文学的及时观察，这在中国当代文学批评期刊格局中是少见的；黄平与金理分别供职于华东师范大学中文系和复旦大学中文系；李伟长和项静均在上海市作家协会工作；木叶是《上海电视》杂志的记者，写诗歌、评论，也做专访；顾文豪具有网站主持、杂志策划、专栏作者等多重身份……因此，可以说，青年批评家的出现给上海乃至全国的文学批评生态带来了新的因素。

更重要的是，这批新生批评家显露了极为鲜明与勃发的青年气质。这种青年气质，不是"初生牛犊不怕虎"的蛮气，而是"腹有诗书气自华"的锐气和豪气。不同于或经历过"文革"，或成长于20世纪80年代新启蒙思潮中的前辈批评家，这批青年批评家是在迅速发展的市场经济和全球化的学术背景下成长起来的，标准的大学教育成为他们共同的学术起点。并且，他们几乎清一色地毕业于名校，且导师多是国内一流的批评家：金理毕业于复旦大学，师从陈思和教授；黄平毕业于中国人民大学，师从程光炜教授；项静毕业于上海大学，师从蔡翔教授；顾文豪为复旦大学在读博士生，师从汪涌豪教授……他们大多拥有硕士或博士学历，接受了正规而系统的学院批评专业训练，有着较为纯正的文学感觉和扎实的文学理论基础。此外，他们大多跟着导师从文学史研究起步，具备较强的文学史意识，往往能将文学现象放在文学背景和文学史实中来考察，具有开阔性与整体性的批评视野。这一切都使得他们在关注同代作家作品、重评当代文学经典时，都可以显露一定的敏感和锐气。一方面，这种敏感和锐气体现在其对学术界既有文学史定论强烈的质疑上。这方面以黄平最为突出，他在重返20世纪80年代文学现场的途中，通过《再造"新人"——新时期"社会主义现实主义"之调整及影响》一文敏锐地发现了"社会主义新人"这个为众多研究者忽视却始终是"现代中国"及其文学绕不过去的焦灼点所在，并对"如何更为公允地接受现实主义的文学遗产，以及更为审慎地分析当代文学的'规划'及其激烈的'博弈'"进行了追问。其后，他在《"人"与"鬼"的纠葛——〈废都〉与八十年代"人的文学"》《从"劳动"到"奋斗"——"励志型"读法、改革文学与〈平凡的世界〉》等一系列文章中，从其擅长的"文本细读"出发，分别令人信服地打破了20世纪90年代《废都》遭受否定之后形成的文学困境，提供了审视《废都》的新视角；从"劳动者"如何异化为"劳动力"这个未曾为人注意的小切入点出发，考察了当代文学转变和走向的大问题。另一方面，这种敏感和锐气更为鲜明地体现在了这批青年批评家对青年作家的关注上。从文学史研究出发，关注当下正在生长的文学场，可以说是这批青年批评家颇引人注目的集体转向。"一代有一代之文学，一代人有一代人的批评家"，在80后作家早已在文坛崭露头角、风生水起、广受关注的时候，这批与其有共同时代记忆、成长环境、教育背景、思维方式的新生代批评家，在经历了从本科到博士的专业化训练后终于姗姗来迟。他们的到来，既是当前消费主义盛行的混乱的80后文学场与日益衰老的文学批评界的"千呼万唤"，又是与80后有同代生命经验的新生代批评家理解与实现自己生命价值的必然选择。一方面，郭敬明、韩寒、笛安、张怡微、孙频、甫跃辉、郑小驴等80后作家开始进入他们的批评视野；另一方面，他们紧密追踪着《天幕红尘》《爱人有罪》《漂移者》《云中人》等不断涌现的小说，艾伟、孙颙、路内、阿乙等一批为当下文学批评所忽略的非80后作家也在他们的批评中获得了价值的重新确认。在这一方面，现任教于复旦大学中文系的金理可以说是颇具代表性的。2012年《当代作家评论》刊登的金理与其导师陈思和的对话录《做同代人的批评家》，或许可以看成其研究趣向转变的重要标志。他发现了在"对'80后'文学的解读中，最多的就是文化研究的那种方式。避谈作品，而关注作品背后的新媒体、文学生产之类"① 方面的不足，决定以"因了共同承受的历史事件、社会变革，同时代人会形成此一代际所特有的社会心理、文化品格、精神结构乃至群体意识"② 的"同代人"优势，肩负起更新批评的审美标准、追踪文学可能出现的"新变"因素的重任。他的这种对同辈作家的关注，不仅出自文学的使命感，而且出自对新世纪文学价值确立的责任感："当郭敬明式的文学充斥在我们四周的时候，我是不甘心的。我们年轻人对生活、生命的理解就被他和他所代表的那些东西给确定了？当这种文学以及他背后的支撑力量畅通无阻的时候，我们有没有勇气站在他的反面，我们有没有能力创制出一种从'幻城中让小时代的孩子们醒来的文学'？"③ 他清醒地意识到一个"同时代人"的批评者所担负的风险："我虽然作为一个评论者，但并不能占据后来者的优势，因了然文学史的脉络与人物的结局而自命'客观'，信心十足地褒扬贡献，指点欠缺。"但他依然享受这种"风险"带来的挑战："预测创作去向的丰富，'计划更好的途程'；也期待这种未来的丰富性能够摇曳多姿，也惊喜于'预测的

---

① 金理、陈思和:《做同代人的批评家》，《当代作家评论》2012年第3期。
② 金理:《文学批评的"同时代性"》，《大家》2014年第2期。
③ 金理:《历史中诞生——1980年代以来中国当代小说中的青年构形》，复旦大学出版社，2013，第14页。

落空'。"① 2012年，金理和杨庆祥、黄平在《南方文坛》上一起开设了"'80后'学人三人谈"专栏；2013年，金理和杨庆祥在《名作欣赏》主持了"'80后'·新青年"专栏；2013年和2014年，他在出版的专著《历史中诞生：1980年代以来中国当代小说中的青年构形》与《青春梦与文学记忆》中，以"过去"和"现在"持续"对谈"的方式，将"青年文学"的研究纳入更具纵深感的文学史脉络进行考察。此外，他的多篇对同代作家关注的批评，如《有风自南：葛亮论》《郑小驴论——兼及一种"青春文学"的再生》等，获得了评论界的一致好评。事实上，正如陈思和所说的那样，当代文学的批评家是"构成历史书写历史的人"，"文学史就是一代代的当代文学构成的"。② 因此，金理这代人所在做的，是大浪淘沙式的文学史遴选和建构工作。他们也在为这批一直被遮蔽或者从来就没有人去发现的作家及其作品"正名"的同时"自明"：既理解自己这代人的生命经验，又以一股新鲜的"青年"之风向批评界大声宣布自己的到场与独特存在。

我们可以很明显地看到，相较于前一辈批评家，这批成长于市场经济与新媒体时代的青年批评家在全媒体时代更为适应，也更为活跃。他们突破了传统的"写论文-发论文"的"圈子"化的传统批评模式，也不去迎合当今可以说最为强势的媒体批评的"传媒热点"。他们中的一些人的文字一般不出现在传统的学术刊物上，而出现在大众传媒和书评类杂志上。他们或为知名博客的博主，或长期混迹于豆瓣的各个小组，或在微博上有着颇具数量规模的粉丝，除此之外，还在各种网站的读书板块及社科文化类杂志担任专栏作者。出生于1985年的顾文豪就是这样一位具有代表性的青年批评家，相比于

---

① 金理：《文学批评的"同时代性"》，《大家》2014年第2期。
② 梁艳：《学院批评在当下批评领域的意义——文艺理论家陈思和访谈》，《文艺报》2012年11月23日。

"顾文豪"这一名字,想必喜欢他的人更为熟悉"读书敏求"这一网名。此外,张定浩、项静、李伟长等都在网上拥有属于自己的各种主页与粉丝群。比起严肃的学院化"圈子",他们似乎更热衷于,也更享受这种更具草根性的"圈子",并且都有一套与此相配套的批评语体和修辞手法,而这种非学院式的批评语体最好的承载方式似乎就是书评与随笔。书评方面较具代表性的便是李伟长与顾文豪,他们都是国内多家主流媒体文化评论板块的撰稿人。前者的行文散漫随性而又风趣睿智,于嬉笑怒骂之中透露独特的思维闪光点;后者的文风则更具书卷气,往往在颇具古典意蕴的语言中旁征博引各种理论典故,并且都能与所评论的小说巧妙地熨帖,与其说是"书评",不如说是"书话"——有那么"一点抒情""一点掌故""一点观点"(唐弢语)。值得注意的是,他们的书评范围并不限于中国当代的所谓纯文学小说,还包括如章诒和的《杨氏女》,张大春的《城邦暴力团》,日本轻小说家西尾维新的《刀语》,以及英国资深出版人克里斯托弗·戴维斯的传记《我在 DK 的出版岁月》。此外,现任《上海文化》编辑张定浩除书评集《倾盖集》之外,还有随笔集《既见君子:过去时代的诗与人》,这本随笔集企图通过重读古典诗人来触摸自己的生命。张定浩的文字体贴入微而又才情骏发,比起李伟长的放荡不羁、顾文豪的文气,张定浩更具有一种才气,在上海这批新生代文学批评家的"圈子"中,张定浩可以算是"另类"。在正式踏入批评界之前,张定浩有过一段数年的电厂工作经历,因此,相比于一直深居象牙塔的学院派,张定浩的批评具有未被规训的独立判断与批评语言。同时,诗人的身份使他的批评文字往往闪耀着狡黠的智慧和敏感的想象,这种"诗性气质"直接促成了他具有"批评气质"。事实上,除张定浩以外,木叶与项静也是其他文学文体的写作者。这种批评与创作的结合,使他们的批评更为细腻,也更为敏感。正如项静所说:"两种写作方式都是在纸上理解和建构一个世界,应该有一种和谐共进的关系。"① 或许比起上几辈风格整饬、论述严密的批评文章，这一代批评家的批评是更接近一种"体验式"与"文学性"的评论。这一方面得益于他们良好的学术修养；另一方面得益于盛行的大众传媒，这为他们横溢的才情与锐气提供了挣脱学院高墙的自由表达的可能性。

当然，一切试图概括的行为注定永远是粗糙和徒劳的，借助这种概括的"一斑"，只是想对这一新生的文学批评群体有一个不求"全豹"的管窥。事实上，概括的开始就意味着遮蔽，这批新生的文学批评群体的差异性远远大于其共同性，因此，还有更多的批评家难以轻易地归类或冠以一个共享的特征外壳。正如陈思和教授所说的那样，一旦"文学开始相对自由，相对个性，这也就让批评有了选择的可能性，这也就让批评变得多元"。② 上海乃至全国的批评界及各文学期刊已经开始为他们提供发言平台和成长空间。例如，《南方文坛》2011年第3期和2014年第6期在"今日批评家"论坛为黄平和张定浩开设了专栏；《大家》2013年第5期的"80后批评家大展台"推出了金理；上海文艺出版社于2014年6月推出的《批评史中的作家》，是上海青年批评家黄德海、木叶、项静、张定浩等人近年写作的文学批评成果的集中展示……此外，2011年中国现代文学研究馆开始实行客座研究员制度、2013年10月云南人民出版社推出"80后批评家丛书"等，也都为上海乃至全国青年批评家的崛起助力。这些都明白无误地在向批评界昭示：上海的新批评家群体正在崛起！

---

① 周明全：《真正的文学批评是越来越小众化的》，《都市》2014年第12期。
② 金理、陈思和：《做同代人的批评家》，《当代作家评论》2012年第3期。

B.3
精神荒原上的流浪

——王宏图《别了，日耳曼尼亚》的几种读法

金 理*

摘　要： 关于王宏图长篇小说《别了，日耳曼尼亚》有多种读法。本文依据小说主人公钱重华的挫败与重生，将这部长篇小说理解为成长小说，尤其看重钱重华肉搏虚无的生命经历。钱重华这个人物的重要性，正在于他在精神的荒原上徘徊无依。王宏图诚恳地叙写了当下青年人的虚无体验，以及在虚无中遭遇各种救赎力量后展开的辩证。

关键词： 成长　"青年"　虚无　救赎

鲁迅在《中国小说史略》中曾命名过一类"才学"小说，以小说见才情。夏志清讨论过"文人小说家"，"他们的风格不以平铺直叙为足"，每每插些诗词曲赋、寓言神话。① 卡尔维诺则将"在理解诗的同时理解科学与哲学"作为"我希望传给 21 世纪的标准中最重

---

* 金理，文学博士、历史学博士后，复旦大学中文系教师，主要从事 20 世纪中国文学史研究、当代文学批评，出版文学评论集、研究专著多种，如《青春梦与文学记忆》《一眼集》《历史中诞生》等。

① 夏志清：《文人小说家和中国文化——〈镜花缘〉新论》，《人的文学》，辽宁教育出版社，1998。

要"的标准,① 也许这条标准照亮了艾柯笔下繁复的符号与深沉的哲思。现代人习惯了职业分工,我们可以"学者小说"来大致涵盖上述诸种类型,王宏图的《别了,日耳曼尼亚》② 当仁不让地位列其中。书中对诗篇、托马斯曼、瓦格纳、古埃及情歌等信手拈来,也在适当的场合插入深邃的政治、哲学思辨。读这类小说如入苏州园林,整体的布局与脉络未必见得真切,但转角处一片假山、几枝竹子的搭配,往往最见风致与雅趣。这是王宏图新作的读法之一。

故事发生在上海与汉堡,人物在前者的尘嚣纷繁与后者的凝定舒缓中迁移,借作者的话来讲,"仿佛从一部五彩缤纷的彩色电影一下跳转到了简朴、肃穆、单调的黑白片"。于是我们可以看到:作为城市缩影的小说人物与作为人格化的城市如何演绎互动与投射,主人公身处两个城市如何体味参差的人生感受。其中,钱重华与斯坦芬妮的一段亲密与博弈关系尤为值得剖析,因为两性之间的接触与对抗,最能见微知著般地呈现不同民族间文化、精神气质的差异。"双城记",这是又一种读法。

小说从钱重华、顾馨雯、刘容辉、尤莉琳、钱英年和张怡楠等人的多个视角展开叙述,每个人心底都有隐痛,各自的故事蔓延、交织成生活的团团乱麻。我想选择的读法,是依据钱重华的挫败与重生,将这部长篇小说理解为成长小说。

中国的"青年"在梁启超"少年中国"的振臂一呼中诞生。自晚清尤其是新文化运动以来,统治团体、政治社会化的担当者以及知识分子、普罗大众都在不断树立各种各样理想的、模范的青年形象,"少年中国"的国民召唤、"新青年"式的范导想象、"社会主义新人"的打造……青年形象史的生成、延续,伴随着各种政治力量、

---

① 〔意〕伊塔洛·卡尔维诺:《美国讲稿》,萧天佑译,译林出版社,2008,第115页。
② 王宏图:《别了,日耳曼尼亚》,上海文艺出版社,2014。

社会势力对"青年"寄予的角色期待和青年自身具备的角色意识（呼应社会期待而扮演相应的角色）。"新青年""五四青年"之所以能够在现代中国获得特殊地位，并成为主流的青年角色模型，并不仅仅因为青年自身具有反抗精神和行动成就，以及年轻人对权利、自由的强烈诉求（这一切诉求只有被纳入"青年"的意义结构，才可能在中国社会获得正当性源泉，而提供这一正当性的文化和思想资源，如社会学家陈映芳所说，"主要不是来自于年轻人内部，而是来自于中国传统文化和西方近代思潮中既有的对知识人和青年的角色规定"①），也因为青年呼应或者说迎合了社会对年轻人的角色期待。不妨说，是青年的"角色化"提供了年轻人新的身份，因为这样的理由和身份，"青年"才在现代中国获得了存在的正当性，而青年文学、青春主题也在20世纪以来的文学史上占据特殊地位。但同时，以"角色化"来主导青春成长小说也留下了危险：易于依靠身外的权威而荒疏营建"自心之天地"；外骛的追求甚少与切己的实感产生共鸣；不断追逐弃旧迎新的精神攀附，却没有内在主体性的支撑，在过度开发后意义耗散、心力匮乏……

钱重华这个人物的重要性，正在于其"精疲力竭，一无所有的惶恐与空虚"，他在精神的荒原上徘徊无依，王宏图诚恳地叙写了当下青年人的虚无体验以及在虚无中遭遇各种救赎力量后展开的辩证。

我们首先看到的是"父之死"。无论是钱英年、张怡楠夫妇，还是金力忠，其自身的生活都千疮百孔，无法给"子一代"提供任何正面的能量，可以依赖的理想资源首先被抽空。接下来是性和欲望，这和"父之死"其实有莫大的关联。现代社会的物质欲望以及父母（"成功人士"）出示的"教育"往往与追逐享乐有关，年轻人的纯真与浪漫

---

① 陈映芳：《在角色与非角色之间：中国的青年文化》，江苏人民出版社，2002，第56~60页。

可以轻易就被摧毁。在钱重华短暂回国期间，刘容辉成为诱惑钱重华的"靡菲斯特"，但在欲望征逐中只见精神的溃败与荒芜。钱重华的性爱中绝少有深度内涵的体验，更无法激荡起生命的勃发与辉煌。

也许冯松明是小说中罕见的一抹亮色，作者对其形容也不吝笔墨："宁静淡然的目光"，"脸上洋溢起夺目飞扬的光焰"，"让人联想起通体洁净的莲花"。对钱重华而言，冯松明的存在近乎一种感召性的力量，"悄然间，早已熄灭了的青春火焰又一次在钱重华体内摇曳"。冯松明曾赴宁夏边地乡村支教，返沪后又时常利用假期服务于民工子弟学校。他仿佛接续了现代以来青年形象创造史上"五四"新青年、左翼青年"走向民间"的一脉。但是且慢，王宏图在塑造冯松明时显然意识到了问题的复杂性。"走向民间"的这一类青年形象很长一段时间内是文学主流，他们个人具有炽烈而无私的、为实现生活理想而英勇奋斗的决心；"有了决心，个人就会和'人民'或者说人民的'真实'愿望站到一起"；在其奋斗过程中，为人们所能感知的历史发展趋势形成"气势磅礴"的"潮流"，"通过把内在洞察力'转化'为外部世界，从而使自我的英雄精神融进强大的历史潮流之中"。① 很显然，冯松明已经不具备上述战天斗地的乐观精神，反而是在内外交困中苦苦支撑，每日每时都在与周围怀疑的目光周旋、抗争，"永远无法在他人的心中激起同样烈度的共鸣"。甚至钱重华受到的感召刹那间就破灭，"和冯松明的重逢并没有带给他多少亢奋，更多的是隐隐的失落"，他也始终无法解决如下问题：自己永远是个旁观者，无法介入当下沸腾的生活之流。此外，个体背后的价值资源也发生了巨大变异，困境中给他提供支撑的，是"他相信自己是在神的感召下，踩踏着耶稣的足迹，忠实地履行着神的意旨"。

---

① 墨子刻（Thomas A. Metzger）语，转引自〔美〕李欧梵《二十世纪中国历史与文学的现代性及其问题》，《李欧梵论中国现代文学》，上海三联书店，2009，第17~18页。

这就必须说到宗教了。小说起于唱诗班虔敬的歌声；此后，钱重华如"亡羊走迷了路"；最终，他又沐浴在神所施予的光泽中而获得顿悟与新生：小说结尾于梵蒂冈的教堂，钱重华"苏醒过来"，"他有很长时间淡忘了自己的信仰。如今，新的生命充盈在一度空虚乏力的骨骼间，熟悉的声音又一次在耳际响起……"而作为旁观者，张怡楠也"敏锐地察觉到儿子身上发生的微妙变化：他原本紧锁的眉头已舒展开来，而且脸上闪烁着一丝灿烂的光焰"。基督教的力量到底在多大程度上可以作用于一个普通中国人的精神生活（其实在整部小说中，宗教呈现的来源也很复杂：钱重华既沐浴基督教的恩泽，又曾默念着《心经》而获得解脱感）？宗教这个问题此处无力探讨，我更感兴趣的是，小说结尾"顿悟"所暗示的对动荡的终结、对稳定的渴求，到底是为了在形式上迁就经典成长小说的惯例，还是能在这部具体作品的内容脉络中顺理成章地导源出来？① 钱重华一路摸索中的那些颓败、疲乏、无力、虚空……当真就在"一丝灿烂的光焰"中走向澄明？前述的晦暗时刻，有无可能卷土重来？即便获得了终极救赎，"结局"能够收束、熨平"过程"的意义吗？与其将这部小说视为天路历程般的成长，不如说是钱重华这段肉搏虚无的生命经历。如前文所言，我们的文学往往以"角色化"来主导青春成长小说，笔下的青年人过于轻易地让渡内心空间。终于看到"钱重华们"赤身徘徊在精神的荒原，在种种意义规范与救赎力量间砥砺、淬炼，也许最终的抉择已不重要，重要的是那一声声"到底要什么，想做什么"的自省与呐喊，正在诚恳地叩访青年人的内在权利及生命自由。

---

① 钱重华曾被刘容辉带着去参观一家疗养院，遇到一位病入膏肓的女孩，他当时的感受是："周围洁净敞亮的外壳下，包裹着的是阴湿幽暗的内核，就像那女孩，躯体早已踏上了腐烂溃败的不归路，不计其数的霉菌毒素日复一日地繁衍生长，流泻进屋内的些许阳光根本不足以杀灭它们。"如果将此处的描述（尤其是"霉菌毒素"与"阳光"之间的对抗）和小说结尾的救赎相对照，似乎就能体会到某种反讽的意味。

B.4
城市文学的困境

——以几类上海青年写作为例

黄 平*

摘　要：	郭敬明、甫跃辉、安妮宝贝等人的上海故事，普遍以"自我经验"遮蔽了"历史进程"，"青春"成为一个脱历史的、永恒的神话，作品中充斥着大量迷幻的情绪与感觉，或者充斥着不无优越的自我确证。敞开来写我们时代的作品尚付之阙如。然而，"小文学"不是城市文学的必由之路，支撑城市文学意义的，只能是自我与他人的关系。
关键词：	青年写作　时代　城市文学

一

和政府、房地产开发商、旅游手册的看法一致，郭敬明也将陆家嘴视为上海的中心。他在《小时代》系列小说与同名电影中，都以陆家嘴的大特写镜头开场，摩天大楼高耸云端，灯火辉煌。这种对城市中心的理解，克里斯托弗·雷恩（Christopher Wren）一定会引为

---

* 黄平，文学博士，华东师范大学中文系副教授，著有《贾平凹小说论稿》《大时代与小时代》等。

同道。1666年9月2日深夜两点的一场大火烧毁了莎士比亚的伦敦，时为牛津大学天文学教授、巴洛克建筑大师的雷恩向查尔斯二世提交了重建计划：新伦敦将以伦敦交易所为中心，在东印度公司周围，则是英格兰银行、皇家证券交易所及会计事务所。雷恩的这个计划尽管通过了，但最终由于经济原因没有落实。不过1797年拿破仑重建巴黎时，借鉴了这个具有前瞻性的方案。1824年，巴黎证券交易所和巴黎圣母院一样，成为巴黎的标志性建筑。

我们熟悉的城市从1666年的伦敦开始了，起源于一场大火。而在遥远的上海，这一切开始得更为迅猛，来自中国内陆腹地的郭敬明，仰望着陆家嘴的楼群，无法不经受物质化的眩晕。作为中国城市的代表，上海就像它所容纳的现代生活一样，被"物"所充满，被运动着的"物"——资本的外在表征——所发动，用郭敬明的原话来讲，"上海像一个疯狂旋转的玻璃球"。[①] 面对上海这座城市，郭敬明贡献了在大众层面影响巨大的一种非人性的城市文学，在他的世界里，人成为一种特殊的"物"，不唯感觉结构被"物"所标识（在电影《小时代》乃至类似的《杜拉拉升职记》等电影中，治愈情感创伤的方式是购买名牌包或名牌车），更是以"物"的运动方式来调节自身，并且将自身与"物"的同步运动视为"成功"：所谓成功，就是成功地融入"物"的体系。

这种人性的崩毁太迅疾，也太剧烈了，郭敬明的作品合乎逻辑地萦绕着时间的乡愁：对友谊地久天长的青春校园的怀念。仅仅将郭敬明视为一位物质化的作家是不充分的，他陷落在二者的张力之中，尽管他的城市与青春都过于概念化。这种张力最终摧毁了郭精明的文学世界，《小时代》终结于一场焚毁一切的大火，从伦敦到上海，资本世纪，火光烈烈。

---

① 郭敬明：《小时代2.0》，长江文艺出版社，2010，第11页。

二

在人性的废墟中，甫跃辉的主人公们苟延残喘地在上海的出租屋里，不到30岁的年纪，心中却长满了白发。甫跃辉比郭敬明小一岁，来自云南，毕业于郭敬明向往的复旦大学中文系，师从王安忆，写着与郭敬明迥然不同的纯文学，他们唯一的共同点就是都在面向上海写作。和《小时代》相比，甫跃辉提供了另一种城市文学，他的小说，无论主人公住在何处，都像是一部阴冷的《地下室手记》，一个老鼠、妓女与"空心人"的世界。甫跃辉的人物无法或无力进入物质的世界，在阴冷潮湿的人性沼泽地带，甫跃辉冷酷地展现着他的主人公们（顾零洲系列）黑洞般寂灭的人生。甫跃辉有一点和郭敬明是相似的，他们都无力对抗巨兽般的城市，甫跃辉将城市视为"巨象"，而郭敬明将城市视为"一只遮天蔽日的黑色章鱼"。甫跃辉不无天真地想回到故乡，借助"鱼王"的故事对抗人性的变异，而郭敬明的人物被这只黑色章鱼窒息而死。殊不知，这样的家乡不是城市之外的另一处空间，不过是城市之前的另一种神话。当我们的作家——不只甫跃辉，父辈级的莫言、贾平凹都做过类似的梦——幻想以乡村对抗城市的时候，雷蒙·威廉斯在《乡村与城市》中的批评值得记取，具体如下。

> 对于乡村，人们形成了这样的观念，认为那是一种自然的生活方式：宁静、纯洁、纯真的美德。对于城市，人们认为那是代表成就的中心：智力、交流、知识。强烈的负面联想也产生了：说起城市，则认为那是吵闹、俗气而又充满野心家的地方；说起乡村，就认为那是落后、愚昧且处处受到限制的地方。①

---

① 〔英〕雷蒙·威廉斯：《乡村与城市》，韩子满、刘戈、徐珊珊译，商务印书馆，2013。

城市文学的出路不是退回乡村，而是就在城市之中。中国的乡土叙事传统还太强大，尽管乡村在经济上已经成为城市的附庸（最典型的表现是农民工与农产品的定价机制），但乡土文化还在苦苦支撑。而在欧洲城市文学兴起时，哥特式小说同时兴起，如理查德·利罕深刻分析的："一旦城市与乡村从共生关系变为寄生关系，庄园世界就发生转变，呈现出变异的性质。其最激烈的转变催生了哥特式小说，它表征了在公共权力从乡村转移到城市这一历史时刻，文化上的深刻变迁。"① 理查德·利罕由此细读狄更斯的《荒凉山庄》，"父辈的庄园世界被完全改变了，在遭受一系列死亡事件之后，变为野鬼幽魂的出没之地"。② 哥特式小说的出现，宣告了城市的兴起与乡村的衰落，而我们的乡土文学还无力正视激变的现实（《梁庄》这样的非虚构作品倒是触及了这一点），还停留在雷蒙·威廉斯所批评的观念化的想象中。这方面最保守的例子是贾平凹的《古炉》，它还在幻想以"善人"之类的仁义来克制狂飙突进的现代性。在最粗略的意义上，乡土文学一直在处理人与历史的关系。在乡土作家看来，乡土是以城市所代表的现代史的客体，是历史的受害者，乡土作家反身建构一个本质化的乡土世界，寄托其"失乐园"的乡愁，这个逻辑在《白鹿原》中的表现是掠过麦地的风暴，在《受活》中的表现是时间失序的六月雪，在《秦腔》中的表现是无字碑代表的失语的传统。这一叙事脉络固然贡献了诸多优秀的作品，但对出生在城市的 80 后、90 后来说，苛刻点讲，已毫无感召力可言。

---

① 〔美〕理查德·利罕：《文学中的城市——知识与文化的历史》，上海人民出版社，2009，第 48~49 页。
② 〔美〕理查德·利罕：《文学中的城市——知识与文化的历史》，上海人民出版社，2009，第 55 页。

三

和乡土文学聚焦的人与历史的关系相比，城市文学的重点，是讲述人与人的关系。这种叙述不是关注同一类人，而是面对芜杂多样的人群，这是城市的内在特质。"人群中的人，就是人群，同时，从换喻的角度说，也是城市。"① 乡土叙事不擅长处理杂多性，村庄的居民共享着同一种文化，甚至同一个姓氏。郭敬明所代表的资本化的叙事也不擅长处理杂多性，资本的运转法则要求标准化，《小时代》只能写出同质的小团体。当《小时代》的主人公离开她们的世界，来到——比如说浦东②——的时候，这群骨子里很脆弱的女孩就无法处理不同的经验，她们的世界摇摇欲坠，在《小时代》电影中一个花盆从高空落下，暗示着她们接近了自身经验的警戒线。

安妮宝贝的上海故事触及了人群，有趣的是，是对人群倒影式的反写。在拥挤、忙碌的上海地铁线上，《告别薇安》中的人物怀着在人群中无法认出自身的恐惧，以貌似另类的方式标示自己：帕格尼尼、海明威、蓝格子手绢、白棉布裙子、草香味的古龙水，以及卡布奇诺一定要写成"CAPPUCIONO"。笔者引用了安妮宝贝在《春宴》中的如下一个细节，小说中的写作者"我"活脱脱是安妮宝贝本人的写照。

> 作为一个写作者，我承认自己兴趣狭隘。在出租车上如果听

---

① 〔美〕理查德·利罕：《文学中的城市——知识与文化的历史》，上海人民出版社，2009，第103页。
② 《小时代》中顾里每到闵行（如小说中计划去的滑雪场）、浦东等欠发达区域或外环的时候，经常发出调侃，这一点对上海之外的读者来说可能不好理解——上海的居住空间是高度分层的，阶层区隔比较清楚。

到电台播新闻,一定要求关闭。我不关心前赴后继、与时俱进的一切。①

这类神经衰弱式的文字的矫情之处在于,作家貌似想以波德莱尔的方式描摹一个深度的自我,表达人群中那孤独散步者的遐思。但是她所念兹在兹的这种"另类",同样是由塑造"人群"的机制所塑造的,而思考深度匮乏的作者习焉不察。《告别薇安》中的男主人公"他"渴望构建一个与众不同的自我,花花公子般猎取那些和白领女郎不一样的女孩——乔、Vivian 和薇安。但是,就像理查德·利罕所揭示的那样,这类人不过是消费社会的产物,只有在消费社会中,他们才会为自己与众不同的自我塑造感到高人一等。在《告别薇安》结尾,薇安描绘了她所想象的上海生活:"上海和上海男人永远是我的情结。可是我宁可在幻想中。你带我去吃哈根达斯。带我去淮海路喝咖啡。带我去西区的酒吧。"哈根达斯冰淇淋店、咖啡馆、酒吧这类城市中最普遍的事物,怎么就构成了独特的识别符码了呢?安妮宝贝的人物迷陷在咖啡馆营造的幻觉中,她肯定不清楚,咖啡馆本来是商业活动的票据交易所,提供轮船起航与到达时间、股票行情等商业投资信息的地方。因无知而矫情,因浅薄而做作,这大概就是被称为"小资文化"的那类程式吧。

四

三类青年作家的上海故事,都归结于同一种遗憾:人与人之间无法建立真切的关系。人的感情被感觉所取代,无数印象的叠加,既缭乱又麻木地映射着眼前的城市。我们似乎还没有学会在新的世界中怎

---

① 安妮宝贝:《春宴》,湖南文艺出版社,2011,第15页。

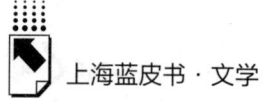

样彼此相处，更不必说彼此相爱。每个人都被一种无形的力量囚禁在自身的边界内。

遗憾的是，现在的文学不是越写越"大"，而是越写越"小"。目前的流行写作，主要是个体化的青春史，以浓郁的"自叙传"风格讲述个体的青春体验。然而，文学伟大的想象力往往意味着想象他人，而不是聚焦自己。青春文学的重心所在，不是一个人的青春，而是一代人的青春。

和青春史相呼应的，是一种地理史写作。很多作家把社会结构意义上的城市文学，转化为地方想象意义上的民俗志，将社会的风景转化为自然的风景。这种自然意义上的上海写作，其实吊诡地把上海窄化了，把"上海"变成了一处"地理"位置，是偌大的中国地图上的一个点。与"青春史""地理史"这两类写作范式相比，伟大的上海文学传统中的"社会史"已然近乎绝迹。我所理解的"社会史"作品，是恢宏的时代形式化，具体凝聚为"典型人物"和"典型情节"。这方面最高的典范是雨果的《悲惨世界》，最低的典范是茅盾的《子夜》。作为上海文学传统中珍贵的一部分，《子夜》这样的作品，随着当代文学史的不断重写，地位不断下落。《子夜》的范式诚然有明显的缺陷，也曾经蜕变为压抑性的文学教条，但在今天重新思考这类文学范式时，那种开阔的气象与广博的同情，在一代人普遍被囚禁在自我内部的今天，不再保守，而是意味着先锋。

笔者理解，中国的城市文学恐怕是世界上最难书写的城市文学。在历史经验上，我国是历史悠久的农业大国；在全球体系上，我国是产业链底端的"第三世界"；在话语型构上，我们注定要在社会主义这一套语法的内部来讨论城市文学，而城市文学与由"农村包围城市"而来的社会主义有天然的张力，一个形象的例子就是中国各大城市正在张贴的"中国梦"宣传画，"中国梦"微妙地征用了农民画。

不过，大作家与小作家的不同就在这里：你能否抵达这个时代的最深处，反思自己生活的历史性，将自己的经验向时代敞开，从个人的灵魂深处发现时代的秘密？笔者不掩饰自己的19世纪文学趣味，不认为"小文学"是城市文学的必由之路，支撑城市文学的意义只能源于自我与他人的关系，倘若世界上只剩下自己，是无所谓意义的。中国的城市文学本来有一个很有意味的起点——路遥的《人生》。高加林向往的是上海还是陕北的县城并不重要，重要的是作家写出了高加林对自我的重构，那种将自我捣碎重铸的意志与暴力，让人惊心动魄。无疑，高加林的道路并不道德，但城市的世界不像乡村，不是一个善与恶截然分裂的世界。高加林的重要之处在于，这个人物形象为新人的出现赋予了历史形式，是新的历史运动在这部作品中形式化的显影。尽管高加林最终失败了，但是他不是当下的城市文学中那顾影自怜的自我，他一半是拉斯蒂涅，一半是伏脱冷。我相信高加林还会再次进城的，① 他的一切努力是要重新定义"人生"。这样自我与世界剧烈交锋的故事，在现在的城市文学中已经绝迹。我们沉湎孩子气的校园青春，流连于消费主义包装的符号迷幻，幻想着语言、形式、文学有一种本体意义上的价值，这一切都意味着从生活的现场后撤。而没有战斗，是不足以语人生的。

---

① 但不会是以底层文学的方式，在底层文学中，乡村构成了革命的转喻，城市则被视为物欲横流的罪恶之地。

B.5

工厂名物与青春之歌

——评程小莹长篇小说《女红》

项 静[*]

摘 要: 《女红》把一段我们耳熟能详但在细节上已经完全陌生化的城市历史,通过再现纺织厂工人们所经历的历史、生活而呈现出来。当代中国的各类叙事已经淡化并开始遗忘20世纪50年代生的一代工人和他们的青春曾有的色彩。因此,《女红》因题材的补白性和逆旅式记忆而凸现其重要性,它以一代人青春的底子潜藏了一段历史复杂而含混的信息、情绪和故事。《女红》打通了这个题材写作的历史通道,让这样一部长篇小说充满了种种阅读期待。

关键词: 《女红》 名物 青春 历史记忆

一

《女红》有一个非常朴讷的开头:"天热有一点好,早上起床,省得一件件套衣裳。没有心相。一件连衣裙,从头上套下来;脚上跶

---

[*] 项静,文学博士,现供职于上海市作家协会研究室,著有《民国少女》、评论集《肚腹中的旅行者》等。

的凉鞋,搭上搭袢就成。"① 就像随便打开上海一扇老旧的房门,听到一位早起的寻常上海爷叔的内心戏,平实和缓慢正是这部小说的叙事语调,有一种无关外界、自顾自生活的踏实与内敛。小说的叙事语调与它所关注的企业转型、下岗再就业和一代人的青春有刻意的反差,当然这也是一种蓄积能量的方式。

关于"女红(gōng)",在百度百科上可以查到,这个词强调了性别的属性,相通于"女工""女功""女事",主要是指女子所做的针线活方面的工作或者妇女以手工制作为主的传统技艺,如纺织、编织、缝纫、刺绣、拼布、贴布绣、剪花、浆染等,与小说中纺织女工的工作和生活氛围有契合的精神指向。小说以20世纪90年代的工厂转型为叙事开端,老工人"秦发奋们"所习惯了的"我们中国工人"的自豪感面临巨大挑战,一个曾经风光无限的工厂——大庆式单位、质量信得过企业、爱国卫生先进单位、群众路线优秀集体,即使其曾经有过无数的辉煌和彪炳史册的创造力——制造过万吨水压机、炼过"争气钢"等,现在都无济于事,因为它面临着生计无着的困境:工厂要倒闭。这是20世纪90年代社会转型时期的必然动作,个人在时代大势面前已经没有选择的权利。从回望历史的角度来看,我们大概已经丧失了粘着在现场的具体气息,而小说的一个重要功能就是唤起这种记忆。

工厂厂长秦海花与其父亲之间的口角,是以厂为家的两代人痛彻心扉的自我交代。父亲质问:"工人没了工厂,还不是走投无路?"秦海花答非所问道:"工人也好,干部也好,都是这家厂的人。再不去看看,以后就看不见这家厂了,厂里的小姐妹,也要不认得了。"小说的开头、故事的开场是以一种特殊时代以厂为家的情感进入一个"故地"的,这个起点的选择是对那个时代集体生活的真诚反映,是

---

① 程小莹:《女红》,上海文艺出版社,2014。本文中该小说引文均出自此书,不再另注。

涉及这一段历史的写作无法回避的精神面向。小说的主要场景设置在上海杨树浦一家纺织厂，这个地址以及由此唤起的历史记忆对许多上海人来说，都是熟悉而又陌生的，小说中的人物是以秦海花、秦海草姐妹为核心的纺织厂工人们，她们的形象也由曾经的亮丽煊赫而沉入历史深处，《女红》把一段我们耳熟能详但在细节上已经完全陌生的城市历史，通过再现纺织厂工人们所经历的历史、生活而呈现出来。张慧瑜在《当代中国的文化想象与社会重构》一书中，曾经对这一段历史有一个概括：20世纪90年代国营企业的改革与80年代以来反思计划经济、单位制、大锅饭、铁饭碗、低效率等社会主义计划经济体制有关，但与80年代增加企业自主权等放权让利的内部改革不同，90年代为了缓解80年代引进外资带来的通货膨胀，国家采取了抓大放小甩包袱式的做法，只保留优良的大国企，中小企业尤其是纺织企业这种劳动密集型、低产能企业首先面临关停并转。在这种时代的大势中，秦海花的姐妹们所热爱或者憎恶的工厂必须消失，而且她们也必须做出选择。由这个巨大历史转折所带来的社会表述或者文学表述有许多种类，比如工人阶级带头分担国家的艰难，秦海花的选择正是这个方向，她可能有更好的前途，比如提升等，但她选择与姐妹们共进退，带头下岗。这种非常主旋律的叙事可能已经让读者略显麻木，尽管这一故事和选择肯定有历史的真实性。《女红》几乎没有在这个选择的关头上浪费笔墨，但它详细铺陈了这个选择的合理性。小说中大量的片段用以描述秦海花与工厂的关系，秦海花成为工人几乎是命运的选择——父母都是第一代工人，并且是工厂里备受尊重的老师傅、劳动模范，而工人在新中国崇高的社会地位对整个社会都有强大的吸引力。在这种先天的出身条件下，她和妹妹几乎没有别的出路，顺理成章地进入工厂。她们每天上班下班，心思都用在工厂上，吃穿住用行、喜怒哀乐、结婚生子，几乎都可以在这个小社会中完成。

秦海花就这样，看见女工的灵魂，和锭子的心灵，纠结一辈子——这就是工厂的秘密。这属于她和工厂的一种单独倾诉和聆听。秦海花从杨树浦纺织厂开始，构建她的故事……这些伴随于她的青春生活。从那时候开始，她在工厂，总是有一种要一点一点把事情做到自己心里去的意思。

这是一种迷醉。她和工厂，便一起憧憬着自己的未来。

但同时秦海花又不是一台机器，她也有过各种意识，幻想的未来总是在远处闪烁着光芒，可是当一步步地接近目标时，她却发现不知在什么时候光芒消失了。

她一直指望从工厂生活里得到乐趣，让自己显得神采奕奕。为搜求到集体主义，革命或健康，甚至可以是悲情，她的心里，就听从了工厂的召唤，听工厂的故事，为工厂做事情，并且相信工厂的独特魅力。工厂把工人说的生龙活虎，充满姿色。多年挡车工的静态生活，同样可以使她感受亢奋，也会感到厌倦，因为她也感到生活的厌气，但总是会有一些新的东西，开始新的追求……

这一段落用的是夹叙夹议的叙述方式，带有抒情的倾向，拒绝就事论事，拒绝推理和逻辑，可能这种高度抽象化的情感也无法让作家耐心地作实到生活的某个细节上，于是我们也只能这样顺着小说的情绪以青春、躁动、魅力、迷醉等模糊词语来搪塞无法讲述的"集体"故事。小说中有一个细节：秦海花与丈夫带着孩子在街上走，儿子想吃豆花，这个时候，他们家庭经济状况已经有了很大改善，可能意识到了外面的东西不干净，丈夫不经意间说："个体户的东西不好吃。"秦海花激动地反驳："个体户的东西有什么不可以吃的？"个体户大多是下岗工人，她与下岗工人天然地有一种同甘共苦的联系。作家在这里用了"天然"一词,"天然"也就是无法深究的,出于生命本能、不能讨论的东西。

二

这些难以名状的集体情感是秦海花最后依然走上下岗工人再创业之路的基础,是空洞的主旋律叙事所无法拥有的坚实质地。除此之外,小说中还有一些特别动听的"夜曲",这可能是作家接近那个时代和工厂空间的另一种方式。小说中有一位特别纯净的人物——小炉匠,他"经常在车间晃晃悠悠,那是在听机器声音,凡是有异常声音,类似防护罩移位、螺丝钉松动什么的,他完全可以听出来","他最有心相的,是用钢锉对着一个小的铁件,锉啊锉的,像打制一件工艺品"。小炉匠喜欢秦海花,秦海花对小炉匠由衷地佩服——对机器全神贯注,"工人就是要这个样子。他们的青春,就共同维系在细纱机上"。小炉匠的幸福就是和机器在一起,身边有个秦海花,这样的生活就是幸福的。秦海花结婚生孩子,他都晓得,他自己无法为秦海花做什么,那就过好自己的生活,也是幸福的。小炉匠这个形象写出了机器与一个人的生命之间的融合,就像我们习惯了的农民与土地的相依关系,这种情感在小说中比比皆是,以至于小炉匠的幸福几乎就等同于与机器在一起,甚至超越和代替了对一个女人的爱。

工厂里的器物除了在"十七年"的小说中闪现过"炉花"的光彩,几乎很少有美与诗意,它们本身的物质实感、存在感甚或很少进入当代文学的叙事。而时代也似乎并没有给予我们这种留恋的机会,曾经与上海同步辉煌、共享荣誉的纺织工厂里的锭子、重锤、轴承、A513细纱机、"劳动牌"扳手、旋凿、饭单、软帽、工作服等,均已不存在。秦海花是纯正、朴实、以工厂为自己人生价值的女人,她将自己的心相、扎实及与灵魂交换般的热情倾注到工厂,秦海花从某种意义上说，已经成为工厂的化身，男人对她的依恋、疏远、不离不弃、背叛等，才让这个叫"工厂"的空间脱离了物质的形体，进入了永恒情感的领地。

同时，《女红》又写出了工厂生活的另一面，妹妹秦海草难以忍受工厂生活，成为工厂的叛逆者，"机器死不脱，工厂便永远是一种重复。重复着产品，也重复着大多数的人生"。相对来说，"秦海草们"的反叛形象其实更符合现代人的审美，尤其是同代人。秦海草和秦海花其实是照亮这个历史故事的两束光，而且有一种暗地竞争的关系，如果一束比较亮，另一束就会受到损伤。而我们必然明白，哪一束光过于亮，都会让故事过于高大，程小莹的叙事显然在躲避这种非此即彼的选择，他几乎没有让两个人有那种常见的代表不同方向的人物之间的对比，而是各自开辟了一条生活的道路，离得远远的，各自生活，各自成长。

三

《女红》很容易让人联想起另外的一部对照作品——王兵导演的纪录片《铁西区》，一整代工厂坠落的全景以漫长缓慢的方式展开，时间是 1999～2002 年，与《女红》的时代背景是大体接近。这部纪录片的"工厂"部分，以近四小时的长度记录了东北重工业区三家大型工厂最后阶段的正常工作和拆除，与《女红》的切入点也是类似的。画面中大段长镜头是工人机械式的劳作、休息，他们斗嘴、洗澡、打闹、喝酒、赌钱、抱怨，而徘徊在空气中的是彷徨、恐惧、愤怒、热情、无奈、绝望、焦虑、感伤的情绪。纪录片的主调是漫长枯燥的工作场面，镜头从一个庞大的、灰暗的厂区掠过，到达另一个面目相似的厂区。这两部作品有许多可以对照的有意味的部分：《女红》里面的工人以女性为主，《铁西区》几乎是清一色的男性；《女红》里的工厂处于南方最重要的轻工业生产基地,《铁西区》的工厂处于北方最重要的重工业基地。但最大的不同是,《女红》是以追忆的方式再现这段历史,而《铁西区》是正在进行的无法打扮的历史,虽然还有镜头选择、拍摄方式产生的对现实的再度润饰。也就是说,今天我们谈论《女红》最重要的问题,可能是回到作家现在站立的位置。

蔡翔先生论及程小莹的《杨树浦》时说:"改造并没有在根本上消解上海的区域化特征,相反,在某种意义上,它仍然相当完整地保留了这一城市的阶级、文化、趣味、生活方式乃至地理空间的传统形态,并且,一直延续在今天的生活之中。"[1] 程小莹在《杨树浦》中是这样区分上海的空间分割和固化的:"有许多时候,我会作些想象,本埠的电话系统如果有个仪器可以显示通话情况的话,那么,杨浦区与徐汇区之间的通话记录大概不会多;杨浦会经常跟闸北、虹口、宝山通通电话;而徐汇通常会与静安、卢湾保持联络。再进一步想象,这些通话内容,杨浦他们在商量再就业、工厂关门土地置换、解决危房简屋……而静安、徐汇他们是在电话里悠然地讨论着时尚、外资、白领、广场绿地、新生代女性小说,诸如此类。"[2] 作家的这番话可能是《女红》这部小说最重要的一个立足点,在当代中国的各类叙事中,在全景意义上已经淡化并开始遗忘20世纪50年代生的一代工人和他们的青春曾有的色彩,那一段历史中的人和事以各种方式依然存在于我们的生活中,比如跳广场舞大妈大叔的形象、已经被新产业工人取代的生产者形象等,他们是那一段历史曲折、委婉、衰微的线索,却很难以强劲的方式唤起我们对这一代人以及他们重要历史时刻的郑重其事的记忆。在这个意义上,《女红》是因题材的补白

---

[1] 蔡翔:《城市书写以及书写的禁言之物》,《何谓文学本身》,春风文艺出版社,2006,第173页。

[2] 程小莹:《杨树浦》,金宇澄《城市地图》,文汇出版社,2004,第13页。

性和逆旅式记忆而凸显重要性的小说，它以一代人青春的底子潜藏了一段历史复杂与含混的信息、情绪和故事。并且这种叙事的出现，顽强地指认了区隔和空间差异，是一代人生活过的明证。工厂作为一种城市景观正在被逐渐抹去，而与工厂休戚与共的一代人也逐渐在众生喧哗中显得无声无息。

对于这一段历史，有过分享艰难式的写作，被称为"伪现实主义"；有过改革的大叙事，把这些人当成必须做出的牺牲；也有过下岗再就业成功的叙事，试图舒缓当时紧张的社会情绪。这一代人如今已经消散在人群中，无法成为一个具有明显标志的群体。《女红》对历史记忆的复苏，借助了主旋律圆满宏大的叙事，而又把重点放到在激流勇进、勇闯改革关隘时刻个人最真实的反应和情绪上难以被规训的部分，拧紧的是一颗从一个城市乃至国家的根部散落下来的无法妥善安放的螺丝。

程小莹喜欢作家孙犁，小说的最后一段以模仿孙犁的《荷花淀》的方式向前辈作家致敬。小说的笔调也有一种优美抒情的调子，程小莹是一位有青春情怀的作家，青春的魅力激发了工厂的物质化存在，使得工厂的一砖一瓦、一草一木都有了生动的色彩。又因为《女红》是追忆式的写作，小说似乎是写给同龄人看的，所以有过那段历史记忆的人们，难以掩盖对这段青春生活复活的喜悦。但作者大概是太热爱那段青春了，所以《女红》前半部分积压了大量的抒情段落。这些青春的气息积累太多，会挤压故事自然舒展的空间，让这颗无法妥善安置的螺丝太过于顺当地落到青春叙事的窠臼里去。

B.6
她的心里长着一头巨兽
——读周嘉宁新作《密林中》

李伟长*

摘　要： 周嘉宁的长篇小说新作《密林中》向精神世界发起了冲击，直面一个女性写作者的精神困境和内心痛苦。小说塑造的几个人物，如叙述者阳阳、摄影家大澍和作家山丘，就像一张答卷，藏有作者的思考轨迹和答案。

关键词： 周嘉宁　反抗者　坚守者

一

周嘉宁长篇小说《荒芜城》出版后，我写过一篇书评，提出了一个问题式的观点：如果真有"80后文学"这个说法的话，它就应该是周嘉宁小说这个样子，不轻易倒向传统的现实主义，不简单躲到西方文学的面具后面，而是无限向内，勇敢地挺进自己的内心世界，即使那里有许多阴暗和不堪，也不回避、不躲避、不隐藏。读完周嘉宁刊发在《收获》2014年长篇小说秋冬卷上的《密林中》后，我更加坚定了这个看法。从《荒芜城》到《密林中》，通过开掘80后女性的生活，周嘉宁成功地形成了自己的小说风格。

---

* 李伟长，书评人，《零杂志》总监，评论结集有《年轻时遇见一些作家》等。

这个观点的冒险在于，所谓代表之类的表述，总是难免有漏洞，难免给人争辩的可能。所谓形成小说风格的说法，也有沦为标签式虚词的危险。或许是同为80后的缘故，我对80后文学有一种情结，认为它最终会成为一种不同于前人的独特文学。在文学面目越来越模糊的今日，其独特性会闪耀出光芒。独特就意味着一种清晰，也意味着一种辨识度，更是小说创作生态进步该有的样子。对小说家来说，形成个人风格就像攻占山头，针对一个题材，需要不断地冲击，每一次冲击都会留下痕迹。个人风格形成的过程，也是探索和不断成熟的过程。当她终于登上山头时，回头看走过的路，肯定会有不少弯道。能够占山为王的毕竟是少数，更多的人则走入了弯道，越走越远而不自觉。从这个角度上说，周嘉宁是幸运的，她毕竟走了过来，当中历经的磨难、坎坷，受过的伤痛，以及走过的迷路，都是成长的代价。

周嘉宁的"小说山头"，就是80后女性世界。在正面书写80后女性世界这件事上，可以说没人比周嘉宁走得更远。从长篇小说《荒芜城》到《密林中》，我们可以看到一个勇敢和执着的女作家。周嘉宁的勇敢是向内的勇敢，她对自己动手，毫不留情。回观过去青春的生活与感情，她选择的是直面和袒露，在怎样表现过去灰暗的生活方面，她考虑的不是该不该和盘托出，而是怎样才能袒露得更加彻底。周嘉宁的执着是对纯粹文学的坚持，这个成名很早的80后女作家，在世俗的现实生活面前，以及在同样现实的文学圈面前，不曾做过什么"聪明"的适应与转型，而是为了内心对纯粹文学的坚守，以自己的方式，不管不顾地写到了现在。这种态度看着像小说家的任性，又何尝不是她的天性所在。

在《荒芜城》中，周嘉宁写了一个80后女孩寻找爱的故事。她在北京和上海的兜兜转转，与异性间的对峙与缠斗，完成了自己的情感救赎和身体安放。令人印象深刻的是，作为文学意象的身体，在周嘉宁的笔下升腾出了新的文学价值和意义。身体不再是性和欲望的通道，不再是张扬自主的工具，而是女性渴望沟通与交流的载体。身体靠近是为了和世界接触，在这一点上，周嘉宁的小说将当代文学史中的身体叙事往前推进了一步。更为重要的是，周嘉宁将 80 后寻找身体和灵魂在现实生活中的安放过程记录了下来。长篇小说《密林中》则从身体再进一步，向精神世界发起了冲击，直面一个女性写作者的精神困境和内心痛苦。灵与肉的纠缠尽管是一个古老的文学命题，但在 80 后作家的眼里和笔下，被赋予了新的特征与意义。

从身体到精神的跨越，对周嘉宁个人来说，是提升，也是挑战，她早晚都得面对，在而立之年，不早也不晚，刚刚好。周嘉宁要描述的精神困境，从本质而言，就是一个有理想的女青年该如何独立地生活和写作。她采取的发问方式是正面强攻，就是不回避、不取巧、努力回答问题。比如，最终她想成为怎样的写作者？困境具体是什么？困境又是怎样出现的？她个人会如何抗争？怎样克服女性作家的劣势？这是一个好作家该有的胆识。《密林中》塑造的几个人物，如叙述者阳阳、摄影家大澍和作家山丘，就像一张答卷，藏有周嘉宁的思考轨迹和答案。

二

阳阳是整部小说的眼睛，也是整部小说重点塑造的女性人物。透过阳阳的观看和描述，我们得以阅读到混迹于文艺圈的各色人等。阳阳有着一双过于毒辣的眼睛，极具穿透力，能轻易分辨一个作家的成色，且容不下庸俗的沙子。阳阳是一个纯粹的文艺主义者，坚持相信这个世界有绝对纯粹的文学。显然，阳阳是一个富有理想主义的角色，小说中就说："她对一切的极端有着本能的抵触，她中性、冷静，正在为长期停留在灰色地带而做准备。以后她会成长为一个过分理智的人，绝不抛弃自我。"请注意这些词语——抵触、冷静、理智、不抛弃自我，先不说这些属性是否真能在一个女性身上聚拢，我们在这里看到的是作者周嘉宁的观念。当这些特征都集中到一个女人身上时，她的气场之强就可想而知了，况且她还准备长期停留在"灰色地带"，遭遇人生痛苦是肯定的、不可避免的。

  在阳阳身上，当自我与爱情发生冲突而必须有所取舍的时候，爱情也得让步，成全她的"自我"。小说中写了一段阳阳与摄影师大澍的恋爱。关于大澍，小说不吝溢美之词，说他有才华、有抱负，敢于面向全世界决一胜负。大澍知道自己早晚会功成名就，可他偏偏对此毫不在乎，光是才华，就让阳阳倾心，加上自由不羁的艺术家人格，更让她痴心不已。关于他，小说有一段评价："他不再像那些上了年纪的艺术家一样试图用温和的方式提醒人们正常的秩序，也无意于用私摄影的手法满足观众的窥私欲。大澍的作品呈现出绝对的粗暴，将人们避而不见的东西直接放大，戳到他们的眼皮底下。"阳阳深爱着大澍艺术思维的直接和粗暴，为此忍受了大澍许多荒诞不经的生活方式。直到大澍的摄影展大获成功，两人的矛盾才开始爆发，阳阳"万万没有想到，为了他人的梦想而奋斗并没有带给她丝毫的成就感，哪怕这个人是大澍，甚至正是因为那个人是大澍，她才加倍的，三倍的，感觉到痛苦"。两个人都不愿意为对方改变，尤其是阳阳，她做不到像一个女粉丝那样失掉自我去追随大澍，尽管她之前跟着大澍过了许多落魄穷困的日子。她得开始为自己的梦想而奋斗，即使这看上去多少显得有些矫情，但阳阳的较真足以说明问题。

  这段爱情故事写得情深意切，挟带着青春荷尔蒙的气息，也充溢着理想主义的张狂，穷困潦倒中还孕育着某种希望。值得怀念和祭奠的青春，总是或多或少地藏着某种希望，如果都是一败涂地，也就真的无聊乃至乏味了。摄影家大澍形象的独特在于，他天资过人、放荡不羁，熟悉起社会规则来也得心应手，天使和魔鬼的双重属性在他身上并存。这种随时可以转换的双重属性，让纯粹的阳阳觉得并不舒服，因为无法把握，同样无法掌控的还有日常生活，阳阳和大澍恋爱的失败不在于艺术观念的摩擦，而是输给了日常生活。在艺术感受方面，他们相互理解、引为知己，但在日常生活中，大澍的随心所欲，在阳阳看来就是自以为是。他们之间有一段对话："日常生活，总得有一个人在乎。""问题在于我们谁都不想改变。"冲突的根源还是在阳阳的自我——不想改变，不愿成为大澍成功的附属者，即使为爱情也不行，在这一点上，阳阳没有丝毫妥协的余地。

尽管从感情上看，结局是悲伤的，但不得不承认，关于大澍的这一段写得真好，不仅很畅快，而且有一股激昂的精神，富有超强的感染力。阳阳与大澍能够冲破常规与世俗的约束，在困顿中自由飞翔，在规则与反规则中穿行，阳阳是很开心的，哪怕有上顿没下顿，也一直坚持到大澍有所成就。周嘉宁写得气韵充沛、令人赞叹，可以感觉到，周嘉宁情之所至，她内心似乎有一团火在燃烧，就像有一头巨兽在生长，在痛苦中挣扎，在绝望中奔跑，在向希望冲撞，在试图从迷茫中突围。之所以用巨兽这个词来形容我所感受到的周嘉宁，是因为从大澍身上，我感受到了周嘉宁内心蓬勃的灼热和难以抑制的激情，以及隐约间要冲出束缚的自信。由此可见，大澍这个角色对周嘉宁来说显然有非凡意义，他是一种才华的象征，可偏偏是那种她难以把握的肆意变化的才华。大澍是理想的化身，以至于阳阳和他分手的理由多少显得有些虚弱。在大澍那里，阳阳就是一个女人，可阳阳找不到一种世俗生活中女性需要的安全感，而且阳阳的那点才华被大澍衬托得那么渺小。总之，这种情感非常复杂，有爱有恨，有一种微弱的自尊和沮丧，甚至还有一些自卑的成分，具有相当丰盈的文学空间。

三

一个女人在自我意识觉醒的路上，同样伴随着许多男人的出现。

如果说大澍的存在为的是突出阳阳作为女人的独立意识，那么山丘的出现就是为了彰显阳阳更为深刻的文学天赋和洞见，更加确定自己身上的文学天赋，以及认为自己可以靠写作出头的自信。

同大澍不同，山丘则是一个失败者的形象。这个落魄的中年作家为写不出好作品而焦虑不安。在阳阳的眼里，山丘的短篇小说"像是村上春树和塞林格杂交之后的赝品，又夹杂着北京胡同里那股调侃味，再撒上一点点卡佛的落魄中年气。这是一位无法负担自己的人"。此等刻薄又深刻的评语，除了一展作者的睿智和见识，也不免让人猜想，山丘会是现实中哪个倒霉蛋的投影——无法负担自己的人成为作家简直就是灾难。这种刻薄劲十足的论断有着摧毁一个人信念的魔力，"他最糟糕的地方可能只是在于，他的野心和自负无法和他有限的才华达成平衡，他自己无疑也饱受折磨"。阳阳所有的睿智和洞见，被山丘的失败与妥协激发了出来，尤其当山丘听从女编辑的话，顺着所谓自己的内心世界成功地写出一套陈词滥调后，终于获得了他所期望已久的世俗的掌声。阳阳对他的轻视达到了顶峰，即使他赢得了庸众的胜利，这个中年男人最终也还是丢弃了文学的纯粹。

山丘这个角色的讽刺意味在于不断提醒读者，文学不但有其终极价值，还是一场比才华、比天赋的残酷游戏，这场游戏的裁判不是读者，也不是评论家，而是同为写作者的同行。写得多好或者多烂，能达到怎样的高度，是否已经堕落，同行很清楚，也很在乎。能够真正理解一个作家的，是另一个作家；能够准确赞誉一个作家的，是另一个作家；当然，能够精准嘲笑一个作家的，也是另一个作家。山丘所有的狼狈不堪、才华逝去，凸显了阳阳对文学最纯粹的爱和坚持，也给他自己插上了文学叛离者的标签。在这条看不清远方的路上，掉队实在太容易了，掉队的方式有千百种，赢得庸众的胜利就是其中最为光鲜和残酷的方式，所谓灿烂的死也不过如此。在当代中国文学的路上，这样的妥协和死亡比比皆是，几乎年年都在上演，山丘就是其中的一个。这样一个"男作家"的如此结局，除了蕴含着周嘉宁对这个人物性别的重视，似乎还蕴含着她对男性作家更多的指摘。那些经历了梦想熄灭与欲望勃起的中年男作家，终于意识到了才华与野心的差距，只有选择现实的降落方式。

中年男人危机是弥漫于文学界的一层雾霾，这群人正在以一种"装"的方式参与文学的毁坏过程。周嘉宁关于中年男作家的精准描写将会成为一个文学案例，在未来会不断被提起，这群才华流逝、几番挣扎，最后缴械投降的男作家就是现实人群悲剧般的投影。关于才华复苏、写出伟大作品的口号，都不过是他们中年以后自我安慰的麻醉剂。只有在一种情况下，他们的身体才可能部分复苏，就是在长着"小鹿一般的腿"的文学女青年投怀送抱时，而这却与文学无关。正如小说中说的，这是一群"无法负担自己的人"，也自然无法负担别人。这是一群不可靠的人，阳阳从他们身上获得支持的期望以破灭而终。

日常生活并不是阳阳的命门，爱情的缺失也不是，丢失自我、失去正面强攻的文学信念，才是阳阳最为痛苦和恐惧的事情。为了守住这两点，她付出了爱的代价，连退路都没有留一条。大澍这样说她："别总是想着小说的事情，别那么倔强。你始终坚持一种单一的价值观，而且你根本没有其他通道，你把自己的路都堵死了。"文学之门是留给偏执狂的，阳阳这个人物身上显然有着周嘉宁自身经验和观念的投射，而且情感非常饱满。在回答为何如此执迷于写作时，阳阳说因为她所经历的痛苦、困境和不适，只有在写作中能得到回馈。她的痛苦来自哪里？来自女性身份，来自她需要通过男人与这个世界发生联系，她渴望能够直接面对外面的世界，以自己个人的名义，而不是通过大澍、山丘。她渴望成为一个了不起的女作家，她有着一种与性别不匹配的野心勃勃，野心勃勃想要与世界相连接，却困于一个女性的思维方式中。

这就是周嘉宁作品的独特性，她关于女性意识的认识和书写，进入了另一个层面,就是尝试超越女性身份的限制,期望像男性一样,直接与世界发生联系,而不必通过男性渠道,或者依附于男性。这种观念在80后女性中开始占据一定的比例,究其原因:首先,从阳阳自己的经验可知,通过男性并不能实现她的想法;其次,男性并不总是英雄,不是英雄的占大多数,即使是英雄,他们也不总是完美无瑕的,也有许多弱点。

四

阳阳用什么方式来证明自己呢?在小说里自然唯有写作,于是阳阳参加了一个写作比赛,因为其中一个评委是自己曾经的老师,为此她获奖了。

在一部并不讽刺的小说中留下一个略显反讽和消解意味的结尾,是不是作者周嘉宁的深思熟虑,我们并不可知,但从小说的整体来说,这看似无意识的结局显然值得商榷,并未如愿让小说扬起来,反而把阳阳之前的诸多努力和满满的自信消解了。它更像是小说未完成时的退场仪式,暗示着接下来会有更加别致的桥段。在阳阳的身上,消解不是最合适的办法,毕竟这并不是一部关于失败者的文艺之歌。阳阳选择写作的最初原因,并非在于她有多热爱文学,而是她发现写作让她的痛苦得以消散,或者进一步说,在阳阳的身上,作者只能通过写作这种方式让她找到自我存在的感知方式,她无非在寻找一种通过自身努力生存下去的方式,即使这种方式多少显得小儿科。不可否认,阳阳是一个迷人的小说形象,这个人物与当下时代女性有着某种复杂性和代表性的关联,哪怕用女权主义的某些观念来谈论她,其复杂性和代表性同样有话可说。即使在现实生活中,这样的人物也会散发耀眼的光芒。

阳阳的"绝不抛弃自我"成就了这个小说人物,但这里我想讨论的是这份自我意识。谈论自我有一个前提,就是意识到了并建立了自我。阳阳的痛苦就存在于自我意识萌发、渐渐强化并初步建立的过程之中，很难说这个过程的文学意义是唯一的。关于女性自我意识的萌芽，不是当代文学才有，在过去的现代文学中，就已经有女作家在女性自我这点上做出了许多探求，丁玲笔下的莎菲女士便是一种象征。到了20世纪八九十年代，关于女性自我意识的作品就更多了。"每个年代都有莎菲女士"，这看起来并不仅仅是一句戏言。革命年代也好，和平年代也罢，当周嘉宁选择这样书写一个女性角色时，她得准备好来自文学史，哪怕是近乎迂腐的挑剔。根据历史的经验，文学上可能出现的"新意"只会与具体时代相关，阳阳塑造得怎么样，其实不仅仅取决于周嘉宁对这个人物的把握，更关键的在于周嘉宁对阳阳所处的时代与社会的把握到了怎样深刻的程度。这是衡量一个小说人物是否同时具有个人经验的独特价值与社会普遍性意义的绳尺。阳阳不是凭空而来的，她到底还是从社会中生长出来的。打个比方，小说家是种植庄稼的农夫，那他们对土地环境的评测数据应该最有发言权，至少会有清醒的态度。显然，这是作家的功力所在。从这个角度上看，我所看到和想到的是周嘉宁的饱满与缺失。周嘉宁需要对阳阳所处的世界给予精准描述和呈现。换言之，周嘉宁需要对80后所处的世界进行归纳，需要提炼具有普遍性意义的观念，即使她是主张书写自己内心世界最坚定的人，也得先成为一个对身体所处世界无比了解的人。如果你觉得这是个无序的世界，请告诉我们它是怎么无序的。

"面对这个即将失序的世界，张大澍用他的创作扮演了一个目击者和一个介入者，最终是一个抵抗者的角色。"小说中有个评论家这样评述艺术家大澍。其实，周嘉宁面临的情况又何尝不是如此，在已然无序的文学世界，她是目击者，她看见了大澍的才华，记录了山丘的失败；她也是介入者，她介入了艺术家与作家的生活，期望用写作获得认同和成功；但最终，她还得是反抗者，反抗庸俗，反抗妥协，反抗投机取巧，最终成为一个坚守者。

B.7 一次隐秘的成长
——格非的《隐身衣》

黄德海*

摘　要：格非的小说《隐身衣》中有一种对人物的"等距式观看"，它写出了一个内心卓越的人的一次隐秘成长。这一成长的确认方式，不是内心的卓越成长为行动上的超迈世俗，而是认识到卓越本身必须经过世俗同意的限制。

关键词：格非　《隐身衣》　等距式观看　卓越　世俗同意

一

有段时间，我只要坐上远行的火车，心里就有一种隐隐的期盼。也不是具体地期盼什么，只是无端向往，在一列满是陌生人的车上，会有那么一个特殊的人，为自己寂寞逼仄的旅程带来些新鲜的东西。当然，这样的向往总是以失望收尾，这个世界已经很难有什么让人觉得特别的东西，在一列火车上，我们又能期盼什么呢？不过，这个期盼的念头始终不灭，有时候拿起一本小说的时候，我就会想，这会是

---

* 黄德海，主要从事当代文学批评，著有《若将飞而未翔》《个人底本》等，现供职于上海文化杂志社。

一次特别点的旅行吗，会不会遇到些特别的人，特别的事，帮我们缓解一下人生的寂寞和逼仄？

乍读格非《隐身衣》①的时候，就有种预感，自己仿佛踏上了一次稍微有点特别的旅程。小说起头的地方，现实世界的吵吵嚷嚷还在回响——或许有必要说明，这个现实世界的吵嚷一直在小说里，从未消失，就像在一列火车上不会有真正安静的时刻——姐姐向"我"诉苦，督促"我"搬出占用他们的房子，这个诉苦后来换成了逼迫，亲人相残，以致"我"失去了栖身之地。这只是"我"不如意人生的一部分，在此之前妻子跟了别人，在此之后朋友对"我"冷漠。"我"遇到的客户呢？不是自以为是的知识分子——"仿佛世界的命运，都被紧紧掌握在他们手中"，就是灵魂空虚的"大腹贾"——"怎么也无法和纯正的古典音乐沾上边儿"，他们有的不过是牢骚和无知。这样的生活、这样的人们，让"我"觉得，"这世界一定出了什么问题"，人只能凄怆地活着。

抵消这世界带来的凄怆的，是"我"对古典音乐的热爱。对"我"来说，倾听古典音乐是抵挡芜杂生活的最好方式，并可由此获得内心的安慰："当那些奇妙的音乐从夜色中浮现出来的时候，整个世界突然安静下来，变得异常神秘。就连养在搪瓷盆里的那两条小金鱼，居然也会欢快地跃出水面，摇头甩尾，发出'啵啵'的声音。每当那个时候，你就会产生某种幻觉，误以为自己就处于这个世界最隐秘的核心。"用这种在幻觉里养成的眼光看待世界，"我"居然发现，可以用对古典音乐的热爱从世界中划分出一个秘密共同体，这个共同体是变坏的世界里可敬的人们，他们才是"我"虽惨淡经营，却依旧乐此不疲、坚持做一个工作的原因："不管怎么说，发烧友的圈子，还算得上是一块纯净之地……多年来，我一直为自己有幸成为

---

① 格非：《隐身衣》，人民文学出版社，2012。本文中引文均出于此，不再另注。

这个群体的一员而感到自豪。"

这样好坏高下的对照在现实和小说中都太常见了，算不上什么了不起的发现。所有对世界心怀不满且有一定思考能力的人，差不多都会在自己想象的世界里营造一个这样的乌托邦，不是吗？这个对理想之境的想象是人对自己渴求不能得到满足的心理补偿，并借此区分自己和大部分人，因而可获得隐秘的骄傲。我不知道如此的骄傲是普通人的隐身衣还是他们的铠甲，但凭幻觉构造的秘密共同体肯定靠不住，不过是失意者的自我安慰。在小说里，白律师喝破了这一层："你在发烧友这个群体中，从未遇到欺骗一类的事情，这根本不能证明这个群体的素质或所谓的修养有多么高，更不能表明他们道德上有任何优越之处，只能说，你的运气比较好罢了。"

到这里为止，《隐身衣》还是一部普通小说的样子，有不错的构思、不错的结构、不错的情节，可因为这种显而易见的对比，作品仍然算不上特别。我前面甚至忘记提了，"我"做的是制作胆机的生意。解释这工作有点费事，对阅读小说者来说，不妨这样理解，胆机是听音乐的设备的一部分，制作胆机的工作需要与不固定的人联系。制作胆机者不用每天在办公室里看熟面孔，在长长的工作时间里，"我"会碰到一些不一样的人、不一样的事吗？

《隐身衣》没有让人失望，螺丝越拧越紧，情节推进的强度甚至出乎意料。小说进行到1/3左右的时候，才刚刚出现与主题相关的"隐身衣"，此前不久出现了一个影响小说发展的人物，而在小说临结尾的时候，居然又出现了一个改变情节走向的神秘女人。这样的人物推出方式，越发让人觉得像在一趟远行的火车上，踏上旅途的人慢慢倒水、休息、放眼四顾，然后开始与周围的人聊天，听到些有趣的事，心里有些兴奋。临近终点的时候，高潮来了，一个特殊的人出现，竟使这一旅程的意义完全改变。

二

或许是为了照应题目，除了较为详细地写了姐姐、姐夫逼"我"搬家，以及"我"与蒋颂平关系由好到差的过程，小说里很多事情都仿佛穿上了"隐身衣"，交代得一鳞半爪，有那么点漫不经心的样子。显而易见，小说可以详细展开没有细写的内容，比如：当年姐姐和蒋颂平之间到底发生了什么？丁采臣无论真假的自杀是什么使然？神秘女人的毁容究竟是什么原因？这些未曾展开的事情里面包含着现代小说的某种秘密，格非却在这些地方留置了空白，让习惯"探幽寻微"的阅读者觉得《隐身衣》有那么点不尽如人意。熟悉现代小说写作路数的格非显然是故意如此的，那么，他意欲何为？

在作品中留置空白，对有些事略而不谈甚至视而不见，根本没什么值得大惊小怪的。里尔克在《罗丹论》里写道："一件艺术品的完整不一定要和物的完整相符合。它是可以离开实物而独立，在形象的内部成立新的单位，新的具体，新的形势和新的均衡的……"① 当然，写作者不能以此为趁手的借口，把自己虚构世界里的缺陷当成骄傲。上面这番话看起来是辩护，却含着对由艺术构造的世界严厉而特殊的要求——要求这世界的内部必须构成新的、自足的空间。《隐身衣》既然有这么多留白，又要让人相信不是缺陷，而是由艺术构造的世界的样式，就要用小说本身回应这个质疑。

或许是弗洛伊德的理论出现之后，或许是更早一些时候，很多小说开始把主要力量用在对所谓人生和人性的深度与幽微，尤其是黑暗一面的深度与幽微的探赜索隐上，偏重对人非理性、非逻辑、纵欲作乐的黑暗面的书写，甚至以此为衡量作品优秀的唯一标准。即使处理

---

① 〔奥〕里尔克：《罗丹论》，梁宗岱译，四川美术出版社，1985，第19页。

的问题不如此极端，现代小说天生的任务似乎也是："询问什么是个人的奇遇，探究心灵的内在事件，解释隐秘而又说不清楚的情感，解除社会的历史禁锢，触摸鲜为人知的日常生活角落的泥土，捕捉无法捕捉的过去时刻或现在时刻，缠绵于生活中的非理性情状，等等等等。"① 仿佛谁不专注于这些深度与幽微，谁的作品就配不上小说的称谓。

《隐身衣》里有这种对人生和人性黑暗面的提示，自杀和毁容这样极端的事情里就藏着人性中最大的黑暗。不过，对人生和人性黑暗一面的探索，显然不是这部作品的重点，格非在这个问题上有意适可而止。"不论是人还是事情，最好的东西往往只有表面薄薄的一层，这是我们的安身立命之所。任何东西都有它的底子，但你最好不要去碰它。只要你捅破了这层脆弱的窗户纸，里面的内容，一多半根本经不起推敲。"读到这段话的时候，我们差不多可以知道，《隐身衣》不是要挖掘黑暗的深处。对于人性的弱点，格非或许既不想因其卑劣而敌视，又不愿自欺欺人地纵容，而是采取了慎重的对待方式。

轻易谈论人生和人性黑暗的人，或许并未曾体味过黑暗一面带给人的毁灭性力量。艾略特在《四个四重奏》里借鸟儿之口说，"人类／不能忍受太多的真实"。② 我不太相信，人会有足够的力量承受真实的人性黑暗。对于许多小说对人性黑暗面的探察，我很怀疑是一种置身事外的游戏，只不过是一种深思熟虑的思维冒险，并非切身的疼痛。深谙人生和人性的黑暗，甚至经历过黑暗给人带来的创伤的人，差不多会学着以作品来抵挡黑暗的惊人能量，说出的话也更为朴实："文学能够让我们明白，像一个人一样活着并非易事。"③ 不妨仔细体味一下姜夔的《扬州慢·淮左名都》："自胡马窥江去后，废池乔木，犹厌言兵。"废池乔木犹且厌倦战乱的苦楚，连谈及都不愿，人从哪

---

① 刘小枫：《沉重的肉身》，上海人民出版社，1999，第144页。
② 〔英〕艾略特：《四个四重奏》，裘小龙译，沈阳出版社，1999，第178页。
③ 〔美〕雷蒙德·卡佛：《大教堂》，肖铁译，译林出版社，2009，第238页。

里来的强大自信，动辄直视战争与毁灭，甚至直视较战争与毁灭更残酷的人生和人性的黑暗？

大概是因为意识到了以上问题，格非笔下的叙事者"我"，对人和人性的观察采取了一种较为特别的方式——不是以自己的固定视角看待或猜测别人，而是根据不同人的不同性情采用不同的观看方式。对待沉溺于世俗的姐姐、姐夫，"我"有毫不留情的鄙视，因为他们有自己的世俗原则，也就该忍受世俗方式给予的反击；对蒋颂平，"我"有依赖，有决绝，因为他有自己的交友之道和商业逻辑，也就应该承受这两重标准对他提出的要求；对高谈阔论的教授，"我"充满嘲讽，这是他们的无端自负应得的回应；对洞明世事和饱含爱意的母亲，"我"从她身上感受到了暖意，也表达了自己的愧疚；对有复杂社会背景的丁采臣，一个因为小争执就把手枪拍在桌上的人，"我"小心翼翼地控制着自己的好奇心；对自己身世讳莫如深的神秘女人，即使后来与其共同生活并育有一女，"我"仍没有蛮横地打开她施予自己的禁锢。这种根据不同人的实际情况观察人和人性的方式，我们不妨称之为"等距式观看"，即观察者与被观察对象的距离是相等的，观察者不轻易越过这一底线。这种方式不把任何人作为人性解剖的标本，而是把自己的探视距离控制在被观察者能接受的幅度内，仿佛眼前是个真实的人，外来者不能轻易对他们造成其无法接受的打扰。这种方式牵制了叙事者和作者深入人性的脚步，却也在某种意义上为小说赢得了节制的称赞。

接下来的问题是：这种等距式观察人和人性的方式，如何能被证明是作者有意为之的写作尝试，而不是乡愿的世故、浅尝辄止者的敷衍？

三

有一种关于文学的看法，认为文学"按各种人类事物的恰切秩序（即高是高，低是低）表达或解释人对这些事物的经验"，并"把纯粹的理论式智慧和人类处境交织为一体"，"通过自我认识使完全理论式的智慧变得完整"。① 我们不妨把后面两句话的意思用来质问前面一句——高是高、低是低的人类事物的秩序，如何能够交织为一体而变得完整？把质疑放回前面关于人性黑暗面的讨论上，问题或许可以改成：高是高、低是低的人性，在何种意义上才可能避免如本文第一部分提到的那样截然两分，而成为交织在一起的整体？

虽然小说一再强调"我"的卑俗地位，但从行文中不难看出，叙事者是一个高超脱俗的人，或者不妨称其为某种意义上的内心卓越者。不用说前面提到的对古典音乐的高超品位，即使从"我"对社会上形形色色人物的判断来看，也不难辨识叙事者卑微的身份之下埋藏着"超迈世俗"的品质。这一"超迈世俗"的品质很容易在小说中发展成一种对世俗生活的过于苛刻的"完美"或"绝对"要求，从而将自己引向毁灭。作为不完美的人，或许认识到如下问题是必要的：我们不可能始终生活在"完美"和"绝对"之中，过于渴求"完美"和"绝对"相当于自寻困扰。如果说"我"在小说的前半阶段还处于这样一种将自己引向"绝对"困境的状态，那么在丁采臣和神秘女人出现之后，"我"走向的就是一条与追逐"绝对"和"完美"相异的路，从而也把小说从单纯的好坏高下对比中解脱了出来——这就是本次小说旅程意义改变的要点。

对"我"这样一个智者来说，所有的高超和脱俗并不意味着"我"有权利声明，"日常的生存日子都是无可救药的平庸，要发明另一种生存状态来代替"，② 而是必须经过世俗这个关口。或许这是

---

① 〔美〕列奥·施特劳斯著、〔美〕伯纳德特编《论柏拉图的〈会饮〉》，邱立波译，华夏出版社，2012，第8~9页。

② 〔法〕茨维坦·托多罗夫：《走向绝对——王尔德、里尔克、茨维塔耶娃》，朱静译，华东师范大学出版社，2014，第265页。

所有智者必须面临的境遇，"少数智者的体力太弱，无法强制多数不智者，而且他们也无法彻底说服多数不智者。智慧必须经过同意（consent）的限制，必须被同意稀释，即被不智者的同意稀释"。① 不过，内心卓越者要经过世俗的关口，也并不表明他有理由或必然要与世俗同流合污，他需要学会的是让日常生活"从内在发出光彩，要学会使它更加明亮又充实紧凑"。② 为了避免在一个如此重要的问题上语焉不详，或许有必要进一步说明，对一个高超脱俗的智者来说，容忍甚至容纳日常生活和世俗之人的平淡甚至平庸，是对他的基本要求；让日常生活焕发出内在的光彩，才是他真正的卓越之处——"他来到世间不是为了收集现成的美，而是为了创造它"。③

不管一个人有怎样卓绝不凡的内心世界，他一旦在日常生活中出现，就必须，也只能接受这个世界的不完美和不绝对，停留在世俗生活之中。如果把世俗与自己的内心世界对立起来，所谓的智者就与自己反对的一方站在了一起，从智者跌落成了平庸者。从这个方向来看，《隐身衣》中的"事若求全何所乐"就不是一种乡愿的世界观，而是对"绝对"和"完美"不可抵达的体察；而前面所引"不论是人还是事情，最好的东西往往只有表面薄薄的一层，这是我们的安身立命之所"，也就不同于后世理解的庸俗的"犬儒主义"，而是一种对人生和人性同情之理解。

虽然一直以来，"我对别人的隐私毫无兴趣，凡事也没有刨根问底的好奇心"，但这只是"我"的性情本然，未经检验，而未经检验的本性是不值得信赖的。要到"我"经历了诸多世事，尤其是遇到

---

① 〔美〕列奥·施特劳斯著、〔美〕伯纳德特编《论柏拉图的〈会饮〉》，邱立波译，华夏出版社，2012，第12页。
② 〔法〕茨维坦·托多罗夫：《走向绝对——王尔德、里尔克、茨维塔耶娃》，朱静译，华东师范大学出版社，2014，第265页。
③ 乔治·朋特语，引自〔美〕爱德蒙·怀特《马塞尔·普鲁斯特》，魏柯玲译，生活·读书·新知三联书店，2014，第26页。

丁采臣和神秘女人之后，清楚检验并理解了自己这个审慎的好奇心，停留在世俗生活的决定才不是本能的选择，而是清澈明朗的决断，不会退转。不妨把这个决断的形成过程看成"我"一次隐秘的成长，正因为这隐秘的成长，"我"才懂得要郑重对待披在社会或某个人身上的"隐身衣"，不草率地掀开或撕碎，"我"也因此可以在世俗中安身立命，而不是被生活摧毁，或者在充满抱怨和无助的洪流之中随波逐浪。

以上的分析，当然不只是建立在对格非的信任基础上，小说对人生和人性的温和态度，并未损害作品对社会问题的尖锐观察。教授们陈腐迂远的夸夸其谈，丁采臣为了一个烟灰缸放在桌上的手枪，神秘女人刀疤纵横的脸，以及她对丁采臣自杀的评述——"这只能说明，这个社会中还有比黑社会更强大、更恐怖的力量。丁采臣根本就不是对手"，都是小说冷峻的一面，为作品最终表达的决断提供了切实而具体的背景。只有在这样的冷峻背景之下，在被世俗的污浊始终裹挟着的情形下，作为叙事者的"我"回到日常生活的举措才因"难能"而显得"可贵"。也因此，小说结尾处"我"仍然做胆机生意，就不是单纯地回到开头，而是一次经历成长后的重新开始。"我"最后对教授的反驳，也就不是冬烘的滥调，而是一个智者对抱怨者充满反讽的告诫："如果你不是特别爱吹毛求疵，凡事都要去刨根问底的话，如果你能学会睁一只眼闭一只眼，改掉怨天尤人的老毛病，你会突然发现，其实生活还是挺美好的。不是吗？"

年度关注

Highlights of 2014

B.8
拯救文学记忆，塑造城市心灵
——创设巴金文学馆的畅想

胡凌虹*

摘　要： 近几年，上海出现了很多文化场馆，不同领域的艺术在上海几乎都拥有各自的展示空间，却唯独没有一个与文学相关的场馆。因此，让上海拥有一个城市文学馆是许多上海文化界人士的心愿，他们积极倡议、推动，也让越来越多的人意识到，上海需要一座文学馆。文学馆可以以巴金命名，文学馆不仅能传承历史，而且能开启未来，文学馆的建立不仅能推动上海文学发展，而且能提升上海的软实力，提高城市文化

---

* 胡凌虹，记者，《上海采风》杂志社编辑部主任。

品位。建立文学馆不只是文学界的事情，也是关乎上海文化建设的大事。

关键词： 文学馆　巴金文学馆　巴金故居　文化地标

一天，来自法国的文学爱好者迪恩来到上海，他没有去浦东看林立的摩天大楼，而是兴致盎然地走进位于市中心的一幢历史悠久的楼宇，这里是巴金文学馆。文学馆内有众多作家，如鲁迅、巴金、柯灵、张爱玲等的展厅，迪恩一一参观，让他印象最深的是作家巴金的展厅，里面有各种版本的巴金著作，各种丰富的藏品，琳琅满目，其中包括一枚"法国荣誉军团勋章"，这让迪恩备感亲切。

在文学馆，迪恩还看到了很多文学教室，里面挤满了听众，这里正在举行各种系列讲座，也有针对青少年的文学课程；各个会议室也都是人，这里正在召开某新书发布会、某作家的作品研讨会，以及某外国文学团与中国作家的交流会。此外，文学馆还设有方便各地学者查阅资料、讨论的研究中心，以及向公众开放的阅览室、文学影院、公共休闲区等。

回法国后，迪恩写了一部关于上海的小说。让他意料不到的是，一年后，他收到了来自巴金文学馆的邮件，信中提出了想收藏他小说手稿的期望，迪恩欣然同意，由此他不断地来上海，对上海的感情也越来越深，把这里当成了他的第二故乡……

这是一个外国人因巴金文学馆而与上海结缘的故事。但我必须坦白，这个故事是一个美丽的幻想，事实上，连巴金文学馆都是臆想出来的，不过，这并非我一个人的想象，而是融合了众多文化界人士关于巴金文学馆的畅想。2014年，作为一名文化记者，我采访过不少文化界人士，包括作家、导演、专家、学者等，在他们心里，上海拥有一座文学馆是一个美丽的愿景,更是一个迫不及待的呼吁。

与此同时,上海也不断举行关于巴金文学馆筹备的工作专家咨询会、讨论会。2014年是巴金110周年诞辰,11月,作为系列纪念活动之一的第十一届巴金学术研讨会在上海举行,由中国作家协会、上海市作家协会、巴金研究会、巴金故居共同主办。此次研讨会的主题为"超越时代的理想主义",近百名巴金研究领域的专家、学者参会。在论坛上,巴金文学馆也成为一个热点议题,众多专家学者纷纷对巴金文学馆的筹建出谋划策。事实上,关于巴金文学馆的筹备工作,上海市作家协会已经推动了相当长一段时间,① 在2014年全国"两会"上,全国人大代表曹可凡也提出了建立巴金文学馆的建议。

一 上海为何需要一个文学馆?

"上海要不要建一个文学馆?"中国社会科学院研究生院教授李存光认为,这是一个好像不需要论证但又必须说清的问题,"上海是新文学的发祥地和策源地,又是新文学的推动地和收获地。新文学的成果百分之五十是在上海收获的,出版社、刊物、思潮、运动、出版的作家作品等等,上海有这么多的馆,建立一个文学馆是完全有必要的"。

这些年,上海在文化设施建设方面有很大进展,陆续建了一批文化场馆,如中华艺术宫、上海电影博物馆、上海当代艺术博物馆等,上海市历史博物馆等正在加紧筹建。不同领域的艺术几乎都拥有了相应的展示空间,然而还没有一个与文学相关的场馆。德国的很多大城

---

① 在2012年全国"两会"期间,全国政协委员、作家赵丽宏就建设巴金文学馆曾做出提案。在2014年初召开的上海"两会"上,政协委员、作家孙甘露又提交了关于建设巴金文学馆的提案,并且得到了包括上影集团总裁任仲伦,作家潘向黎、薛舒,评论家毛时安、谭帆等十多位上海政协委员的联署。

市,如柏林、汉堡、慕尼黑等,拥有自己的城市文学馆。在中国,北京有中国现代文学馆,台湾有台湾文学馆,河北有河北文学馆;此外,还有以作家命名的文学馆,如冰心文学馆(福建)、赵树理文学馆(山西)、莫言文学馆(山东);同时,广东文学馆和浙江文学馆正在筹建中。

如今,文学馆的重要性正被越来越多城市、地区所认识。在文学方面,上海又恰恰具有非常丰厚的资源。"全国有条件建设中国现当代文学馆的城市,首先是北京,其次是上海。这也是我们上海的文化积淀非常重要的一个方面,所以大家觉得不能缺文学方面的场馆。"上海市作家协会党组书记、副主席汪澜指出:"作为一个国际大都市,作为一流的经济中心,上海建立一个文学馆,也是天经地义的事情。"复旦大学教授、巴金研究会会长陈思和说:"上海的文学从某种意义上来讲,在全国文学发展上是有代表性的,不仅是在'五四'新文化运动中,还从近代开始。我觉得所有文化方面的场馆里,最重要的是文学馆。从近代开埠以来,最能反映中国人精神面貌的是文学,而这个文学的重心又在上海。所以在上海建立一个内容丰富的、能把历史保存下来的文学馆,对整个中国的文学是非常重要的。"

2010年,由上海市作家协会、上海文学发展基金会主持编纂的文学大系"海上文学百家文库"出版。该文库共130多卷约6000万字,收入了19世纪初期至20世纪中叶在上海地区生活过的267位作家的代表作品,全方位、多侧面、系列化地展现了上海文学的深厚底蕴和辉煌成果。267是个不容小觑的数字,事实上,现代文学史上几乎所有重要作家都与上海有着密切关系——或出生于上海,或从外地到上海定居,或在上海短住,或作品的出版地是上海。然而,对于这段历史,对于这些与上海有着千丝万缕联系的作家,人们又有多少了解呢?

华东师范大学教授陈子善感言,这些年在给学生讲课的时候,都

上海蓝皮书·文学

会问他们一个问题：你们对上海的认识、了解有多少，除了外滩、陆家嘴、豫园这些景观，鲁迅纪念馆、巴金故居、蔡元培故居有没有去过？举手的人极少，绝大多数学生没有去过。这些学生里大部分来自外地，一小部分是上海本地的。对于学生们的回应，陈子善很吃惊："这些年轻人来到上海，待了四年甚至七年，对上海的文化了解还很少。"陈子善马上建议学生一定要去鲁迅纪念馆、巴金故居看看。然而，另一个问题是，上海虽然有众多的文化名人遗迹，但相对于伦敦、圣彼得堡等城市中星罗棋布的名人故居，上海对外开放的文化名人故居还是比较少的。目前，在上海被登记为历史文物的名人故居有150多处，其中对外开放的只有20余处。这也意味着，除了通过文字认识作家外，人们很难在上海通过实地参观名人故居来更深入地了解作家的多面人生。陈子善曾去过河南的文学馆，那里展览物品的时间跨度从古代一直延伸到当代。陈子善参观之后很惊讶，感叹地对我说："河南历史上文学大家太多了，文学馆的展览很清楚地展示了河南的文学变迁过程。我以前虽读过中国古代文学史，但因时间久了，像杜甫、白居易等是哪里人等具体细节就模糊了，一看文学馆的展览就又一清二楚了。"由此他联想到，如果上海有了文学馆，就能全面展示上海文学的发展演变过程。"上海开埠以后的一百多年历史中，文学方面是非常重要的，中国第一部方言小说《海上花列传》就诞生在上海，《新青年》杂志在上海创刊，鲁迅晚年的十年生活在上海，左联在上海成立，《现代》《新月》等重要的文学刊物也在上海。此外，关于历史上某个文学事件、某位作家的事迹，可能有不同版本的说法，有些说法可能是不符合事实的，那么文学馆也可以起到普及正确的文学历史知识的作用。"

赵丽宏指出，有些作家的作品很好，但是随着时间推移，很少宣传他们，他们的作品也不再版，就很容易被后辈遗忘。上海很有文化底蕴，是中国现代文学史上的文学重镇，新中国成立后也占据中国文学的"半壁江山",现在的上海文学也很有特色。开埠以来,上海各个时期都涌现了非常优秀的作家,创作了优秀的小说、散文、诗歌等,这些都不应该被人忘记。而建立文学馆就是传承历史记忆的有效形式。

上海拥有非常丰富的文学资源,涌现了非常多的优秀作家,但是奇怪的是,一提到上海文学,公众最先想到的往往是张爱玲。在消费主义的潮流中,张爱玲被追捧为"小资鼻祖",成了一个耀眼的明星,甚至成为不少人心中"上海文学"的代名词。这样的现象很荒谬,同时也从另一个侧面反映了大众对上海现当代文学的全貌是模糊不清的、了解甚少的。在这样的现实状况下,上海不仅需要建文学馆,而且迫切需要有一个文学馆来厘清、展现上海文学的历史脉络。

近几年,集书法艺术价值与史料研究价值于一体的名人手稿成为拍卖市场上的新宠,屡屡被拍出天价。然而很多藏家看中更多的是名人效应及其背后的升值潜力,往往忽略了手稿本身的研究价值、历史价值。同时,一旦这些手稿被私家收藏,就很难与公众见面。因此,博物馆对作家手稿的收藏显得更为迫切,也只有具有权威性、影响力的博物馆,才能消除名人或名人家属的多方面顾虑,吸引他们无偿地捐献手稿、藏品。

当然,除了保存展示资料、拯救文学记忆,文学馆还有很多现实意义。作家陆天明指出:"文学馆若建立起来,不能只是吃巴金的老本,若鲁迅、张爱玲、王安忆之后,没有新生的创作力量,反而展示了上海文学的一种窘相。所以要通过建文学馆来推动上海文学的发展,培养、宣传上海的文学队伍、文学力量,鼓励关于上海的文学创作。"孙甘露认为,作家的作品、藏品在文学馆展示,体现了一种文化上的认同,文学馆也能起到激励后辈作家了解、传承上海文学传统的作用。

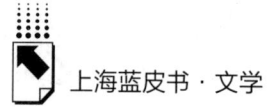

二 上海的文学馆可以"巴金"命名吗?

在上海建设城市文学馆的推动过程中,众多倡议者、支持者更倾向于称其为"巴金文学馆"。理由何在呢?

"以文学大师或标志性人物命名一座城市的文学馆,既是常见的做法,又能突出城市的标志性人物。"孙甘露指出:"巴金长期生活在上海,他的重要文学成就都与这座城市的发展息息相关。巴金先生的文学生涯纵贯 20 世纪整个中国的文学历程,并长期担任中国作协主席,是当之无愧的文坛领袖,具有其他作家不具备的代表性。巴金在几代读者中享有良好的社会声望,曾被读者誉为'二十世纪的良心'。为了向巴金先生致敬,我们建议以巴金先生个人名字来命名文学馆。"

中国文艺评论家协会副主席、上海市政协常委会委员毛时安也非常赞成以"巴金"命名文学馆。"我觉得巴金有一种非常深沉的人格力量,这种人格力量是今天中国人特别需要的。巴金是做的多说的少,奉献多索取少。所以巴金留给我们的不仅仅是文学的财富,他还留下了非常重要的精神财富。当年是他真正意义上继承了鲁迅的精神。巴金也为我们建设社会主义核心价值观提供了最为重要的精神资源,要提炼巴金和核心价值观的关系。巴金是上海的巴金,而且还是中国的巴金、世界的巴金,他是上海有世界影响力的文化巨人。爱国主义精神、奉献精神,这些在巴老身上都能体现出来。"

李存光认为:可以叫上海文学馆或上海城市文学馆,但是这样的名字太平淡了,"上海的优势主要是在现当代,巴金这个名字是最有标志性的。以巴金命名,我们将其作为一个标志,不是简单地向巴金先生致敬"。同时,李存光指出:上海的文学馆和巴金故居的关系不能回避,"巴金故居已经开放了三年,在运作的过程当中,有很多的成绩,也积累了很多的经验。全国的故居没有像巴金故居这样搞得这么活跃、这么有影响,所以要利用巴金故居的这个优势,来促进上海的文学馆的建立。巴金故居的藏品基础和运作经验,是我们建立上海文学馆的一个基础。巴金故居现在所拥有的经验,它保存的实物并不完全是巴老自身的东西,实际上是中国现代文学的一种缩影,上海城市文学的很多东西可以在那里找到,这就是建设文学馆的物质基础、藏品基础"。

位于武康路113号的巴金故居,是万千读者心中的文学圣地,巴金在这里生活了约半个世纪。赵丽宏曾去过很多国家,也去参观过那里的故居,比如陀思妥耶夫斯基故居、托尔斯泰故居、莎士比亚故居、雨果故居、巴尔扎克故居等,"这些故居大多是后人造的,原物展品很少。而巴金故居完整地保留了巴金的生活状况,每一件文物都保存了原来的面貌,它的收藏已经完全可以支撑一个文学馆的内容"。巴金于1904年出生,2005年去世,他是"五四"之后的第二代作家,贯穿了新文学发展的整个过程,接触过各个时期的一流作家,包括国外的作家。据统计,巴金故居存有600多件巴金生前使用过的各类生活用品,以及510箱图书、书稿、书信及各类其他文献资料,其中包括近4万册多门类、各文种的图书,例如,有300种以上的各种外文百科全书、词典等工具书,不仅涉及了世界各主要语种,而且有很多冷僻语种,这些书对文学翻译和学术研究都有重要的使用价值。此外,巴金故居里各类书稿、书信、文献、照片档案资料,据不完全统计已超过10万页(件);在巴金的收藏品中,还有200多件著名书画家的书画艺术品。巴金非常具有收藏意识,哪怕一张小纸片都留着,巴金的"说部丛书"与《大英百科全书》等,都保留着当年的购书发票。巴金故居的文献资料是巴金一生经历的实物见证,也是中国现代当代文学史甚至中国20世纪历史的重要见证。

让人有些遗憾的是,因为空间有限,现在巴金故居里对外展示的资料只占总资料的 1/3 左右。巴金故居常务副馆长周立民用了一个很形象的说法说明："这个故居原来有 80 多个书架，目前放进故居的只有 39 个，故居还有近 2/3 的东西在库房中封存着，没有空间展示。有时我们想举办一些展览，还要向外借场地。我们也搞了一些读书会活动，但只能允许 20 人左右参与，因为会议室太小。"

巴金故居三楼是储藏空间，除了很多尚未整理的资料，书橱中塞满了半个世纪以来全国各地读者寄给巴金的信。周立民向记者介绍："现在放故居资料的地方，是跟展览、办公的区域混合的，这对资料的安全、保护来说都不是一个有效的手段。还有一个问题是，资料的编目、整理工作还没有完全展开。上级部门帮我们借了一个库房，但仅能满足把巴老的东西整理出来，编好目。从严格的保护角度来讲，那里也很难达到库房的标准。还有一个突出的问题是，参观者对我们不断提出要求，觉得来故居参观只能看到巴老生活的地方，没法更多地了解巴老作品在文学史上的地位和他的生平。一个'馆'可以承担这样的功能，但一个故居很难承担。"

赵丽宏指出，鲁迅、茅盾、老舍、冰心等中国现代文学史上的重要作家，都设有一定规模的纪念馆，供公众参观，供学者研究。2006 年，赵丽宏联合冯骥才、张抗抗、贾平凹等作家，在全国政协会议上提交提案，建议在上海筹建巴金故居博物馆。2007 年，巴金故居建设项目获得上海市政府立项。经过多年的筹备，2011 年 12 月 1 日，巴金故居终于对外开放。目前的巴金故居总面积 1400 平方米，主楼 500 多平方米，还有两栋辅楼以及花园，相比于冰心在长乐面积达 4500 平方米的文学馆，巴金的展示空间非常有限，而且从资料的储藏量来说，巴金的资料要数倍于冰心。巴金故居是历史建筑，很难再扩展空间，本可以通过纪念馆来缓解空间问题，但因为受制于为党和国家领导人建纪念馆的有关规定，巴金纪念馆迟迟无法建立。

巴金故居拥有的文献资料非常珍贵，时间跨度非常长，且没有中断,这在作家收藏中非常罕见,也为建立巴金文学馆打下了非常好的基础。与此同时,文学馆的建立也是对巴金建设文学馆思想方面的有力传承。"巴老生前曾无数次说过,成立文学馆的目的,不仅在于保存,还在于公开,要面向读者、研究者,把资料公之于众。"作家、中国现代文学馆前馆长舒乙对我说。巴金晚年除了集中精力创作《随想录》外,还有一项重要工作,就是推动中国现代文学馆的建立。因此,巴金是中国现代文学馆的倡议者、创始人,出了非常大的力,包括捐款15万元作为中国现代文学馆的基金。一走进中国现代文学馆,我们就能看到展馆大门上巴金先生的手模,能看到竖立在那里的巴金先生的铜像。"中国现代文学馆本身就是巴金先生的纪念碑。光阴流逝,巴金先生作品的魅力不但没有消逝,反而更显出恒久的力量,闪现出光芒。自觉地从巴金先生那里汲取力量,以他为典范,弘扬民族文化,发展文学艺术,不断攀登高峰,是我们后人义不容辞的责任。"中国作家协会党组书记、副主席李冰感慨道。陈思和指出:"巴老是一个博物概念非常强的人。中国现代文学馆作为一个全国的文学象征,要担当这么大的功能是很困难的。上海作为一个文学的中心,应该去分担这个功能。今天要建立上海的文学馆,其实也是在做巴金的文学馆的思想。所以因为这样的名义,以巴金的名字来命名上海的这个文学馆,是合适的。"

三 巴金文学馆如何彰显自身特色?

中国现代文学馆成立于1995年,是中国现代文学的资料中心,集博物馆、图书馆、档案馆于一身。那么,巴金文学馆主要展现上海现当代文学史上的重要作家、作品,是否会与中国现代文学馆有所重复呢?上海的文学馆如何体现自身的特色?

周立民对记者谈道:"等有了文学馆,巴金故居可能主要作为遗址开放。各种关于巴金的专题展览,比如巴金的生活世界、巴金的文学世界等,可以不断在文学馆推出。巴老捐出去的8万册左右的书,虽然不能再要回来,但可以通过数字化的方式收集起来,使巴金文学馆成为巴金研究中心。"

《人民日报》资深编辑李辉认为:巴金的朋友很多,而且他培养了一批作家,这些人的资料、藏品都可以聚集到巴金文学馆,"包括北京他交往的一些朋友,沈从文等,像沈从文到现在也没有展出的文学馆,他的作品资料可以在巴金文学馆展示。此外,巴金朋友的藏书、作家间的书信,也可以是上海文学馆的收藏重点。巴金有几麻袋读者来信,这种读者与作家的关系,在文学馆里也都可以体现。"

陈思和指出:"这不是为巴金个人造一个纪念馆,而是把他作为上海文学或者新文学以来的一个文化象征。建立巴金文学馆应该定位在促进上海城市文学的发展,是表现上海开埠以来的文学历史、文学成就的博物馆。"因此,他认为文学馆的整个规划要做足、做大,不能仅仅局限于满足巴金故居文物的展示和收藏。"论证上一定要讲清楚,巴金文学馆是作为上海城市文学馆的,这个完全符合习近平总书记要把整个传统继承下来的思想。这个传统里很重要的一脉就是近代以来中国在追求现代化过程中的传统,这些教训、经验、成果需要我们去继承,这也是我们建立文学馆的一个基础。"

舒乙认为,中国现代文学馆作为中国现代文学的资料中心,很全面,但有一个缺陷——反映不出地方色彩。舒乙认为在上海建文学馆与中国现代文学馆不构成矛盾,反而可以形成互补。同时,舒乙指出,既然是展现上海文学历史脉络的文学馆,那么关于上海文学的方方面面都要收进馆里,把新中国成立前上海的各种文学流派都展示出来,"整个历史时期,比如新文学时期全部的文学现象都应该在这个馆里得到展现、研究,而不是任意加以舍取,不能光展示好的、进步的,也要展示那些坏的、反动的、色情的。只有研究那个时期全部的文学现象，才能反映一个非常全面的历史概况、发展脉络"。

新时代，冷冰冰的单纯展览性质的博物馆早已无法吸引大众，观众更期待的是一个现代化的新型文化空间，展示凝固的历史背后永远鲜活的文化。孙甘露认为文学馆可以举办常设展、专题展、纪念展等各种不同形式的展览，一些作家多才多艺，擅长书法、绘画，他们的书画作品也可以在文学馆展示。此外，巴金文学馆还可以与世界各地文学馆开展交流和合作展览，扩大上海文学在世界上的影响。

上海戏剧学院教授曹树钧建议，文学馆里不光只有书面的展示，还要运用现代化的手段搞得有声有色，"巴金作品影响非常大，很多作品被改成电影、电视，还有连环画，这些都可以在文学馆里加以展示。我们这个馆应该以巴金为中心，把其他有关的音乐家、美术家、舞蹈家都涵盖在里面，展现我们上海的海派文化，点面聚合，丰富多彩，使大家都愿意来看"。

赵丽宏则建议，依托文学馆，一年举行一次上海国际文学节，请全世界的作家到上海来交流，文学节可以举办各种面向大众的活动，比如研讨、朗诵、演讲等，最后在闭幕盛典上颁发一个国际性的文学奖——"巴金国际文学奖"。

四 让文学走入公众领域，成为在地文学

2013 年 12 月中旬，"香港文学生活馆"成立。虽然这个文学馆冠以"香港"大名，但实际很小，只是一间约 40 平方米的房间，位于轩尼诗道一栋超过 50 年的旧楼里。由于地方实在太小，主办者只好把原来计划中"文学馆"的名称改为"文学生活馆"。事实上，香港文人理想中的香港文学馆并非如此。2009 年，香港一些作家号召政府建立"香港文学馆"，并希望将文学馆纳入即将建立的西九文化区的规划图，然而最终梦想没能成真。无奈之下，这些执着的香港文

化人"卷起袖子自己干",在官方以外的天地开辟了自己的江湖。那么,为何香港文化人执意建香港文学馆呢?因为近年来,文学在香港日益边缘化,香港文学基本处于自生自灭的状态,这种尴尬处境引起了香港文化人的自省与焦虑,文学馆的建立也可以说是香港文学圈的一种"自救"。

古人云:"山不在高,有仙则名。水不在深,有龙则灵。斯是陋室,惟吾德馨。"尽管"香港文学生活馆"空间小,但主办者以此为据点办了不少活动。比如,其在开馆的同时举办了一场行为艺术活动——"文学刺青——在身体上书写"。书法家徐沛之在梁文道、马家辉等作家身上书写了一些香港文学作品的书名或其中的名句……这场活动引起了很大的关注。"香港文学生活馆"成立后即向公众开放,定期举行文学活动,定期举办文学课程,并公开招收会员。在香港急速的城市节奏中,"香港文学生活馆"正努力让文学成为香港人的一种生活方式。香港作家董启章谈道:"文学的想象力,是一个地方的精神自由度的标尺。文学的空中楼阁,应该是包容无量可能的场所。当空中楼阁落实为一座地上的建筑,或为容纳所有这些空中楼阁的一所共同的文学馆时,它必须贯彻文学的核心精神,也就是以想象力为建设原则。我们想象中的文学馆,应该是一座富有想象力的文学馆。"[1] 董启章想象中的香港文学馆,外面应辟有一块大草地,可以在上面扎营露宿,举办"草地文学营"。文学馆还可以以特定的族群,比如工人、妇女、戒毒青年为目标举办文学活动,使文学成为社会上各种群体表达和沟通的一种方式。

在台北有个"纪州庵文学森林",是当地文化人经常聚会、不定期举办各类文学活动的地方。纪州庵位于台北同安街107号,建于

---

[1] 董启章:《空中楼阁,在地文学——想象香港文学馆》,董启章著《答同代人》,作家出版社,2012,第231~230页。

1917年。作家余光中、小说家王文兴等文化名人曾在这里居住过，后来一些出版社在这里聚集，使得这里的文学气氛日渐浓厚。由此，台北市政府特意将这里辟为首个以文学为主题的艺文空间。"纪州庵文学森林"的网站上写着"与老树绿荫相伴，台北最自在的文学角落"的口号。"纪州庵文学森林"有很多活动，比如文学新作朗读会、新书分享讲座、作家对谈等，还会邀请作家、文学爱好者，带着他们的特制农产品来到现场，与大家分享各种动人故事。文学是无法硬性拼凑的，它应该像树木一样自由地生长。布满钢筋水泥的上海也需要这样一片茂盛而温暖的"文学森林"。

上海国际文学周是上海书展的一个品牌活动，2014年举办了第四届。每届文学周，众多中外著名小说家、诗人、学者等会齐聚一堂，参与一系列活动，吸引大批听众。可见，上海还是有那么多人需要文学、热爱文学的。目前，上海有三大国际文学活动品牌："上海写作计划"、上海国际文学周和上海国际儿童文学作家节，这些品牌系列活动越来越具有影响力，与此同时，上海急需一个现代化的固定的文学场所。然而，上海市作家协会本身空间有限，内部的多功能厅可能上午是作协机关的开会地，中午就变成员工餐厅，下午又变为作家作品研讨会会场，真可谓"多功能"，可是即便如此充分利用空间，有时举办活动还是要借场地。

2013年8月12日，"思南文学之家"在上海思南公馆举行揭牌仪式，这里也成了上海国际文学周的主阵地。从2014年2月15日起，每周六下午，思南读书会就会在思南公馆举行，此活动也是上海国际文学周活动的延伸——让类似上海国际文学周上的文化活动常态化，至今已经举办了40多期，海内外作家、评论家纷纷来到这里与读者见面。思南公馆已经成为越来越多人熟知的文学地标，只是这样的地标还是太少。此外，上海这座城市里有不少自发组织的朗诵会、读书会、文学沙龙。快节奏的时代纵然有大批人追逐着新生活方式的娱乐狂欢，也总有人在城市各个角落静静地品味文学之茗。只是这些朗诵会、读书会、文学沙龙规模小，场地也不固定，影响力有限。倘若有了文学馆这个大体量的、固定的文学地标，就能把分散在城市各处的文学力量聚集起来。

步入新时代，博物馆的功能早已多元化，从象牙塔走向大众。只有让文献资料走出仓库，让文学进入公众领域成为在地文学，才能形成一种新的公众文化生活，才能真正对人们产生积极的影响。

李存光指出，文学馆除了要突出这个馆的收藏、展示功能外，还要重视公众活动这个功能，"收藏展示的是上海的软实力和文化传统，展示上海精神层面在全国的地位。公众活动是为提高上海市民的文化素质、精神素质服务的。这两个功能是最重要的"。

上海市委宣传部文艺处副处长徐春萍也有类似的观点，她指出文学馆除了要加强文学的专业性、博物馆的专业性外，还要加强它的公益性，"巴金也说过要'把心交给读者'，所以在所有项目立项以及申请资金的时候，要强调公众参与的公益性。现在国家也在提倡大力发展公共文化，一个项目的公众参与性越强，它的资金倾向性也就越强"。孙甘露畅想道："每天文学馆的活动都可以排得满满的，比如作品研讨会、新书发布会、青少年普及教育会、青年作家的培训活动、读书活动等。"正因为考虑了公众的因素，巴金文学馆的倡议者们才认为文学馆的选址一定不能太偏僻，应该在城市的中心。

上海有很多文化景点，游客们可以去上海科技馆、上海博物馆、上海电影博物馆等"一日游"。周立民认为，文学馆也可以开拓更广阔的针对市民的空间，吸引读者体验文学馆"一日游"，"文学馆可以为他们免费提供活动空间。文学馆甚至可以与电视台合作，把一些好的活动记录下来，还可以把视频放到网站上播出，以此尽可能地把全社会的资源调动起来"。

无论是在18世纪、19世纪巴黎门庭若市的文学沙龙，还是在20

世纪80年代中国不少城市兴起的文学茶会、文化沙龙，文人们畅所欲言，品茶论艺，文学爱好者们可以与心中的偶像近距离地交流。这样的文化生活让人眷恋，而这样的场景和生活方式也正是巴金文学馆的倡议者们所期待的。

五 文学馆可以成为上海的又一文化地标

为建文学馆，很多文学界、文化界人士正在鼓与呼，然而一些圈外人士却在冷眼旁观，觉得此事与他们无关。江海洋严肃地反驳道："我们要明白，不是巴金需要建一个文学馆，而是上海需要。有巴金在上海，是上海这座城市的福分，建文学馆理应是上海应该起劲的事。"汪澜也指出："这件事不只是作协的事情，不只是文学界的事情，而是关乎上海文化建设的大事情。"赵丽宏也有类似的观念："建有规模、有水平的文学馆，绝对不是文化人的自娱自乐，而是保留上海的文化遗产、记忆，同时也提升上海的城市文化品位。"如上所述，巴金有收藏的习惯，从20世纪40年代末一直到他去世，其很多版税单和版权合同保存完好，"上面清楚地记录着当时版税多少，作家拿多少稿费，如果展示出来，就是一部中国近代出版史啊。50年代到'文革'前，巴老的戏单有好几箱，如果把戏单都展示出来，这不就是上海现代戏剧演出史嘛！"周立民说。

"魔都"是上海的别称之一，意为魔力之城，具有魔幻色彩的上海对外地人具有很大的吸引力，他们或到上海参观，或从书中了解上海。其中，文学作品是外地人了解上海的一个有效途径，他们从中了解上海的故事，甚至从故事背后挖掘上海的政治、经济、历史等方面的信息。周立民认为："有时文学作品中的上海虽然与我们实际见到的上海不一样，但是会让我们进入一种感觉。如果上海这座城市没有文学记忆存在的话，会变得很单薄。"他建议策划一份城市文化地图，以巴金文学馆为中心，串联起上海的文人故居。游客可以拿着这份地图，深度探访上海的一个个文学地标，更深入地走近一个个作家、文人。

"上海有那么丰富的现当代文学资源，没有理由不造一个文学馆。"孙甘露说。李存光也认为："上海有基础、有条件、有能力来建设一个堪称全国一流，甚至国际一流的文学馆。这对提升上海的软实力、提高城市文化品位、提高上海城市的档次、促进都市旅游业的发展都具有重大意义。"

上海拥有独特的地理位置、丰厚的历史资源，同时，目前市政府对文化建设的力度在不断加大，民众对文化的需求越来越高，巴金文学馆的建设可谓具备了天时、地利、人和。对于巴金文学馆的筹建，上海市委、市政府都非常重视，中国作协也表示将给予大力支持。李冰说："上海是鲁迅、郭沫若、茅盾、巴金等诸多现代文学大师生活过的地方，他们在这里写下了人生的辉煌篇章，这是上海得天独厚的文学资源，我们高兴地看到，上海文学界的同志们在不断完善着巴金故居的同时，正积极构想和推动巴金文学馆建设，用以容纳和展示上海文学，也展现中国的文学辉煌。这是一项有意义的不平凡的计划，中国作协会全力支持，愿为推动建设巴金文学馆做一切能够做的事情，我们相信巴金文学馆一旦建成，定会以它丰富的资源吸引全世界的目光。"

如今，各地的城市越来越同质化，高楼大厦比比皆是，在这样的情境下，上海这座城市怎样吸引人？如何彰显特色？还是得靠上海文化的魅力。当上海有了一个能传承历史、开启未来的文学馆时，人们就会有更宽广而富足的心灵，城市自然也会更有活力和创造力。

B.9
2014：在"上海"写作

——第三届上海青年作家创作会议纪要*

  2014年5月16日，上海市作家协会举行了"2014：在'上海'写作——第三届上海青年作家创作会议"（简称"青创会"），34位上海青年作家、评论家、翻译家齐聚一堂，围绕"城市与写作：我手写'我城'""写作与翻译：借镜的自我观看""传播与写作：新传播方式下的写作形态"三个议题展开讨论。中国作协副主席、书记处书记李敬泽，中共上海市委宣传部副部长陈东，《人民文学》主编施战军，中国当代文学研究会会长、中国作协小说委员会副主任白烨，《光明日报》领衔编辑、《文荟》主编韩小蕙，《人民日报》文艺评论部主任刘琼，《文艺报》评论部主任刘颋，上海市作家协会党组书记、驻会副主席汪澜，上海市作家协会党组副书记、秘书长马文运，以及上海作协副主席孙甘露、杨扬、陈思和等专家学者参与了此次青创会。

一 城市与写作：我手写"我城"

  姚鄂梅（青年作家）：我说的内容跟我自己有点相关，我想说城市女性的生活与写作。近年来，城市里的女性写作者越来越多，我觉得这是城市生活带给女性的最大鼓励。女性在城市里更容易走到生活

---

* 上海市作家协会研究室郭浏根据会议资料整理。

的前沿，她们除了必须工作养活自己，还必须经营家庭；她们压力重重，但是同时又可进可退。成功对她们来说是锦上添花，失败了也不至于无地自容，起码还可以退回家庭，城市的压力在女性这里有了些许弹性，让她们身体和精神有了偷懒的可能，于是写作的冲动就在这些女性生活的缝隙里应运而生。

门罗有一部小说集，叫《真爱的生活》，我觉得这正是女性写作者的方向。女性往往更加感性，她们也许不善于宏观把握，也许不善于逻辑归立，但是她们都是生活中的高手。一辆汽车冒着危险飞驰而过，一块招牌在楼顶上悄悄被摘下，都有可能在她们的感知世界里留下种种印记。写作需要素养，需要技巧，但更需要敏锐的感知能力。我们谈论一个人的写作水平上升或者下降，往往指的是这个人感受能力变得更加尖锐或者正在钝化。女性在这方面因为社会生活的局限，也许更加专注，就像一个视力受损的人，其触觉可能更加敏锐一样。对一个专注于感知的女性来说，生活无时无刻不在对其发生种种暗示，所以她们只需要尽自己的本分认真生活，这样就能够拥有独特的属于自己的写作资源。

路内（青年作家）：现在谈都市，尤其是大都市，有时候会想到它的极限，就是到底有多少经验的重叠，有多少人在自己位置上书写城市，是否有可能达到这样的极限？比如纽约这样的城市，无数人写；上海也一样，上海作家写上海，外地作家也写上海，世界作家也会写上海。我觉得幸甚，作家具有无限写作的可能性。

但是我们的城市经验在不断修正，很多时候我觉得在写上海这座城市的时候呈现的不是想象力的匮乏，而是经验的匮乏，凡是去过一次的城市，在经验之外均会呈现一种虚构的可能性。

都市化对小说的写作确实提出了一些要求，但是这个问题很大，而且很难探讨，从批判性、娱乐性角度来讲有一个双向的撕扯，而且都显得危险重重。一个作家如果不想精神分裂，就必须得无视一些问题，而专注于另一些问题。放大看，城市就是文明进步的标志，作家没有理由反对现代化，但是在这个过程中，它可能会必然地走向一种个人化的，相对来说比较孤独的状态，在一个大的叙事、小的叙事边界之处寻找自己的位置。

孙未（青年作家）：我小时候住过的老房子都不在了，在上海工作的外地朋友每年春运回家，而我其实是无家可回的。我想也许就是这种非常特殊的环境，让我选择了读书和写作。因为在这种环境中，我真的很难知道世界是什么，很难弄清楚自己是谁。但是如果说没有故乡的话，至少有一个地方使我有一种故乡的感觉，就是上海作协，我1992年加入作协，一直到现在。

我这么多年从事写作，一开始写的大部分是上海的中产阶级和知识分子，包括一些外来的新富阶层，他们对生活质量有比较高的要求，非常务实，智商高，他们会在现实生活之余很无奈地追求一点点理想。但是我写这些人物故事的时候也会展示一些滑稽的悲哀，从心理学上来讲，能写出滑稽和悲哀是因为我们内心有愤怒。

作为上海"土著"，我写了很多边疆地区和国外题材的作品，因为我觉得大城市生活中有某种罪恶感。其实人的生活都不是非常从容、安逸和接近人的生存本质。我在写边疆地区的题材时，倒是觉得能够发掘人物的诗性和高尚。但是我觉得这些年自己在变化，渐渐能够接受上海这个城市了。可能是我渐渐能够接受我是谁了，开始渐渐能够在我的日常生活中，在我身边一些题材中，发现城市生活崇高、诗性的部分。

而我依然有一大部分时间在国外走，或者在边疆走。我觉得自己也许已经不是在寻找，而是将这些地方作为一面镜子，试图通过它看明白上海的生活，明白我是谁，也就是试图知道世界是什么，了解世俗生活。我觉得世俗生活决定了我们是谁，而我们的精神生活能够走多远，可以取决于我们现在所做的努力。

蔡骏（青年作家）：我今年初读了金宇澄老师的《繁花》，突然发现又多了一本自己喜欢的当代文学作品，所以这次特别选择了与城市相关的议题。《繁花》给了我很多启发，甚至打开了一扇大门，当然这可能与《繁花》中写到的很多都市的场景类似，与我的个人体验有关。比如，故事中有两个我非常熟悉的地方，一个是卢湾区的思南路附近，那是我曾经工作了很久的地方；另一个是普陀区的长寿楼附近，那是我青少年时期生活的地方，也是我现在工作、生活的地方，极其真实而亲切。写作的说法、创作的观念，也在现在这个阶段深深地影响了我。所以我现在的小说真的是有意识地往一个新方向、新领域写。

还是要说到上海这座城市，我觉得在近十几年，上海的文化领域，不管是电影、音乐还是出版领域，几乎所有领域均远远不及上海曾经占据的全国地位，完全不能与北京相提并论，而且近几年看到与兄弟省份江苏、浙江相比也毫无优势。我觉得我们现在唯一还有的优势，就是上海的作家。前几天刚刚从北京回来，接触了北京那边一些出版人、电影人，他们还是觉得上海有很多很多的写作者，他们要是找作家、编剧，会到上海来。

王若虚（青年作家）：在的我理解当中，城市的写作重点应该是城市当中的人，因为上海是中国人口众多的城市之一，人和人的差异其实是非常大的，包括个体差异、阶层差异、群体差异。在不同阶层、群体当中，经常有各种各样的机会产生微妙的关系。在这种微妙关系里，我们就可以感受到城市的生活价值与生活意义。

我其实从三年前就一直在构思一部小说，这部小说是有一个故事原型的。上海有一所初中，原来是公办的，接收的是本地学生，后来合并了一所外来务工人员子弟学校。校方为了方便管理，把学校的区域一分为二，东面是原来这所公立学校学生的活动区域，西面是外来务工人员子女的活动区域。这个学校在很多制度上将两个区域相对隔离开来。比如，进出学校的校门不一样，作息时间可能因为客观条件也予以错开。这样的情况就形成了一种微妙的格局，或者一种割裂。这一现象被新闻报道以后，校方也对此进行了回应，的确出于客观条件，校方不得不进行调整。虽然有些公开活动两个区域的学生都会参加，但其平时在私底下是没有任何来往的。这种现象很特殊，但是又具有一定的代表性。我就非常想探索这里面的关系，探索在这样的特殊情况下，不同的阶层、不同的群体最后是从一种对比当中走向融合，还是会继续保持相对紧张的关系。

周嘉宁（青年作家）：我觉得上海是中国最适合城市写作的地方。我小时候住的地方，现在已经被拆掉了，对我来说这十几年的时间，上海始终就像一个非常大的工地。从物理层面来说，我觉得城市不存在稳定的状态，绝对是没有的，就好像我现在没有办法再回到童年记忆当中，可能那个地点还在，但是所有记忆已经不存在了。我也不相信，我现在的生活，包括我现在生活的地方会变成一种持久的记忆。但是当所有这些东西被拆除了以后，又会建立起一套新的规则，这是一种全世界通用的大城市格局。

由于从小生活在上海，从来没有离开过这个地方，去其他地方生活时间非常短暂，我的地域观念变得非常强。这种地域观念强是指，我会把整个世界非常简单地分为城市和非城市，但是与此同时，我的地域观念相对来说是弱的，因为对我来说所有大城市都是一样的，有一个通用的标准和规则，是一个非常完整的体系。

在所有规则完善的地方，就会有一个问题，就是由于规则太完整，在那个地方生活的人的生命力会变得很弱。在写作的某一个阶段，我非常羡慕那些在乡镇或者在二线城市生活的人，因为我觉得很多好的故事，很多对作家来说惊心动魄的故事，会发生在相对来说没有秩序和生机勃勃的地方。我过去在很多时候会非常骄傲地说，我生活在充满了条条框框的城市中。与很多生活在其他地方的同龄人比起来，我自己最大的问题竟然在于生活太规矩了，写作也太规矩了。

三三（青年作家）：我觉得中国是一个发展存在"时差"的国家——同时拥有高度发展的城市与农业特色鲜明的乡村。很庆幸，我们恰好生长在乡村与城市交融的时代。作为生于上海的90后，乍看之下，显然是城市文化对我的影响大。然而我们这一代也受着乡村文化的潜移默化。在我们所受九年制义务教育里，许多课文是以乡村文化为基础的，在我们所阅读的老一代作者的经典作品中，也有许多是以乡村为背景的，甚至我们的祖辈，最初也来自乡村。

就我个人看，乡村文学更为扎实、浓厚，情感传递的介质非常稀少，反而令情感向内深陷。城市文化同样也有独树一帜的妙处，尽管是生活在城市里的人，但是我觉得自己无法概括一座城市。在我的观念里，城市有许多细小的变化，日新月异，速度很快，人们拥有太多渠道了解超负荷的信息，每个人选择自己认可的捷径，孤独地走自己的路，如果其中有共鸣，我想更多也就是对孤独的共鸣。城市让我眼花缭乱，当我描述一座城市的时候，我觉得如同盲人摸象，首先因为它非常细碎，而每一部分又非常真实；其次因为解读城市文化对我而言更像是一个寻找的过程，是我内心的乡土情结包容、接纳新结构生活的过程，二者并没有优劣之分，而且我相信时间会塑造更完美的结合。

黄平（青年评论家）：我就举两个蛮有趣的文学片段。第一个片段，一个叫李生的上海青年，眼看一头巨象的脚掌黑夜般压下来，憋了紧紧的喉咙发出了极其短促的一声"啊"，大家都知道这一片段出自甫跃辉的《巨象》。第二个片段，同样也是一个上海青年，他说他所看到的上海是一只遮天蔽日的黑色章鱼，它在这块海边的领土上覆盖着所有盲目的人们，其黑色的触角触及了这座城市每一个细小的角落。同样是一个压抑性的异乡，这里使用了一只黑色的章鱼，其作家就是今天没有在现场的，同样是上海青年作家的郭敬明先生。这个片段来自《小时代2.0》。

这里并不是想讨论什么是好文学，什么是差文学，我想讨论一个问题：今天当上海的青年作家写作的时候，我们往往讨论"我"，以及我们个体在面对巨象或者章鱼时内心各种各样的感触、各种各样的体验，为什么很少见有作家直接描写这头巨象是什么，或者这只章鱼背后的东西是什么？在华东师范大学，我与我的学生们每周会讨论一位80后作家，并将其写法归为两种常见类型。第一种类型更多的是写自我经验，往往以家族史的方式来写。第二种类型就是把上海城市空间进行处理的自然式写法，就是把上海变成一个地理性空间的写法。我觉得这并不是不好，但是比较遗憾的是，我们现在很缺乏社会式的写法，就是茅盾的写法，或者更伟大的托尔斯泰的写法、巴尔扎克的写法，今天，这种写法在上海青年作家写作之中不能说没有，只是非常少。究其原因，今天城市写作存在的非常致命的问题，就是我们无法构建写作的意义感，也就是当我们在家族史的意义上写自我的时候，或者在民族学意义上写上海的生活的时候，都是有意义的，但是在社会史意义上写上海的时候，我们缺乏大的意义，或者大的趋势。我觉得这对今天城市写作构成了一个巨大挑战，怎样超越个体的东西？在社会史意义上，能不能寻找一个大的意义？或者这个时代是否有力量提出，在小意义之外，那个大的意义存在于哪里？

金理（青年评论家）：我前段时间看黄平兄的一篇文章，他有一个判断，说路遥的《人生》是中国城市文学一个比较有意味的起点。我现在想这句话可能是有道理的，比如在那个时代，像高加林进取的自我开始登场了。年轻人愿意以一种积极主动的姿态为自己的发展谋求更多可能性，愿意冒险，同时也知道他的冒险是有可能成功的，那个时候的世界还允诺着某种可能性，去促成他去追求理想的自我。个人与社会之间多多少少有一种联动感，一方面整个社会会召唤人的一种能力、一种抱负，另一方面外青年人抱着被激发出来的能动性愿意生机勃勃地投到生活当中，但是现在这种联动感好像正在被撕裂，比如，我觉得高加林依然是一个很复杂的人物。今天，高加林身上有哪些性格因素正在激荡，哪些因素已经死亡了？

我觉得这可能不仅仅是一个个人写作的问题，有很多重要报刊写文章讨论，为什么今天的青年人暮气沉沉？现代社会的特点强调一种合理性，青年人身上很多反抗、批判的东西要稍微被剔除一些。有的时候，青年人有意无意要配合这样一种合理性，所以大家会感慨今天的青年人很悄无声息。当然，有人会感慨悄无声息的青春值得缅怀，比如像《青春之歌》这样的作品。

我的意思是说，不管是以前激进的青春，还是今天寂静的青春，都是一种角色化的青春，符合某种外在社会力量对青春的期待，对青春的塑造，对青春的召唤。当我们可以真正正视青年人自己的欲求、自己的生命自由、自己的精神能量时，真正的青春文学才会诞生，或者真正属于青春人的城市属性才能产生。

叶祝弟（青年评论家）："在'上海'写作"这个主题非常好，在上海写作意味着不是在北京写作，不是在西安写作，它其实凸显了在上海写作的特殊性和差异性。我想，在上海写作的特殊性和差异性是什么？我觉得有两个方面：一方面是对时代的把握，上海一直走在时代的前面；另一方面是上海的写作传统，比如怀旧的上海、革命的上海，除此之外，是不是还有另外一些传统？

第一，我们今天已经进入了微时代，如果说 20 世纪是以宏大叙事和现代性为特征的线性时代，那么我觉得 21 世纪应该是以小叙事、后现代性为特征的时代。微时代有四个方面特征：一是产生于后现代的语境，二是消解了宏大叙事，三是在经济学上依靠后现代的工业方式，四是在技术上依靠互联网。对作家来说，怎样把握这样的时代充满了某种挑战。在微时代去中心、反体制，以及开放性、流动性、多元性的环境中，写作给个体提供了解构权威、摆脱挪移的机会，一定程度上消解了社会的整体性。但是这样的自由只不过是一种幻想，人们的革命性举动其实是一种虚张声势的表演和话语的狂欢。

第二，是不是在上海写作意味着重新挖掘具有南方经验，或者江南美学的传统？相比于上一代作家而言，这一代上海作家，已经自觉地与传统城市书写拉开了距离，开始将目光投向被标签化、脸谱化城市内部的复杂性。除了革命的上海、洋场的上海、传奇的上海、魔幻的上海这些标签之外，南方的美学仅仅在这样的城市书写当中是不是有其存在的价值？南京路、淮海路固然是上海，田林、六里桥、嘉定也是上海。如何把这样大历史上遮蔽的小叙事展现出来，可能是一个作家要思考的问题。

哥舒意（青年作家）：城市与写作，我觉得更像是一种天然的选择，因为我身在城市，在上海生活，写小说的时候一定会带着这种气息，它是天然的东西，是没有选择的选择。我拿自己打个比方，我是知青子女，在上海出生，1~9岁都在上海；9~18岁到了一个被称为"华东民工之源"的二三线小城市生活。我的童年时期和青春期是分开和割裂的，无论是在上海，还是在我父母工作的小城市，我都会有时空错乱感，觉得哪里都不是我的故乡。直到现在，我都觉得自己没有故乡，我只是在这两个地方生活过。从小时候开始，我就在寻找归宿感。我喜欢上了读书，所读的大多是外国小说，因为我从这些书里感受到了相同的气息。中学时我就读了一批法国小说，有趣的是，巴尔扎克、雨果的巴黎一直让我想起上海，他们所说的"外省"就好像是我父母工作的小城市。我自己是在写作里找到归宿感的，小说就是我的精神家园。如果我从小没有感受到它，如果它不存在，那我就创造一个。所以小说是我的归宿，是我的故乡和我的家园。

下一代的作家也许只能在城市里写小说了。随着城市化的推进，越来越多的人从自己的故乡转移到了新城市，远方的故乡对他们来说是一个抽象的名词，只会说我出生在那里，在那里生活过一段时间；我喜欢那里，就与喜欢其他城市一样。我想，在以后的小说写作里，故乡作为精神家园越来越成为一个难以理解的命题。二三线的小城镇已经不存在了，20世纪七八十年代的上海已经不存在了，童年和青春都不存在了，它们变成了什么？变成了需要回忆的东西，变成了我们这些人写的小说。

二　写作与翻译：借镜的自我观看

小白（青年作家）：我小时候学习外语时，到福州路的科技出版社买了一部港版的牛津图解辞典，翻了以后突然有一种知识上的震惊，比如"sword"（剑）这个词的配图完全与我概念中中国的剑不一样。我觉得我们做翻译的都有一个假定，我们把欧洲小说或者南美小说翻译过来，假定它和中国小说是一类东西。

中国小说和我们读的翻译小说有一个重要差别——就传统来说完全是不一样的东西：欧洲小说不管英文的也好，法文的也好，都是在文本传统下层层堆集起来的；而中国现代小说完全是突然来的，早期现代白话小说是直接翻译而来的，没有欧洲小说的文本积累。从这一点上说，我们的小说实际是缺乏文本传统的小说。中国现代小说主要是从翻译小说发展而来的，当然，我们可以很简单地把"马尔克斯""契诃夫""斯达夫"植入中国的环境来写，但是这样的小说还是很难构成一个"大小说"的世界，让读者跟随作者进入这样的小说世界。

BTR（青年作家）：第一，写作是一种广义的翻译。写作本身就是翻译的一种想法——从口语到书面语的翻译。第二，某些写作事实是已知的，比如自传性的写作，翻译是一种已知的事实。第三，写作是符号学意义上所指与能指之间的互译。第四，与前面相对来说，阅读是一种理解的过程，阅读理解也是一种翻译的过程。

另外，翻译是一种再创作。这可能有一点点嘲讽的意味，有时候某些翻译是乱翻的，我们称为"乱创作"，但是比较严肃地说，翻译有时候确实需要一些再创作。比如诗歌，诗歌本身很难翻译，诗歌翻译也需要再创作。从一个很本质的角度来看，翻译是先要了解作者的观念，再以自己的语言表达出来。

接下来，谈谈既是作者又是译者到底有什么好处、坏处。第一，翻译是非常好的语言练习，因为翻译时会做很多事情，比如寻找同意字，期待找到一个句子中的对等性，或者从外文的结构演变成中文的结构。翻译还有好处，比如翻译一定会细读，会带来很多语言方面的细节。第二，译者风格和所翻译著的作者风格需要一种契合。我是一个译者，也是一个作者，有时候会感觉到我写的东西会受到我所翻译东西的影响，这种影响是潜移默化的。

黄昱宁（青年翻译家）：翻译文学是近代以来深刻改变中国文学走向的不可或缺的力量，小白刚才讲中国现代文学是突然出现的，它离不开翻译的影响，我觉得现在这种影响仍然在向纵深发展，它其实往往被低估，或者被曲解，或者流于表面。

长期以来，翻译体，或者翻译腔，在很多场合是作为贬义词而存在的，但是实际上翻译文学与原创作品客观上存在体、腔、格上的各种不同，这些不同不仅应该是中性的，而且应该是十分必要的。例如，网上有一些用几乎完全脱离了原文的形式、内容来反证中文的博大精深，他们会把莎士比亚的十四行诗变成乐府、唐诗、宋词。这样的游戏不但被广大读者所接受，而且被很多人推荐，但我觉得这样的游戏不仅毫无意义，而且以它来增强民族自信是很表象、肤浅的，对创作来说根本没有刺激意义。

几乎每个月都有读者投诉：你们译错了，福克纳的小说怎么有几页没有标点？我们解释道：福克纳的小说本身就是没有标点的。读者则会说：要你们翻译干什么？你们就应该加上标点。

俞冰夏（青年翻译家）：我早期做文学翻译的时候经常被要求加注，在十年前，整个行业的规范是碰到一个大部分中国人可能不认识的外国作家，或者外国人名，就在页码下面加上其生平信息。怎么界定在遇到一个人名时是否需要加注？大部分读者对西方文学的了解到了哪个层面？狄更斯可能所有人都知道，是不是不用加注，而劳伦斯·斯特恩大家都不认识，就需要加注了？界限是非常难以界定的。是不是在发展的过程中，比如十年、二十年以后，我们对西方文学更了解了，译注就可以完全不用了？提一个我自己认为比较好的方式，也是最近西方比较流行的方式：在西方，一些读者会做"维基百科"词条，来解释一些译著中可能对这个国家的读者来说不太熟悉的东西。这可能是比译注更好的方式。

胡桑（青年诗人）：翻译可能是一种写作，但是不指具体上的写作，不是那种抛弃了语言胡乱进行创作的写作，而指的是对形式创作的渴望。人们觉得创作是第一人，翻译都是跟着创作走的人，居第二位，但我在翻译的过程中不这样认为，或者我对翻译有一种要求、期待，我希望翻译也是一种写作，希望它能够达到果皮贴在果肉上的状态。不过，这只是一种期待，具体的翻译会遇到各种各样的问题、困境，阻碍这种期待的实现。在我的期待中，翻译就是一个写作者。

周嘉宁有一个说法：一部作品是应该具有可译性的，真正的作品会召唤翻译，而不是拒绝翻译。我比较怀疑那种不可翻译的作品是好作品的说法，我觉得真正的好作品是向翻译开放的。周嘉宁说：一部作品在翻译过程中才完成了自己。这是在写作意义上理解了翻译。

对我来说，翻译可能是一种形式的创造，或者说渴望去创造的形式。这种形式的创造不是简简单单地翻译，而是一种"摆渡"。"摆渡"是我从德语中讲出来的，因为德语中的"翻译"除了翻译的意思之外，还有摆渡的意思，翻译其实是从一种语言摆渡到另外一种语言,这个过程很复杂,我的观点是我们需要在这个过程中有对形式坚定的直觉、敏感。

薛羽(青年评论家):我对写作和翻译的问题分两个部分考虑:一个是作为阅读的翻译;另一个是作为写作的翻译。我对鲁迅、巴金等人的阅读经验很感兴趣。比如,鲁迅在"五四"之前的很长时间里作为翻译者存在。他通过日本文本翻译雨果的《悲惨世界》,当时将书名译为《哀尘》,然后翻译了凡尔纳的《越界旅行》。我曾经在北京鲁迅博物馆中看到了三大本鲁迅藏书目录,里面详细收集了鲁迅的阅读经验。晚清时期,鲁迅翻译时是可以改写的,比如斯巴达克斯这个角色,完全可以进行故事改写,也可以进行中式翻译,也有其他作家完全借这个题目重新创作自己的小说,那个时候译者放松的状态很有意思。

张定浩(青年评论家):我今天来到这组的时候比较惶恐,也比较荣幸,因为这组里不仅有我钦佩的写作者,而且有我钦佩的译者。作为英语不太好的人,应该说些什么呢?我去年译过一本小说,平时也做一点诗歌翻译练习。作为一个练习者,我在这谈谈自己的一点感想。

有一句话流传很广,就是诗歌的根本性在于翻译中遗漏的东西。但是很高兴后来看到歌德的一句话,他说:诗歌的根本性就在于其能够被翻译成另外一种语言。就像中国所说的诗言志,诗歌最终要表达人心里的感受。

但是在另外一个层面——美的层面,或者进一步来讲在巨大痛苦层面,不同地方人和人之间都是可以沟通的,甚至不需要语言。美和痛苦,人们都是可以相互理解的。华兹华斯有一首名为《永生颂》的长诗,这首诗在最后说:感谢我们赖以存在的人的心灵,感谢它的温柔、欢乐和忧惧。我觉得一个人的温柔、欢乐、忧惧,是可以很快被另外一个人理解的,可以跨越很多障碍,包括时间、空间、语言。

这些东西也正是诗所要表达的，也正是在这个意义上，一个诗人就是一个翻译者，或者一个翻译者也就是一个诗人，他要懂得把唯独他看得见，或者感受得到的人类心灵的特质，通过一种天然就具有局限性的语言表达给陌生人。这是非常艰巨的任务，但是对每一个诗人，或者每一个翻译者来说，这也是真正让他们兴奋的地方。

黄德海（青年评论家）：作为一个阅读翻译作品的人，在这里说两方面内容。第一，我理解的好翻译，应该是认真、细致地阅读了作品，用另外一种语言把作者要表达的意思反映出来。第二，一个译本在这里出现了，怎么样才能够落地生根？我觉得在中国历史上能够落地生根的译本就是佛经，它已经不只是一种翻译作品，还参与了六朝文体的形成。落地生根的文本里包含着译者的志向和心血，他们本身经受思想与价值体系的对峙、交锋、融合，然后将其化为自己的语言说出来，这才是一种参与。

木叶（青年评论家）：我是学历史的，就从历史讲起。很早的时候，读到史学家吕思勉先生的一句话，他把文化史分为三个历史时期。第一，中国文化独立发展时期；第二，中国受印度文化影响时期；第三，中国受欧洲以及美洲文化影响时期。这种划分是否准确，大家可能各执己见，我觉得不重要。但是它很明显地让人感受到，翻译巨大的身影在中华民族发展中涌动，参与了民族文明的建设。

我以前也翻译过诗，但是都是兴致所至，我对那些真正会翻译的人，而且翻译得很好的人有一种敬意。我觉得会翻译的人仿佛拥有了一种分身术，能够在自己原地不动的时候到达远方，进入另一个人、另一个民族的内心世界。当然，我觉得翻译也构成了一种影响的焦虑，甚至桎梏，有时候挺绝望的。我在大学时读到的霍桑那篇很短的小说《威克菲尔德》，就是想表达好多迷失的东西，有人在一百多年前就已经写得淋漓尽致，而且又在形式和内容上让后人感觉有一种不可超越之美。

三 传播与写作：新传播方式下的写作形态

薛舒（青年作家）：我不是小时候开始写作，而是从 30 岁以后开始写作的，写的第一篇小说发表在原创文学网站"榕树下"，后来再投稿，发表在《上海文学》《收获》。进行网络创作时，我感觉自己可以在一些粉丝的督促、追盼下进行写作，网络像一根鞭子促使我向前走，因为没有网络，我不可能成为一名写作者。作品在传统媒体、杂志上发表之后，我忽然发现自己被网络抛弃了，在传统媒体、杂志上发表的小说和别的一些作品依然没有吸引很多读者。

纯文学，或者严肃文学，始终是特别小众的东西，不会有太多人关注，我们也不应该太介意究竟被多少人关注。纯文学，或者严肃文学，虽然是少数人的需求，但依然是重要的，不可或缺的，我觉得世界上稀有的物质或者精神恰恰是人类最需要、极其宝贵的东西。

滕肖澜（青年作家）：关于新传播方式下的新兴写作形态及其与传统写作的碰撞这一话题，我觉得由来已久。现在当我重新面对这个问题的时候，我的大方向不变，作为一个纯文学写手，还是坚守自己的阵地，但是可能小处会略有一些修改。我从事写作已经超过十年了，应该说我在写作过程中从来没有尝试过网络写作。记忆中离网络文学最接近的一次，就是三年前曾经在《上海文学》上发表过一篇中篇小说，一篇关于武打的小说，当时之所以会写这篇小说，除了对自己写作节奏的自我调整以外，也是想做一下尝试，就是用纯文学的写法去写虚无缥缈的东西。这篇小说我自认为花的心思不比以往任何一篇小说少，而且还额外花了一些精力，写得格外认真。这次经历让我觉得蛮奇特的，因为这是我距离所谓的新型写作最近的一次，因为我事先并没有想过要写一篇非纯文学小说。之后，我觉得纯文学写作与非纯文学写作真的很难说清楚，真的好像就是一步之遥。我想不管怎么样,雅俗同赏应该是每个写作者都希望看到的。这就给了我一个启发,当我们写作的时候,在保留纯文学原有元素的同时,是不是可以增加一些新的元素?

我觉得在新传媒时代,当一种新兴事物逐渐占据我们的生活,并且渐渐被大部分人所认可的时候,作为一个纯文学写作者,我们当然要坚守,但是也不应该一味躲避、摒弃那些我们觉得不是很妥当的东西。也许时间会证明,到最后我们走了一条弯路、奇路。我们今天开的是青创会,代表我们还是年轻的,或许还有一些资本,有时间可以走回头路。写作中的每个小小的尝试不是背弃,而是对纯文学长长久久的坚守。

走走(青年作家):作为一名编辑,我看了那么多女性作家、男性作家的作品,有一种审美疲倦,而且我意识到,如果在一方面重复耕作,自己不可能达到一个新的层面。当时我想,有没有可能借鉴《万历十五年》《王氏之死》,打破传统小说与历史的疆界。

我记得以前黑格尔说过,传统形式要用现代的小说来调停。那么反过来说,现代小说也完全可以用传统的形式来调停。在这个基础上,我开始把类型小说归类,比如悬疑小说、内容恐怖故事、童话等。为什么要用类型小说?从前小说的阅读是大江大海,今天则是一个碎片,是用很小的方式进行不同的组合。

徐敏霞(青年作家):我对非虚构写作和虚构写作的提法,一直有自己保留的一点意见。我觉得这可能是一个比较粗的区分:什么是虚构,我们现在所说的文学形式当中的小说和剧本就是虚构的吗?什么是非虚构,人物传记、散文难道就是非虚构的吗?我觉得问题没有那么简单。上午讲到,现在有很多年轻作者因为个人经历的关系,写作的蓝本以个人经验为主,这个时候无论叙述主题是什么,记录的那些事情即便是真实存在的,就能说小说是非虚构的吗?而一些散文、传记、报告文学,作者在创作过程中可能会出于主观考虑,或者当时受到现实的阻碍，回避一些事实，回避一些自己的想法，读者在看到这些作品的时候，获得的信息可能是片面的，这是不是严格的非虚构？对于这样的区分，我有自己的看法，这些其实都不重要，对我来说，无论虚构还是非虚构，作者只是找到了一种更方便表达自己想法的方式而已。

甫跃辉（青年作家）：本来我想讲的题目是乡村和城市，但后来还是听从安排，谈网络和文学。后来我想，这两个题目是相通的，网络是城市的产物，现在的网络不仅仅是计算机网络，还包括以前广播、电视，连手机都是网络的一部分。

网络信息量是非常巨大的，一些事情新闻会报道，采访会不断深入，人们觉得太精彩了。既然新闻和采访已经如此精彩，我们为什么还要虚构？我觉得，小说的存在并不是外在的东西多么精彩，它有更巨大、更永恒的东西在里面，是外在东西所不能比的，所以我们必须虚构。

最后谈谈网络与交互。我在刚刚写作的时候，觉得写作是很孤独的，从来没有想过会有读者，自己写了好多然后投稿，投稿的时候不知道会不会有人看，因为不可能有交流。但是有了网络，交流就变得特别便捷。比如我写微博时，把梦写到上面，就会有人回复，说你这样的东西可以写成小说。我开始的时候会有疑惑，做这种梦的人太多了，岂不是每个人都能写小说了？但是后来我发现自己还是有反馈的，我真的把一些梦放到了我的小说里。

张怡微（青年作家）：我们讨论网络文学，主要是讨论我们面对的一些写作问题。我们现在所面对的读者流动性很强、边界非常模糊，可能今天在网上随便看一个东西，你也成了别人的读者。

我在开一个研讨会的时候，看到了宋安德的论文，非常有意思，他主要提出了一个观点：小说有毒。也就是说，在网络时代，小说成为双重形态的虚构药剂，一方面能够治疗下毒的读者，另一方面能够创造其本身所要治疗的"疾病"。"病症"通过文学创造出来，使它的边界变得非常清晰，作者又通过小说、诗、散文来纵容。从某个层面看，读者之间的区别只是不同"疾病"之间的区别，只是这样的病人与那样的病人之间的区别。

血红（青年作家）：现在网络发达，尤其智能手机出现以后，当代社会生活节奏太快，压力太大，让读者在平时阅读时看一些沉重、很严肃的东西基本不可能。据我所知，在读者群体当中，女性读者更喜欢都市爱情题材，男性读者更喜欢科幻类、战争类、都市类题材。

网络带给作者和读者的更直接影响，就是交流更加直观。在网络、智能手机出现以前，发表一篇文章不知道有多少人看，但是现在不同了，我们每天每一个章节传到网上有多少人看了、多少人点赞、多少人叫好与叫骂，是清清楚楚的。所以，写作者的压力是非常大的，必须让读者有一个好的印象。我们的交流很直接，我们的文章上传到网上以后影响读者的心情，这并不夸张，因为好多次女性读者向我反馈，因为我把一个角色写死了，她们一天都没有好心情。

傅小平（青年评论家）：现在都说文学被边缘化了，我感觉专栏写作大概是一个例外，还是蛮红火的，我想它可能是比较符合这个时代的需求。专栏写作打破了体系框架，没有很大的篇幅，但是相比于微信，有更大的篇幅对一些随意化的思考做一些有效整合。专栏写作一般有周期性，有一种内在的规律，它可能让写作者围绕某一个话题进行深入思考。

当然，如今是消费时代，读者就是上帝，很多专栏写作都在迎合读者，这种娱乐化、市场化的随性写作也可以让专栏写作者放弃自己的思考。如果这样，是不是专栏会变得劣质？我觉得这种担忧是多余的。写专栏文章绝对不是抢点眼球那么简单，新媒体时代读者有了更多渠道接触资讯，这对专栏写作提出了更高的要求。这个要求体现在哪里？就是专栏写作者在市场诉求和思想之间找到很恰当的平衡点。

我们可以看到各种各样的专栏，有关注日常生活的，有关注饮食的，也有宏大叙事的，就我个人的阅读趣味来讲，我还是倾向于看一些能够给我带来启示的专栏，当然这个启示不局限于某一类，优秀的专栏写作者在任何层面上都可以向读者传达自己的思考。

在我看来，只有那种对生活的现象、观念进行了反思与思考的专栏写作，才能称得上真正有效的写作。而新媒体时代各种观念、现象层出不穷，而且很多复杂的声音被无限放大，在这种情况下，尤其需要时代的观察者加以辨别，告知真相，从这个意义来讲，专栏写作就有很大的发挥空间。

项静（青年评论家）："人为求旧，物为求新"，这句话怎么讲都是非常正确的。但是对青年作家来说，这个"物"好像不能单纯地理解为一种东西。因为网络、新媒体对青年来说不是纯粹的"物"，从现在这个社会观察，没有哪个时代的青年像现在这样与网络新媒体关系如此亲密。另外，"物"还对文学形式产生了一定影响，单就文体来说，其已经变得非常模糊，现在的写作既有虚构的东西，又有非虚构的东西，很难拿一篇小说、散文或者一套理论界定它。

前面讲了"物为求新"，但是我更认同"人为求旧"。在所有新媒体上，我们都可以找到传统。人的喜怒哀乐还是差不多的，不可能有太大的差异，无论什么样的作家，我们的感知还是有共通的部分的。比如，我们一直很焦虑传统杂志的发行量比较小，读者会变得越来越少。也有一种说法，读者数量一直下降，已经降无可降，剩下的就是比较恒定的读者了。但是我们又发现，新媒体即使是"新"的，其大部分作者也是从传统媒体转移过去的。从这个角度来说，我们没有必要太担心新媒体对传统媒体的刺激，无论在什么情况下，内容总归还是为王的。

石剑峰（青年评论家）：过去十多年新的技术不断进步，电脑、手机、iPad不断换代，我们同时体验着互联网阅读、移动终端阅读、纸质阅读。我们读小学、中学、大学的时候，接触的都是纸质阅读。但是我们的小孩一代，或者比我们的小孩再小一点的那一代，也许根本不需要拿课本上课，这都是可以接受的，没有必要一定阅读纸质书。我们认为的那些读者再过十年、二十年可能会越来越小。我一直有这个观点，我们与未来一代读者的差距可能远远大于我们与过去和现在那些读者的差距。也就是说，现在所谓的写作方式只是工具而已，但是再过二十年，我们还在写作，那些小孩长大后也许接受的是另外一套思维方式，他们是否还能接受我们的写作？

李伟长（青年评论家）：新媒体，尤其是微博、微信，包括很多移动互联网技术的出现，对写作有两个启示：一是这是一个新的工具，对我个人、对我的作品、对寻找到我的读者来说，肯定会有很好的帮助。因此，很多作家开通了自己的微博，开通了自己的公共微信。二是一种情绪慢慢涌现，就是"新媒体焦虑症"。我们不停地刷微博，看多了多少粉丝，有多少阅读量，有多少评论，有多少赞，有多少转载。这带来一种趋势，就是写作者的确对新媒体技术很依赖，但是又有点恐惧。

这种技术的发展实际上让写作者的身份不断发生变化，因为在你直接开始运用这些技术以后，你已经不单单是一个写作者了，同时也是一个策划者，想发什么内容，选什么照片，用哪种语言方式，在什么时间发，很多元素会集中在一起，这是传统写作无法完成的。

张永禄（青年评论家）：应该说新世纪十多年来，网络化、市场化已经由趋势变成了事实，至少是部分事实。随着网络技术和商业管理水平的提升，市场进一步成熟，特别是"微时代"的到来，文学网络化、市场化、类型化的事实在进一步强化，有了新的征兆或者状态，我把这一段时间的观察感受做了三点归纳。

第一，从创作上看，文学类型化进一步发展到私人定制，因为生活在不断丰富，读者在不断分层，我们的审美需求也在多样化。以微信为代表的新媒体促进了这种个性化定制阅读的发展。在微信圈中，预定和出售可以做到精准送达，就像我们在网上购物。

第二，阅读和传播的市场化进一步发展到了文学淘宝购物的模式，因为微信阅读在时空上的便捷性优于电脑阅读，而且微信会员制、财富通的商业运作模式已经在文学上开始使用推广。今天，很多网络写手可能会慢慢从文学网站中退出，在微信上"安家"，脱离门户网站自立门户，开始个体化经营，开展产销一体化，这是自媒体，一种新的趋势。在这种趋势下，更加商业化的运作会出现，作家、作家团队开始品牌化运营、市场化运营、市场化策划。

第三，泛文学化的趋势明显，这里的泛文学化，说白了就是文学的生活化。我想主要有两点表现：首先，文学的文体一直在淡化，虚构和非虚构界限在模糊；其次，文学和新闻的差别也在减小，原创性的东西在减少，模仿写作越来越凶猛。应该说，这种趋势以前有，但是微时代尤为突出。

微信改变了我们的生活，也改变了当今的写手和文学状态。我上面做的直观性描述不带有价值判断，文学未来该怎么做，确实没法预测，但是我们可以肯定，文学网络化、市场化、类型化的趋势是不会变的。

吴清缘（青年作家）：回顾历史，文字经历了无数次新媒体的洗礼，以后会发生什么，谁也不知道。对我而言，新媒体不光对年轻作者，对所有作者都是一种挑战。新媒体写作的一个特征，我个人觉得是迅速，这无形中契合了现在人们的生活状态——高速化、碎片化，我们可以乘公交时看小说、上厕所时看小说。

到现在，传统的出版和新媒体仍保持着一定程度的分离状态，两者的冲突是快和慢的对比。以前，《收获》的读者、《上海文学》的读者，每个月会拿到杂志，并抽出时间看；现在，很多人没有了那种心思。

对作者来说，面对新媒体，要更好地打造自己的作品，把自己的创作速度慢下来，或者使自己的故事更加通俗一点，从粗糙走向精致。对读者来说，就要花更多的心思阅读，而不是把阅读作为乘公交时的消遣。无论时代如何变，对小说家来说，他们的工作依旧是用更好的语言写出更好的故事，这是小说家的主题。

B.10
上海市作家协会全方位开展文学批评活动

郭 浏*

摘 要： 上海市作家协会一直紧紧围绕上海文学创作，采取多种举措，加强文学理论与文学批评建设，通过组织形式多样的研讨活动，宣传优秀文艺作品，培养文学新人，并利用当前网络互动优势打造文学评论新平台，树立积极健康的文艺评论风气，为繁荣上海文艺事业发挥重要作用。

关键词： 上海市作家协会 文学批评

文学批评与文学创作既相辅相成，又彼此独立，文学评论通过对文学作品的解析、判断，对与作家、作品有关社会环境及文化背景的研究和探讨，参与整体的文学活动，并构成其中强有力的一环。随着现代社会的发展和文学教育的普及，文学批评的独立性及重要性不断凸显。上海市作家协会一直紧紧围绕上海文学创作，采取多种举措，加强文学理论与文学批评建设，宣传优秀文艺作品，树立积极健康的文艺评论风气，为繁荣上海文艺事业发挥了重要作用。近年来，上海市作家协会主要开展了如下几方面批评活动。

---

* 郭浏，上海市作家协会研究室研究人员。

一 以文学刊物为载体,加强文学批评阵地建设

上海市作家协会下属的《上海文学》《上海文化》《上海作家》等刊物立足上海文学,关注中国当代文学创作,为创作批评研究成果发布提供载体和服务。《上海文学》是国内具有重要影响力的文学杂志,理论栏目是其传统保留栏目,近二十年来,"批评家俱乐部""理论"等栏目坚持不懈,持续不断地反映中国当代文学发展,通过提升杂志的文学品位吸引了更多的文学爱好者。《上海文化》作为一个文学理论批评刊物,充分发挥了上海文艺理论批评资源与人才优势,通过横向聚集世界思潮、纵向接通本土经典的方式,将当代中国文学置于宽广的时空坐标系下予以考察,针对文学创作问题、文化热点进行深入、积极的文学论争与深度对话,保持了文学批评的活力。刊物既重视对经典作家、作品的再认识,又注重发掘一些被忽略的优秀作家及文学新人,形成了鲜明的刊物特色。《上海作家》改版为双月刊后,在栏目上做了一定的调整和扩展,增加了深度对话、论争类文章,加强了文艺理论探索。这些刊物文风鲜活、视角独特、形式多样,兼具专业性与权威性,受到了广大读者的欢迎,其中所提出的一系列文学问题,引发了评论界的深入思考讨论,产生了广泛影响。

二 打造品牌活动,培养文学新人

上海文学的发展需要更多有思想、有理想的年轻人加入,为大力扶持青年作家,上海市作家协会精心打造"上海青年作家创作会议",积极促进青年作家、青年批评家与专家学者之间的互动,为青年作家、青年批评家的继续成长创造条件。

2010年首届"上海青年作家创作会议"由七个专题讨论分会组

成,在为期一周的交流活动中,青年作家与青年评论家、学者就新媒介与新写作、文学的限制和欲望、网络文学、上海文学批评、校园文学社团创作、类型小说创作等问题展开研讨,获得了良好的社会反响。

2013年第二届"上海青年作家创作会议"连续举办了四场专题对谈会,以"城市与文学"为主题,以文化沙龙式的对谈形式展开,代际鲜明地以60后、70后、80后的不同视角,去审视、体会、述说、重构上海这座城市。较第一届青创会,第二届青创会活动在形式上有所创新,话题更加集中,影响力更大。

2014年5月15日举办的第三届"上海青年作家创作会议"被首次设定为大型研讨活动,上海的三十余位青年作家、青年评论家与来自北京和上海的文艺批评家,就"城市与写作:我手写'我城'""写作与翻译:借镜的自我观看""传播与写作:新传播方式下的写作形态"展开深入讨论。"上海青年作家创作会议"已成为推动上海青年文学创作的有力品牌。

在上海市作家协会的精心培养下,目前一支年龄结构均衡、创作活跃的青年作家和评论家队伍已初步形成。其中,张怡微、周嘉宁、甫跃辉、走走、路内、小白等青年作家荣获了多种文学奖项,在全国文学界产生了一定影响。被评论界称为"上海儿童文学新十家"的儿童文学作家群体水平之齐整、人数之多,在全国绝无仅有。项静、李伟长、黄德海、张定浩等青年评论家在全国文学界的影响力也日益扩大,上海文艺出版社出版的"上海青年文艺评论文丛"正是对他们近年来文学批评成绩的总结。

三 进行专题研讨,宣传优秀文学作品

上海市作家协会大力推介上海文学创作成果,为一批有特色、有

潜力的优秀作家及其作品举办专题研讨活动，为作家、评论家提供交流的平台，共同讨论创作得失，认真总结创作经验。

2008年，上海市作家协会先后组织召开了"新时期上海女作家群体创作研讨会""新时期文学三十年学术研讨会""上海青年作家长篇小说（新锐作家文库）创作研讨会"等18个场次的文学研讨活动。2009年，上海市作家协会组织召开了"王小鹰长篇小说《长街行》作品研讨会""纪念巴金先生诞辰105周年暨第9届巴金国际研讨会""文学与城市：当代文学中的城市叙事研讨会""作为文学城市的上海暨《海上文学百家文库》学术研讨会"等。2010年，上海市作家协会组织召开了"传承与超越——上海儿童文学新十家创作论坛""新时期嘉定作家群现象座谈会""王勉散文创作研讨会""拒绝遗忘——王周生长篇小说《生死遗忘》作品研讨会"等。2011年，上海市作家协会举办了"丁锡满散文新作《走笔大千》研讨会""李子云纪念文集《一朵雅云》新书发布座谈会""王安忆长篇小说《天香》研讨会""叶以群先生百年诞辰纪念座谈会""'新世纪批评家丛书'研讨会"等。2012年，上海市作家协会举办了"上海国际文学周暨'书香·上海之夏'名家新作系列讲座""孙颙与陈丹燕'外滩印象与漂移者'对话""辛笛百年诞辰纪念座谈会"等活动。2013年，上海市作家协会举办了金宇澄《繁花》京沪两场研讨会、第二届"上海青年作家创作会议"青年作家对谈系列活动、"新诗旧体诗创作论坛"与"峻青文学创作七十周年座谈会"等活动。2014年，上海市作家协会为叶辛《问世间情》、孙颙《缥缈的峰》、程小莹《女红》、薛舒《远去的人》四部现实题材力作举行了研讨会，为荣获第六届鲁迅文学奖的上海作家与评论家滕肖澜、程德培、张新颖举办了获奖作品座谈会，并举办了"文学与时代：首届收获论坛暨青年作家与批评家对话"等活动。

这些活动的成功举办，得到了海内外众多媒体的宣传报道，反响强烈,不仅对作家个体起到了支持、鼓励和引导作用,而且对作家群体的创作思想和艺术倾向产生了影响,扩大了上海优秀文学作品的影响力,促进了上海文学的持续健康发展。

四 出版文艺评论书籍,提高文学批评水平

文学批评需要理论的积累,加深对文学批评规律的研究与认识。面对当下蓬勃发展的文学创作与众多文学作品,上海文学批评家坚持跟踪文学的发展,以自己的热情和学识阐述自己对时代和文学的理解,为了扶持上海批评家的批评实践,上海市作家协会出版了一批文艺评论书籍。

2011年,"新世纪批评家丛书"由上海市作家协会主持出版,囊括了上海市15位中青年批评家21世纪头十年的文学批评成果。丛书中收录的批评文章极少空谈套话,而是有理有据,颇能切中批评对象的特点或时弊,体现了21世纪形态多样与价值多元的文学现实,展示了上海文学批评多元格局的成绩,具有较高的学术含量和原创性;代表了20世纪六七十年代出生的批评家所具有的独特文化记忆与代际特征,全面展示了这一代批评家对中国当代文学发展的意义,并以集群的方式引起了更多的关注和交流,在批评界产生了广泛影响,获得了好评。

由上海文艺出版社出版的《批评史中的作家》,是以上海作家协会研究员程德培为主,协同上海的青年批评家共同完成的出版物。书中对中国当代文坛的重要作家,如王安忆、贾平凹、苏童、韩少功、余华等进行了个案研究,既有一般的作家论、作品论,又有对作家自述、批评家相关评价的再解读,兼及资料性和原创性,深入研究和阐释了中国当代文学。

上海市作家协会牵头承编的《上海市志·文学艺术分志·文学

卷（1949~2010）》通过对原始资料的研究、考证，还原历史的本来面目，全面而客观地展现了1949~2010年上海文学发展的真实情况，为了解和进一步研究上海当代文学提供了可靠而翔实的第一手资料。全书预计于2016年底完成，约80万字。

五 利用当前网络互动优势，打造文学评论新平台

面对网络的迅猛发展和新媒体强大的传播力，上海市作家协会加强信息化建设，通过建立"上海作家"官方网站、华语文学网和云文学网，以及运用微博、微信等新传播方式，打造网络文学交流平台，扩大文学空间，吸引了更多的年轻人关注上海文学发展、开展文学讨论。

"上海作家"官方网站、华语文学网和云文学网具有不同的功能定位，相互融合、功能互补、相互支撑。2014年5月上线的"上海作家"官方网站是上海市作家协会的门户网站，已成为上海市作家协会对外宣传和沟通服务的主要信息载体。该网站设置了《作家在线》《名家点评》等文学批评栏目。《作家在线》每月推出一位或几位上海作协会员，结合其访谈、最新创作，展示会员风采；《名家点评》刊登全国知名作家、评论家对最新文学作品及文学现象等的评论，形成了有深度、有质量的文学批评。作为上海市作家协会主办的青年文学网站，云文学网已于2013年正式启动，自建站以来，积极编辑出版青年作家的文学作品，策划和组织文学活动，联手多家杂志社、App编辑部、其他出版机构、高校创意写作研究中心，发掘优秀青年人才和作品，致力于打造青年写作孵化平台的顶尖品牌。这同时也是主流文学主动参与当前网络文学内容建设和改善文学生态的积极尝试，标志着文学数字出版在引领网络文学创作方面迈出

了扎实一步。

已开通的"上海作家"官方微博、官方微信,通过与网友及时互动,传达了上海文学创作及批评的最新动态,微博、微信的关注人数稳定上升。

同时,上海市作家协会还推出了文学批评电子期刊《海上文坛》,目前已推出三辑,收录了2012年以来有关上海文学评论的重要文章:第一辑以上海作家评论为主,第二辑以上海评论家的文学评论为主,第三辑以网络文学评论为主,共计100万字。同时推出了纸质版《海上文坛》三辑,全面展现了近年来上海文学写作与评论的风貌,以促进上海文学批评在网络时代的新发展。

网络文学发展十余年来,造就了一批网络作家,也引发了许多文学热点与文学现象。上海是中国网络文学的发源地,也是全国集聚网络写作者最多的城市。上海市作家协会将网络文学纳入工作的视野,以加强对网络文学的关注、研究、扶持、引导和管理。2014年7月3日,上海市网络作家协会正式成立,首批75名会员来自17个网站。上海网络作家协会的成立,改变了网络作家"孤军奋战"的现状,促进了网络作家与传统作家之间的交流,维护了网络作家的著作权益。

六 围绕巴金故居,开展学术研究

巴金故居在上海市作家协会的推动下,于2011年11月底向公众开放。几年来,巴金故居协助巴金家属完成了捐赠资料的整理、编目等工作,经过初步整理,巴金收藏的各文种图书近4万册,包括大量中外作家签名本和初版本等;各类书稿、书信、文献、照片档案资料,据不完全统计超过10万页(件)。同时,巴金故居完成了巴金著作初版本、巴金编辑的文学丛刊等图书的数字化工作。巴金故居还邀请了一批专家、学者不定期地举办各类学术讲座，推进资料搜集和整理，开展扎实的学术研究，使巴金故居成为巴金研究和资料收藏中心。

2014年是巴金先生诞辰110周年，巴金故居举办了一系列纪念巴金先生110周年诞辰的活动。"巴金的世界"纪念展多角度、多层次地展现了真实的巴金，展出规模之大、展品之多、展陈手段之新，是巴金故居向公众开放以来所仅有，以大量的手稿、文献图片营造了一种浓厚的历史氛围。在第11届巴金学术研讨会上，来自日本、韩国、中国香港、中国台湾和中国大陆的近百名巴金研究领域学者齐聚一堂，围绕巴金创作、作品传播译介、人格交游等，深入探讨了"超越时代的理想主义"。其中还特别设立了青年论坛环节，向社会各界的青年学人公开征文，获奖者应邀参加研讨会，并宣读自己的论文，与会专家们对这些论文做出了点评，高度评价了获奖论文的成功之处，也中肯地指出了其中的不足。

为推动巴金故居的学术研究和学术建设，巴金故居将继续推进巴金研究集刊、巴金研究丛书的出版，积累巴金研究成果，不断推出最新的整理资料，并推动资料的数字化。

在今后的工作中，上海市作家协会将贯彻习总书记文艺工作座谈会上的重要讲话精神，坚持以人民为中心的创作导向，践行社会主义核心价值观，继续保持良好的工作势头，凭借丰厚的人文底蕴与文学传统，充分发挥刊物自身的特色，推进文学活动品牌建设，加大对网络文学的关注，培养文学新人，不断探索发展文艺批评的新举措，给上海文学事业注入新的活力，促进上海文艺繁荣发展。

作家作品评论
Review on Writers and Works

B.11
触摸人性的维度
——评孙颙新作《缥缈的峰》

来颖燕*

摘　要：	孙颙长篇小说新作《缥缈的峰》，给了我们一个重新认识他的文学世界的视点。虽然探究人物性格的多样性始终是驱动孙颙从事创作的内核之一，但《缥缈的峰》让人感觉这一次他的步调放缓了，他花费了更多的笔墨和心力去理解人物内心的矛盾，为人物多面性格的展露铺设合理的路径。相比于此前的小说，《缥缈的峰》对结局开放性的追求更为明显和强烈。
关键词：	《缥缈的峰》　"当代性"　"留白"　人性

---

* 来颖燕，《上海文学》编辑，发表文艺评论多篇，编有《从〈雪庐〉到〈漂移者〉：孙颙创作评论研究集》等。

2014年，孙颙写就了他的第六部长篇小说《缥缈的峰》。① 这部20多万字的作品，用他自己的话来说，试图包容他从事文学创作40多年来对小说和人生的概括性认识。这部在手法和风格上乍看起来延续之前旧作的作品，并不只是有着"总结性"的意义。艾略特认为，现存的文学作品构成了一个"有机整体"，而新作品的加入，会导致整个体系的调整和变化。如果将孙颙的文学作品视为这样一个"有机整体"，那么，《缥缈的峰》的加入，或可给予我们一个重新认识他的文学世界的视点。

这个依然用现实主义手法写就的故事，一开始就将读者裹挟入"剧情"——成方为了逃避黑幕交易和婚姻枷锁而流落海外，却意外地遇见了意中人沙丽，虽有意就此过着世外桃源般的生活，却因为要处理沙丽祖父一辈在中国的房产事宜必须回国。回国则意味着成方要面对他当年所逃避的一切——骄蛮的妻子崔丹妮和那段名存实亡的婚姻，为了私利而欺骗、利用自己从事黑幕交易的大舅子崔海洋，以及种种难题。但其实国内的一切早已发生了成方意想不到的变故……（省略号包含了一时片刻无法言尽的复杂情节，更暗指这部小说将为我们打开一扇大门，通往蕴藉丰厚的未知境地）

《缥缈的峰》延续了孙颙一直以来探究知识分子命运和归宿的题材，甚至还融入了他早年聚焦的知青生活题材，但很明显这次的切入点更为"高远"——他曾说一直想写与当代知识分子密切相关联的近代知识分子的跌宕命运，这一想法自创作《雪庐》时就已深植。这一次，他借成方回国处理沙丽祖辈的事件，成功地将那一辈知识分子的人生命运融入作品，虽然并非主线，但在格局上它与知识分子的当下生活两相映照，构成了耐人寻味的"对位"，也隐隐显现了这部小说的立意在于考量人生和历史的走向。作者的这一思想倾向在小说

---

① 孙颙:《缥缈的峰》，上海文艺出版社，2014。

的主体部分,即描绘成方、沙丽、崔丹妮等人的当下生活图景的部分,更是如影相随,化为了底色。于是在处理这部枝蔓丛生的小说时,孙颙显示了一种节制力,这种节制力赋予了小说以思辨性的力量,也使得作品的架构错落有致——诸多线索和人物在他的笔下交错纠结,又条块清晰。成方与沙丽和崔丹妮间的感情纠结,崔丹妮和当年被哥哥崔海洋陷害过的学长赖一仁之间的微妙关系,赖一仁与崔海洋之间的恩怨,以及成方的儿子吴语、赖一仁女儿赖欢欢等下一代人的故事……孙颙没有将笔墨过多地聚焦在某一个人、某一个事件上,但也非泛泛描摹——那样的作品不会在读者记忆中停留太久,而是有重点地铺展开。他仿佛在细细"编织"这些人物和线索,以期织成他最后想要表达的理念。他甚至借着剧情"荡开一笔"——比如那封赖一仁发给IT公司下属探讨为何要进入竞争激烈的计算机安全领域的邮件,以及名为《人类渐进式毁灭》的附件。这一看似的闲笔,起到的实际效果是让读者"出戏",不再过多地陷入小说人物的是非纠葛,而是适时地跳脱开,在终极层面上看待世事的纷乱。

读孙颙的小说,常常会有"共时"的感觉,这与他的作品中层出不穷的"当下"元素有关。孙颙的作品一贯葆有对新生事物的敏锐触角,无论是细节、情节还是题材。这一特点在《缥缈的峰》中尤为耀眼。成方在北京奥运来临时有意制作纪念币的计划、计算机安全领域的隐忧及新生IT产业中的细节、私营公司经营的种种内幕……这些我们曾经或正在共同经历的东西,赋予了小说现实的"烟火气",也凸显了他的小说的另一特质——"当代性"。英国文论家迈克尔·伍德曾说:"如果'当代'要有任何建设性的意义,它就必须意味着为我们定义或聚焦了时间的某种东西,这东西似乎塑造了我们时代的面目,或者形成了这时代了解自身的方式中极为重要的一部分。"[1] 从这个意义

---

[1] 〔英〕迈克尔·伍德:《沉默之子——论当代小说》,顾钧译,三联书店,2003,第15页。

上看，《缥缈的峰》中的这些"新生"的"共时性"元素和情节并非作品中"耀目"的装饰，而是作者思考人生走向、把握时代特征的武器——他将它们置于时间的长河中，与过往的历史相互对视，然后辨别和把握我们自身以及这个时代的面目。

"当代性"的根底并不是对当下标志性元素的撷取或对"时事"的关心，而是在处理小说的各种情节和题材时，怀有"感同身受"的体悟之心。《缥缈的峰》细腻地描摹了沙丽为完成祖父遗愿的心心念念，并设置了成方得见沙丽祖父亲笔所写的回忆录等情节。这些都让那一代人的生活和命运明晃晃地照进了小说中人物的现世生活，而不只是遥远而淡漠的客观臆想。在处理类似的历史事件时，孙颙笔墨中蕴含的现实温度和丰富层次，令身处当下的读者生发出"一时之性情，万古之性情"的感慨，尘封的历史和往事与当下有了对接的路径。

而把持这一路径走向的是孙颙对人性的复杂性的拿捏和探究。对此，他有着特别的执着，以至于让人觉察到虽然他的小说对"新事"很敏感，但同时又对"太阳底下并无新事"有着终极领悟。所以，如果拨开题材和情节的外衣，眼花缭乱之外，凸显的则是"人性"二字，而这些"新事"只是他考察人性的新维度。

孙颙在回顾自己近四十年的写作历程时，将来时路划为了几个阶段：从"我们"开始，写自己身处其中的知青生活和命运，继而转向自己熟悉的城市知识分子（"他们"），直至将触角伸向"陌生"人群。这让我想起了王尔德的名言："如果你想了解别人，就必须强化自己的个人主义。"孙颙从一开始就意识到了人性的复杂性，所以他会选择从熟悉的人物切入，慢慢探究一切可能性。但这样的"负责"也隐现了他的底气不足。当他终于将触角伸向探究未知的"陌生"人群时，他对人性的理解就已然达到了另一境界。在《缥缈的峰》中，他对人物性格的把握显然更加回环自如。崔丹妮年轻时骄蛮自私，但历经沧桑后，逐渐显露了性情中和善的一面，甚至最后向佛求得内心的宁静。

这会让我们回过头去重新审视当年的那位大小姐，她的骄纵有其成长环境的因素，但性情中的多重因子其实早有显露——她的本性是善良的，她是真的爱成方，虽然这爱对成方来说是一种"枷锁"。命运离奇的成方在感情路上一波三折，他对沙丽的爱慕、对崔丹妮态度的转变，真实地展露了一个普通男人内心深处对一份平等却真挚的感情的依赖和渴求。而赖一仁及其学生俞小庆、崔丹妮的儿子吴语等人的性情，也都随着情节的展开而显露"情理之中、意料之外"的棱面。

  尽管一路走来，探究人物性格的多样性始终是驱动孙颙从事创作的内核之一，但《缥缈的峰》让人感觉这一次他的步调放缓了，他花费了更多的笔墨和心力去理解人物内心的矛盾，为他们多面性格的展露铺设合理的路径。比如，崔丹妮面对成方的失踪，从一开始的悲愤到后来隐忍地独自抚养儿子，其实都是因为她始终爱着成方。小说淡然地描摹了崔丹妮在成方走后遭遇的一切，但这些波澜不惊的描述让人一点点地靠近了崔丹妮的内心——无论什么样的女人，一旦陷入真爱，便会一往情深。这让人唏嘘的爱，足以承载崔丹妮所有的惊人转变。再如，赖一仁的学生俞小庆为了一己私利，听从崔海洋的教唆，出卖老师的公司，之后却奇迹般地向公安自首，还赖一仁公司的清白，这看似不合理的转变，在孙颙笔下成了一种必然。俞小庆的急功近利很大程度上是生活所迫，但他铤而走险后落魄潦倒，并未过上崔海洋许诺过他的生活。再加上他始终良知未泯，得知赖一仁一直在寻找自己后，感觉老师往日的恩情如在眼前。试想如果我们处在俞小庆的位置，便也只剩下自首一条路了。

  这样设身处地的理解和设置，使得这些充满戏剧性的人物不再只是存在于"戏中"。他们饱满而真实，映射出了我们自己的影子。"小说家画出存在地图，从而发现这样或那样一种人类可能性。"[1] 于

---

[1] 〔法〕米兰·昆德拉：《小说的艺术》，董强译，上海译文出版社，2004，第54页。

是，就在试图理解"他者"的过程中，我们自己身上那些隐匿的"可能性"开始浮现。卢梭曾说："为了了解自己的内心，必须从读懂他人的内心开始。"这似乎与王尔德教导我们"只有强化对自己的理解，才能触摸他人灵魂"的主张相悖，但细想，以己度人也好，通过他者反观自身也罢，皆缘于对人性的一种"体贴"。这种"体贴"甚至需要一种慈悲———一切皆有可能，小说中人物的所作所为，总有上下情境，总有各自的缘由。"小说或许描述的是黑暗的世界，但让读者留在光亮之中。从这一点来看，小说是自由主义和人性的，是非指导性和暧昧模棱的，它专注的是人类的行为和动机的复杂性。"[①] 孙颙在这方面的自觉追求让人想起了法国作家菲利普·克洛代尔的话："写作不仅是一种人道主义，更是无限贴近人类的方式。"

这种"贴近"令孙颙的小说虽始终不离宏观层面的哲思，但没有堕入主题先行的陷阱，并且在周旋于现实纠葛和复杂世情的同时，"保护这一具体生活逃过对'存在的遗忘'"（米兰·昆德拉语）。而他在"编织"这些具体的情节和人物关系时，显示了纯熟的取舍乃至"留白"功力。孙颙曾经谈到自己善于理性思考的特点，这或许会让读者觉得他过分地左右人物和故事："在中国的山水艺术中，虚与实向来是大学问，我努力地去领会它。"他的努力在《缥缈的峰》中显现了出来。小说分列的"千山鸟飞绝""城春草木深""乱花迷人眼""长河落日圆"四章，移步换景般地营造出了小说场景转圜的蒙太奇效果，从成方与沙丽在加拿大的两情缱绻切入，一点点"诱引"出他们二人的经历，然后将触角逐步延伸至不同的人物、地域和年代，简练而不失深意地将时间跨度大而人物关系复杂的线索自然地铺设在一起，将读者吸纳入小说情境的"藕花深处"，与小说中的人物和事件相遇、对话，在作者"留白"处留下冥想。

[①]〔英〕迈克尔·伍德：《沉默之子——论当代小说》，顾钧译，三联书店，2003，第2页。

"留白"在《缥缈的峰》中最为明显的表现就是其开放性结局。除了多行不义的崔海洋最终自食恶果是被昭示的，其他人物的何去何从几乎都无定论。有人感叹《缥缈的峰》悬念迭起、环环相扣，言外之意是这样的小说竟让悬念落了空，似有不甘。但恰是这样的处理，将读者的注意力从等待悬念落地更多地转向了感受小说中人的复杂境遇，体味他们在其中的挣扎。如此为小说作结，孙颙是经过再三推敲和修改的，我想这并不仅仅是出于诱使读者转移注意力这样技法层面的考虑。

其实孙颙之前的小说就曾经尝试过在结局上"留白"，比如在《漂移者》中，苏月虽然最后离开了马克，却留下了一封信，告知马克自己怀孕了。这预示着她不会真正离开，她与马克的命运必然还会有交集。但这样的处理还是过多地限定了人物的命运走向，少了些戛然而止的干脆。到了《缥缈的峰》，孙颙对结局开放性的追求变得更为明显和强烈。小说最后不仅没有将笔力付诸为各个人物的命运画上句号，反而悠闲地记述了成方与赖一仁话别的情景——应赖一仁之邀，成方在扇面上落下了"会当凌绝顶，一览众山小"和"大漠孤烟直，长河落日圆"两对似乎互不关联的诗句。读到这里，读者大脑中大概会自然地接续出"此中有真意，欲辩已忘言"吧。

孙颙的作品绝大多数属于现实主义范畴，而现实主义的小说尤其是长篇小说常常惯于将一个故事"讲完整"。如果没有一个明确的结局，大戏似乎就无法落幕。然而，罗兰·巴特在《写作的零度》中的话触目惊心："小说是一种死亡，它把生命变成一种命运，把记忆变成一种有用的行为，把延续变成一种有方向、有意义的时间。"许多小说汲汲于为人物寻找归宿，要对他们进行"审判"：小说开始了，善恶的划分也开始了；小说结束了，善恶必须各自得报。然而，终极的审判官注定是缺席的，米兰·昆德拉曾指认小说的本质就是相对性和暧昧性，这最根本的指向便是人性的复杂性和不可评判性，

"人有一种天生的、不可遏制的欲望,那就是在理解之前就评判"(米兰·昆德拉语),换言之,如果足够"体贴"地去理解,那么我们就会发现谁都没有资格制定评判的标准。

于是,"开放性的结局"对孙颙来说是一种"有意味的形式",形式本身承载着他的人生观,乃至历史观。在《雪庐》的最后,孙颙写道:"一个人的生命,即使不遭遇意外,自然衰亡、终止,也是短暂的。然而,人类繁衍,一代通往一代,生命不断延续,历史也就难以写尽。"而《烟尘》有着同样的蕴藉:"一切都会过去,一切都可能改变,只有生命,在不知疲倦地延续……"

"逝者如斯夫,不舍昼夜。"对人性的复杂性的体认,实则出于对生命和世界的尊重与敬畏。迈克尔·伍德曾说:"小说的特点就是运用未完成时态将整个人生和社会呈现在连续不断的过去之中。"[1]连续不断,所以无法确定句号的位置。从这个角度来说,每个人的故事即使有句号,也是"假设"的。在孙颙之前创作的小说中,他会言明自己的这一理念,而在《缥缈的峰》中,这一理念隐没在他对结局的开放性设置中。

比起结局的"留白",小说名《缥缈的峰》所谓何意的困惑,更是笼罩了阅读的始终,直到掩卷依然"求不得"。艾略特曾说过,要"为思想寻找一个客观对应物",来容纳和表达感情与思绪,尤其是那些深潜在无法言表的思想深渊的感情与思绪。如果从这个角度在孙颙的创作之路上打一束光,就会发现,他的不少小说是用意象,也就是艾略特所谓的"客观对应物"来命名的,比如他于1978年出版的第一部小说《冬》,以及后来的《螺旋》《雪庐》《烟尘》《门槛》等。只是之前这些"意象"的含义大多明晰可辨——《冬》的意指暗合它的出处:"冬天已经来了,春天还会远吗?"而《门槛》所负

---

[1] 〔英〕迈克尔·伍德:《沉默之子——论当代小说》,顾钧译,三联书店,2003,第17页。

荷的意义则显露在了这部小说的题语中:"我们正在跨越的,仅仅是世纪的门槛吗?"但这一次的"对应"似乎没有了焦点。作者蕴藉在《缥缈的峰》里的哲思似乎本身就是"缥缈"的。阿多诺曾有言:"如果哲学有任何定义的话,那就是一种努力,努力说出不可说的事物,努力表达不可界定的东西,尽管在表述的同时其实就给了它界定。"[①] 比起之前的创作,《缥缈的峰》对哲思的表达似乎更贴近了哲思的本质——无法言表处葆有其多样和模糊。但多样和模糊并不意味着空缺,在字里行间,作者关于人生价值和理想信念的反思与探寻依然可触可感。

面对读者对其主题的各种阐释和"填空",孙颙始终没有正面作答。追寻一个终极的"答案",找出"缥缈的峰"的明确意指,或许并不那么重要。孙颙希望他在这部小说中所传达的感悟和经验成为"一条要被走的路,而非一个要被命名的目的地"。[②] 而在故事的哪些角落隐匿着他怎样的思绪,或许是一个他自己也乐于常常思考的问题,一如木心所说:"艺术,是光明磊落的隐私。"

[①] 〔英〕迈克尔·伍德:《沉默之子——论当代小说》,顾钧译,三联书店,2003,第11页。
[②] 〔英〕迈克尔·伍德:《沉默之子——论当代小说》,顾钧译,三联书店,2003,第14页。

B.12
"忧郁者"与"以赋为小说"
——评王宏图《别了,日耳曼尼亚》

郑 兴*

摘　要： 在王宏图长篇小说《别了,日耳曼尼亚》中,海外成为景观,当景观日趋表层化,留学生的心理感受亦会随之变化。小说为恰当把握当下留学生和海外的这样一种景观-过客关系,以及这种新关系与人物内在生命体验之间的勾连提供了范例。《别了,日耳曼尼亚》繁复的语言风格与其说与"巴洛克"有一定的类似之处,不如说更像古典文学中的文人赋,或者说,王宏图是在"以赋为小说"。

关键词：《别了,日耳曼尼亚》　景观　赋　"欲望"

一　背景：景观的去文化性

《别了,日耳曼尼亚》[①]·是上海作家王宏图出版的一部以当代中国人留学生活为背景的长篇小说,讲述了上海青年钱重华赴德留学的个人历程。小说主要以德国北部城市为背景,以他和中国女友顾馨雯

---

*　郑兴,同济大学人文学院博士。
①　王宏图：《别了,日耳曼尼亚》,上海文艺出版社,2014。

及德国女友斯坦芬尼的感情纠葛为线索，同时勾勒了上海这座城市和他父亲这一辈人，并对钱重华在异域文化背景下的种种经历和心路历程有着深刻动人的展示。

那么，小说的首要问题是，留学生活对钱重华这样的当代留学生来说意味着什么？或者说，在当下，留学何为？

时代的使命？清末至20世纪初期，对鲁迅、周作人、胡适这批留学生而言，留学就意味着抛弃自身的历史沉积，以谦卑的姿态和救亡图存的焦虑，向先进的海外学习，继而兴国、新民。这一辈留学人的心路历程在不少经典现代文学文本中得到了印证，比如鲁迅笔下："因为这些幼稚的知识，后来便使我的学籍列在日本一个乡间的医学专门学校里了。我的梦很美满，预备卒业回来，救治像我父亲似的被误的病人的疾苦，战争时候便去当军医，一面又促进了国人对于维新的信仰。"[①] 不过，到了《别了，日耳曼尼亚》所处的当下，中国经济飞速发展，甚至让西方相形见绌。在小说中，已经移民德国的秦梅兰感慨当年留在中国的同学风光无限，已然后悔当初留在德国。在当下，西方的优越性所剩无几，而留学生的"时代使命"也就没有了存在的根基。

个人的奋斗？20世纪八九十年代，留学依然意味着向先进国度学习，只是更多的出于个人的价值选择，关注的是在求学的同时，在新的国度立足生存，求得更好的个人发展。因此，留学海外意味着努力融入和被接纳的个人奋斗史，正如哈金的《自由生活》、严歌苓的《学校中的故事》等作品中的生动描述，这其中有太多的挣扎与疼痛、牺牲与抉择。

可是，在王宏图的这部小说中，中国人的留学生活与之前迥然有别。随着中西交流的增多和中国经济的增长，留学生急剧增加，留学

---

① 鲁迅：《鲁迅全集》（第一卷），人民文学出版社，2005，第438页。

早已司空见惯，留学生也没有多少生存压力。高速发展的中国经济同样催生了大量机遇，留学只是"镀金"，学成归国也比留在国外更为明智，融入异国的强烈意愿变得并不常见。因此，在当下，留学早被"祛魅"，其中的两处"变化"耐人寻味——关系的变化和心态的变化：中国和海外的高低之差不复存在，留学生到"海外"也不再是学习先进和努力融入的关系；留学生的心态中没有了时代的使命，也不必要求自己艰苦奋斗。

既然没有了经济压力和生存压力，也没有了宏大的目标和个人奋斗的强烈意愿，海外生活不过就意味着一段耗时几年、不长不短的人生旅途，海外便成了风景、景观，留学生是过客、看风景的人，过客与景观之间是邂逅与观看的关系，没有多少疼痛和焦虑。即便遇见了让人焦灼的问题，旅客也没有意愿去深究，因为旅途愉悦而短暂，但终究还会回去，旁观即可，不必与自己较劲。于是，问题也便景观化了，缺少了纵深的可能。

20世纪初期西方人来华，落后的中国生活对他们而言成了"东方化"的景观。当下，海外对钱重华这批留学生来说，其实也成了景观，这其中的高低关系甚至发生了微妙的反转。当中国人背靠着飞速发展、高楼林立、物质膨胀的国度，携带着大量金钱来到海外，消费着在海外几乎无人问津的奢侈品，看着海外低矮的楼房略感惊诧甚至失望时，当下海外反倒成了中国人眼中不无落后的"景观"。

《别了，日耳曼尼亚》为我们呈现的正是留学生钱重华眼中的西方景观。小说一开始就告诉我们，主人公钱重华家境优渥，他甚至连留学的意愿都没有，就不情不愿、稀里糊涂地开始留学生涯，而且直至小说结束，他也没有留在德国的想法和冲动，德国对他而言只能是人生旅途中的景观。

景观甚至会进一步浅层化。附加于西方景观中的"文化性"曾经最为胡适和哈金看重，但在当下留学生的眼中，这样的"文化性"

装饰逐渐褪色、被剥除，景观终究会回到自身，"文化性景观"蜕变成了"自然性景观"，与当年西方人眼中的"中国景观"无异。小说中，异域体验本来最可能生成文化比较的思辨，钱重华在德国也亲历了文化比较的演讲和辩论，甚至还参加过反歧视的游行，也曾为此片刻感动。但是，所见所闻很快过去，并未真正对钱重华构成文化意义上的心灵冲击，只剩下异域的风景在旅人的视野中浮现、切换。小说中最让钱重华刻骨铭心的倒是他和斯坦芬尼及顾馨雯之间的情感纠葛，但这样的纠葛只是个体意义上的，与文化比较无关，把斯坦芬尼置换成另一个中国女人，故事一样会发生。

二 人物：情感的存在性还原

正如前文所述，当海外成为景观，当景观日趋表层化，留学生的心理感受亦会随之变化。20世纪初期，留学生的感受大多与国家兴亡相系，国运衰颓使之心态沉重低回，郁达夫《沉沦》的叙事人甚至宣称，是祖国的落后使他情绪爆发并跳海。20世纪八九十年代，文化比较上的冲击和个人的艰难奋斗依然会使小说中的留学生感时伤怀，他们始终对自己的身份认同抱有矛盾和焦虑的心态，其中依然可见两种异质文化撕扯所致的张力和痛感。

可到了当下，当异域生活成了"景观"，人物不再负担国家、文化、生存的重荷，文化碰撞不再产生生命的张力和痛感时，如何摆脱哈金、鲁迅等前人的模式，重新把握新时代留学生活和留学生的心态，便成了摆在当代小说家面前的新课题，而其中的关键是如何恰当地把握当下留学生和海外的这样一种景观－过客关系，以及这种新关系与人物内在生命体验之间的勾连。在这一点上，《别了，日耳曼尼亚》为我们提供了范例。

小说敏锐地注意到，即便海外成为景观，景观也难以在过客的身体里构成新的"质素",但是在旅途中邂逅迥异于自身环境的新风景,一定会导致认知上的刷新和拓宽。过客会惊叹,还有这样一处新天地!正如传统诗歌里的"鸡声茅店月,人迹板桥霜"会触发"晨起动征铎,客行悲故乡",景观入目、认知刷新,一定会催生、触动过客的某种情绪。《别了,日耳曼尼亚》正是在这样的背景和关系下,让人物轻装上阵,剔除生命体验中的家国情怀与文化认同等因素,将其还原为真正自为的个人,使他的感受/情绪走向纯粹的个人化、自然化。小说中,德国北方城市、校园、阿尔卑斯山麓、梵蒂冈等,都在王宏图笔下、在钱重华眼前一一呈现,所见所闻催生了钱重华的种种感受与情绪———一种由景观-过客关系触动的生命体验。

钱重华的感受/情绪是一种存在意义上的"忧郁"。忧郁不是心理上的疾病,也不同于具体事务带来的烦恼/痛苦。哈姆雷特是文学史上最知名的忧郁者。当哈姆雷特说"整个世界是一个监狱,丹麦是其中最坏的一间牢房"时,他并不是在诉说父亲之死带来的苦痛,而是在倾诉忧郁———一种存在意义上的生存感受。忧郁也给了忧郁者第二种目光,这样的目光洞穿了俗世意义上的绝对观念,使之软化、虚无:生/死,成/败,高兴/悲伤……词语的对立被取消了。这样的忧郁便导致了无力感,因为具体的目标和行动在忧郁的目光中显得荒诞、可笑、无意义。忧郁使哈姆雷特丧失了行动能力,亡父的痛苦难以转化为复仇的动力,因为痛苦是具体的、生存论意义上的,而忧郁是无名的、存在论意义上的。

这样的忧郁大抵只属于20岁左右的人们。忧郁不同于青春期的易感,在那样的年龄段,人们没有多少思考能力,大多是模模糊糊的情绪。而当工作、成家后,人们也不会有这样的忧郁,因为人已经基本形成清晰、明朗的自我观念,且为各种事务缠身,忙碌中无暇多想。或者说,忧郁有两个必要条件:一个是闲暇,整日奔忙的人无暇思考、忧郁;另一个是空间——开阔的思维空间和生存空间,束缚于一个逼仄的空间内，为固定的目标和事务所拘囿，也就没有了比较和反思，自然也不会忧郁。

  20岁左右的钱重华正是一个典型的"忧郁者"：父亲富有，他不必为生计烦恼；而远赴德国，眼界大开，忧郁却更为加深，宏阔、静谧的异域空间反倒为忧郁提供了滋生的场域。情感的纠葛其实正如老国王的死，一样是具体/生存意义上的，看似忧郁的来源，其实只是若有若无的背景，即便纠葛消失了，忧郁依然存在。钱重华的忧郁在小说中随处可见，比如，当目睹德国的雪景时，他便突然陷入了这样的绝望和低沉的情绪："世界的末日，宇宙的末日。基督、上帝、天使，还有福音，先前钱重华虔诚信奉、赖以安身立命的一切，刹那间统统不见了。他只觉得自己陡直地往下方坠落着，不停地坠落，仿佛要跌入无底的深渊。找不见一根拯救的稻草！他就这样死去了，沉落在永恒的虚无中，万劫不复，没有复活的希望。一切都是黑暗，永久的黑暗。"而忧郁又使他在听完肖思懿热情洋溢的演讲后，根本提不起兴趣，仿佛成了哈姆雷特，看穿了一切，而报之以冷嘲热讽："他似乎对一切戴着神圣冠冕的东西产生了不可遏制的敌意，想用腐蚀性的嘲笑来瓦解它，掀翻它，捣毁他。他自己宁愿跌入虚无的深渊，与无边无垠的空寂为伴。"

  只有用"忧郁"去解释，小说中钱重华的很多看似矛盾、极端、无因无由的情绪才能说通，因为忧郁的情绪本身就是非理性的、极端的，比如，小说一方面写道："近来他和馨雯间的感情变得融洽了不少。一切都踏上了既定的轨道……"另一方面则说："其实并没有什么悲伤的事情来骚扰钱重华。一段时间以来，轻微而无所不在的倦怠、烦厌慢慢渗入了他的机体，弥漫到了全身。"又如，他刚刚与顾馨雯重归于好，在宾馆中激情缠绵，却在完事后突发奇想："这女人真是烦。他将这样吊死在她身上，就此堕落下去……爸爸说的并不是没有道理，她并不适合他。"

忧郁的目光洞穿世俗意义上的价值，是一种超越性的目光，一种类似宗教体验的感受，而这样的忧郁从根源上说正是作者所赋予的。王宏图在小说的后记中写道：北德十月的风光"仿佛时钟在这一刻停止了摆动，而历史也步入了终结状态"。他还引用弗朗索瓦·维庸和歌德的诗句，说其"裸露出阴森空无的本相"和"成了全宇宙的缩影，生生死死，皆在其中"，这些无不表达了他心目中理想化的境界：一种超越性的、近于宗教的、既悲怆哀婉又沉静宁谧的高远境界。而如果参照王宏图自己的想法，他写出北德静谧澄澈的境界，同时赋予钱重华忧郁的目光，去体察感受，这样的写法正合适不过。

三 文体：赋体化风格的呈现

《别了，日耳曼尼亚》在表达上述的主题时，自有其独特的笔法和风格。王宏图曾把卡彭铁尔的小说称为"新巴洛克主义"。"新巴洛克主义"一方面是在小说叙事中打破传统的线性时间，取而代之的是一种迂曲交叠、循环往复的立体时空结构；另一方面，在语言表达方式上，呈现了繁复、冗长、笨重的文风。当然，这里的"冗长"与"笨重"要作为中性词来理解，或者说，这是一种"反简洁明快"的、叠床架屋的描写风格。①

有评论者以"巴洛克"去概括王宏图的语言风格，因为在《别了，日耳曼尼亚》中，王宏图也会有"巴洛克"似的、细致繁密的描写风格，对心理、情境从不浮光掠影，携带着高密度的形容词和名词，一笔一画地精雕细刻，大段繁复的描写随处可见，阅读者初读之下会为此感到淤滞。但是，《别了，日耳曼尼亚》繁复的语言风格又

---

① 王宏图：《东西跨界与都市书写》，复旦大学出版社，2013，第136页。

与"巴洛克"有一定的类似之处,其实更像是古典文学中的文人赋,或者说,王宏图是在"以赋为小说"。

赋和小说之间看似相去甚远,但是早就有研究指出,在中国文学史上,其实二者有着渊源关系,钱锺书在《管锥编》中提出过"汉赋似小说"的主张,郭绍虞甚至说:"凡用文的体裁而有诗的意境者是赋",赋"实为小说之滥觞"。王运熙先生也论述过"俳优小说"与"赋"的隐秘联系。① 赋体文的语言风格精细铺陈、富丽繁密,《别了,日耳曼尼亚》侈丽、繁复的描写笔法和语言风格则与其多有类似。仅从这一点来说,"巴洛克"的形容确有一定道理。比如,他如下写阿尔卑斯山麓的清晨。

> 钱重华收住了脚步,环视着四周。沉甸甸、密不透风的静寂。除了自己噗噗的脚步声和闪掠而过的影子,前后一片静寂。那是笼盖天地的静寂。它在地壳下方幽黑的岩层中奔驰涌动,弥漫到大地上,淡然、镇定,从容不迫,饱经沧桑,亘古常在,冷傲地睨视着人世间目迷五色的浮光虚影。白天里奶牛四处徜徉时颈部悬系着的铃铛的喧响,汽车左转右拐时的轰鸣并没有打破,反而强化了这种静寂,使它变得愈加牢不可破。静寂的风吹刮在脸上,枝叶在沙沙瑟瑟地震颤,头脑中的思绪滚涌上来,在空阔无垠的静寂映衬下,显得格外迷乱纠结,洋溢着高分贝的喧哗与骚动。

因此,不必苛责小说中繁复笨重的描写为"瘠义肥辞"(《文心雕龙·风骨》),因为"辞"本就是"赋"的华彩所在。

除了描写笔法,我们更要注意赋的文人化/雅化特征。赋从屈原

---

① 王景龙:《赋体文与小说文体之形成》,上海师范大学硕士学位论文,2004。

等楚辞作者手中演化而来，从诞生之初，其创作者就注定它是"文人化"的，因而，它不同于《诗经·国风》或者乐府民歌的通俗、简洁、明快，却对辞藻、音律等外在形式颇为讲究。《别了，日耳曼尼亚》的语言也是"文人化"的、"雅化"的，行文用词多是典雅精致的书面语。以上述引文为例，"静寂""睨视""亘古""目迷五色"等用词，无不是典范的"雅言"。

赋中常见"用典"，因此而更为含蓄精致，文化内蕴更加丰富，这无疑是"文人化"的重要表征，只有学养深厚的创作主体才有能力、有意愿常常"用典"。《别了，日耳曼尼亚》也多有"用典"：直接引用宗教祷文，让人物沐浴在神性的光辉中；引用海涅的诗句来形容人物复杂幽微的心境。这些无疑使小说达成了意义的增值和文化品格的提升。语言风格的"文人化"与王宏图的家庭出身及其自身的学养密不可分。

正如郭绍虞对"赋"的评判——"用文的体裁而有诗的意境"，赋的意境其实是诗性的，《别了，日耳曼尼亚》骨子里也是诗性的，繁复的笔法绝不单单是有一说一、冷漠呆板的"复现"，而是贯之以抒情。这是王宏图与"巴洛克"风格的分野所在。或者我们可以说，王宏图是"以赋为华，以诗为里"。抒情在王宏图笔下往往有着刺激狠绝的情感强度。

> 钱重华心里咯噔一下，五味杂陈——澄澈透明的好心情顿时间消失了，他又沉陷到了那幽秘深邃的犹豫的泥沼当中。真不想活了。对此，他是那么熟悉：它又一次探伸出黏腻的利爪，将脖子狠狠地扼住。

既是诗性的风格，作者便常常使自己融入人物，让人物陷入自我驳诘与直抒胸臆的情绪与冥想。

不经意间他瞅到了投射在墙角镜面中的容颜：蒿草般蓬乱的头发，碎石般粗短的胡须，疲惫苍老的神情——他愕然伫立了片刻。这么快就老了。当天晚上那股快活劲不知不觉就消失了，代之以梦魇般的重压。毕竟相好了几年，它已成为身体皮肉组织的一部分，现在一刀猛切下来，难免会激起揪心的疼痛。慢慢地，深长的依恋在记忆幽秘的隧道里源源不断地涌流出来，他好多次眼里噙满了泪水。冲动之下，他真想当即打电话、发信息过去。然而他最终还是忍住了。不能这么软弱。

情绪饱胀并洇染、弥漫，甚至会极端到歇斯底里："她气咻咻地瞅着他和冯松明……还说什么仰望星空的人，其实什么都不是，只知道喝得醉醺醺的说大话，还要这样臭美！杀了他们，还是杀了他们的好，把一切统统都做个了结。"王国维曾将艺术风格分为"无我之境"与"有我之境"，前者是"以物观物，故不知何者为我，何者为物"，后者是"以我观物，故物皆着我之色彩"。在"有我之境"中，主体的情绪被充分调动，客体也仿佛染上了主体的情绪——《别了，日耳曼尼亚》的情境正是这样的"有我之境"。

四 旨归：欲望的绝望表演

赋的又一特征是格局宏阔。在帝国一统和政治经济繁荣的汉代，文人心态和眼界前所未有地开阔，仿佛重新发现了眼前的世界，事无巨细，无不呈于笔端，汉赋因此呈现了恢宏的体量和格局。[①] 王宏图幼承家训，又常往来于国内外，中外文化皆颇有造诣，因此，他常试图勾连中西地域和文化。在《别了，日耳曼尼亚》一书中，小说的

---

① 袁行霈：《中国文学史》（第一卷），高等教育出版社，2005，第135页。

视角反复跳跃于中西文化、上海和北德城市之间，形成了宏阔的小说格局，不同的文化、地域对照而合为一。

在小说中，德国是宁谧沉静的，而上海充塞着"喧哗与骚动"，或者说"欲望"。"欲望"是王宏图多篇论文的关键词：他在《欲望的凸显与调控——对"三言""二拍"的一种解读》中，以"欲望"去解读传统小说；① 在《都市叙事、欲望表达与意识形态》一文中，他将"欲望"视为现代都市的一个重要特征，并认为文学以"欲望"去表现都市大有书写空间。② 《别了，日耳曼尼亚》正是对这一想法的践行。

每当小说写到上海，王宏图就不遗余力地渲染其"欲望之都"的属性——物质的丰富与人的躁动。小说第十一章甚至整章以蒙太奇手法，写出了股市崩盘前后的众生相，这几乎是在向穆时英的《上海的狐步舞》致敬。不过，与穆时英不同的是，王宏图对这样的现代都市保持着清醒的距离和判断——他对欲望是持否定态度的。其中，重要的表征便是小说中的钱英年。他奋斗半生，事业有成，追求的钱、权、色都已在握，悬崖勒马可保半生无虞，但是他不愿收手，终至东窗事发。这无疑是王宏图对"欲望"的判词：欲望没有止境，一旦被鼓荡起来，最终只能迎来绝望的末路。

小说中钱英年东窗事发后的两个细节非常动人。一个是，陷入绝望的钱英年连蒙带骗，找到早已对他置之不理的旧情人，他央求她："再和我做一次，再做一次。求求你了，这是最后一次。""最后一次"生动地显示了他深知自己穷途末路，却依然试图抓住一丝生之气息。另一个是，他最后一次驾车加油，突然开始注意计量表的数字有出入。换在以前，他当然不会关注，不过，这次倒不是为了省钱，

---

① 王宏图：《东西跨界与都市书写》，复旦大学出版社，2013，第149页。
② 王宏图：《东西跨界与都市书写》，复旦大学出版社，2013，第179页。

而是他因此陡然发现：自己原来一直以为身边的这个世界是稳定的，现在看来，其实没有什么是可靠的；自己原以为能把握住这个世界，其实根本什么都抓不住。这两个细节显示了王宏图对欲望蛊惑下的人物不是单纯否定的，而是秉着理解之后的悲悯之心的。正如他自己所说："我聚焦的是两代人的生生死死，尽管无法达到上述'单纯'、'伟大'的境界，但我始终怀着悲悯之心。"这无疑也印证了前文的论述——这正是他所追求的境界。

因此，我们不得不提小说的开头和结尾。小说以宗教场景开始，又以宗教场景终结，显示了王宏图以宗教"昭示出某种精神上救赎的微光"这一努力。不过遗憾的是，这两个宗教场景太过简短，也没有足够的感染力与说服力，而作者所否定的欲望场景却被反复渲染，也比较动人，这难免令人疑惑。

但是，我们不要忘了，这又是小说与赋的相通之处。赋看似格局宏大、反复铺张，背后却有作者的讽喻/教谕。《七发》虽然极力渲染、铺张享乐之"七事"，目的却是为了反对"七事"，劝诫太子停止纵欲，走上正道。① 有趣的是，反对之事占了赋的绝大多数篇幅，而正面的教谕不过是篇末的曲终奏雅、寥寥数语。这样看似与主题不相称的结构方式，其实正是独特的表现手法，若是反其道而行之，反倒很难有这样的艺术感染力。同样，"欲望"正是王宏图的"七事"，宗教或者宗教所表征的对俗世的超越正是他的"教谕"。这样的安排，不也正是"曲终奏雅"的一种，何必大费周章呢？

---

① 袁行霈：《中国文学史》（第一卷），高等教育出版社，2005，第159页。

B.13

路内的青春叙事

——兼谈"70后"创作的困境*

贾艳艳**

摘　要： 随着70后作家逐渐成为文坛主力，当代文学的叙事中心有了从乡村向城市转移的迹象。尴尬的代际处境为他们的创作造成了困难，但同时也使他们避免了一代人写作的"同质化"倾向，从而使突围成为可能。路内的青春叙事，成功地向我们出示了转型期中国社会一种更具普遍性的精神状态，展示了一代作家精神向度的渐趋丰满。路内笔下的"成长"，由于缺少现代叙事中"父子"冲突或对抗的结构，而并非经典意义上的成长小说。尽管主人公的颓废和无聊不无自我放逐的意味，但作者对爱情的描写已然潜含着自我救赎及向外寻求超越的努力，其中依稀可见启蒙的回响。丰富的群像描写体现了路内构建自我与社会历史精神联系的努力，也使他笔下20世纪90年代的戴城具有了真实生活的质感。然而与此相映的是自我精神面貌的一成不变、渐趋模糊，身份认同的困境仍将是一代作家需要不断重临的起点。

关键词： 70后作家　青春叙事　身份建构

---

* 本文系上海社会科学院"城市文学与文化"创新学科建设的阶段性成果。
** 贾艳艳，文学博士，上海社会科学院文学研究所助理研究员。

尽管以代际划分作家的方式一再遭到诟病，然而不可否认的是，随着70后作家逐渐成为文坛主力，当代文学的叙事中心有了从乡村向城市转移的迹象。有论者指出："'70后'的文学价值是对一种新的审美形态的认定，'70后'作家的出现标志着整个当代文学正在经历由乡村经验到城市经验的过渡，由乡村审美经验到城市审美经验的过渡。今天都市文学的兴起更多的是'70后'作家承担的一个任务。"① 这一任务的难度，不仅在于当代文学给他们提供了足够的经验借鉴与传承，而且在于作为"夹缝"中生长的一代，他们是在世界观尚未确立的青少年时代就经历了意识形态的断裂与转型期的社会巨变。这注定了70后写作群体精神面目的模糊、多元，难以找到自己的历史定位。成长于城市化高速行进的时代，他们自然而然地试图通过对城市的书写来确立自我，使得无所依傍而又远未成熟的"个人"，一出发就与当代文学整体性的瓶颈劈面相遇。由此不难理解，为何在70后的城市叙事中，总是格外凸显一种关于身份的困惑与焦虑。值得注意的是，50后、60后与80后之间尴尬而"夹生"的代际处境，既为70后作家的创作造成了困难，又使他们避免了一代人写作的"群体化""同质化"倾向。除了共同的身份困境，他们之间是如此不同。正是这种不同，使历史缝隙中的突围成为可能。路内的写作，便向我们出示了一种可贵的探索。

一 "悲观者无处可去"：没有对抗的成长

和多数初涉文坛的70后作家一样，路内最初发表的两部长篇小说《少年巴比伦》和《追随她的旅程》，取材于其本人的真实经历，

---

① 刘颋：《他们怀着单纯的文学理想——中国"70后"作家研讨会在沈阳举行》，《文汇报》2014年6月23日。

叙述了20世纪90年代一群职业技校学校学生和青年工人的生活与情感状态。这两部小说和2013年发表的长篇小说《天使坠落在哪里》一起，构成了"戴城三部曲"，以戴城（以苏州为原型）为背景，分别写主人公路小路在技校、工厂以及大下岗时代的生活，时间跨度上正好贯穿整个20世纪90年代。王安忆谈到路内的小说创作时说："他在书写青春的同时，无意间触碰到了20世纪90年代社会转型期工厂里的矛盾、世情和人心，没有观念先行、刻意而为，故显得松弛又自然。"① 70后一直被认为是没有"历史"和集体记忆的一代，这也是他们的写作"经典化"程度严重不尽如人意的原因。任何时代的写作，倘若不能将个人经验与共同经验、集体记忆相接洽，将个人记忆与一个时代的整体历史氛围与逻辑达成内在的呼应，经典便无以诞生。正是在此意义上，"戴城三部曲"显示了路内的出手不凡。有论者认为，《少年巴比伦》"显示了70年代生作家的真正觉醒和成熟"，"让我们看到一个年代、一座城市以及与其相关的一代人的青春裂变"。② 在对青春往事的讲述中，《少年巴比伦》成功地向我们出示了转型期中国社会一种更具普遍性的精神状态，其对时代细节的勾勒与还原，很容易唤起一代人的共同记忆，既不是单纯向外的"抗父"，又不是沉溺于内的"疼痛"与自恋，展示了一代作家精神向度的渐趋丰满。

在一篇访谈中，路内曾自嘲他是全中国学历最低的作家，他毕业于技校，当过工人、仓库管理员、营业员、推销员、会计、小贩、广告创意从业者，2007年才开始发表作品，路内的履历与大部分从学院出来的70后作家不同。他笔下的主人公都是出生于20世纪70年代小城市的底层青年，粗口不断、落拓不羁。路内说："我自己所经

---

① 陈熙涵：《路内：我属文学的大多数》，《文汇报》2013年1月29日。
② 葛红兵：《每个时代都有自己的"巴比伦"——路内〈少年巴比伦〉读后》，《全国新书目》2008年第21期。

历的青少年时代就是90年代初期，写起来比较熟悉一些。两个小说，一个写工厂里的青工，一个写技校学生，都是无所事事的年龄，浅薄而深刻。一个人的年轻时代总是带着反叛和疑问，问题再多也不是自己的错，老了以后可能会很复杂，带着太多的个人经验，故事一旦展开了就全是人性问题。"① 正因"问题再多也不是自己的错"，个人的存在状态才可以更多地被表述为时代、环境的产物，自我与社会历史既建立起关联，根本性的困难又得以缓冲和悬置。如此的写作策略，使路内的青春叙事不仅仅是青春话语那么简单。对时代精神状况的观照并未上升到普遍的人性高度，也再次表露了70后写作的中间性、过渡性。其思考与表达中渗透的真诚，在不时地提醒读者：这是一个70后，是"这一个"70后。

在《追随她的旅程》中，一本残破不全的《西游记》成为年轻的路小路最珍爱的读物。小说卷首这样写道："《西游记》不啻为一个寻找题材的好故事。四个有缺陷的人，结伴去寻找完美，当他们找到之后，世界因此改变。《西游记》的奥妙在于，在此寻找过程中，乃至到达天路之终，作者从未试图改变这四个人的人生观。他们就这样带着缺陷成了圣徒，他们和《天路历程》不同，和《神曲》不同。我十八岁那年读罢此书，就觉得，像这样成为圣徒，真不知应该高兴呢还是忧伤。"② 这样的"寻找"可以视为路内为自己的创作所做的阐释，显然不同于西方经典与中国现当代文学谱系中的青春叙事。

在中国现当代文学叙事中，青春故事总是围绕"成长"展开。个人的心智、道德和精神经受种种磨炼，经历变化和发展，走向成熟，最终找到了自我在世界中的位置。这是一个精神面貌不断变化、自我意识不断深化的过程。当代中国的青春故事一直是有时代性的。

---

① 袁复生：《对话路内》，《晨报周刊》2009年2月14日。
② 路内：《追随她的旅程》，《收获》2008年长篇小说专号春夏卷。

从《青春之歌》里的林道静，到《组织部新来的年轻人》里的林震，与高度的政治自觉相伴的，是被不断压缩的个体成长的焦虑和痛苦，直到"高、大、全"的新青年形象逐渐成为当代中国最重要的审美符号。直至新时期，以"伤痕"文学为代表的"问题青年"的出现，才正式宣告了中国文学中青年形象的蜕变。1980年，中国青年杂志社曾策划过一场引发全国关注的"潘晓讨论"，现在看来，"人生的路啊，为什么越走越窄"这样的提问，似乎成了当代中国青年始终绕不过去的成长困局。

在此意义上，路内小说接续了传统，他笔下的青年问题正是之前中国社会青年问题的延续。生长于理想主义破碎的年代，"路小路们"的精神状态呈现了鲜明的过渡性，20世纪80年代的启蒙大潮曾给懵懂的他们以内心的提升，然而，对"大历史"以及政治风云缺乏切肤之痛，对现实秩序和伦理道德本能地充满怀疑与嘲讽，又缺乏可以投放身心的目标，注定了"路小路们"内心的空茫与躁动。政治理想的破灭与经济变革前的彷徨，使整个社会陷入了一种无所适从的恐慌，刚刚成年的他们，就因为缺少方向与支撑而懒于行动，或缺乏行动的能力。

有趣的是，这里形成了悖论：愈是缺乏行动的能力，便愈会显出行动的必要。路内小说中的人物都是行动一派，尽管迷惘、忧郁，但很少有哈姆雷特般的独处、纠结，而随时处于往来奔走的途中，甚至常常莫名其妙地陷于逃亡般的、疲于奔命的状态。《少年巴比伦》的结尾，路小路决定从化工厂辞职，是因为这样的原因：他在化工厂附近看到一只野狗在攻击小孩，于是拿枯树枝打狗，狗被逼到绝路反身扑咬，于是他又被狗追跑回来；接着，他捡了根钢管再次追过去，就这样跑了好几个来回，站在厂门口看热闹的人从几个变成了几十个。小说写道："那一瞬间，我与这条野狗心意相通，它在问我：'你到底想干什么？'我对它说，老子就是要打死你。后来我觉得，它问了我一个更深奥的问题：'你到底为什么活着？'我回答不上来。这个问题由一条疯狗向我提出，也不知道究竟谁得了狂犬病。我扔下钢管，我也不明白自己为什么活着，如此荒谬的，在这个世界上跑过来跑过去。"① 这可以视为小说的真正用意。小说题目中的"巴比伦"和第一章标题的"悲观者无处可去"，是两个含义丰富的隐喻。《圣经·创世纪》第11节说：古时的人想建一座城和一座塔，塔顶通天，让地上的人都能看到从而免于分散。上帝看到了，决定变乱他们的口音，因为语言不通，他们最终无法合作完成高塔，只好继续分散。时代的混乱、信念的失落、价值的模糊、生命的虚无，对"路小路们"而言，如何敞开自我，如何获得身份认同，个体的话语方式究竟是否有可能实现对普遍困境的突围？路内这样回答：悲观者无处可去。

　　从20世纪80年代的徐星、刘索拉，到余华、苏童，再到90年代的朱文、韩东，以及林白、陈染，"新时期"以来青年的成长故事，始终隐含着与主流的对立、对规训的反叛。到了路内这里，尽管同样有着对现实秩序和伦理道德的怀疑与嘲讽，然而，一些重要的差异开始出现。在《少年巴比伦》中，路小路明白自己必须像别人一样，"努力工作，像驴一样干活，否则读职大的理想就会泡汤"。努力干活的目的，是为了进化工职大，实现脱产的梦想。小说这样写道："戴城的化工系统有一所独立的职业大学，称为戴城化工职大，戴城化工系统的职工到那里去读书，就能拿到一张文凭。读这所大学不用参加高考，而是各厂推荐优秀职工进去读书，学杂费一律由厂里报销，读书期间还有基本工资可拿。这就是所谓'脱产'，脱产是所有工人的梦想。"在中国新文学的谱系中，"劳动最光荣"的思想一直是传统工业题材文学突出的核心。然而时过境迁，在路内笔下，父

---

① 路内：《少年巴比伦》，《收获》2007年第6期。

亲给路小路安排的道路，是等他学徒工转正后，托熟人把他弄到化工职大混张文凭，这样就可以由工人转为干部编制，到科室里去喝茶看报。然而愿望很快破灭，路小路发现化工厂有3000名工人，其中一半是青年，"每个人都想着去化工职大碰碰运气"。普通职工的子女能进职大非常困难，必须要想尽办法拉关系、找捷径。行将消失的职业技术学校作为传统社会制度的产物，是工人们所能争夺的最后资源。在化工厂里浑浑噩噩的路小路，你看不出他对生活的期望和与父辈相比有什么明显的不同。

在中国现当代文学谱系中，父与子的冲突作为个人与社会冲突的具体表现形式，有着无比重要的地位。尽管到了20世纪90年代，个人与社会之间的连接被市场经济击碎，父与子的冲突不再具有整体的象征意义，然而在韩东、朱文等60后作家笔下，仍然存在两代人世界观、人生观的冲突，父亲成为年轻人嘲讽、调侃甚至教训的对象，显得滑稽可笑、不合时宜。在路内笔下，路小路对由父亲、师傅、老师、前辈等形象组成的父辈的态度同样很不恭敬。然而"路小路们"不再去反叛父辈们传递的生存经验，他们别无选择。在《少年巴比伦》中，父亲对路小路说："在工厂中，吃得苦中苦，方为人上人，当然也要学会保护自己，遇到爆炸千万别去管什么国家财产，顶着风撒丫子就跑，跑到自己腿抽筋。"他还说："营业员一辈子都得站着上班，工人干活干累了可以找个地方坐着，或者蹲着，或者躺着，这就是工人的优越性。"在小说的语境中，这些经验是比书本知识更直接、更实用的教材，是青年人和父辈一样需要应对的真实生活。这里，已然看不到先锋文学中的父子冲突。

在路内笔下，本应承担启蒙义务的父辈，几乎无一能承担起自己的责任。在《少年巴比伦》中，工厂的师傅没有教给路小路谋生的技术，当钳工的时候路小路只能去捡破烂、帮师傅摆摊修车，当电工的时候他只会换灯泡；而父亲，除了用中华烟和礼券为儿子换来糖精厂的招工表，对路小路的人生与前途就再也无能为力。在《追随她的旅程》中，路小路的语文老师丁培根，文章里是小资情调，真实的生活却困顿、脏乱，与死神赛跑。父辈们和年轻人一样需要面对生活的磨难，面对时代的裂变，他们一样找不到出路。面对如此惨不忍睹的生活，年轻的路小路不可能感受到任何作为工人的骄傲，而只会陷入更深的迷惘与绝望。物质生活是否富裕，日子过得好不好，日益成为衡量个人生活的重要指标。作为一个技术过硬的老工人，这位堂叔这样教育路小路："做钳工最大的好处是可以捞点小外快，下班以后坐在弄堂口，摆一个修自行车的小摊，一个月差不多可以挣五百元。"又说："做钳工还能收徒弟，徒弟得孝敬师傅，送上香烟白酒，否则什么都学不会，永远停留在二级钳工的水平上，永远拧螺丝的干活。"在时代的裂变面前，父辈们已然没有可以传授的经验。因而，与经典成长小说不同，路内笔下的青春故事缺少冲突和对抗的结构。

据路内自述，《少年巴比伦》原名为《工厂回忆录》。20世纪90年代初的工厂正处于即将改制的前夜，人们普遍感到由生存状态的混乱与价值失衡导致的迷茫与无所适从。青年工人路小路所看到的工厂的生活世界，是"龙生龙、凤生凤"，工厂职工的儿子只能上技校、进工厂，打架旷工混日子，看着工厂里的小姑娘变成小阿姨，小阿姨变成老阿姨，最后光荣退休——这是一个没有出路的死循环。作者在小说中写道："十八岁真是无处可去，如果想去到更远的地方就要花很大的力气，而且很冒险。我并不怕冒险，我连冒险的机会都没有。"这令人想到余华的《十八岁出门远行》，在余华的小说里，十八岁那天送"我"出门的父亲的形象是模糊的，"我"所感受到的现实冲击是一种非常强烈的主观体验。到了路内这里，十八岁的青年路小路的命运却完全被社会和环境决定。这样的青春故事，对我们熟悉的成长小说而言是有陌生感的，但对今天的文学接受而言,是非常熟悉的。这样的颓废尽管失去了挑战社会的先锋意味,却获得了生活的质感。不过值得疑虑的是,自我的精神面貌从始至终不见变化,不断受挫、不断复原,如此循环,路小路的形象在后来两部小说中越来越模糊,如何才能导向对个体精神成长来说不可或缺的向上的空间?

二 "追随她的旅程":来自他者的微光

在《少年巴比伦》中,路小路戴城生活的唯一光亮,来自化工厂的女医生白蓝。白蓝比路小路年长几岁,内心与路小路一样有着压抑的激情,又有路小路所没有的冷静。她不愿随波逐流,选择考研究生,最终去国离乡,以不断远离的方式寻找自己模糊的理想。戴城于她,不过是暂时停留的驿站。小说中反复提到张楚的《姐姐》,作为20世纪90年代初的文化符号,《姐姐》照亮了"路小路们"失重的心。歌中唱道:"哦,姐姐,我想回家,牵着我的手啊,我有些困了。哦,姐姐,我想回家,牵着我的手啊,你不要害怕……""父亲"完成不了的精神启蒙落在"姐姐"的身上,白蓝正是这样一个引领路小路回家的"姐姐"的形象,不仅给路小路以性爱的启蒙,而且给了路小路惺惺相惜的温暖,以及出走与寻找理想的勇气。因为白蓝的出现,路小路记忆中的戴城才算有了一缕青春的诗意和光彩。没通过高考的路小路被父亲送进工厂,白蓝却要他重新去上夜大。路小路答应去参加成人高考:"我这辈子只要她开心,什么都可以去干,无所谓的,哪怕是做亡命之徒。"所谓"亡命之徒",恰恰是英雄主义、理想主义留给70后一代的精神遗产,也是个人主义对现实的消极反抗。多年后的路小路终于挣脱计划体制的束缚,逃离戴城,来到大都市上海,成为一个所谓的小资白领,却发现更深地迷失了方向。昔日的白蓝早已无迹可寻,回头望去,青春已然消逝。

　　20世纪90年代以来的成长小说习惯于进行"一个人的战争",在"个人化"的路上越走越远,启蒙的视野消失,启蒙者的形象退场。小说中个人主体的形象不断"向内转",越来越偏于主观体验,直至充斥着身体化的欲望符号以及"私人化"的呓语。路内讲述的青春与爱情,显然仍发自一种"个人化"立场,"路小路们"的颓废和无聊,不免有自我放逐的意味,但白蓝这一形象还是为我们呈现了一种可能与现实对抗的生命高度和精神立场。向外寻求超越动力的潜在话语,以及自我救赎的努力,隐约可见启蒙的回响。

　　与《少年巴比伦》的爱情相比,《追随她的旅程》中几个青春期少年的爱与成长,显得更加迷茫、混乱,不过这也许正是路内想要进一步呈现给我们的青春本相。在两个女孩曾园和于小齐之间,主人公路小路显得十分被动、徘徊不定,无法确认自己和对方的爱情关系。在小说时空交错的叙述中,三个年轻人对爱的理解没来得及走向成熟,就已随命运和岁月远去。作者想要追问的,可能是这样一种精神线索:对一个人的成长而言,不成熟的爱究竟意味着什么?对于始终无法真正敞开自己的年轻人,爱情是否真的能作为指引或支撑,照亮青春岁月的荒芜与迷惘?于小齐的死似已给出了一个悲观的答案。这个生长于破碎家庭的女孩子,试图在现实中寻找一种她自己并不了解的理想生活,她对路小路说"所有羁绊我的东西,都很讨厌",于是义无反顾地离开,不停地去向更远的地方。然而寻找的无望犹如爱情的无望,她最后的结局如此惨伤。值得进一步追问的是,除了盲目懵懂、没有结局的爱情,这代人的青春还剩下别的什么了吗?小说中还写到路小路的小伙伴们的爱情:杨一和欧阳慧的阴差阳错、虾皮对曾园的执着、李翔对于小齐的追随,以及大飞和小怪由寂寞而生的爱……形形色色的爱情描写,无不饱含着作家对不成熟而又没有出路的爱情的审视与反省。

这篇小说中的路小路也始终在追求一种他自己并不了解的精神归宿和生命理想，奈何他的理想是内倾式的，不在前方，而在高处。于是，大部分时候他只能停在原地，无所适从。虽然爱情和命运处处显示了他的被动，但来自周遭的微弱光照，对他仍有特别的意义。因为始终不能给自己的人生找到合理的位置，作为叙述者的路小路，只得在不断与他者的对照中建构自我的形象。无论到上海期待与白蓝重逢，还是回莫镇遭逢于小齐的死亡，其实都是对自我的叙述和寻找。正是在此意义上，生命中出现的任何人都是有意义的，"自我"经由与他者的关系抵达身份的确认。这里，路内的叙事再次出示了一种从"个人化"出发，最终朝向外部对环境和他人予以关照的可能。

所谓"追随她的旅程"，作者的原意也许就是为了试着以爱情来为青春命名。然而这里的"追随"，说到底不过是"《西游记》青年"那种"寻找"的延伸。毕竟对年轻的路小路来说，爱情或许是他能够找到的打开自己、与他人建立稳定关系的唯一通道。然而，读完小说会发现，它居然是一部典型的描写群像的小说。尽管它确实描写了诸多青春期的爱情，但那也许只是因为除了爱情，叙述者找不到别的什么来描述这群年轻人。小说中根本看不到什么对爱情的独特理解，尽是些盲目糊涂、似是而非，以及勉强能被称为"爱情"的关系。甚至关于身体与欲望的叙述，都只剩下一些可笑的场面，更少有"向内"的探询。比如，让路小路难忘的初吻，对曾园来说仅仅是为了模仿和体验，再见面两人已互不相干；"大胸爆炸头红衬衫的女人"，对杨一来说，像个总也逃不脱的荒诞之梦。与此相应的是丰富的群像描写，倒有种整体上的逼真与生动：各级各类学校的学生形象，其中包括重点中学和普通中学、各种职业技术学校，以及杨一所在大学的学生形象；化工厂的青年工人、老工人形象；各种无业或者从事自由职业的社会青年形象。这些共同组成了路小路记忆中20世纪90年代初的"戴城"。

三　失败者的时代：重构"我们"的困境

还是在《追随她的旅程》中，路小路对他的语文老师丁培根发了这样的牢骚——"我觉得，年轻根本就不是优点，而是……一种残疾。"因为"年轻的时候老是被人欺负，跟残疾人一样，别人抽你一个耳光，你只好哭着回家，没劲。不过老了也没劲，也被人欺负。你说，到底怎么样才能不像个残疾人呢"？把年轻当成残疾，路内的这种解释显然迥异于我们对青春的习惯性预期。值得注意的是，包括《少年巴比伦》《追随她的旅程》在内，路内的五部长篇小说全都有很多关于暴力的描写。在相当程度上，正是各种打架殴斗的线索与场面，使各级各类学校的学生、各种社会青年以及工厂的青年工人之间有了联系。虽然那些互相攻击的暴力场面大多被作者的叙述隐去了血腥感，显得可笑而无聊，但确实占了相当大的篇幅，甚至产生了各种关于打架的知识。暴力成了路小路的青春岁月绕不过去的生活内容。

在小说中，初遇于小齐的路小路，被烹饪技校的学生莫名其妙地挡在马路中央，小说写道："烹饪技校的学生我很熟，经常和他们打架。我们化工技校是出了名的能打，对付烹饪技校不在话下，化工技校将来是做工人的，烹饪技校将来是做厨子的，你见过工人怕厨子的吗？……不过，论起抄家伙，烹饪技校是比较可怕的，每个技校的常备武器都跟他们未来的职业有着必然的关系，好比轻工技校习惯用榔头，化工技校习惯用铁管，美工技校习惯用美工刀。烹饪技校的学生都把菜刀揣在书包里，这菜刀就是他们的课本。真要是把他们打急了，菜刀抡出来，可不是闹着玩的。"对照余华的《在细雨中呼喊》、苏童的"香椿树街系列"中的少年，路内对青春期少年之间暴力的描写，主观体验的色彩明显减弱了。这段描写不过是年轻的路小路头脑中可怜的社会知识与社会经验。作为职业技术学校的学生,"路小路们"的前途是暗淡的,他们身上有种深深的失败感,以及一种被社会抛弃的痛感,这让他们表现得颓废、空虚与无聊,也并没有多少反叛的色彩。虽然他们的身份只是底层青年,似乎不能代表大多数,但正因如此,他们的命运才最大限度地被外部环境决定。

在此意义上,视年轻为一种残疾,表达了"路小路们"在现实面前的无力感,首先表现出来的,便是对人与人之间关系的困扰。正如《少年巴比伦》中的路小路所说:"在我和我身边的世界,隔着一条河流,彼此都把对方当成是精神分裂。"在一个彼此精神隔绝的世界,人与人最普遍的关系,只能是彼此嘲讽、互相伤害。而暴力作为一种极端的伤害形式,直接充斥在路小路的生活世界,令他逃无可逃。上技校的路小路不得不参与各种打架,进化工厂当了工人,还是被迫一次次用打架来决定和别人的亲疏,打发无聊的时间,以致即将技校毕业的路小路,一想到更加"暗无天日的工厂生活"即将到来,就感到万分沮丧。路内在《追随她的旅程》的后记中写道:"我的理智对暴力的忍受程度越来越低,我相信和我同龄的人也是如此,这是一个好现象,说明社会进步,我们都要洗底,前半辈子可能是暴徒,寅吃卯粮,后半辈子也要学着做个小资。"[①] 关于暴力的叙述在这里被明确地指向社会,指代一种普遍的处境而非主观的体验。因此,那些有关打架与暴力的情节在小说的叙述中,产生的不是个体心理体验的紧张,而指向了一种群体的颓废与无聊。路小路再次用《西游记》来解释这种无聊感,认为《西游记》是"一个关于成长的故事,它用路途来迷惑读者,事实上它在谈论的是时间。神是不会仅仅用路途来考验一个人的"。用"跟妖怪打架"来类比现实中的暴力,其中所指涉的人性的残缺、人生的无聊,以及人与人之间关系的断裂,经由

---

① 路内:《追随她的旅程·后记》,中信出版社,2009。

路小路的主观体验而上升为一种普遍的生存困境。尽管看似淡漠和油滑，这种口吻稀释了成长的沉重与痛苦，但"我"和他人之间不再互无关联，实现了彼此境遇的互换。

路内 2010 年以后创作的三部长篇小说，全都是描写群像的，尽管也都继续采用第一人称来叙述，故事中的"我"更多的时候只是一个被动的参与者和旁观者，进一步丧失了主人公的地位。发表于 2013 年的《天使降落在哪里》，是"戴城三部曲"的尾声，故事从工厂大下岗时代开始，走投无路的下岗工人茅建国一家在自己家中自尽，使作为邻居的路小路下定决心离开工厂。其时，他和小伙伴们生活了十几年的工人新村，不到一年时间倏忽变成了一个散发着腐臭味道、鸡瘟鼠疫横行的贫民窟。作者以惯有的调侃与戏谑，描写了工厂在时代巨变中触目惊心的破败。每天上演着的悲剧、闹剧与惨剧，成为下岗工人的日常生活情态。小说写道："大下岗时代我们再也不是主角，没有人是主角，所有的人都像是跑龙套的。"[①] 这里，作为叙述者的"我"，已经悄然转换为"我们"。从工厂辞职的路小路如此盘点自己的人生："全厂两千个职工，我最起码认识一千个，个个能把姓名、绰号、职务、八卦都报出来。后半生我再也没能如此交游广泛。等到我辞职出来，成了个社会青年，他们之中的绝大多数我也再没遇到过，在彼此看来，都像是沉入了茫茫大海。"值得注意的是，恰恰是在市场经济大潮彻底粉碎了"我"与"他们"的联结之后，作为叙述者的路小路，才选择用"我们"的眼光看世界。

小说接着写了在市场经济的汪洋大海中苦苦挣扎的各类青年，各种充满荒诞感的生计与经历。其中，最典型的当属大学毕业生杨迟的推销员生涯。这个认养孤儿、因刻苦为农药厂讨债而一度被时代包装成"优秀青年"的年轻人，不同于路小路的颓废，他一心向上，几

---

① 路内：《天使降落在哪里》，《人民文学》2013 年第 10 期。

乎做了他能做的一切，然而依然逃脱不了时代的陷阱，一步步走向失控和惨败的命运。当他一次次因为卖农药和讨债在异乡陷入绝境时，还要仰仗"问题青年"路小路的苦肉计，或者各种坑蒙拐骗者的偶然善心，侥幸逃脱。在时代这个巨人的推搡下，"路小路、杨迟们"被营销成了境遇不同但无辜相似的他者。正是失败者的共同命运，将"我"和他们联结起来。

对于这个"遍地都是推销员"的商业时代，作者给予了毫不留情的鞭笞，在路小路看来，那些妄想靠营销术实现发财梦想的各色人等，"在他们身上浓缩着所有的现实，垃圾一样的现实"，而"我"也好不到哪去，"我"与他们的区别只是"我"只骗自己，不骗别人。小说写道，"从九十年代末到新世纪的头十年，营销成为一份普及的职业"，在死缠烂打的推销拉锯战中，"我身边的人包括我自己，度过了一个死结式的青年时代。但是你不得不感谢，在这个年代里有一种叫营销的职业，它让一批人得以蒙混过关，以微末的底薪和惨不忍睹的提成混迹在各种阶层的公司，常常被辞退，但总能找到新的东家，撞大运并且熬着，从各种惨败里学到了废话式的、实战式的人生经验。假如没有营销的存在，我想我们都会成为纯种的傻挫，一无所知，一无所获"。如此对时代的描述，在路内的小说中比比皆是，让人触摸到刚刚转身隐去的 20 世纪 90 年代留给一代人的心灵遗响。这其中自然也包含了冷峻、严肃的社会批判，那些被渐渐淡忘的各种时代的细节与风尚，被作者以严格的时序密集衔接，逐一呈现。所幸在这个过程中，路内没有忘记将小说的关切牢牢地对准处于这时代中人的精神状态。显然，这才是时代的精髓。颓废的力量和向上的倾向，同时将路内的叙事向不同的方向拉扯，在他关于青春故事的讲述中，完全看不到流行的青春文学中那种矫饰的精神撒娇和凛冽的破坏倾向。小说结尾，戴城福利院那 200 个被遗弃的痴呆孤儿的形象，也许正是路内心中自己灵魂的肖像。

说到底,"我们"的出路在哪里?向往着高尚情操的杨迟,到头来也不过是逃离戴城,在所谓的高级写字楼里"学着做个小资"。路小路与更多的小伙伴们还暂时滞留在原地,继续着他们的无望与迷惘。正如有论者指出的:"路内的写作体现了一种彻底丧失意义世界的中国青年的悲苦,他的失败感,推而广之,正是中国式的现实主义所遭遇的最大难题。"[1] 路内曾经谈到王安忆在创作研讨会上的一次发言让他印象深刻。王安忆说:"我们的书并不足以使你们长大,再有二十、三十年过去,回头看,我们和你们其实是一代人。文学的时间和现实的时间不同,它的容量决定于思想的浓度,思想的浓度也许又决定于历史的剧烈程度,总之,它除去自然的流逝,还要依凭于价值,我们还没有向时间攫取更高的价值来供你们继承……"[2] 在路内的笔下,随着叙述的不断展开,路小路的面目反而越来越模糊,更深地失掉身份的认同。这样的困境,也许在相当长时间内仍将是一代作家需要不断重临的起点。

勃兰兑斯在《十九世纪文学主流》中曾为那些中途退场的作家开辟专章,并宣布:"文学事业的情况是:几百个参加竞争的人们,却只有两三名达到了目的。"[3] 青春叙事小说,抑或成长小说,几乎是每一代小说家登场的入场券。对70后作家而言,其特殊性在于,一方面,他们的叙事语调中不约而同地流露了一种人到中年、未老先衰的沧桑;另一方面,其身份悬置的困境又使他们将叙事的笔触一遍遍重新回到青春期。在多数70后作家笔下,都能看到一个在不断回溯中被延长的青春期,这在长篇小说的叙事中尤为突出。据另一位

---

[1] 李海霞:《弱者的文学如何前行》,《现代中文学刊》2012年第6期。
[2] 王安忆:《在同一时代之中》,在第七届全国青年作家创作会议上的发言,2013年9月,http://www.chinawriter.com.cn/news/2013/2013-09-24/175492.html。
[3] 〔丹麦〕勃兰兑斯:《十九世纪文学主流》(第五分册),李宗杰译,人民文学出版社,1997,第419页。

70后作家、《人民文学》编辑徐则臣统计，在最近两年出版的各种主要文学期刊上，70后作家所占比例已将近半数。尽管在勤奋的耕耘中，一代人更为丰富、复杂的精神面向正在渐渐浮出水面，但如何让自我与社会、历史建立更为有效的联系，如何让语言进入更为深广、丰富、多义的精神生活，仍是亟待70后作家深思的问题。期待他们的写作之路越走越宽。

B.14
一群天真与伤感的年轻人

——评90后创作者13人

王辉城*

摘　要：	上海市作家协会近年来一直致力于发掘、培养青年作家梯队，不仅在上海的大学、中学中建立了近200个文学社理事单位，而且通过"会师上海·90后创意小说战"等选拔活动，发掘了一批具有相当创作潜力的90后创作者。本文对其中13位佼佼者的创作特点一一进行了评析。13位90后作者的生活际遇不同、写作能力不同，呈现了不一的风格，这是一群天真与伤感的年轻人。
关键词：	"90后零姿态丛书"　天真　伤感

诺贝尔文学奖得主帕慕克论及小说家，应当是"天真的"与"感伤的"。何谓天真？何谓感伤？按照帕慕克的定义，天真便是"率性地写作，仿佛在执行一个完全自然的行为，并不知道脑海中的种种操作和估算，不知道他们事实上正在使用小说艺术赋予他们各种齿轮、刹车器和挂挡杆"，简而言之，便是有小说家的天赋和直觉。而"感伤"则相当于反思，是"明知文本不等于现实，却一样沉迷

---

* 王辉城，青年书评人，小说家，《零杂志》专栏作者。

其中，他们关注小说写作的方法以及阅读小说时的意识活动和方式"，简而言之，便是对小说技术的了解和运用。"作为小说家，就要同时掌握天真与反思的艺术。"① 可见，一个作家的成长是要经过漫长的锻炼和深刻的反思，需要去打磨技艺和丰富人生阅历。

王安忆在她的小说讲稿之中，直言十分重视处女作。究其原因，处女作虽然稚嫩，却也因其本真而凸显了作者之格局与审美，乃至潜力。年轻作者的好处便在于此，有冲劲、有野心，文章到处充满勃勃生机，望过去都是无穷的潜力，令人期待。上海市作家协会主编的"90后零姿态丛书"共15本，出自13位90后作者之手，涉及传奇、校园、都市、边缘人群、黑色童话等多种题材，风格各异，视角多元。这套丛书于2014年8月在上海书展亮相，赢得了广泛关注，13位作者成为书展上最年轻、最阳光的一群作者。他们都是上海市作家协会《零杂志》等主办的"会师上海·90后创意小说战"的胜出者，来自全国各地，绝大部分是在校大学生，所学专业也很多，包括戏剧、法学、金融、能源化工、文学等。本文对这13位90后写作者一一加以评介，期待更多的读者关注他们。

一 修新羽：未来的科幻小说家？

修新羽很适合写科幻小说。在《死于荣耀之夜》② 这本小说集中，最好的小说都是科幻小说。以我的看法，这些小说所展现的都是修新羽对未来的忧虑——准确地说，是对科学技术滥用的忧虑。在《死于荣耀之夜》中，这一点体现得特别明显，人类为了提高身体极限而滥用药物，最终在对决之夜，付出了死亡的代价。赢了比赛却丢

---

① 〔土耳其〕奥尔罕·帕慕克：《天真的和感伤的小说家》，彭发胜译，上海人民出版社，2012，第12页。

② 修新羽：《死于荣耀之夜》，上海人民出版社，2013。

了性命，输了比赛却保住了生命，这是个很苦涩的结果。在另外一篇小说中，修新羽更加彻底，所有人都没有姓名，只有编号，如此的设定不禁让人想起扎米亚京著名的反乌托邦小说《我们》。在《这里需要你》这篇小说中，所有人都成为机器，或者更进一步，都成为战争机器中的一个零件。军方为了战争发明了致幻剂，催眠似地把一些残酷的信念植入了士兵的大脑。士兵反抗的结果自然也不会是美好的——显然，脱离了机器的零件是没有价值的。这是军方不合人性的所在。事实上，修新羽所有的科幻小说，总会有一个人或者一个群体属于实验对象，就像科研上的小白鼠，触目惊心，令人毛骨悚然。

修新羽文笔很凝练，气质也偏硬朗，与科幻小说中的金属感相得益彰。众所周知，科幻小说极其难写，原因便是科幻需要专业性的科学知识作为支撑，方能令人信服。修新羽作为清华大学的高才生，科学知识方面的积累相当不错。不过，可能是因为年轻，在修新羽的作品中，也有一些常见的不足之处，比如人物不丰满、故事节奏失衡等，特别是在写青春校园小说时，其不足之处会暴露得更加明显。

近些年，刘慈欣、韩松等科幻名家的出现，让科幻小说小火了一把。特别是刘慈欣的《三体》，可以说是现象级科幻作品。然而，我们去阅读刘慈欣早期的作品，便不得不承认，有时候努力便是最大的天赋。刘慈欣早期的作品，如《球状闪电》等，文笔可以说是相当糟糕的，但到了《三体》，便有了突破性的进步。所以，年轻的修新羽完全有时间去完善自己的写作技巧。

二 三三：想象力是一种天赋

《离魂记》[①] 这部短篇小说集，若以我的看法，是一本精致的小

[①] 三三：《离魂记》，上海人民出版社，2013。

品，或者笔记。我不知道三三阅读了多少中国古代的笔记小说，但她显然是热爱它们的。集子中的一些小短文，如《怪圈》《七夜谈》《关于梦的三个故事》等，是好的——她在以一种看似天真的口吻叙述怪异而美的故事。这些故事与古代的笔记很接近，都在构建一些神奇而迷人的世界。比如在《太平广记》中，就有很多奇人怪事，以现在的眼光来看，书中所记载的都是"荒唐""荒诞"之事。但作者与读者的态度是不一样的，他们或许会"信以为真"。我相信记载这些故事的人其实有更自觉的追求，其写下这则笔记，是因为故事"有趣"。三三的一些小故事中就有笔记小说的韵味。

三三写了好几个《万寿寺》式的故事，现实一条线，虚构一条线，两条线互为补充。我们或许可以解读出一些深刻的意味来，比如美好总是不存在的、现实是疲软的等。王小波喜欢"故事新编"，三三同样乐此不疲。在《离魂记》这篇小说中，重新演绎之后的唐传奇变得俏皮非常，令人欢喜。

小说作者需要天赋，三三的天赋在于想象力。她能把平常的事物想象成精巧的东西，也能从日常生活中挖掘了不起的细节。许多作家喜欢用小说来对抗现实，到了三三那里，情况却是虚构与现实之间并非紧张、刺激的对抗，而是温和的相处，两者同样重要，也同样令人欢愉。

三　吴清缘：成长是一个过程

吴清缘的小说《介入》的结尾颇可玩味，世界上三大宗教里的真神出现于天空之中——若是看过《倩女幽魂之道道道》，大概是可以想象这个恢宏的场景的——所有的人开始精神崩溃，开始皈依宗教。当然，真相远不只如此。事实上，在三大真神之上，还有唯一的神——"眼睛"。在这里，我们很容易读出他的"师承"。毫无疑问，刘慈欣的《三体》启发了吴清缘，使他有了探讨文明的欲望和野心，虽然给出的答案还很粗糙。和《三体》一样，张大春的《城邦暴力团》对吴清缘的影响也非常深刻。如果说《三体》使他开始思考宗教与科学的关系，那么《城邦暴力团》则影响了他文字的审美。或许我们可以想象一下，吴清缘读到《城邦暴力团》时惊喜而激动的表情，小说竟然可以这样写，动作竟然可以如此华丽优美。可以说，张大春给了吴清缘一个方向，然后吴清缘通过一篇长篇小说来实践从《城邦暴力团》里学来的经验。在《拿来主义》这篇小说中，我们可以看到华丽的动作和煞有其事的动作——故事本身反而变得不那么重要，而动作、场面变得尤为重要。

"刀花""美艳的刀花"，是吴清缘小说中很有代表性的词语。如果电影中出现大量刀花的镜头，毫无疑问，这是B级"cult片"。这种电影很大的特点是血流成河，使人的肾上腺素处于高涨状态。《单挑》[①]这本小说集可以说非常完美地体现了吴清缘小说中"cult片"的狂欢气质。

《单挑》成书于2013年，里面许多作品与现在的吴清缘作品相比，确实显得稚嫩。现在的吴清缘，在语言上已经逐渐剔除张大春带来的影响。一个作者的成熟，便是逐渐建立起自己的语言风格。

四　陈观良：野蛮生长的小镇青年[②]

广东这块地方，气质上近于癫狂。这一点可体现在博彩行业上，在广东生活过的人，大概都能感受到地下博彩风靡的疯狂。赌马，或者是赌码，是相当流行的，在我的家乡，这相当于全民运动，大家聚

[①] 吴清缘：《单体》，上海人民出版社，2013。
[②] 陈观良的小说可见其作品集《丫的伪大爱情电影》，上海人民出版社，2013。

集在一起，看《天线宝宝》，看奇怪的电视节目，看一些奇奇怪怪的报纸，猜一些言语不通的字谜，好像能在这方面得到神的启示。而更令人惊讶的是，这些往往是有效的——当然，这些可能只是巧合。总而言之，在赌马上，人们形成了一种默契，他们有自己独特的符号和文化，只有参与进去，才能理解他们。

陈观良作为地地道道的潮汕人，其小说体现了这种近似癫狂的气质。在《金沙镇》这篇篇幅短小的小说里，所有的人都陷入了一种疯狂状态，疯狂地追求着一种看起来很美好的未来。他们陷入了骗局，但并不觉得可悲，因为所有人都陷入了这种状态。若是我们仔细阅读，或许可以解读出更深层次的讽喻。这篇小说不是最好的，却是我最喜欢的，它揭示的是，陈观良在进行某些深刻的思考，虽然所思考的问题和他所提供的答案现在还稍显简单。

与其他人相比，陈观良有显而易见的优势，那便是丰富的生活阅历。他的小说所呈现的粗糙感，正是源于他过早地接触了生活的方方面面。作为一个学习并不怎么好的学生，他高中一毕业便走进社会，直面人生之惨淡。对小说写作而言，有时候阅历比技巧更重要，因为阅历能让小说更加厚重和坚实，而技巧则是可以习得的。但过早走入社会，也让陈观良面临了巨大挑战：一是语言基本功的问题。陈观良的语言很质朴，但算不上好。二是他的一些小说构思非常好，却在细节上做得不够好。不过，这两项缺陷是可以通过锻炼来弥补的。最让人担忧的是，陈观良面临着巨大的生活压力，他是否有足够的时间坚持写作？

五 张晓晗：谁的青春不张扬？[①]

张晓晗的小说里包裹着一种青春的冲动，她在用"少年侃"的

[①] 可见张晓晗作品集《末日那年我21》，上海人民出版社，2013。

口吻讲述看似轰轰烈烈的青春。不知道她自己是否发现，她笔下的青春有一种模式：一个混蛋的男人，一个跟着混蛋的女人，一个好男人。男人很混蛋地远走了，跟着混蛋的女人开始回忆似水流年，或者回忆刀锋般的犀利岁月，好男人在她的身边，等待女人从回忆中醒来。结果都是好的，像小说《摇晃》中，惨烈的青春过去了，女人终于和一个居家男人走入了婚姻和家庭。"妞儿你要不要，你不要我就给别人去。"虽然是恍恍惚惚的，但回过神来，还是坚决地大声喊："我要！"所有的故事都是关于青春的——青春和婚姻是两个世界，以前可以疯狂，可以摇滚，可以呐喊，现在可要岁月静好。

张晓晗的文字相当豪爽、直率，呼啸而来，像一辆飞奔的火车。在文学上，女人的豪爽和男人的羞涩一样，都是美好的品质。当然，这种豪爽是表面的——可以肯定的是，张晓晗有一颗柔软的心，不然就不会在《交欢》中设计那么温暖的结尾。很多女孩子在人面前坚强、自信，好像世界上没有什么事可以打倒她们，其实不然，这样的女孩子只是在默默地舔舐自己的伤口。集子里的很多小说体现了这样"性格反差"的特质，像《少年祝安》《摇晃》莫不如是，女主人公看似舒朗、坚强，却偏执，放不下太多的事情，放不下轰轰烈烈的青春，非得一个骄纵她的人来温暖她的心和情感——这是份奢侈的青春。

张晓晗是个聪明的作者，她甚至知道读者需要什么样的故事，而且编剧出身的她善于编造故事。她的小说里充分彰显了城市的活力和色彩。她在《交欢》里所关注的便是城市男女欲望的问题。然而，过于聪明的她对这样宏大的问题"无心恋战"，也没有继续深入地思考。张晓晗只想写符合现代城市气质的小说。

六　贾彬彬：年轻作者的自我修养

作为最年轻的作者，贾彬彬可以说做到了她目前所能做到的一切。在《我在度过这深夜》①这部短篇小说集里，贾彬彬尝试小说的各种写法，导致整部小说集看似"无序"，风格不一，但事实上，这是每个作者必经的阶段，贾彬彬在自己的小说里展现了未来的无限可能性。

在《勾魂》一文中，贾彬彬尝试用非常严肃、中正的口吻讲一个带有民俗味道的惊悚故事。作为广西人的她，小时候自然是听过不少诡异之事，她把这些故事重新熔铸，使之成为新故事。而到了《男友的储藏箱》，贾彬彬又变了一副模样，略带调侃地为我们讲述爱情小品。然而，我们细细品味，方能品出小说里的苦涩味。在《唤真真》这篇小说中，贾彬彬又成为一个贪婪的少女，拼命地在唐传奇中汲取养分，她像王小波，重新演绎了一遍传奇故事。而最令我们惊叹的小说，应该是《与罪犯共谋》，贾彬彬用讽刺的笔调为我们叙述了一个惊人的故事：从农村出来的青年杨志，深受生活之折磨，最后自暴自弃，在半夜强奸了一个落单的女人应池。应池为了隐瞒自己的身份，谎称自己是女大学生，杨志一度相信了她。两个可怜的人几乎就要抱团取暖了，可是作者在情节处理上犹如契诃夫一般冷峻，第二天一早，当杨志得知应池是个站街女后，态度直转急下。他虽然是个强奸犯，却在应池面前找到了道德优越感，"杨志沉默而决绝地一把把应池的腿刷下栏杆……他站直了，从牙关中狠狠地吐出两个字：'贱货'"，最后两人双双殒命。这是一部契诃夫式的短篇小说，情节极度夸张，但人物心理又如此真实，它所揭示的人性也如此深刻。人们容易在道德上寻找优越感，诚如小说中所写，强奸犯都觉得自己比"妓女"干净！几千年来的男权文化使得女性处于弱势地位，也使得女性在道德上处于弱势地位。贾彬彬虽然不见得在系统地思考女权问题，但她在这篇小说中所呈现

---

① 贾彬彬：《我在度过这深夜》，上海人民出版社，2014。

的问题令人深省。

尝试用小说去思考问题，尝试用小说去呈现世界，这是一个作者成长的必经之路。

七 谭人轻：小说作者的野心[①]

读谭人轻的小说，就好像面对一个野心勃勃的年轻人，他急不可耐地向读者展示他的天赋和技术，展示他眼中的世界。年轻作者需要这种冲劲，因为它将决定一个作者成长到何种地步。

谭人轻与其他90后不同，有一颗纯文学之野心，他的小说包裹着许多严肃的思考，《摸彩》这篇小说显然是致敬美国南方小说家奥康纳的，讲述了一个发生于因摸彩而癫狂的小镇故事。小说主人公是H，因是首个中过小镇100万元巨奖的人而备受小镇人民的推崇，小镇的摸彩活动也随之陷入癫狂状态。在此期间，H的妻子与H的关系却逐渐变冷。H变成了一个痴迷于研究彩票的"哲学家"，在一次摸彩大会上，他变成了一个气球，飘出窗户，升至高空，砰然爆炸，身体化为一张张彩票，小镇人民完全陷入癫狂的状态。这是一个充满奇幻色彩的故事，读之令人骇目。

在另外一篇小说《家族》中，谭人轻探讨了同样的问题。山村被阴谋家所欺骗，所有村民都种上了罂粟，而且都染上了毒瘾。祖父发现阴谋后，曾经规劝村民，可以预见的是此类行为并无效果，相反，祖父却成了村民的敌人，最终祖父选择在烧掉罂粟田后离开村子。这样的情节构置自然出自谭人轻对现实、历史的思考和认知。或许谭人轻认为乌合之众是危险的群体，有识之士往往不能扭转局势，只能选择远离。

[①] 可见谭人轻作品集《去蓝朵河参加舞会》，上海人民出版社，2014。

《摸彩》《家族》是具有史诗性质的小说，谭人轻的行文和用词也很容易令人想起马尔克斯笔下的马孔多——一样充满魔幻色彩，一样处于吊诡的历史境遇——谭人轻善于向大师学习。不过，这样也是危险的，这两篇小说并不能算好。胡适评论曹禺的话剧时称，那是披着中国人外衣的西洋故事。胡适对曹禺的批评是否中肯暂且不说，单论谭人轻的小说，确实是这样的。虽然他的小说写的是中国人，但故事、思维乃至语言都是外国的。好在谭人轻也正在努力提高自己，在张牧系列小说（包括《去蓝朵河参加舞会》《驾驶员，你的爱在狂野》《这世界呢光》，三者并无实质联系，只是主人公都叫张牧）中，谭人轻逐渐剔除魔幻主义的影响。这点语言上体现得特别明显，在《摸彩》中，谭人轻的语言始终处于紧张而撕裂的状态，他用疾风骤雨般的语句来撕裂读者的眼睛，而到了张牧系列小说，谭人轻对语言的掌握更好了，懂得张弛有度。

诗歌对谭人轻的影响便是让他的语言带有诗意。一个小说家若只满足于语言，是远远不够的，年轻的谭人轻有足够的时间去完善自己。

八　李琬愔：山川载不动许多愁[①]

对于李琬愔的小说，我们不能等常观之。张大春在《多告诉我一点——一则小说的显微镜》一文中，论及张爱玲的后继者们为文造情之事时有发生。作者写了好句子，虽然在小说上用处不大，但也舍不得放弃。李琬愔有点这样的意思，事实上，她在《谁曾路过春暖花开》一书的序中就直言：笔下的情怀远大于情节。李琬愔便是这样的作者，对好句子有偏执般的迷恋。

---

① 李琬愔：《谁曾路过春暖花开》，上海人民出版社，2013。

在李琬愔的小说中，我们可以发现她对 20 世纪 90 年代的热爱，她的几乎所有小说都弥漫着一股怀旧气息。事实上，好的小说都是有距离的，所谓的距离，简单理解就是与现实生活的距离。帕慕克说，小说是第二生活。可见，小说是种补充——可以拓展生活的维度和空间。李琬愔讲述的几乎都是少年男女的爱情故事。曾经的年少如花，时过境迁，最令人惆怅。创作小说对李琬愔而言，更多的是满足自己对另外一种生活的想象。

不过，我们与其谈论李琬愔的小说内容，不如讨论她的语言。作为在古典文学、武侠小说中浸润许久的小说作者，李琬愔对古典诗词的典故和意境自然烂熟于心。比如，她的小说《陌上足风流》，不禁令人想起钱武肃王的名句："陌上花开，可缓缓归矣。"可在李琬愔的小说里，热爱足球的少年终于没有见到中国男足出线的那一刻。《山川载不动太多悲哀》也是如此，本是三个学戏的少男少女的三角恋故事，可一经过李琬愔的叙述，便变成了一个令人无限惆怅的故事，丝毫不令人生出烂俗之感。李琬愔的语言如行文流水，干净透明，用这样的语言讲爱情故事，杀伤力会足够大。

从小说的艺术上来讲，情节与语言应该是相得益彰的。我们见过许多作者，能构思非常好的情节，却不能运用足够好的语言，从而导致小说质量不高。小说作者都应该有这样的觉悟，好好打磨自己的语言，让自己的小说质量更上一层楼。李琬愔是个非常好的学习对象，初学者应该像她一样，自觉地在中国古典文学里汲取养分。

九　国生：敏感而成熟的写作者

我初读的国生小说，是他发表于《果仁小说》上的《失踪》，小说讲述了一对老年同性恋者相守的故事，很是凄凉。之后，我又读了他的小说集《尾骨》,[①] 让我大吃一惊。其他 90 后作者或多或少地会带有一股学生气,国生身上却难以察觉到。

好的小说作者应该拥有敏感的直觉和挖掘生活真相的勇气,国生显然是拥有这两项素质的。在《聚会》一文中,年轻的大学生武欢参加小学十周年聚会,碰见同样前来参加聚会的小学同学费子聪。和他一样,费子聪也来自"外乡",只是两人融入南汇这块地方的方式截然不同。武欢从小努力学习,成绩好,在老师眼中是"自己人"——老师们歧视"外乡人",却从来把他排除在外。而费子聪则是武欢的反面,是老师眼中不好好学习的"外乡人"。在聚会上,老师要求武欢说南汇话,武欢只能尴尬地说一两句。这是个很值得品味的细节,看似融入新环境的人,心中却隐藏着抵触。而费子聪——与武欢截然不同的人,却通过另外一种方式融入了上海。在今天的中国,外地人要融入城市颇为困难,且不谈制度方面的原因,心理、文化上的转变就颇为不易。

除此之外,国生还关注同性恋群体的生活状况。虽然近几年网络上颇有"民智已开"的趋势,对同性恋群体已经有了一定的认知,但在现实生活中,同性恋所要面临的困境依然巨大。在《手势》《尾骨》之中,国生通过虚实两线叙述了同性伴侣之间的畸恋。事实上,这两部小说并不算多好,它们都处于"传奇"境地,以惊悚的情节来夺人耳目。真正有价值和令人惊叹的,还在于《失踪》:一对同性恋者经过岁月的折磨,终于找到机会能实现自己的愿望,举办了一个秘密的婚礼,可世俗到底不容此等行为,他们最终只能偷偷"失踪"!

国生成熟的地方,在于敢把笔刀剜向自己。雷蒙德·卡佛亦是如此,把自己的不堪和困境呈现给读者,而国生更为难能可贵的是,面

---

① 国生:《尾骨》,上海人民出版社,2014。

对困境，他并没有表现出批判性的"愤怒"，而是老老实实地在呈现人性之困惑。

十　鲁一凡：少女时代的童话[①]

鲁一凡小说的最大优点是具备天真烂漫的气质，近似童话。在童话里，我们能看到唯美而单纯的世界，旨趣也多是单一的。鲁一凡的小说也是如此，但与童话稍微不同的是，鲁一凡小说的读者不是儿童，而是年少如花的女孩们。

每个女孩心中都有一座城堡，里面住着风度翩翩的白马王子。在《瓶子里的西班牙阳光》一文中，鲁一凡以太阳灯为叙述者，为我们讲述了一个发生于异国他乡的爱情故事。小说主人公名叫伊鲨，与其他一些言情小说的女主人公一样，其父母早早离异，这造就了她坚韧的性格。也正是因为如此，她才能独自一人到西班牙学习画画。这篇小说最大的亮点不在于故事，而在于鲁一凡所选取的叙述视角，用童话的眼光去叙述残酷的世界。

在另外一部小说中，鲁一凡变得更为彻底。《乐园祭》像极了一个小女孩站在游乐园前面，幻想出一个唯美而感伤的童话。小说中有一个重要的角色，便是兔子，它引领男孩逃出城堡，到了一个能实现梦想的地方。兔子的形象令人想起了几米笔下那只伴随女孩成长的毛毛兔，在小说的结尾，化作兔子的女孩为了实现男孩的梦想，选择了牺牲自己，成为游乐园的兔子。鲁一凡的童话之旅并未因此结束，她在《小衣服》中，创造了可爱的女巫的形象，与《魔女宅急便》一样，魔女只是女孩成长的一个过程。

最令人惊艳的是《胶囊恋人》，小说讲述了一个佛罗伦斯警察与

[①] 鲁一凡：《瓶子里的西班牙阳光》，上海人民出版社，2014。

女罪犯的恋情故事。女人因迷恋年轻的摄影家而把自己变成了一个住在胶囊中的人,以方便摄影家携带。警察在获得这颗胶囊之后,家里便发生了显而易见的变化。看上去,这部小说就是另外一个版本的《田螺姑娘》。显然,鲁一凡是不满足讲述另外一个版本的《田螺姑娘》的,她把现实的残酷引入小说,原来警察还有美貌的妻子和可爱的孩子。于是,胶囊姑娘便成了一名第三者。少女时代的童话与真正的童话的不同之处应该就在这里,天真烂漫的儿童相信世界上的一切美好,而少女们则有条件地相信世间的美好。

十一 另维:留学少女的成长记[①]

最近几年刮起了一阵校园风。从《那些年,我们一起追的女孩》到《匆匆那年》,都能刮起一阵影响力颇大的怀旧风。校园时代之所以让人怀念,是因为那时的人际关系相对简单,无生活之重压。与其他90后作家相比,另维的小说是最纯粹的校园文学,整部作品都洋溢着学生时代的活力和美好。

作为留学生,一个人在异国他乡生活、学习,困难绝对不是平常人能想得到的。在《攀岩之森》一文中,18岁初次出国留学的夏伊湄在机场便遇到了困难——找不到去学校的路,而到了学校,则有更多的挑战等待着她,比如卫生棉与卫生球的问题;在《占领厨房》一文中,国内的同学借宿于程点初家,不料在厨房做饭时触发了火警。此类文化碰撞的情节在另维的小说里随处可见。

另维的小说,若是用一个词来形容,那便是"爱情轻喜剧"。在《占领厨房》中,来自中国的程点初与来自韩国的男孩,在厨房这块方寸之地,上演了一场啼笑皆非的爱情喜剧。小说场面感十足,韩国

[①] 可见另维作品集《消失在西雅图的1095》,上海人民出版社,2014。

男孩简直是来自韩剧里的冷艳男孩,而女孩则是野蛮女友。这样的爱情配对,已经被韩剧证明是有成效的了。《攀岩之森》则更像是现代版本的《灰姑娘》。

另维小说的最大魅力不在于西雅图,也不在于异国他乡,她塑造的人物虽然简单,情节看似夸张,却总有办法让读者从心底发出会心的笑意。

十二 李驰翔:手机写作的践行者?[①]

最近几年,随着智能手机的普及,人们的阅读方式发生了深刻变化,手机阅读越来越风行。我们在手机上接收的信息,自然不会像纸质书那样集中、厚重,只能是"浅阅读"。所以,手机阅读的特点是碎片化,人们随时可能拿出手机来读一两篇文章,以打发路上的寂寞、无聊。

阅读方式的改变,也会导致写作方式的改变。金庸在报纸上连载武侠小说时,一天只能连载两三千字。到了网络写作时代,作者一天连载上万字已经是屡见不鲜的了。而到了移动互联网时代,情况又发生了变化,因为受限于手机屏幕,我们只能在手机上进行"浅阅读",接收碎片化的信息。

李驰翔的写作,正是契合了手机阅读的趋势。他不提供深刻的思想,也不提供复杂的故事,只是提供简单、有趣的东西。李驰翔的小说特别适合在手机上阅读,因为他的故事简单而又温暖。在《睡前故事集》中,李驰翔讲了 24 个美好的爱情小故事。这些故事字数不多、情节简单、想象力丰富,非常讨人喜欢。比如,在第 24 个故事《面包仙》中,李驰翔就以日常生活中常见的面包衍生出了一段甜蜜的情话。

[①] 可见李驰翔作品集《晚安,故事》,上海人民出版社,2014。

我们若从文学方面讨论李驰翔的故事，肯定会因小失大。李驰翔的意义不在文学上，而在阅读方式上。具体到李驰翔个人，他也是值得学习的——平时躺在床上或者无聊时，脑海中闪入一个想法，便能在手机上创造一个精美的故事。其实，成为一个作家并不难。

十三　齐鸣宇：善于讲校园故事的高手

中国最早的校园小说应该是郁秀的《花季雨季》。我们在这部小说里能读到中学生的活力，而到了孙睿的《草样年华》，格局又不一样了，小说的舞台到了大学，学生们所面临的状况变得更加复杂，生活也因此更加沉重。在齐鸣宇《我愿意悲伤地坐在你身边》①这部小说集中，他所描绘的校园要更为广阔，包含了中学与大学。或许我们可以武断地说，齐鸣宇正在叙述着整个学生生涯。

《摇滚之夏》是我非常喜爱的一篇小说，它里面的情绪极为难得，怅然而无奈。大学生面临毕业，从此便各奔天涯、前程各顾。"我"和朋友们准备组一个乐队。事实上，他们也在努力筹备，几乎要成功了，但最后还是出现了问题，大家分手的分手，远走的远走。这一场摇滚之夏，更像是向青春告别的演唱会，这之后，便要面对"每天被上司摧残得生不如死"的生活。我们只有走出校园之后，才能体会到生活的重量。而在《失眠大游行》之中，齐鸣宇变得更加彻底，创造了一个从不睡觉的女孩。她每天在酒吧里唱歌玩乐，然而纵使热闹如斯，女孩和"我"也"无比清醒地打量着失眠大流行的夜"——这是现代人的孤独病。

诚如齐鸣宇的自我介绍所言，他的作品几乎都是以校园中的故事为主的。但与另维不同的是，齐鸣宇的校园更接近现实生活，而非一

---

① 齐鸣宇：《我愿意悲伤地坐在你身边》，上海人民出版社，2014。

个遥不可及的梦境。在齐鸣宇的故事里,我们能读到校园少年们的惆怅、欢乐、不安及困境。

结语:一群天真与伤感的年轻人

与80后作家不同,90后作家所面临的世界是崭新的,写作方式和平台也是全新的。如果说80后作家们的崛起很大程度上依赖于互联网,那么90后作者们则面临着汹涌浪潮般的移动互联网。老作家们走的是传统路子,辛辛苦苦笔耕,然后从报刊、杂志上杀出一条血路,而到了80后这一代,或因文学比赛走上写作之路,或因文学网站的兴起而博得文名。90后成长的时候,互联网文化已经与人们的生活密不可分,所以他们的写作其实是与互联网密不可分的。

13位90后作者,生活际遇不同、写作能力不同,呈现了不一的风格。有的在类型文学之中倾注精力与才华;有的却走上传统之路,一笔一画,规规矩矩地写作。来自小镇的少年,用最本真的文字叙述纷乱的生活;成长于城市的女孩,也极力用自己的生命体验、理解城市。这是一群天真与伤感的年轻人,对于小说写作,他们才刚刚开始。

城市文学前瞻

Outlook of City Literature

B.15 "大流转":中国都市文学的梦想与纠结

殷国明*

摘　要： 中国都市文学拥有自己独特的发展轨迹和文化内涵，都市曾是中国人的梦想之地，也充满了历史的纠结和传统，由此形成了世界范围内从未有过的城乡大流转的文化景观。而在新的历史语境中，这种大流转正在向更深和更广的方向推移，在互联网和信息时代，一种"无形的城市"的都市文学悄然来临。

关键词： 都市文学　"大流转"　梦想　纠结　"无形的城市"

---

* 殷国明，华东师范大学中文系教授，博士生导师，著有《艺术形式不仅仅是形式》《西方狼》《女性诱惑与大众流行文化》等。

一 都市与都市文学：世纪梦想的场域与符号

从理论上讲，"都市文学"或许是最模糊、最难界定的一个概念，因为与以往历史上任何一种人类生活场域相比，都市都是一种时刻处于流动和变换中的场域。因此，我们只有跳出既定的、抽象的概念和模式，用一种具体的、个性化的眼光和方式去看这一问题，"都市文学"才会像一个个活生生的人，有血有肉地站在我们面前，呈现其丰富多彩的面貌。

如果我们挑一个天气好点的日子到上海南京路、外滩，或者到广州火车站，看到人头攒动的潮流，看到那一双双渴望繁华、迷恋霓虹灯的眼睛，就不能不承认"都市"在中国人心目中的分量，继而又不能不承认"都市文学"的存在。显然，我们是在中国土地上谈都市，谈都市文学，其鲜明的特征首先来自它们的存在环境和无法摆脱的国情。在中国，在很长一段时期内，都市如同被包围的一座座孤岛，被汪洋大海般的乡村包围。都市的现代化程度、生活与文化方式，与乡村相比，存在巨大的反差。在这种反差中，中国人历来对城市怀抱着一种相当矛盾的态度，既向往又感到恐惧，既视为乐园又把它想象为罪恶之地。

既然都市象征着梦想，那么就会在社会生活中产生一种引力场效应。也许正因为如此，中国现代文学中历来就存在两条明显的线索：一是对都市的渴望和追求；二是向乡村生活的回归。

就前者来说，是大量的人向城市奔涌，他们中间有破产的农民，以及工匠、女佣、商人、学生，并在日后产生了一批批现代作家。这些作家一开始总是接受了从都市传来的现代思想信息，厌倦了自己家乡封闭落后的生活，在某一天早晨凭着青年的一股热情，把自己投向了某一都市的生活之中。在都市，他们不仅看到了人类创造的新的奇迹，而且在新环境中开始创立自己的事业。在这个过程中，都市对人们来说，繁华、五光十色、富有创造能力。在中国，都市化实际上成为现代化的代名词，虽然这里包含着一种很大的误解。

而就后者来说，在都市生活的人总是把乡村想象为"世外桃源"，尤其当他们厌倦了都市的喧闹，或者在激烈的竞争中由于疲于奔命而身心交瘁，或者对都市中人情的淡漠、人性的扭曲已感到不可忍受时，至少在精神上他们会希望向乡村的田园生活回归，他们希望在乡村再次寻回恬静，寻回淳朴的感情和优美的人性。现代文学中持续不断的"乡土小说"和当代文学中的"寻根文学"，就明显地表现了这一倾向。

在这里，我们可以看到现代中国生活中这种都市与乡村的对峙，正是这种对峙，使中国都市文学拥有了自己明显的特征。同时，我们又可以看到都市与乡村的某种精神联系，这种联系使得中国都市文学具有了丰富的内涵。因此，中国的都市文学在不同的历史时刻、不同的文化氛围和地域气候中，会有不同的风采。

就此来说，在世界文学格局中来探讨中国的都市文学创作，是一件饶有兴趣的事。因为我们所面对的是一种既古老又新鲜、既具有世界性又带有中国特殊性的文学现象，它所表现出的一切，包括在丰富、生动、创新之另一面的幼稚、浅薄和饥不择食，都无不具有自己独有的个性，而这种个性在当代中国文学中拥有强大的生命活力。

都市文学，或者说一种强烈的求变、创新与异类的文化倾向和样态，作为中国20世纪以来文学变迁的一个重要方面或一个鲜明特色，进入21时期后，呈现了一种从未有过的急速爆发性发展。这不仅表现在文学领域中，从王安忆、张爱玲的作品，一直延伸到韩庆邦的《海上花列传》、清末民初的情色小说，一再成为人们追逐和探讨的热点，而且表现在社会生态和人们的日常生活中，特别是中国的沿海地区，其都市化的速度是惊人的，似乎是在一夜之间，许多小镇、渔村变成了都市，田地上盖起了工厂，农民打起了领带或者穿起了工服，随之而来的有"迷你裙"、牛仔服、酒楼和会所，以及"卡拉OK"、美剧韩潮、网聊网购、微博微信、社交圈子等，当然还有吸毒、宿娼、赌博、性病流行、假冒伪劣、环境污染等各种城市病出现等，这些洞悉不断刺激和改变着人们的生活方式和心理状态。但是，无论有多少不适和负面效应，都市依然承载着大多数中国人对未来的希望，是大多数中国人渴望已久的"梦想之地"，刺激着他们的欲望和想象，寄寓着他们的文化渴望和心理需求。

所以，直到21世纪，陈丹燕还如此定义20世纪初的上海："一九三一年的上海，是一个血色鲜活的少年，每天都在长大，每天都在接近梦想，让所有看到他的人都说，他的前途未可限量。"[①] 实际上，在新一轮都市化大潮中，很多作家在重温和继续建构这种都市梦，只不过这是一个百感交集的过程，在不同作家笔下，有不同苦辣酸甜的文化体验。

这是一种独特和奇妙的都市化过程与文化建构方式。这不仅表现在它直接给中国人带来了希望和实惠，而且因为它发生在那样一个特殊的历史转型时期——中国人民既经历了长期精神和物质双重匮乏的压抑，又饱受了用"农民式"的指导思想来搞城市建设的苦楚。经历过多次"回到农村"的磨难，中国形成了不顾一切向现代化和国际化大都市迈进的潮流。

正是在这一民族精神历史转变的节骨眼上，都市文学吸引了学术界的眼球，引起了全国人民的注目，其本身成了现代化和现代性的符号与标志，都市文学在中国也获得了一次千载难逢的崛起机会，因为它在物质与精神生活两方面都有基础。而在这一过程中，文学作为文化和精神意识的一种展演方式，无疑也获得了一次新的历史机会，在

[①] 陈丹燕：《上海的风花雪月》，作家出版社，2002，第7页。

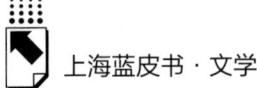

都市化生活过程中重新塑造自己,并由此来张扬自己的声势和个性。

上海无疑是中国都市文化和文学的一面重要镜子,这不仅因为上海是中国最早崛起的都市,并呈现了国际化的文化形态,而且因为其蕴含了中国近代社会变迁的复杂性和丰富性,承受了历史冲突和有了文化担当。

二 大流转:中国都市文学的纠结与张力

显然,这种大流转不仅为中国都市文学提供了生生不息的活力,而且为20世纪以来中国社会和文化的大变革创造了历史语境和奇迹。那么,中国都市及都市文学的这种显著特征又是如何呈现的呢?纠结。如果用一个形象的比喻来说,中国都市,主要是指近代以来崛起的都市,就精神文化层面来说,无论其位于何处,都如同两种或多种社会文化潮流与线索在中国地理版图上打的一个"结",凝聚着新与旧、中与西、乡土文化与都市文化、雅与俗、农耕意识与商业精神、全球化与地方性、国际体系与帮会规则等领域及层面的矛盾和冲突。当然,其中也充满和孕育了机遇、希望和创新,为中国社会和文化开辟了新的方向与空间。

这种纠结既是各种新的文化聚集、交流和创新的枢纽与平台,又有可能形成一个社会拥堵、文化对立、腐水不流、黑帮骗子云集、权钱交易、强人相互血拼的场所。尤其就精神文化层面来说,都市很有可能形成某种难解难分的情结,形成各种不同思想领域、生活方式和意识形态话语的对立与隔绝,甚至造成难以弥合的心理分歧与裂痕,犹如身体上的"瘀痈",导致整个社会文化经脉不通、血管堵塞、气血不畅,最后导致历史用开膛破肚、伤筋动骨的暴力方式疏通经脉,以避免整个国家和民族文化肌体"坏死"。

就此而生,中国都市文学似乎一直在面对这种纠结,试图以艺术的方式打通这种郁结与隔离。例如，早期的都市文学多是在妓院等娱乐场景中展开的，这些地方不仅是传统道德与商业文明交会的地方，而且活跃着各种不同文化因素，为不同的人性选择提供了空间。

20世纪以来，中国都市文化的变迁已经经历了如此暴烈的洗礼，而都市文学也随之不断在纠结和转型中发展。例如，张爱玲之所以推崇韩庆邦的《海上花列传》，就在于其故事发生在"全国最繁华的大都市里"，是中国都市化语境中的人性镜像，因而是"第一个专写妓院，主题其实是禁果的果园，填写了百年来人生的一个重要的空白"。① 她还对上海人有过以下评述。

> 上海人是传统的中国人加上近代高压生活的磨炼，新旧文化种种畸形产物的交流，结果也许是不甚健康的，但是这里有一种奇异的智慧。
>
> 谁都说上海人坏，可是坏得有分寸。上海人会奉承，会趋炎附势，会浑水摸鱼，然而，因为他们有处世艺术，他们演得不过火。关于"坏"，别的我不知道，只知道一切的小说都离不了坏人。②

这里不仅依然怀揣新旧之间的纠结，而且透露了一种强烈的突围意识，即从传统好坏观念中超越而出，在都市的生存环境和语境中获取文学的生机和魅力。当然，这种都市文学的纠结不会因为张爱玲的一番话就烟消云散，百年甚至千年积累的新旧、中西和社会贫富差异的冲突、对立和隔阂，也不可能仅仅通过艺术方式加以化解。这不仅由于当时中国的都市化进程刚刚起步，尚任重而道远，中国文学依然

---

① 张爱玲：《国语本〈海上花〉译后记》，《张爱玲作品集》，人民日报出版社，2006，第237页。
② 张爱玲：《到底是上海人》，《张爱玲作品集》，人民日报出版社，2006，第3页。

在各种新旧文化因素挤压中顽强求生,而且由于中国人,包括中国作家,无法摆脱这种纠结和困局,不能不以一种"不甚健康的""奇异的智慧"来应变,来进行文学书写和批评。关于这一点,在小说中能够点石成金的钱锺书在《围城》中关于主人公方鸿渐身世的介绍很有意思。

> 他虽然现在二十七岁,早定过婚,却没有恋爱训练。父亲是前清举人,在本乡江南一个小县里做大绅士。他们那县里人侨居在大都市的,干三种行业的十居其九:打铁,磨豆腐,抬轿子。土产中艺术品以泥娃娃最出名;年轻人的大学,以学土木最多。铁的硬,豆腐的淡而无味,轿子的容量狭小,还加上泥土气,这算他们的民风。就是发财做官的人,也欠大方。①

透过这种叙述的语气,我们就不难感受到作者对中国都市的独特体味和感受。至于钱锺书对上海人的评述,就更有意思了。他先引用了波德莱尔的一首诗,并谈了自己的感受,然后写了如下一段,笔者试译如下。

> 如同"北京人"更能代表过去的中国人一样,"上海人"似乎体现了中国人的现在时,但是,谁知道呢?或许更能代表未来也说不定。而在当下,在中国文学中,"上海人"似乎成了巴比特式人格②的代名词,精明,讲究效率,自傲,还有点粗鲁。他

---

① 钱锺书:《围城》,人民文学出版社,1991,第7页。
② 巴比特是美国作家辛克莱·刘易斯(Sinclair Lewis, 1885~1951年)所著著名小说《巴比特》(*Babbitt*, 1922)中的主人公,其性格体现了20世纪初美国中产阶级的主要特征,由此一度成为美国家喻户晓的人物形象,甚至词典也把"巴比特"作为新词收入,用来形容当代美国典型的精明能干、自以为是、夸夸其谈、虚荣势利、偏颇狭隘的市侩实业家。辛克莱·刘易斯于1930年获诺贝尔文学奖。

事事求全，有一种健康的天真的灵性。财神之上，一切都可以用钱搞定！正像诗中所说，上海人是天生的，不是做出来的。但是，不是所有生活，甚至死在上海的人，都能够获取上海人资格的，例如，像我们这些穷记者可能就没资格获得这个美誉，声称自己是上海人。还有结对成群的草莽大众，其中至少有百分之二十的人仅仅只是谋生糊口而已，他们不适应上海，上海也不待见他们。我还知道，很多人尽管在上海呆了二十年，甚至三十年，但是最终还是这块土地上的陌生人。①

这篇最先发表于 1934 年英文杂志《中国评论》（China Critic）上的文章，依然保持着那种独有的嘲讽口吻，用一种模棱两可、欲盖弥彰的话语方式，揭示了中国都市文化和都市人的尴尬处境。

按照钱锺书的逻辑，20 世纪 30 年代沈从文对"海派"文化及其文人的反感和抵牾就理所当然了，因为他一直在声称自己是一个"乡下人"，一直不能不忍受都市生活带来的歧视和压力，因而也一直对自己家乡湘西怀抱一种近似乌托邦的向往之情，如果他住在上海，那也注定一辈子都是异乡人，他不可能完全接受和认同都市的文化观和价值观。因此，他对"海派"文化及其文人做了如下评价。

"名师才情"与"商业竞买"相结合，便成立了我们今天对于海派这个名词的概念。但这个概念在一般人却模模糊糊的。且试为引申之："投机取巧"，"见见风使舵"，如旧礼拜六派某先生，到近来也谈哲学史，也说要左倾。这就是所谓海派。

如邀集若干新斯文人，冒充风雅，名士相聚一堂，吟诗论文，或远谈希腊罗马，或近谈文士女人，行为与扶乩猜诗谜者相

---

① 《钱锺书英文文集》，外语教学与研究出版社，2005，第 34~35 页。

差一间。从官方拿到点钱，则吃吃喝喝，办什么文艺会，招纳弟子，哄骗读者，思想浅薄可笑，伎俩下流难言，也就是所谓海派。感情主义的左倾，勇如狮子，一看情形不对时，即刻自首投降，且指认栽害友人，邀功牟利，也就是所谓海派。①

沈从文原本在文坛也算是个平和低调之人，素以谦逊为人，何以对"海派"如此尖刻，有如此的愤懑？这当然不单单是个人性格爱好所能解释的，背后还有深刻的文化背景和价值观缘由。

于是，在中国都市文学书写中，都市本身就不时表现出一种文化异类，甚至"怪兽"的意象。茅盾《子夜》中的上海就是例证，吴老太爷从乡下来到上海，迎接他的不仅是"子不语"的怪物——汽车，而且有他完全不能接受和适应的都市景观。

> 汽车发疯似的向前飞跑。吴老太爷向前看。天哪！几百个亮着灯光的窗洞像几百只怪眼睛，高耸碧霄的摩天建筑，排山倒海般地扑到吴老太爷眼前，忽地又没有了；光秃秃的平地拔立的路灯杆，无穷无尽地，一杆接一杆地，向吴老太爷脸前打来，忽地又没有了；长蛇阵似的一串黑怪物，头上都有一对大眼睛放射出叫人目眩的强光，啵——啵——地吼着，闪电似的冲将过来，准对着吴老太爷坐的小箱子冲将过来！近了！近了！吴老太爷闭了眼睛，全身都抖了。②

这种对都市的恐惧和反感，不仅是肉体的，而且是精神的、文化的。不仅被刻画成冥顽不化的吴老太爷是这样的，而且很多接受了新

---

① 沈从文：《论"海派"》，《沈从文文集》（第12卷），花城出版社，1984，第159页。
② 茅盾：《子夜》，人民文学出版社，1952，第7页。

思想，甚至游历过欧洲的文化人，也有类似的情结。

于是，20世纪30年代出现了这样一种作家、艺术家的大流转：他们最初通过各种渠道受到了新思想的感召，由于不堪忍受乡土文化的封闭、偏狭和家族制度的压抑，纷纷从中国乡村的四面八方云集到上海、广州、北京、武汉等都市，寻找新的人生归宿和精神家园。但是他们的身世、人生阅历和文化构成并不能完全接受及融入都市生活与文化，都市也并不能容纳他们，结果就使得他们失业、失落、失望、绝望，天堂成了地狱，昔日理想的激情变成了现实反抗的愤怒，最后促使他们逃离都市，走向内地，走向乡村，走向延安，走向革命。

这种作家、艺术家的大流转，同时也构筑了中国文化和文学的大流转，形成了中国文学史上独特的流向和景观，构成了新文学从乡土到都市，再从都市到乡土的循环往复结构，我们可以称之为文学史上的"复调"或"双重奏"现象。就20世纪以来的中国文学史来说，我们甚至可以勾画出这种大流转的几个重要时间节点：20世纪初，作家和艺术家走出乡村或乡村、走向都市；20世纪30年代，在时代变局中，作家、艺术家，特别是新一代作家、艺术家开始被迫脱离都市，走向边缘、乡村和解放区；新中国成立后，很多作家、艺术家又回到都市；20世纪60年代前后，由于各种政治和经济原因，作家、艺术家再次主动或被迫离开都市，走向边缘和乡村；改革开放之后，大多数作家、艺术家重归都市。

三 都市是否终结？关于"看不见的城市"的传奇

显然，在这个过程中，不同作家有不同的选择和体验，而每一次流转的历史语境和状态都有自己的特点，都在文学史上留下了不同的印记。例如，20世纪30年代登上文坛的作家，就与前辈作家有不同的体验，如沈从文、巴金、丁玲、萧红、萧军等，他们来自不同的地方，以不同的方式选择和体验了这种文化历程，其命运几乎都与这种大流转息息相关。就拿丁玲来说，其整个人生就在大流转中度过，经历了几次大起大落的生命体验。她20世纪20年代末从湖南乡村来到上海，经历了"革命+恋爱"的文学历练；不久就踏上奔赴革命圣地延安的路程，接受了血与火的考验；1949年后来到北京，俨然是都市的新主人，但是不久就被打成"右派"，再次流落到东北农村，直到改革开放之后，才又回到北京。此时的中国已经开始了新一轮的都市化浪潮，大批农民工从乡村浩浩荡荡进入城市，都市文学也逐渐更加引人注目。

正是在这种大流转中，都市文学形成了一种漫延之势，不仅不断越过都市的边界走向乡村和原野，而且不断消融城乡之间的界限，不断消解自己原本的面貌与特点，因为作家大流转、文学大流转背后是文化的大融合。在这种大流转中，都市本身成了多元化的"万花筒"，成为各种人群、物质、信息、爱好和精神需求交接与沟通的平台及场域。在这种语境中，不仅有"都市中的乡村"，而且有"乡村中的都市"，有各种族群和文化的停靠站与栖息地，自然也有万象更新的"熟悉"和熟视无睹的"陌生"。特别是改革开放以来，这种大流转不仅表现在中国的城乡之间、中心和边缘之间、各个不同的地域之间，而且表现在不同人群之间、不同场域和领域之间，迅速跨越了国界，蔓延到了世界各地，形成了一种跨国界、跨文化的大流转，迅速融入一种世界性的文化、信息的大流转。

在这个过程中，传统的都市形态已经开始瓦解和消失，都市文学实际上正在面对一座座"看不见的城市"。这也是卡尔维诺（Italo Calvino，1923～1985年）一部小说的题目，中国作家王小波曾在自己的作品中对它表现出很大的兴趣，后来评论家张定浩在评论王小波作品的时候，再次提到了它。

"大流转"：中国都市文学的梦想与纠结

王小波曾经写过一篇短文，在里面他谈到《看不见的城市》的写法："卡尔维诺的《看不见的城市》是这么个故事：马可波罗站在蒙古大汗面前，讲述他东来旅途中所见到的城市，每一座城市都是种象征，而且清晰可见。看完那本书做了一夜的梦，只是一座座城市就如奇形怪状的孔明灯浮在一片虚空之中。一般的文学读者会说，好了，城市我看到了，讲这座城市的故事罢——对卡尔维诺这个无所不能的头脑来说，讲个故事又有何难。但他一个故事都没讲，还在列举着新的城市，极尽确切之能事，一直到全书的结束也没举完。"①

为什么卡尔维诺列举了那么多城市而不讲城市的故事呢？这是个问题。显然，卡尔维诺是在讲一个"无形的城市"的故事，是在表达对都市的一种综合感觉，其具有无限的绵延性和可能性。换句话说，"无形的城市"比实体的、物质的、看得见的城市更加广阔幽深，更加有文化内涵，更加有魅力。由此可见，卡尔维诺的《看不见的城市》不仅是一种想象，而且是一种预言和象征。如今的都市已经远远不再是看得见的高楼大厦和灯红酒绿，而是肉眼看不见的，但是无处不在、无处不到的信息网络、互联网平台、远程交流、川流不息的空中走廊、跨越国境的物流商贸等。

这就是互联网时代的城市，无论你在何处、在干什么、需要什么，城市都围绕着你，不肯离开你，把你纳入其中。它不仅为都市文学的崛起创造了机遇，而且给文学本身的存在价值和意义提出了挑战（否则卡尔维诺为什么不讲故事了呢？）。关于这种挑战，王蒙在一篇文章中列举了四条：第一，在一个世俗化、正常化、务实化的社会里，文学渐渐靠边；第二，现代的信息艺术特别发达、特别方便，而

---

① 张定浩：《故事的边缘》，《上海文化》2014 年 9 月号。

视听技术，你只要有视觉、有听觉就可以欣赏，可以不动多少脑筋；第三，网络的发达使人们慢慢地不用拿着书看了；第四，和网络同时产生的最后一个问题，就是大众化。① 王蒙在这里并没有提都市及都市文学，但是显而易见的是，这些挑战都是由都市产生的，而且绝不仅仅局限于"看得见的城市"。相反，"看得见的城市"正在全球化的大流转中逐渐走向终结，正像数不清的既定逻辑、观念、思想、概念、话语随着时空变迁注定要成为"古董"和"遗产"一样，旧有的都市的疆界也会从人们的意识世界中消失。

就此来说，中国都市文学的转型特点就显得特别明显，就是从"有形的城市"向"无形的城市"转移。前者大概可以分为三个层面：第一个层面是紧紧追随都市化大潮的文学作品。它们敏感于都市生活的千变万化、千姿百态，及时并且尽情地表现立交桥、灯光夜市等新气象，表现女老板、公关小姐、经济强人等新人物，着力之处在都市的新奇魅力。第二个层面是表现都市化过程中种种矛盾和问题的作品。这些作品突出的是社会生活和人物身份的"转型"，人们如何从旧的文学形态中解脱出来、如何接受新的生活和新的身份，许多知青作家在这方面表现得十分突出。第三个层面是关注于都市生活中的人的生存和心理状态的作品。它们主要表现的是人本身，想在都市生活中找到属于自己的感觉、自己生存的意义。

当然，不能不说，这三个层面的文学创作基本勾画了中国都市文学的基本镜像和脉络，但是最终都会被淹没在无边无际的"看不见的城市"的风景中，因为只有融入这种无穷无尽的城市长河、消弭了城乡对立的二元模式之后，化有形的城市为无形的精神文化语境，都市的真相才能真正向文学展现。正像《红楼梦》中贾宝玉告别红楼和梦幻一样："好一似食尽鸟投林，落了片白茫茫大地真干净！"

---

① 王蒙：《与顾彬谈文学及其他》，《上海文学》2014年第7期。

那么，在"看不见的城市"里，都市文学将会走向何方，书写一种什么样的传奇呢？

这时，都市或许不再是勇往直前的"欲望号街车"，也不再是繁花似锦的天堂，而只是在想象中挣扎、在空虚中创造的文化追梦者和思想流浪汉的集散地，作家无非在借助一切新奇、魔幻和超现实的艺术手法，创造一种介于现实与非现实的意象世界。他们至少不再为都市骄傲，而俨然是"看破红尘"的边缘人，不可能对都市生活仍然怀抱某种"黄金美梦"，并且情愿为它痛苦，经受心理磨难，情愿自己用艺术的剪刀一下下把它剪成碎片，撒在川流不息的人群中。留下来的或许只是人类走向未来过程中被撕裂的精神碎片，这些碎片中或许有以下这样的片段。

> 十七岁那年，我父亲出走的纪念日，我在大学的宿舍里开始创造一种两个人的语言。当我恋爱时，我与我的那一位，要用这种语言交流。除了我们，任何人听不懂。
>
> ……
>
> 我在创造这套语言的过程里，失去了所有的朋友。当然，我也没有谈上恋爱，我常常一个人自言自语。用着自己创造的那套语言讲。别人都说我是疯子，他们知道什么！疯子才会真诚。有一次我在火车站候车室里，看见一位从精神病院里逃出来的女疯子，她非要说她边上的男青年是他的恋人，男青年和他的家人只是笑，周围的人也是笑。她也不急，只是十分肯定地说，他就是我的爱人，不信，我俩抽血化验。①

尽管这不是都市的全部，但是它暗示了一种属于都市的精神欲

---

① 叶弥：《有一种人生叫与世隔绝》，《上海文学》2014 年第 7 期。

望，这就是无时无刻不在企图逃离既成的规范，无时无刻不在企图创造一种属于自己的语言和表达方式。这是一种百感交集的感觉。最后，我还是想说一句，中国都市文学最大的看点就是"百感交集"，它可能是作家、艺术家尽情戏耍和享受的有形的"大观园"，也可能是卡尔维诺《无形的城市》中的梦游者。

B.16 文学的产业化发展及待解问题

——对比世界文学之城的上海文学发展策略

葛红兵 张永禄[*]

摘 要： 文学产业化是 21 世纪文学发展的重要趋势和现象，它不是 20 世纪文学商业化路向的简单升级，而是文学在新历史和社会条件下创作类型化、传播网络化和运营市场化乃至文学交流国际化等聚合的必然产物。上海文学作为中国文学的先锋，在文学产业化路径上率先做出了多方面的探索，取得了令人惊叹的成就，也引发了令人思考的问题，为未来文学产业化健康发展留下了很多颇具意味的话题。

关键词： 文学产业化 上海文学 文学城市

文学产业化是 21 世纪文学发展的重要趋势和现象，它不是 20 世纪文学商业化路向的简单升级，而是文学在新历史和社会条件下创作类型化、传播网络化和运营市场化乃至文学交流国际化等聚合的必然产物。在盛大文学将被整体出售的背景下（十多年前盛大网络进军

---

[*] 葛红兵，上海大学文学与创意写作研究中心教授，博士生导师，主要从事创意写作教学与研究、文化产业研究和文化批评；张永禄，上海政法学院文学与传媒学院副教授，文学博士，主要从事创意写作研究和文艺理论研究与批评。

网络文学，以高铁般的速度提升了网络文学的产业化水平），为上海文学产业化的发展做一个小结和展望是必要的，也是别具深意的。

一 文学产业化发展趋势迅猛，文学产业形态异彩纷呈

如果以世纪为考量单位，从文化经济视角看，不妨可以说20世纪海派文学的主要内容以现代大都会和欲望色彩为主要表征，21世纪上海文学在内容上继续保持都市文学样态，其生产和传播机制急剧实现了文学市场化，写作方式的类型化、生产模式的产业化和传播途径的网络化，使上海在整体格局上向"世界文学之城"迈进。在文学市场的格局下，审视2014年的上海文学状况，就有了特别的意味，甚至是方向性感知。大体来说，在开放的文学观念指引下，上海文学的产业化在这一年里获得了决定性进展，主要表现在：网络文学发展保持迅猛态势，逼退纸面文学产业，产值骄人；文学创作身份市场化，从雇工向雇主转化；文化创意产业对创意人才的大量需求，使越来越多的写手进入现代生产企业，成为内容策划者；随着公共文化服务体系建设的推进，文学在城市公共文化中的比重和地位更加重要，上海"世界文学之城"的意识在强化。

（一）网络文学发展保持迅猛态势，倒逼纸面文学产业

就市值来看，网络文学是目前文学产业化的重镇和生力军之一。据易观智库统计，2013年中国网络文学市场收入规模达46.3亿元，较2012年环比大幅增长66.7%，预计2015年网络文学市场收入规模为70亿元，网络文学用户达4.3亿人。[①] 网络文学产值增速是新媒体

---

① 《2013年网络文学市场规模46亿 2015年或破70亿》，http://finance.chinanews.com/it/2014/01-22/5766129.shtml。

语境下文化产业发展的一个镜像或者缩影，盛大文学副总裁在2014年版权行业大会上说："盛大文学2014年的版权收入将超过去年全年收入的四倍，这表明管理好海量版权成为类似盛大文学一样的公司当前工作的重中之重。相信未来文化产业，版权品牌的影响力与可塑性将成为决定市场价值走向的重要因素。如果把文化内容的版权作为一种资产进行有效管理、维护和运营，将释放非常巨大的经济效益。"①易观智库的数据不仅是文化生产力的证明，而且是文学生产力的证明。与此同时，以期刊、报纸和图书为代表的纸面文学出版随着整个传统出版行业的行情下行进一步萎缩，不仅在整个出版行业中所占份额在缩小，而且连续几年环比呈现负增长态势，失去了垄断地位，快速滑向小众市场。随着以80后、90后、00后为代表的新一代文学阅读主体的崛起，习惯"三屏阅读"（电脑屏、手机屏和电视屏阅读）的群体将离纸面阅读更远，事实上，部分传统出版业在创新营销手段力挽发行量下滑颓势的同时，也积极在向数字化出版转型。

　　经过十多年经营，盛大文学已经成为比较成熟的"文学企业（公司）"，摸索出了一套清晰的"全版权经营"盈利模式：以版权交易为核心，配合广告运营的产业化套路，发展了在线付费阅读、无线阅读、线下出版、游戏改编、影视改变和广告培育等。一旦文学公司的盈利模式成熟，就很容易被其他企业模仿和套用，网络文学蕴藏的巨大商机引来了诸多的文化企业与盛大文学争利：新浪和百度等综合网站涉足网络文学领域，切分部分高端读书市场；17K小说网联合众多小网站成立网络文学大学，免费培养网络作者，得到了在京文学机构和高校的支持，以对抗或稀释盛大文学对网络文学的垄断；腾讯和小米等企业则利用渠道优势，布局无线终端市场，

---

① 《盛大文学获"2014年中国版权最具影响力企业"奖》，http://tech.huanqiu.com/internet/2014-11/5206356.html。

争夺网络文学的利润。网络文学市场的变局是必然的，也是其产业化大势所趋。在这个大趋势下，上海推出了两家文学网站：一是华语文学网；二是华文创意写作网。华语文学网是上海市作家协会联合上海文艺出版社等出版单位创建的大型文学数字内容投送和行业服务大平台，以为写作者、文学社团和文化组织提供数字出版、版权代理、专业培训、创意孵化、宣传推广等一系列服务，为读者提供优质内容和便捷服务，为行业从业人员和相关机构提供良好的合作与发展机会。与现在的商业文学网站不同，华语文学网的定位是在当代传统文学、经典文学作品的推广传播上，借助数字出版的手段，给传统文学更多出路。此举已得到了众多作家的支持，并获得了王安忆、余华、苏童等大批著名作家的作品授权。华语文学网半官方背景和力挺传统当代文学的高姿态，确实使它暂时与时下充分市场化的网络原创网区分开来，但其发展战略和运作模式与后者并没有根本不同，其前景如何，还要拭目以待。和华语文学网的羞答答姿态相比，华语创意写作网的运作基本是企业化的，它一开始就试图形成以文学为母体的文化产业链，为高校文学专业发展走出一条新型校企合作联动模式。它是华文创意写作中心的重要有机组成部分，该中心旗下拥有华文创意写作网、文学影视创作部、数字出版部、影视出品部、社区书坊公益部、网络培训部等9个部门。从目前看来，华文创意写作网的主要阵地是学校，主要服务对象是学生，其利用高校科研和教学团队优势，开展商业性和公益性兼具的创意写作方面的培训、出版、阅读等系列活动。目前，该网处于快速起步阶段，策划了"华文数字净土：百位高僧千卷文集工程"（为100位高僧出1000卷文集），为高僧录音录像、整理汇编数字文集，给每位高僧设立一个数字文集专区，传播他们的思想。华文创意写作网的另一个项目是创办创意写作暑期学校和网络培训班，发现和培养写作人才，和他们签约，代理他们作品的数字和纸质出版。目前，该网已拥有 200 位签约作家，成绩喜人。对于华文创意协作网及华文创意写作中心，因为有专业的创意写作教学与研究团队，通过科学的创意写作训练，可以避免一些原创文学网作品的文字粗糙和品格低劣，以比较高的文学品味出现在文学市场中，但是其和华语文学网一样面临同样的问题，高校或半官方背景可以使得它们在起步阶段起点高、发展快，但后期的进一步壮大就要遇到体制和政策的瓶颈，或者它们还是要像盛大等一样，走完全市场化的路子。

在网络文学产业化大潮中，培养或者培训网络写手是网络文学产业中重要的一环。很多网络文学网站为了发现和拉拢写手而开展网络写作培训。2013 年 10 月，网络文学大学在北京成立。网络文学大学是在中国作家协会的指导下，由中文在线发起成立，并联合 17K 小说网、纵横中文网、创世中文网、逐浪小说网、塔读文学网、熊猫看书、百度多酷文学网、3G 书城、铁血读书、17K 女生网、四月天言情小说网等创建的网络文学平台。盛大在和中国作协合办网络作家培训班之后，于 2013 年 12 月和上海影视艺术学院联合开办了网络文学本科专业，面向全国培养网络写手。按照盛大文学首席执行官侯小强的话："盛大文学希望借助上海视觉艺术学院在文化创意领域的国际学术资源，更好地助力中国想象力工业，让想象力工业的天才的故事家们，以及产业链的所有从业者们都从中受益。"盛大将选派旗下 30 名白金作家担任授课老师，从世界范围内遴选创意行业领军者担任学术带头人。在文学、影视、漫画、出版、游戏、编剧等领域取得一系列成绩之后，培养优秀文学创作人才成为盛大文学的下一块目标高地，这标志着文学产业的写作人才培养机制开始向普通高等教育渗透。

（二）文学创作者身份市场化，从文学打工仔向老板转化

过去作家们创作获得报酬的方式比较传统，绝大部分作家要靠

作品的版税获得收入，很多作家把自己作品的发行出版权交给出版社和书商。网络作家们则把自己交给文学网站，参与网站的收益分成；或者把版权卖给影视或游戏公司，让其将作品改变成电影、电视或游戏等。应该说，虽然不乏部分作家得到优厚的报酬，但是从整体利益分成上看，作家们的收益是非常少的，"类似雇工给地主或资本家打工"。郭敬明和韩寒这两年"触电"，亲自做编剧和导演，与投资方合作，把自己的剧本改编成粉丝电影，获得了巨大的商业利润，实现了从文学打工仔到老板的大转变。郭敬明的系列电影《小时代》创造的票房超过13亿元，韩寒导演的电影《后会无期》票房冲破6亿元。这种亿元级的财富创造，早已不是当初他们靠版税获得百万收入可同日而语的了。如果说郭敬明和韩寒属极端个案，随着微信时代的到来，网络作家独立自主经营自己作品的时代也已到来。由于微信阅读在时空上的便捷性优于电脑阅读，加上微信账号、会员制、支付宝与财付通等商业运作模式在文学上的使用和推广，写手慢慢脱离盛大等传统网络文学产业链模式，在微信上"安家"，自立门户，做起文学的产销一体化，开创了类似淘宝购物消费的个体性自媒体运营模式。比如，南派三叔等建立了自己的工作微信账号，办理会员卡就可以阅读其短篇小说、连载小说和漫画等，还可以到会员讨论区发帖、评论和进行会员讨论，并有机会得到南派三叔等的点评，与其互动。得益于科技创新和营销模式的成熟与普遍推广，以内容为王的写手们不失时机地做起了"文学生意"，自己做自己文字的老板，有效地实现了从雇工到老板的转变，使得个人作品的商业收益尽可能最大化。可以想见，作家兼老板一体化的身份会在文学产业链中越来越时髦，越来越多的年轻写手不仅是内容的生产者，而且是公司项目的开发者和策划人等，基本按照文化市场的方式运作自己的作品，走"粉丝产品定制"路线，开发了除小说之外的更为赚钱的文化衍生品。

那些暂时不能成为老板的文学写手则进入现代企业，成为产业链上游的内容生产者和策划人。越来越多的文化企业认识到"内容为王"的商业法则，盛大集团作为一家网络游戏公司向网络文学企业转型的成功，启迪了游戏公司、影视创作室和一些文化创意公司。它们不再向盛大等原创网络文学公司购买文学作品的版权，从事二次内容开发，而是直接招收有潜质的作家、写手等，甚至就是白金级别的网络作家，请他们为自己的公司直接生产内容，成为公司的员工，和公司一起研发产品。不同的是，它们提供的是"定制性内容"，直接成为现代企业生产链条中的环节或部分。这样一来，企业的综合性加强、自主性提升，生产的效率也大大提高，不再过于依赖从别的公司购买内容。这方面比较典型的是游戏公司和影视工作室。一些有写作潜质的写手或者"大V"，不再宅在家里"码字"，而是在现代企业里有了工作岗位。可以想见的是，在不久的将来，很多文化企业，甚至一般公司，会在企划、推广等部门设置文学岗位，乃至在组织构架里专门设置文学部这样的部门。游戏公司和影视公司已经走在前面了，比如游族网络这样一家新的上市公司就成立了影视部，招募了文学写手，把效益好的网游和手机游戏开发成电影、电视等衍生品。随着越来越多的导演、制片人、编剧、明星等成立自己独立的工作室，其对文学写手的需求量会急剧增加。在文学产业化浪潮中，文学内容的生产者或策划者可以被纳入岗位或流程，让文学告别无用，成为"有用"和"实用"的生产力。

（三）推进公共文化服务建设，努力打造世界文学之城

文学的产业化应该与文学的公益性结合起来。公益性行为不仅可拉动文学内需，而且有利于提升文学品格。只有如此，文学生产才能形成强大而持久的活力，这是文学产业链的隐性前提。电影、电视、动漫、游戏等文化产业发展引领风潮，具有国际影响力，上海国际电

影节、上海电视节、中国上海国际艺术节、上海双年展、上海艺术博览会、中国国际动漫游戏博览会等大型文化活动的能级、规模、影响力众所周知。因此，上海在文学方面要积极打造世界文学之城，方能与之匹配。在这一年里，在打造世界文学之城、推进公益性文学活动上有什么新的举措和动向呢？简单点概括，就是"一高一低"。所谓"一高"，就是追求文学活动的高端化。这主要表现在上海国际文学周和上海读书节的成功举办、思南读书会与思南书集的创办、文汇讲坛"文学季"活动的举办上。比如，2014年上海国际文学周以"文学与翻译：在另一种语言中"为主题，邀请了诺贝尔文学奖得主奈保尔、匈牙利作家艾斯特哈兹·彼得、美国诗人罗伯特·哈斯等20多位重要的作家、诗人、翻译家、学者，举办了40多场讲座与对话活动。作为上海国际文学周活动的延伸，每周六下午的思南读书会将市民读书活动常态化。和思南读书会匹配的是思南书集，它以集市、露天、开放式的形式现场卖书，图书以社科、文学、艺术、时尚、生活读物、外版小说、童书绘本为主，这两个活动影响很大，在不断改变和提升市民的文学阅读风尚，成为上海市民生活的一部分，是上海市一道独特亮丽的文化风景线。"一低"则是上海市华文创意写作中心开展的"明园公益·华文社区书坊"大型社区文化公益活动。它由知名企业明园集团承担主要资金，由政府提供政策协调，由社区提供管理和服务，由学校提供组织、捐赠、义工支持，在基层社区开展读书和创意写作等活动，把读书和写作落到了社区居民的身上，充分体现了社区文化（文学）建设的公共性、公益性，是社区文化（文学）建设的有益尝试。按照美国学者安格尔的观点，"二战"后美国的文化产业飞速发展，就得益于政府当年推动的全国性创意写作教育改革，这项改革提供了一整套创意写作系统。2014年上海华文创意写作中心推动的这项全民写作计划对未来上海的文化产业发展会起到何种作用，我们尚无法估量。

二 推动上海文学产业化，建设世界文学之城的几个待解问题

尽管上海这几年文学产业化发展势头一直很强劲，无论是产业形态的多样化程度和产值的绝对值，还是新科技应用水平和全媒体化程度，都走在全国前列，但是我们也要冷静看待尚存在的不足。为此，我们给出了自己的基本改进思考，以抛砖引玉，吸引更多的智慧和力量参与上海文学产业化的理论建设。

（一）加强文学人才深度培养，深化高校文学专业改革

在文化产业"内容为王"的共识下，文学创作人才成了文化产业链的源头，近年来，腾讯网斥巨资和盛大文学争夺白金作者，就充分说明了写作人才在文学声场中的重要性。盛大为保住写手队伍，不断提高其提成比例和福利水平，乃至和上海视觉艺术学院合办网络文学本科班，以发现和招揽写手。但这都不是解决人才短缺问题的根本办法，网络文学人才的根本培养还是要靠高校相关专业，特别是文学专业来完成。这个问题需要高校进一步解放思想，改变理念，以美国高校创意为师，大力开展创意写作教学。"中文系不培养作家"的陈腐观念应该被遗弃，"写作可教和学"的理念应该得到推广。美国近百年的创意写作教学实践和成效已得到充分证实，应该说，上海高校是创意写作理念和教学模式的引入者与倡导者。近六年来，复旦大学和上海大学的学者做了一些卓有成效的工作，但远远不够。我们还没有形成创意写作的人才培养模式，在原创性理论、训练体系和课程体系等课题上基本处于空白。[①] 由于种

[①] 进一步信息可参考：葛红兵等《高校中文教育改革与创意写作学科建构》，《当代作家评论》2014年第5期；张永禄《创意写作：中文教学改革突破口》（上、下），《写作》2013年8月号、9月号。

种原因，北方的北京大学、中国人民大学，南方的广东外语外贸大学和香港的浸会大学发展迅猛，大量招收创意写作硕士（MFA），开设创意写作本科教学专业，成立创意写作与文化系，大有超过上海创意写作发展的势头。上海高校的文学教育需要把握新一轮高等教育转型改革的契机，积极响应教育部提出的实践性人才培养战略，把创意写作学科作为重要的发展策略，从根本上逆转一方面文学专业产能过剩、毕业生找不到工作，另一方面文化企业写作人才匮乏的局面。企业和民办高校的创造性行为已经走在了上海高校文学教育的前列，做出了示范。上海视觉艺术学院校长龚学平赞誉该校携手盛大文学联办网络文学专业，创建文学教育的新模式："这是中国文学史上的一大创新，也是中国文学教育的一大创新。"进一步说，大力开展以创意写作为突破口的文学教育，对上海文学城市的建设、上海占据文化创意城市领先地位具有基础性作用，这是上海文学产业化的百年大计。严峻的现实，需要我们巩固和利用上海在创意写作教学与研究上已有的成果及优势，在高校文学专业进行大幅度改革，把上海打造成中国创意写作的"爱荷华"。

（二）成立文学评论家委员会，强化批评力量和引导文学原创

毋庸回避，当前整个文学产业提供的内容存在同质化、低俗化和浅表性缺陷，思想性和艺术性有待大力提升，这是文学工业品受到诟病的根本原因所在，也是传统文学工作者抵制和漠视文学工业品的最大理由。或许对文学工业的一味抵制，无异于堂吉诃德战风车一般疯狂，真正理性的行为是如何形成文学工业品的品格。就目前的情势而言，不能期待文学公司自身改变，也不能指望写手自觉地自我提升和改造，而是需要引进外部机制和力量。这样一来，文学批评家的责任和重要性就得以彰显了。这几年，政府层面非常重视文艺批评工作，中国文艺评论家协会于2014年5月30日成立，2014年4月底，全国

已有23个省份成立了文艺评论家协会,还有50多个地市和副省级城市成立了文艺评论家协会。上海在这一方面动作稍显迟缓。上海的文学批评队伍很大,也有很好的批评传统,对20世纪三四十年代上海现代文学的发展和20世纪80年代的文学繁荣都起到了很好的促进作用,在文学史上留下了浓重的笔墨。但目前这支队伍没有得到有效整合和强化,面对文学的"下海"和以网络文学为代表的商业文学,要么熟视无睹,要么束手无策,没有形成新的批评话语和策略,任其自由发展。这一点我们要有足够的警惕,浙江地区的网络文学异军突起和大放异彩,和浙江文学界的批评队伍与批评组织有密切联系,比如浙江率先成立了网络文学协会、类型文学创作委员会等,后者大力开展类型文学批评活动,极大地刺激了本土类型小说的创作发展,很多"大神级"的类型小说家、编剧家在浙江成长或落户。为此,倡导上海成立文学评论家委员会,把上海高校和文学机构的老、中、青评论家联合起来,利用好《文学报·新批评》《上海文化》《上海作家》等杂志、《东方早报》的书评栏目及华语文学网等平台,积极面对上海文学产业化大趋势和文学产品,开放文学观念,改进批评武器,为以盛大文学为代表的文学产业及产品的发展保驾护航,在积极引导原创和提升自身品质上做好"质检员"和引导人。

(三)加大公共文化服务中的文学服务力度,面向社区拉动文学消费

这几年,借助国家振兴文化产业大战略和上海打造"四个中心"的东风,上海的公共文化服务得到了前所未有的重视,初步建立了公共文化服务体系,浦东新区还成为国家建立公共文化服务体系的全国性示范区。但是,我们遗憾地发现,在整个公共文化服务战略思考和体系设置中,文学的"戏份"明显不足。以浦东的公共文化服务体系构建与实践为例,在其已建成的44个项目中,难见文学的身影,

如在文化盛事方面，浦东打造了 WDC 世界舞蹈锦标赛、上海简单生活节、上海国际音乐烟花节、上海夏季音乐节、上海民俗文化节、国际民族民间舞蹈大会等品牌项目，没有以文学命名的项目。尽管文学的"软性"特征和见效慢等特点使其不如以上项目或活动能起到立竿见影的效果，但是作为艺术之母的文学是不能缺席的，特别是在政府规划中不能弱化。政府在今后的公共文化服务体系建构中，需要把文学放在比较重要的位置，提供各类活动场所，完善服务设施，组织相应活动与培训，唤醒市民的文学需求意识，从深层动机上拉动文学的内需，为发现和培养创意人才营造普遍而长久的文学环境，为上海打造"智慧城市"和"创新城市"提供"发动机"语境。

（四）以全球化文学城市水准提升和夯实各项文学建设指标

近几年，全国各大城市热衷于创建世界文学之城，从盛大文学组织的"寻找 100 个文学城市活动"评选结果来看，上海目前排在第一位。但遵照联合国教科文组织的评选标准和其他国家创建世界文学之城的经验来看，我们认为上海基本达标，但还有很多工作要做。联合国教科文组织官方网站给出的评选标准是：出版社和原创作品的质量、数量和多样性；小学、中学以及大学有关本国文学、外国文学教育项目的质量和数量；文学、戏剧和诗歌是不是城市环境的内在组成部分；是否有举办旨在促进本国文学、外国文学发展的文学活动与文学节的经验；是否有致力于保护、促进、传播本国和外国文学的众多图书馆、书店、公共或者私人文化中心；出版界是否积极推进翻译本国多民族语言文学和外国文学作品的工作；包括新媒体在内的媒体，是否积极参与促进文学发展、繁荣文学产品市场的行动。[①] 针对这些

[①] 《谁将是中国的"世界文学之城"？》，http://www.dayoo.com/roll/201007/26/10000307_102965706.htm。

标准，我们确实有很多工作要做，比如，中小学乃至大学的文学教学项目的数量和质量不尽如人意，单从近年的一些调查数据可知，三成大学生没有读四大名著；七成中学生冷落四大名著；绝大多数大学生每月读书册数为0~3本；60%的大学生不知道《百年孤独》的作者马尔克斯是谁。又如，这两年人文社科类的书店一家又一家关闭，私人文化中心少得可怜，诗歌活动难见身影，写诗的比读诗的多，作为中国现代文学发源地，上海尚没有文学馆……另外，从已被联合国教科文组织授予"世界文学之城"的英国的爱丁堡与诺威奇、澳大利亚的墨尔本、美国的爱荷华、爱尔兰的都柏林、冰岛的雷克雅未克的情况来看，上海还缺乏国际写作中心之类的文学交流机构，没有世界知名作家在上海定居或创作有全球影响力的作品，尚无具备国际影响力的文学传播活动。总而言之，上海要打造"世界文学之城"，就要在打造文学活动的高端精品和文学教育普及上多做文章。前者是要有国际化的视野和水准，体现"世界"；后者要向本土化和日常化深耕，让文学成为市民生活的一部分，或者一种生活方式。如果能做到这两点，文学的产业化才能有健康长足的发展。

B.17 沉潜或上升：城市文学研究向何处去？*

王 进**

摘　要： 作为当代中国社会变迁，也是20世纪90年代以来文学创作最切近的理论回应，城市文学研究已进入一个探寻其本源，以至于定义"城市文学"的阶段。然而，这里首先显示的是以"空间"为关键词、由现代性理论主导的西方城市理论对思想的裹挟。从各种"共同体"的"想象"，到文化研究方法的引入，再到波德莱尔式的城市"漫游"与实地测绘，以及因"欲望"写作而来的消费主义文化理论的否定性批评等，都使得"城市文学"本身成为一个有着先在规定的"场域"。另外，随着这些理论的阐释，自身文化传统特别是现当代文学传统持续分解或重构，"物"作为中心障碍，从现代文学的"京派""海派"，到当代"城乡迁移"的反复追溯，不断呈现为从知识到道德的难以跨越。处于这样的知识理论高压与自身历史传统的夹缝之中，现今的城市文学研究究竟处于何种现状，将往何处去？值得深入分析与反思。

关键词： "物"　空间　N城记　传统的解体与价值重构

---

* 本文系上海社会科学院"城市文学与文化"创新学科建设的阶段性成果。
** 王进，文学博士，上海社会科学院文学研究所助理研究员。

尽管城市文学研究的兴起带有被时代裹挟的被动意味，迄今未成为专门的学科领域，但它无疑已是衡量当今文艺理论甚至学术思想的一个坐标。20世纪90年代中国经济现实的迅猛变化及其带来的社会历史动荡，乃至文化的整体性断裂，都使得城市及城市文学日渐成为巨大的客观存在。事实上，正是在它所显示的某种不可逆转的历史意志面前，城市文学研究只是作为一种自我意识的觉醒、探寻，以至于对这种意志的承认，这实质上构成了这项研究的基本前提。故而尽管20世纪90年代批评界"新写实""新历史""新状态""新体验"乃至"身体"写作等无不与城市崛起相关的潮流命名，但与其说这些是创作现象的回应和理论概括，不如说是现实巨变的一种直接应对。① 而这里意味的某种思想理论空场，正是进入21世纪以来开始回顾、提升、总结这一历程，以至于重构整个，特别是现当代文学传统价值系统所日渐显露的一个根本问题，也是总体状态。进而言之，城市文学研究作为一个理论坐标，只在此空场的意义上彰显和成立。但是，这并非贬低，也不是20世纪90年代以来"失语"症状的再次笼统描述，而是指向一个思维空间的巨大跨越和转换。在此，一方面是现实存在和历史意志的坚不可摧；另一方面恰恰是前者作为现实世界对阐释的空前呼求。无疑，比现实、历史更重要的事实在于，还没有哪个时代面临如此沉重的阐释世界之负，以致带来整个文化传统基础的持续下沉、分裂。因此，恰恰是知识，或者说关于"城市"的知识，而非城市本身，更能以其性质、特征和状态指示所谓全球化的要害所在。② 这正是今天最难以反省和批判的。它要求这样一种足以逼近、开释现实世界和历史意志的

---

① 这些思潮，大抵是批评家与刊物编辑共同命名、推动的，可见其中的行为、操作性质。
② 20世纪90年代，中国对西方学术文化的引进是空前的，不仅使之迥异于"文学"标志的"80年代"，而且足以借"知识"的全球化之势，突出百年近现代史。所谓"思想"与"学术"之争，大抵起于此。

思维逆转,以致只有在知识、理论与现实,甚至阐释世界与改造世界的紧张关系之中,才能真正拓展自我的生存,建立对世界的独有阐释。

不消说,如此思想重负实质消弭着理论批评与文学创作之间的界线。随着全球化时代的来临,事实上,正是作家较先敏锐地意识并明确表达了一种可能不断蔓延、覆盖,谓之"格式化"的思想威胁。① 但广义的文学精神,亦因此恰恰显示为可供反省和批判的普遍立足。进而言之,所谓界线的消弭,还意味着理论对创作空间的直接挤压。所以,如果城市文学研究确然具有坐标的意义,那么它正在以自身各种理论论述的裂隙、拥堵与纠缠、中断,打开这种立足的可能性,由此寻求整体的突破。正如空场并不等于无,处于全球化的现实推进与知识理论高压的临界地带,近年城市文学研究的现状和走向可以用"沉潜""漫行""上升"等语词来粗略描述。一方面,作为既往的回顾、总结,乃至自身文化传统的纵深回溯,其显示了分裂中的沉潜、无主与漫行;另一方面,在各个层次、维度、方向上无不表现出理论提升的努力,则显示了它面对历史意志的思维逆转迹向。本文主要从近年来关于城市文学创作的分析阐释与理论批评方面在运用西方理论时遭遇的问题、困境两个层次递进展开。

一 "N城记":"空间"理论的架构与"物"的障碍

"城市文学"的界说、定义成为绕不过的论题,可以标志城市

---

① 徐春萍:《我眼中的历史是日常的——与王安忆谈〈长恨歌〉》,《文学报》2000年10月26日。

文学研究进入了一个决定性阶段。尽管少有专门的总体论述，但现今任何论述的展开都似必须先行对其有所认定，当属事实。故而此最能集中显示各种阐述的理论疏漏与相互抵牾之处，所谓阶段亦为瓶颈。不过，对于题材论的超越，却显然成了衡量这一阶段进展的"基本地平线"，它是历史的，更是对历史的认知的。近二十年来的文学创作固然早已突破这一限定，但在这曾以现实政治的强力确定的题材价值秩序动摇、瓦解之后，如何建立新的评价基准，成为理论的真正考验。它要求更广的思想视野和更高的精神高度，故而现有缀以"想象"的各种理论、学说的兴起与流布，终归相关城市。或唯其如此，"城市"作为"商品""物"，也愈发以其庞大的历史性存在占据了"城市文学"的中心视野，至少30年来尚未偏退，这特别表现在试图解释当今城市文学兴起原因、背景的讨论上。而现实巨变及其背后的历史意志，也特别在此显示了其对思想理论的反逼，因而总是可见在几乎无条件的承认之中，"物"成了最后的归因，无论是以现今文化研究的丰富、细致理路铺陈，还是用过往"经济基础决定上层建筑"的宏论一掠而过。

  这决定了城市文学研究的基本理论面貌，也是地位和困境，即无论怎样"想象"，都难以逃脱"物"作为非自然乃至非道德存在的下坠力。因而在不得不为其合法辩护、做城市文学各种意义申述的同时，恰恰面临的是最为现实的整体性价值危机。原有价值体系的分化、传统伦理道德的解构，不仅是创作现象的归纳，而且是基于以"消费主义"为动力的全球化进程中所谓后现代现实的先在判断。[①]后者显示的正是知识理论的高压及其中未必没有的盲视。将之归结为"物"，特别是"资本"的巨大堕落力量，更加成为现今研究难以阻挡的思想逻辑，一如"欲望"是20世纪90年代以来城市文学创作

---

① 陈晓明：《城市文学：无法现身的"他者"》，《文艺研究》2006年第1期。

几乎与生俱来、难以衰减的理论焦点。无论是对其进行现象描述，或对其主题内容、叙事形式等进行类别分梳，还是对其各种意义阐发或批判，都不免以之为中轴展开。确然，一代代新生作者对城市生活大胆、直接的个体化书写已经成了时代潮流。按批评家描述，"物"的属性在此得以充分体现：流浪与机遇、金钱与利益、身体与性爱、享乐与颓废，使得城市文学始终在严肃与通俗、美感与快感、道德与非道德的结构之间游移和动摇。[①] 因此，对理性批判精神的强调，就成为理论批评的自然诉求。在关于堕落、颓废、荒诞的描写中，批评家甚至发现了因为作家缺乏足够的思想勇气和自我批判意识而普遍含有的某种隐秘的快意、迷恋与沉湎。[②]

有意味的是，这一理性批判精神作为启蒙的现代文学传统，尤其是20世纪80年代"城市文学"基本理解中"现代意识"的历史传承，近年正在失去阐释功效。事实上，在更高的理论层面，它只能成为当今"城市文学"不完全的意义伸张和价值辩护。无疑，"城市"本不仅仅意味着"商品""物"，作为一种崭新的生活形态，它还可能提供对"人"的内心、本质探究更加深刻的可能。面对城市与城市文学的现实崛起，20世纪末的批评家尚能做出这样不无欣喜的判断和展望："它正在重新规范人与人的关系，重新注解人性本身，重新赋予我们以各种基本的价值理念和社会意识。"[③] 然而，这一试图以现代意识的全面迸发带动新的文化创造的展望，在今天全球化的知识理论视野上，恰恰遭遇了"物"的更大障碍。实质上，近年"城市文学"的界说、定义，乃至关于它的新概念的不断提出，正出于

---

① 曾立群：《文化互动与空间转向——论1990年代以来的都市文学》，《学术界》2011年第10期。
② 林嘉新：《当代中国城市文学的困境及其批判》，《湖南师范大学社会科学学报》2013年第4期。
③ 李洁非：《城市文学的崛起》，《当代作家评论》1998年第3期。

这一障碍的根本难以逾越。

更加清晰地以"工业化"的物质基础为划分，强调超级都市群，甚至世界"通用城市"空间生存体验的"都市文学"，是21世纪以来形成的中心概念。故近年"新都市文学""新城市文学"等名称接连被提出。它试图取代含义笼统的"城市文学"，甚至有批评家将这一实质建立于"物"的理解的"都市文学"直接确立为新的价值坐标，明显割裂其与传统城市文学的关系。[①] 在此，历史进化论的如许张扬，特别表现了现代历史意志的无形推动。然而，在更具体的理论阐述层面，事实也确然遵循这一"物"原点的逻辑发展。比如，20世纪90年代以来的城市文学，就从"物"的视野中日渐突出，以至于足以与20世纪30~80年代的城市文学划出一条断代式的界线。[②] 但是，这样的"都市文学"界定无疑只能是理论批评自身对超级概念、意义追求的暴露。它不仅与尚处于城乡"交叉口"的创作现实总体相悖，而且无法分疏其自身与历史传统的关系，以至于出现对包括古代城市和近现代都市及小城市、城镇在内的城市文学经验的压抑。[③]

总之，从知识到道德，现今的城市文学研究都无法跨越"物"的根本障碍。而关于城市的一切"想象"，几乎都源于以"空间""场域"为关键词、由各种现代性理论主导的西方城市理论，也就在此前提下，其获得了最为现实的合理，以至于可靠性。事实上，正如批评家笔下关于消费、欲望景观的阐释，总是先与"都市"或"都会主义"，而非"现代意识"逻辑连通，这一围绕"空间"开辟、形成的理论体系早已成为主要思想资源和理论的推动力，且从

[①] 钱文亮：《都市文学：都市文化语境中的文学变革》，《求是学刊》2007年第34期。
[②] 张立群：《文化互动与空间转向——论1990年代以来的"都市文学"》，《学术界》2011年第1期。
[③] 刘士林：《文学：从文化研究到都市文化研究》，《学术研究》2007年第10期。

始至今难有批判、反思的间隙和余地。其现实合理性在于，面对"城市"的庞大崛起，如果唯一路径只能是理论阐释，而非意志的拦护或抵抗，那么据此理论所进行的各种相关"物"的空间、场域的划分与界定，足以变成道德之障，以至于价值判断的悬置、搁延。而"想象"正可从中获得生长之机，从而不断拓展城市文学的认知及版图。

作为今日现代性理论的新发现，"上海"及"上海文学"最先浮出历史表面，迄今可为"都市""都市文学"的代名词。这里不仅有20世纪90年代一时领时代之先的"上海怀旧"和"上海宝贝"式的"新上海"写作的助推，而且有现代文学史上的"海派"及其名下的"新感觉"甚至"左翼"，以及特别具有历史性沦陷意味的上海沦陷区文学的历史支撑。无疑，在这样的"空间"视域下，"上海"是中国城市文学、文化研究无可替代的坚实基点，足以打开最广阔的理论前景。事实上，经过近二十年的理论探寻，"上海文学"已从地域、历史的概念完全走向了象征，以至于可能成为关于民族国家之想象和建构的普遍理论。21世纪初提出的"文学上海"概念，[①]就是一个标志。敏锐的学者迅速在20世纪90年代的"文学上海"与城市文化身份建构之间发现了关联及新变。"纪实与虚构""日常和传奇""N城记/自我与他（她）者""'离去'和'归来'"等通过细致的文本分析归纳的"想象上海的N种方法"，正与"外来的精英""老上海后裔""新人类"等各类作者在身份、立场和价值取向上深刻相关。由是，个人记忆与集体想象相交织，构成了虽不乏迷思却崭新的城市文化地图，从而带出背后深刻的历史文化动荡和变迁。[②]而关于

---

① 它的正式提出，或以陈惠芬《"文学上海"与城市文化身份建构》（《文学评论》2003年第3期）一文为标志。
② 陈惠芬：《想象上海的N种方法：20世纪90年代"文学上海"与城市文化身份建构》，上海人民出版社，2006。

"上海学"的建立，亦自此成为一种总体的理论追求。①

在此，以李欧梵《上海摩登》②为代表的海外汉学无疑起到了先锋作用。事实上，该著从现代性的思想理论背景到具体论述的体例、架构，无不具有示范效应，即便作者视20世纪三四十年代的上海文化为"一种中国世界主义"，远超过"东方巴黎"所能指称的国际意义，使大陆知识者易于产生政治和意识形态的疑虑。③以建筑、空间场景为连线的城市地图重绘，将启蒙理念、现代意识的诞生置于工业生产、消费、传播的社会文化背景，突出期刊、电影运作机制作用的历史重建，以及在此基础上对都市文学特别是以"身体""颓废""奇幻"为表现的空间生存体验在现代文学史上的着意阐发，等等，将这些作为该著的基本理路分述，可广泛见于现今的相关研究。甚至"新感觉"派和张爱玲小说作为其个案选择，在研究范围、谱系上已经扩展到了"左翼""十七年"文学，以至于20世纪90年代"上海书写"仍然是切合理论的最佳例证或习惯。事实上，更具空间叙事特征，也更近于当今创作现象的"新感觉"派，不仅渐渐上升为历史的首要参照，而且在近年理论批评自身的回顾中，相关研究也成了时序的开端。④"现代意识"也在"新感觉"派与20世纪90年代"身体"写作的"空间"连通中，获得了如此充分的表达："都市文学因此是赞成关于现代和现代主义的特别的信仰的，它也与表达都市气派和异国风情的都会主义是相通的，"它"带有五四文学的因子"，

---

① 邓金明：《作为方法的"文学上海"——上海与文学关系的反思与重建》，《学术界》2011年第12期。
② 〔美〕李欧梵：《上海摩登》，毛尖译，北京大学出版社，2001。
③ 陈婧祾：《理论与实践：文学如何呈现历史？——王安忆、张旭东对话（下）》，《文艺研究》2005年第2期。
④ 这里指严家炎《新感觉派和心理分析小说》（《〈新感觉派小说选〉序》，严家炎选编，人民文学出版社，1985）。见张鸿声《"文学中的城市"与"城市想象"研究》（《文学评论》2007年第1期）一文的注释①。

并"成为文学的一个新指向"。① 然而，以张爱玲小说为基础的香港－上海"双城记"，作为《上海摩登》"世界主义"的原发，也是总结性的理论视域、架构，在更普遍的事实层面，成了研究现状的深刻写照。

"N城记"可能的不断推衍、复制及其显示的一种可谓理论殖民的思想"格式化"已经形成趋势。而近年"北京学"的提出和构建，②恰恰与"上海学"的勃兴构成了最具历史性较量的理论场域，因此更具"双城记"的思想验证性。中国文化传统的深厚接续和想象，不仅显示了它与前者的"世界主义"视野不同，而且颇有现今城市文学研究基本理路、构架的反转之意。与其将之视为"京派""海派"之争的历史重开，毋宁称其为超出民族国家边界的理论。从老舍、王朔的"京味"，到20世纪90年代邱华栋笔下鲜明、密集的"新北京"地域标识，固然足以用在地作家的创作实绩来表明其自身所属，但"北京学"的真正指向，在于以天然的文化传统优势成为"想象中国"的一种整体提升力。更应与"北京"构成"双城"的"天津"，就如"走错了时间的老钟表"，迄今不振；同样具有古典文化深厚底蕴、拥有一批实力作家的"南京"，也近于"衰落"。这颇令检阅当今"文学中的城市"版图的批评家遗憾。③

由此可见"北京学"蕴含的文化辐射力，其"想象"无疑诉诸更倾向于情感而非理论的文化认同，"上海"与"民族国家"之间的"想象"通道受到质疑、批判和分解，也可谓出于这一自然尺度的衡

---

① 管兴平：《都市里的行走》，上海人民出版社，2008，第9~10页。
② 陈平原：《文学的都市与都市的文学——中国文学史有待彰显的另一面相》，《社会科学论坛（学术评论卷）》2009年第3期。
③ 张惠苑：《城市如何被文学观照——1980年代以来城市文学的创作和研究得失谈》，《文艺争鸣》2013年第4期。

量。故而在近年强调"城市想象"本身的独立性以区别于"反映"式的经验性城市表达时,① 有人提出了这样的问题:"文学中的上海",到底是历史的,还是仅仅想象的?经过百年上海书写,特别是经过20世纪50~70年代文学的深度研究,有学者认为,20世纪的"上海"是一种夸张了的现代性表述,根本是个概念,有着现代性意义的堆砌和修辞策略。作为"民族国家"建构中有关国家与现代化意义的最大载体,它代表了近代以来中国现代性追求中"想象的共同体",因此是一个总体的现代性叙述,而不是特定的、多元的地方叙述。在文本上海与历史、实际的上海之间,前者呈现了过多的世界性、国家性和较少的本地性,甚至遮蔽、消解了后者。② 就立场、价值取向而言,这样的论述足以构成《上海摩登》"世界主义"的批判。不过,一旦上升到这样的高度,现代性理论中一个根本的反诘是,恰恰不是"上海",而是对之构成严重压抑的20世纪50~70年代的"国家文学",③ 才是现代以来真正至高的现代性总体叙述。而这里的问题更在于,不管这一总体叙述表现了多么强大、同质、统一的"中国性",作为历史的延续,它都无法解释其今日何以可能释放如此多作为各自地域标识的"城市想象",而不仅仅是"上海"。只能说明这一"想象中国"对历史、实际的中国的遮蔽、消解,才是更彻底、更根本的。

这里饶有意味的理论现象是逻辑与历史的巨大反差,足以用上海与中国"想象"之间的如此互制、反动关系来衡量。其中表现的理论路径的循环乃至相互衍射、复制,正显示了西方理论对中国思想的

---

① 张鸿声《"文学中的城市"与"城市想象"研究》,《文学评论》2007年第1期。
② 张鸿声:《文学中的上海想象》,人民出版社,2011。此处概括主要参见张文勇《"文学中的上海":夸张的现代性表述——张鸿声著〈文学中的上海想象〉编后》,《云梦学刊》2012年第6期。
③ 吴俊、郭占涛:《国家文学的想象和实践——以〈人民文学〉为中心的考察》,上海古籍出版社,2007。

"格式化"威胁。事实上，随着"上海学""北京学"的日益建构、扩张，其间形成的巨大理论紧张已经对其他地域的"城市想象"产生了真实的压迫乃至"被殖民"感。① 在"上海""北京"已经成为故事最大策源地的今日，批评本地创作注重"原生态的自然景观、异域民俗风情的典型性表达"，坚守西部"异域"的固化色调，强调作家"文化普世性的价值立场"，则显然是出于对西部文学中城市形象缺席的焦虑。②

城市及城市文学是什么？这并不单单是对一个学科定义的探究，而是根本考验着思想理论的独立。以《上海摩登》为代表的海外汉学的先锋效用，在此也并不意味着其论述具有如何特别的理论先见，虽然事实一方面是"想象"的努力提升，另一方面是根本未脱于"物"的理解的"N城记"的不断推衍、复制，这似乎是某种先见——应验。其真正意义在于，无论现今研究是构成它的证明还是批判，在知识的全球化推进中，其都提供了一个可能辨识，或可靠的远程目标和中介。相比于"北京学"建构中表现出的中国文化传统认同的情感笼统，它无疑具有更高的理论层级，因此其间并未真正构成价值之争。近年影响颇大的张英进《中国现代文学与电影中的城市：空间、时间与性别构形》③ 一书，一般认为是继《上海摩登》之后海外汉学的另一重要之作。该著进一步分析、阐述了空间与场域的变化，以及如何重新构造人们的心理结构、行为准则，从而在文学、电影文本与社会历史文化之间建立更为具体、细致的关联。其中，关于女性性别的论述与实际的历史文化背景脱节及其反映的总体框架问题，受

---

① 李遇春：《检讨"大武汉"的城市文学形象》，《学术评论》2012年第1期。
② 汪娟、吴明敏：《西部文学中被遮蔽的西部城市》，《内蒙古大学学报（哲学社会科学版）》2012年第5期。
③ 张英进：《中国现代文学与电影中的城市：空间、时间与性别构形》，江苏人民出版社，2007。

到了内地学者及时、中肯的批评。① 而该著论定"上海"是时间的，"北京"则是空间的、内室的，意指时间的凝滞，却更意味深长。如此异质、排斥多于相吸的"双城"间架，固然含有东方主义的理论移植、殖民痕迹，但"时间"维度的出现，比"空间"横向的现实扩展更能表征知识的全球化推进及其带来的思想理论高压。无疑，对于真正的文学精神，时间维度上的量度远比"空间"严苛。只有时间中才有悲剧的诞生、历史和传统的绵延。在此，它足以精确检测并楔入作为"想象"支持和动力的中国文化传统的关键。质言之，如果"北京学"的崛起代表了其自身文化传统的真正接续，那么它应当足以经受这一思想理论的高压并破解之，且首先是"物"作为知识与道德障碍的完全跨越。

二 从"京派"－"海派"到"城乡迁移"：传统的解体与价值重构

前提的不解意味着事物的存在必然潜藏尖锐的价值之争。城市文学的兴起与研究，实质伴随着西方现代性理论直接冲击下整个文学传统及价值坐标的动摇、分解。至少"五四"之于现当代文学的起点地位遭遇了决定性"滑落"。在"没有晚清，何来五四"②及其语式的后来各种变调中，不仅只是晚清或某段"被压抑"的历史重新被带出，更有"空间""场域"理论的演习、实践中鲁迅文学的难以安置。事实上，在城市文学源流的古今求解中，鲁迅日益成为"乡土文学"之宗，并显然带有历史进化观上的价值忽视，而非其思想的重新焕发。这里的问题在于，城市文学研究正在带来整个文学史的松

---

① 陈惠芬：《心态史视野的都市和性别构型之疑义——评〈中国现代文学与电影中的城市：空间、时间与性别构形〉》，《中国现代文学研究丛刊》2011年第3期。
② 王德威：《被压抑的现代性——晚清小说的重新评价》，北京大学出版社，2005。

懈、解构或重写。

这或者只是一个并无多少自觉的过程，直至它显现为一个难以更移的趋势、潮流。"海派"文学的现代性发现，固可谓之自然，但它与"左翼"文学的"都市"亲缘、同系，是近年研究日渐表明的一个方向。如果相比于此前相关研究更强调二者的区别，即"左翼"同时构成了整个"海派"的一种批判，[1] 近年研究会更明显。而这里的切近，是建立在城市"罪恶"几乎作为整个现当代文学对它原罪式的批判、否定姿态和立场的反拨上。以"现代意识"为标尺，无疑是一种思考的深入，并出于对"物"这一构成今日城市文学巨大障碍的必要认知。有学者对二者的分合演变进行了流派史的如此追溯，置于大都市与资本主义文化关联的共同背景下，这两个派别在对都市罪恶的批判上显示了最早的联合与交集。之后，"左翼"作家进一步转向阶级意识，导致双方产生了激烈论争，且就此分道扬镳，但也因此成就了后来这两个各具自己鲜明文艺特征与观念主张的重要流派。[2] 虽然二者在历史的造就上根本处于不可比拟的非对等地位，但这里借重"新感觉"派特属都市的存在方式，探究"左翼"文学在城市文化历史中的位置和意义，几乎成为一种方法论。关于"左翼"的产生、发展对都市马赛克式的空间分布条件的依附，[3] 甚至文化市场意识对蒋光慈"革命+恋爱"模式形成的潜在导引等论述，[4] 都可谓其沿用展开。经这样的阐释，如果说面对城市罪恶的道德坚固终有所破，那么一种新的文学史版图确然可能得以勾勒和描画。

在此，可以看到"京派"-"海派"的历史间架仍然是一个极

---

[1] 陈思和:《论海派文学的传统》,《杭州师范学院学报（人文社会科学版）》2002年第1期。
[2] 吴述桥:《新感觉派和左翼文学关系再考察》,《中国现代文学研究丛刊》2012年第1期。
[3] 葛飞:《缝合与被缝合：都市马赛克中的左翼戏剧》,《扬子江评论》2007年第4期。
[4] 谢昭新:《论蒋光慈小说创作与三十年代上海都市文化市场》,《文学评论》2011年第3期。

具分量的天平,而价值的砝码开始悄然倾向后者。作为"京派"中自认的"乡下人"及现代文学史上"京派"与"海派"论争的重要参与者,沈从文的位置调整无疑可谓价值偏向最灵敏的量度。正有批评家通过区分精神与道德、物质与现实两个层面,限定其都市文明批判范围、力度,从而将其"湘西世界"的意义向"现代文明"的"都市"开放,强调其建构性而非批判性。① 老舍以其对都市道德破败特别的宽厚、温和而从"京派"作家群中偏离出去,虽然在"新感觉"派现代都市书写的全面参照下,其笔下的北京仍然是"传统都市"。②

显然,如果城市罪恶的批判、阐释、理解意味着新的价值生长,那么这样的论述还远不足以证明,至少在作为主要参照系、已经大为扩充的"海派"精神结构,比如"新感觉"派的客观、中立,得以全面阐释之前。然而,从"海派"原来的贬义、笼统,到"新感觉"派的正面立意和具体分梳,再到它与"左翼"文学共同的社会历史文化起源探寻,的确已经形成某种思想理论的力量,以至于足以打开前30年当代文学的"城市想象"。无疑,这里才是所谓现代性的中心纠集场所,也是不断容纳并试图消融其"一体化"表征的"左翼"文学的"海派"重构乃至"都市文学"价值新立所要真正面对的。而历史的巨大断层,必然带来这一基于"空间"的价值标杆的下沉、埋没,除非能够首先穿越其间空前浓厚的意识形态迷雾。作为一切当代思想理论的基本考验,这里值得肯定的是,如果现今城市文学研究的确对此有所推进,那么它就已经勾勒出了一道"工业城市想象"的地平线,至少贯穿"十七年"。而这是通过"工业化"的生产性城

---

① 高玉:《论都市"病相"对沈从文"湘西世界"的建构意义》,《文学评论》2007年第2期。
② 杨迎平:《中国现代都市小说比较谈》,《海南师范大学学报(社会科学版)》2007年第5期。

市与"消费性"的欲望城市的区分来获得的,恰可谓"空间"理论在"物"原点上的推演。

正是在这条界线上,从萧也牧的《我们夫妇之间》、周而复的《上海的早晨》,到柳青的《创业史》、浩然的《金光大道》等一批作品,以"工业城市"对"消费城市"日渐加剧的价值压抑,显示了一条新的文学史脉络,这甚至可以上溯到茅盾的《子夜》。在此,充满物质主义诱惑的城市景象与国家工业化现代性追求的深刻矛盾,不仅表现于作品描写,而且表现于此时期的国家政策及其指导思想。最早触及这一矛盾的中篇小说《我们夫妇之间》,就因其叙述立场偏向"堕落"的"进城者"而受到批判。长篇小说《上海的早晨》则在叙事中呈现了革命理性与城市感性的多层次矛盾,以至于发生城市空间的思想争夺。① 这些都受到了研究者的特别关注和重新阐释,随着充满暧昧甚或罪恶却充分展现了空间的丰富性与流动性的"消费城市"受到贬抑乃至消失,这个日益走向"工业城市想象"的文学史图景必然越来越狭窄、凝滞、僵化。事实上,研究者发现,当以《创业史》中的人物徐改霞为代表的"乡下进城者"从"工业城市想象"的地平线出现时,后者就已经成为前者的"疗救",最终呈现了"工业主义"的一片胜景。这样的"城市想象"丝毫没有现代工业文明与生俱来的对人的压迫、异化,而是乡村及乡村伦理的扩展。②

但是,从生产与消费,以至于社会主义与资本主义文化分裂之中产生的有效论述,是近年正在形成的所谓"城乡迁移"的视野、框架,或是对"乡下人进城"这一近乎当代文学寓言性母题的概括。这些论述着意的不是"乌托邦"的简单拆穿,更非中国社会主义文

---

① 吴秀明、郭传梅:《洋场遗风与改造运动交织的暧昧历史——重读〈上海的早晨〉》,《福建论坛(人文社会科学版)》2008年第6期。
② 徐刚:《"十七年文学"中的"乡下人进城"》,《文艺争鸣》2012年第8期。

化道路表现出来的所谓现代性总体内在矛盾的再次体现、证明——这无疑是思想的推进。"工业城市想象"的地平线根本指示着一条"乡下人进城"难以跨越的思想界线。就如"城乡迁移"之说的最初提出，更多的来自今日破败现实的逼迫，而非仅仅对十数年来出自城市"底层"，特别是打工者之手的"打工文学"潮的关注。① 正是循着这条界线，批评家发现，21世纪以来的大量作品已经形成了一个"乡下人进城"的主题，并在乡村记忆与城市现实种种落差和反转之间屡屡呈现，这足以将其视为一个完全自发而非批评家和刊物编辑共同命名、发动的文学思潮。② 而乡土文学本身亦以其记忆之美与现实之败两张面孔，更加凸显了现代性的复杂，并促使今天人们重新思索鲁迅关于乡土文学应是"侨寓文学"的论说。③

显然，作为论述的视野和框架，它正在重新概括、阐释"十七年""新时期"及20世纪90年代，直至"新世纪"文学。而对于路遥创作的如此定位，就恰好成了一次理论聚焦。有批评家发现，这位以《人生》《平凡的世界》等小说闻名的作家，实际上始终处于"城乡交叉"之径，以至于其全部创作足以构成"新时期"与"十七年"文学的一个"历史的过渡地带"。在此，其"进城"小说表现出的反城市价值倾向，以及其个人"对城市的创伤性体验"，都使他成了"新时期"一位特别的徘徊者、落伍者。"既有的乡村本位主义的道德理想主义与新时期启蒙（现代化）话语的交织"，是作家深刻的"精神痛苦与文化迷惘"。④

---

① 2007年4月，扬州大学文学院与中国现代文学馆、《文学评论》编辑部等联合举办了"乡下人进城"：现代化背景下的城乡迁移文学研讨会。见徐德明、黄善明《"乡下人进城"：现代化背景下的城乡迁移文学研讨会综述》，《文学评论》2007年第4期。
② 徐德明：《乡下人的记忆与城市的冲突——论新世纪"乡下人进城"小说》，《文艺争鸣》2007年第4期。
③ 刘忠：《现代性视野中的城乡叙事》，《延河》2006年第12期。
④ 徐刚：《"交叉地带"的叙事镜像——试论十七年文学脉络中的路遥小说创作》，《南方文坛》2012年第1期。

可以肯定，所谓的"城乡迁移"与"交叉"，实质上表达了新兴的城市文学与乡土文学之间的全面紧张、对立。它们不仅是"京派"－"海派"的历史曲折与中断、覆盖，而且足以触及整个文化传统的关键或破绽。因此，根本说来，当这一模糊笼统、近于社会学的论述视野和框架出现时，它还只能是城市文学研究本身思想理论资源短缺、所论不合事实的暴露。故而难免离文学史的真正"重写"还远，晚清小说家韩邦庆的《海上花列传》已被论断为现代文学的"起源"；[1]鲁迅文学尚在边缘，邱华栋以"我爱美元"直呼并敲击城市"戏剧人"生存的写作，却借"新感觉"派的历史直通车，成为人的异化的深刻表达，以至于荒原上的"呐喊"。[2] 当然，以为"底层""打工文学"随着"城乡迁移""交叉"视野而崛起，是"现实主义"依然"最富有魅力"的体现，[3] 以至于构成城市文学价值的阻断，就更是出于思维定式和理论的根本疏漏。这里价值标准的严重摇摆，可谓历史的全面重评所致。面对今日"底层"及其背后的乡土文学传统支持，城市罪恶愈加无法批判、阐释、理解，反而成为认知上的巨大迷雾。在此，一方面是理论批评界及作家自身对"底层"的一般人道主义写作表现出的深刻隔膜，甚至流于虚伪道德姿态的普遍认识与自省；[4]另一方面则是正与"空间"理论流布同步的"消费主义"，日益凝固为一种总体社会文化批判的价值论，难以清理。认为"消费主义文化霸权的确立"影响了中国"整体性文化结构的转型，改

---

[1] 栾梅健：《1892：中国现代文学的起源——论〈海上花列传〉的断代价值》，《文艺争鸣》2009 年第 3 期。
[2] 傅建安、贺凤来：《邱华栋小说与中国现当代都市主题》，《长沙大学学报》2007 年第 4 期。
[3] 徐德明、黄善明：《"乡下人进城"：现代化背景下的城乡迁移文学研讨会综述》，《文学评论》2007 年第 4 期。
[4] 徐德明、黄善明：《"乡下人进城"：现代化背景下的城乡迁移文学研讨会综述》，《文学评论》2007 年第 4 期。

写了20世纪以来的文学话语谱系"，①仍是现今时见的断语。"现代意识"因此成为当代城市文学研究难以企及的尺度，这才是问题所在。

而在被西方现代性理论的严重裹挟之下，当代城市文学创作中确然发生了文学史版图的重组乃至价值的全面重构。它首先以"地域"的空前突出和繁荣，不仅成为"N城记"理论的再度推衍与确证，而且成为20世纪80年代"寻根"文学"乡土"价值地标的改写、反拨或升华。"上海书写""北京书写"固然以其不可替代的地域标识一度领先，但其余一些城市也在随后的遽然地理变迁及其历史文化特征的格外显明与迅速消失之中，得以标识自身。而邱华栋之于北京，王安忆之于上海，张欣之于广州，何顿之于长沙，池莉、方方之于武汉等——如果批评家在20世纪90年代以来由全新经济现实所确立的坐标系中可以这样"点划"的话，②新的文学版图可谓确然成形。一批新生代作家则由此被推到新的价值序列前端，在此"北京文学"的标识中，邱华栋更替了20世纪80年代作家王朔。故而有这样的判断和展望："文学的地域性"具有"根的意蕴"，为"都市文学安身立命的基点和撑持"，而"地域属性中的中国城市的复杂和多样性在全世界的范围都是不多见的"，可能构想未来"圣城"的乌托邦。③这里有更高理论层面的论证，即20世纪90年代以来的都市文学已经发生空间理论、后现代地理学意义上的"空间转向"，显示了全球化时代的"文化互动"。④

---

① 李艳丰：《20世纪90年代以来城市文学叙事的文化批评》，《广州大学学报（社会科学版）》2012年第2期。
② 李艳丰：《20世纪90年代以来城市文学叙事的文化批评》，《广州大学学报（社会科学版）》2012年第2期。
③ 张惠苑：《城市如何被文学观照——1980年代以来城市文学的创作和研究得失谈》，《文艺争鸣》2013年第4期。
④ 张立群：《文化互动与空间转向——论1990年代以来的"都市文学"》，《学术界》2011年第1期。

但显然，创作现实并未提供这样的乐观。愈是具体论述，愈见理论的破绽、分解、失效。事实上，研究者已经发现，现今城市文学研究多宏大空泛之论、少具体的分析归纳，尤其是在作家作品方面。①而更大的落差在于，70后作家群关于小城、城镇生活的创作，依然甚至更为兴盛，却难以进入城市文学理论视野；"打工文学"早已成为触目惊心的文学现象，却仍然不过是当代文学天空的"候鸟"。②因此，可以见到的是，批评家们种种分析、归纳的努力，都在其研究对象全面呈现空间性"流动"状态之前有所消解，难以确定基本的概念边界。老城叙述者、城市游走者、都市女性流、淘金者传奇，是20世纪90年代城市文学叙述形态的较早归纳。③而城市的过客、身心分离者、边缘者、转换者，作为现今的人物形象分类，④实质与前者并无类的分别。市民世态、历史文化、欲望叙事，或谓城市小说的三种表述，⑤却根本属于主题内容，甚至不脱现实反映论，因此不免带上批评者先入的价值偏向。

不难想见，"城市漫游者"作为一个深刻相关空间理论，并且源自本雅明对波德莱尔作品阐释的概念——几乎就是西方现代思想与文学一个完美的思想凝练、结晶，成了批评家们的切实依靠——应当说，这一概念的广为运用，《上海摩登》中介的影响仍然功不可没。这特别表现在城市文学的思想、美学意义的更深挖掘和提炼上。在此，"新感觉"派作为历史的参照，以充满哲思和宇宙神秘想象的作家徐訏的特别加入再次得以凸显，其创作表现出的迥异于现实主义的

---

① 谢廷秋：《新时期城市文学研究综述》，《贵州师范大学学报（社会科学版）》2010年第2期。
② 陈超：《当代文学境遇中的"候鸟"踪迹——城市化进程中"打工文学"的生产、撒播与移植》，《甘肃社会科学》2012年第2期。
③ 王干：《老游女金：90年代城市文学的四种叙述形态》，《广州文艺》1998年第9期。
④ 蒋传红：《从乡下到城市的行走者》，《文艺评论》2011年第11期。
⑤ 陈国恩、吴矛：《市民世态、历史文化、欲望叙事——20世纪90年代城市小说的三种表述形式》，《福建论坛（人文社会科学版）》2006年第5期。

都市"超验"审美,堪称真正的"精神漫游"。① 而这里设定和对应的,正是波德莱尔"漫游者"的知识分子主体,并以一种基于"震惊"体验、对现代城市特有的疏离与批判态度为特征。这为当代城市文学的"欲望"主体,或根本无主体的膨胀,无疑提供了批判武器及思想依靠。而"非典型性漫游",则饶有意味地与王安忆小说《长恨歌》的"鸽子"视点相对应,作为一种非完全的知识分子超越、批判视野的指称和概括。按批评家的分析,这一视点远远超越"市民",却仍近人世,并因此在新、老上海的历史文化地图测绘中,产生了"看"的角度与层次的微妙不同。它根本是"鸽子"视点的分裂,恰恰反映了作家主体的一种自我迷恋,因而未能在小说叙事上真正拉开知识分子批判的距离。不过,惑于一个城市的观看者并非只有知识分子,甚至由此质疑所用理论是否切合中国文学,使得这一批评本身更近于理论对话。②

这里的确预示着当代城市文学中"漫游者"的限度。其所意味的某种缘于陌生、边缘和穿行游荡于各种缝隙的"震惊"的城市经验,在批评家看来,远未获得真正表达,遑论美学的创造。虽然20世纪90年代以来一些地域的城市书写已经形成自身特征,如因城市政治属性而充满意识形态复杂隐喻、以"狂欢""残酷"为后革命时代遗留的"北京";"属于东方的资本主义传奇",却不绝散发日常生活单纯、阴柔气质的"上海";具有突出工业时代美学特征,却成为空心主体的"广州";等等。③ 然而,在对具体作家作品更深入、贴近的观察与分析中,或许能够跟随这有限的"漫游",发现城市文学

---

① 李俊国:《精神漫游者的都市超验叙事——透视海派小说的超验审美》,《甘肃社会科学》2007年第3期。
② 曾军:《观看上海的方式》,《人文杂志》2009年第3期。
③ 张清华:《比较劣势与美学困境——关于当代文学中的城市经验》,《南方文坛》2008年第1期。

的真正新意。比如,"偷窥者的目光",恰恰带来作家陈希我对人的内心世界的特别深入;个体化叙事的兴盛,则使作家徐则臣的底层小人物故事有了新的叙写。它们共同显示了一种去中心的碎片化,而非中正平和的新型美学风貌,并成为传统价值体系失效、社会共识断裂之后的"多声部"。问题在于,对缺乏浪漫主义传统滋养的中国小说来说,这种以"个人"为中心、主体充分展示内心冲突的创作,不能在中国文学的价值序列中获得较高地位。①

这里的批评,实质返回了理论批评自身标准的短缺。然而,将之归于浪漫、个人主义传统的缺乏,固然可谓"现代意识"的强调,但到底不能指认"城市文学"作为新的价值生长之所在。面对具体创作格外暴露的理论之力不逮,这里的问题不如说是"空间"的几近全面的思想覆盖。甚至可以说,从总体的现代性理论指引,到文化研究方法的引入,再到仿"发达资本主义时代的抒情诗人"②的城市"漫游"与实地测绘,以及由"身体""消费""欲望"写作发展而来的女性主义批评的介入等,在此无不显示了其作为思想理论的无源性。因此,在未能确定"总体"何在、如何之前,那些去中心的碎片化、"个人",以至于"多声部"美学的"众声喧哗",均出于浪漫主义的"个人",特别是后现代的"非确定性",尚难判定。质言之,毋宁说它是时间纵轴上自身文化传统,尤其是现当代文学传统的真实瓦解。

而"文化认同"或"想象的共同体",亦可得到更为切实的反观。作为对现今重新整合并构建新的价值坐标来说有效的理论总括,其关于自身历史传统的重释和追寻,无疑是它最深刻,亦属天然的

---

① 王宏图:《杂色斑斓、诡秘阴晦的浮世绘——新世纪第一个十年(2001~2010)都市小说一瞥》,《文艺争鸣》2012年第6期。
② 〔德〕本雅明:《发达资本主义时代的抒情诗人——论波德莱尔》,张旭东、魏文生译,三联书店,1989。

支持和动力。因此,随着"N城记"从理论到创作的深广推衍,"根"的意义不断显现、被赋予。但如前所述,随着21世纪以来"北京学"的崛起,一种"被殖民"的理论压力迅速传递,以致西部等偏远地域及小城市、城镇书写实质面临"无历史"的境遇。显然,这里更意味着自身传统的解体与"想象中国"的文化认同的难以完成,而非北京-上海这一历史性间架所能发散的一切相异价值指向的简单对峙。进而言之,起始于香港-上海"双城记",以及试图以城市文化认同打开通往新的民族国家想象之路的"上海书写"和"上海学",在"北京学"的崛起面前,终于未能在"N城记"的推衍之中建构起新的价值坐标。其间的思想迷失,或者可以空间理论衡量王安忆的创作来表明。一般认为,这位当代文学重要作家的"上海书写"足以代表"日常生活"这一相对"众声喧哗"的另一种美学形态的形成。事实上,它是更为切近当代城市文化理论的一种美学构造。然而,恰恰是在空间理论的透视下,这一"日常生活"叙事显示了与"城市"的背离。批评家发现,即使对其笔下穿行于国际的小说人物而言,城市空间亦只作为背景存在,没有人与城市的交流,更无"物"对"人"的挤压。而正是这种对空间的漠视,使得叙述者可能随意进入人物内心、设置人物关系,而人物亦以其与某种历史而非经验的关联获得完整存在。"人"的话语因此格外发达,恰可谓现实主义美学原则的极致体现。[①] 然而,这里重要的是,作家试图以自身历史文化传统的不断延展弥合"空间"所意味的现代人生存的一切破碎、漂流、疼痛、虚幻、瞬息易逝的持续努力,这在以《天香》为代表的王安忆近年小说创作中体现得更加明显。"人"与"物"的如此闪避,无疑意味着"现代意识"的严重退缩。但在更大的思想理论视野中,这样借助历史文化"清洁"

---

① 陈晓明:《城市文学:无法现身的"他者"》,《文艺研究》2006年第1期。

的城市书写，恰恰更深刻地表明其自身传统的瓦解及"人"的失去庇护。

结　语

"城市"在今天的城市文学书写及其理论阐释中，还远不能成为栖居之地，而城市罪恶仍然显示为思想的终极障碍。无论是适度的文化"清洁"，还是"欲望"的拥抱、张扬，作家和批评家们依然困窘于"漫游"之有限，何况道德主义抵抗始终是更大的意志存在。城市作为庞然大"物"，日益成为一种无法解释的非道德存在。在严苛的思想理论尺度下，这同时意味着阐释世界能力的丧失。唯此才能解释这一看来从未完全进入现代，特别是当代文学史的非道德存在。今天，现实的离奇、荒诞早已超出任何作家所能想象和描述的程度，以至于文学时常与新闻竞逐。直面它的反逼，从"城乡迁移"视野中提倡现实主义固然短视，但由此诉诸19世纪的浪漫主义，甚至期望由此塑造长久以来已从文学人物长廊消失的诗意、青春的形象，以克服特别表现于"底层""打工文学"的纪实性叙写困境，[1] 恐亦蹈空。

根本的逆转只能来自理性和批判精神，就如"现代意识"从未从"城市文学"的衡量中撤离。所谓"空间""时间"，不仅意味着对现代与现实世界、传统与历史文化的全新认知，而且其本身就是现代性的中心问题。正如批评家发现，邱华栋小说中大量的北京真实地名，恰恰意味着高度超验的空间体验，城市本身已经成为超现实。[2] 如此，在充满"物"的包围与各式概念化的"平面人"戏剧性的流

---

[1] 孟繁华：《建构时期的中国城市文学——当下中国文学状况的一个方面》，《文艺研究》2014年第2期。
[2] 陈晓明：《城市文学：无法现身的"他者"》，《文艺研究》2006年第1期。

动展示中，无论作家创作还是作家生存，都已与之"合谋共生"。①而在对上海书写中真实地名植入现象的分析中，批评家发现，都市实质意味着一种"空域"，既是"此在"经验的表达，又可成为"彼往"的"期诣"，为随时回归之所在，由此形成了一种"现代识名"现象。②然而，认为城市的虚拟化生存，以至于符号，控制了意义的生产，正在成为今日最大的现实，使得人的生存经验日益难以真实感触、难以书写，作为青年作家们的判断，这无疑是其对时代脉搏更为深刻的体认和把握。作家们因此意识到，我们的城市经验如此不同于西方，以致不仅习得的西方文学理念、技法都在失去支持，而且当代文学的反城市传统仍然突出为一个思想制约，难免趋于城市的"过度描黑"。在此，虚拟化的生存显然并不仅仅指向"科技""资本"所意味的物质主义对现实世界的严重入侵，更是现今文学、思想阐释世界的失效。是故作家们认为，定义城市文学，根本上是发现一种新的中国经验的问题。就如鲁迅之于"乡土文学"的发现那样，发现当代中国的核心问题。③

这里显示的正是知识、理论作为阐释世界的能力，与历史、现实世界的守护之间前所未有的紧密关系。而广义的文学精神作为一切虚拟化生存，特别是超级符号、概念对历史真在被压抑、消解的最后破解，恰恰是理论批评自身所最为迫切的。今天从事学术思想理论之业者，较作家的创作与生存无疑更为深沉地与这虚拟化生存的世界"合谋共生"。而在所有聚集于"京派"－"海派"、城市－乡村的价值之争的根本焦点尚未明晰以前，城市文学研究要真正超越题材

---

① 张立群：《文化互动与空间转向——论1990年代以来的"都市文学"》，《学术界》2011年第1期。
② 朱寿桐：《论现代都市文学的期诣指数与识名现象——兼论上海作为都市空域的文学意义》，《社会科学辑刊》2009年第3期。
③ 弋舟：《当我们谈论新城市文学时我们在谈论什么？——凭着气质和气味来感知新城市文学》，《山花》2013年第15期。

论，路还很远。在此，如果说映衬于"血汗工厂"现实背景的"打工文学"犹如当代城市文学版图上一个被撕裂的创口，那么正是以此为城市标识的"深圳"青年作家们的历史感道明了现今思想理论中深藏的内部殖民性，它表现为一种强烈的"无历史"感：相比于具有深厚而曲折历史的西安、北京、南京，深圳只是几十年间形成的"历史线条非常简单"的城市。① 而"新城市文学"所意味的划时代性，或都蕴含在这样的历史意识中。只有没有历史者，才会敏于发现新的历史正在到来。而处于20世纪90年代兴起的"上海学"与21世纪兴起的"北京学"之间，所有"想象"或许只是新一轮的"时间开始了"。② 无论怎样的空间"漫游"，仍然属于这一超级历史进化跑道上的徘徊，也未可知。

---

① 弋舟：《当我们谈论新城市文学时我们在谈论什么？——凭着气质和气味来感知新城市文学》，《山花》2013年第15期。
② 胡风：《时间开始了·欢乐颂》，《人民日报》1949年11月20日。

网络文学

Internet Literature

B.18
"大神"是怎样养成的
——中国文学网站生产机制与粉丝文化考察*

邵燕君 周 轶 肖映萱 王恺文 李 强**

摘　要： 网络文学在强力发展的过程中，逐渐形成了自成一体的生产－分享－评论机制。这套机制既置身于全球资本主义文化工业体系，根植于"粉丝经济"，又继承了"文青遗产"，接受着社会主义文化制度的管理规训，因而可以说具有相当明显的"中国特色"。这并

---

* 本文为温儒敏教授主持的国家社科基金重大项目"当前社会'文学生活'调查研究"（项目编号：12&ZD169）子课题研究成果。

** 邵燕君，北京大学中文系副教授，负责本文整体策划、统稿；周轶，美国加州大学戴维斯分校人类学系在读博士研究生，负责本文第二部分的写作；肖映萱，北京大学中文系在读硕士研究生，负责本文第三部分的写作；王恺文，北京大学中文系在读硕士研究生，负责本文第一部分的写作；李强，北京大学中文系在读硕士研究生，负责本文第四部分的写作。

不是一套整体划一的机制，而是各个网站在残酷的淘汰竞争中摸索出来的"生存法则"。它们或以"造神"为主，或以"养文"为主，或依靠精英粉丝群体，或倚重编辑力量。这些"核心机制"是这些年来网络文学发展壮大的"动力系统"。本文选取代表"男性向"商业文学的起点中文网和创世中文网、代表"女性向"商业文学的红袖添香网、代表"亚文化"倾向的"女性向"网站晋江文学城、代表"文青基地"的豆瓣阅读，考察其独特生产机制的运行方式。同时，通过对与核心生产机制具有密切关联的"粉丝文化"的研究，本文考察了这一读者群体的文学生活特质。

关键词： 文学网站　生产机制　粉丝文化

　　网络文学发展十数年来，跨越了"文青时代""资本时代"（始于2003年），又于2012年前后进入了"移动时代"——各大网站的移动用户迅速大幅度超过PC用户，"移动阅读"被称为"网络文学的第二次革命"。此前的2011年也被称为"网络改编元年"，随着《步步惊心》《后宫·甄嬛传》《失恋三十三天》等影视剧的热播，大量网外之民"被网络化"，网络不再是"网络一代"自娱自乐的亚文化领地，而成为"影视改编基地"。至2013年底，中国网络文学用户已达2.74亿户，这个数字还在持续上升。① 随着网络文

---

① 据中国互联网络信息中心（CNNIC）2014年1月发布的第33次中国互联网络发展状况统计报告，网络文学近年来稳步高速发展，网络文学用户2009年为1.63亿户，2010年为1.95亿户，2011年为2.03亿户，2012年为2.33亿户，2013年为2.74亿户。

学的蓬勃发展，其"主流化"问题也被提上日程。自 2009 年起，中国作协等有关管理部门明显加大了对网络文学的关注，采取了一系列扶持、管理措施。①而声势浩大的"扫黄打非·净网 2014"专项行动，②再度让人们感受到意识形态强大的管束和规训力量，但同时也从另一个角度向人们暗示，网络确乎正在成为国家"主流文艺"的"主阵地"。

网络文学在强力发展的过程中，逐渐形成了自成一体的生产－分享－评论机制。这套机制既置身于全球资本主义文化工业体系，根植于"粉丝经济"，又继承了"文青遗产"，接受着社会主义文化制度的管理规训，因而可以说具有相当明显的"中国特色"。这并不是一套整体划一的机制，而是各个网站在"前无古人"的实践中、在残酷的淘汰竞争中摸索出来的"生存法则"，颇具"原生态"，它们或以"造神"为主，或以"养文"为主，或依靠精英粉丝群体，或倚重编辑力量。在几年一次"革命"的浪潮冲击下，这些"核心机制"在"迁徙"中被固守，颇具"游牧精神"。应该说，这些"核心机制"是这些年来网络文学发展壮大的"动力系统"。本文选取代表"男性向"商业文学的起点中文网和创世中文

---

① 2009 年，中国作协成立了"全国网络文学重点园地联席会议"，鲁迅文学院开始举办网络文学作家培训班、网络文学编辑培训班；2010 年，中国作协重点作品扶持项目首次将三部网络文学创作选题列入扶持范围，给予经费上的支持；鲁迅文学奖、茅盾文学奖相继于 2010 年、2011 年对网络文学开放。近年来，中国作协大量吸收网络作家入会，将大部分"大神"级作家纳入，并积极筹建中国网络作家协会。

② 该行动是从 2011 年 8 月开始的，最初以公安部清理整治制作、贩卖枪支与爆炸物品的违法信息为重点。2013 年 3 月 5 日，全国"扫黄打非"办公室发出通知，部署从 3 月上旬至 5 月底，在全国范围内开展网络淫秽色情信息专项治理的"净网"行动，以整治网络文学、网络游戏、视听节目网站等为重点，抓源头、打基础、切断利益链，网上与网下治理相结合。"扫黄打非·净网 2014"专项行动是这一整体行动的强化、深化。全国"扫黄打非"办公室、国家互联网信息办公室、工业和信息化部、公安部决定，2014 年 4 月中旬至 11 月，在全国范围内统一开展清理网上淫秽色情信息行动。

网、代表"女性向"① 商业文学的红袖添香网、代表"亚文化"倾向的"女性向"网站晋江文学城、代表"文青基地"的豆瓣阅读，考察其独特生产机制的运行方式。同时，通过对与核心生产机制具有密切关联的"粉丝文化"的研究，考察这一读者群体的"文学生活"特质。

一 作品筛选与"大神"战略："起点模式"发展探究

2003~2013年，起点中文网（简称"起点"）一直是最重要的商业文学网站，其重要性体现在两方面：第一，起点率先成功建立了付费阅读的网络文学商业模式，这一模式后来被大部分文学网站采用；第二，起点作品数量与作者数量均居第一位，并且产生了大量具有广泛影响力的作家与作品。读者按章阅读付费、作者与网站分成的模式，极大地刺激了网络文学作品的生产，并塑造了网络文学的生产形态：连载发布、篇幅巨大、更新迅速。可以说，"起点模式"对网络文学的发展起到了至关重要的作用。

"起点模式"的有效运作依赖于两个关键点：第一，网站生产的作品能够吸引读者付费阅读，为网站与作者提供收入；第二，作者必须获得物质与精神的激励，不断迅速创作符合读者需求的作品。作者生产出优秀作品，读者付费购买，刺激作者进一步再生产，"起点模

---

① "女性向"是女性在逃离了男性目光的封闭空间里，以女性自身话语进行书写的一种趋势，与"男性向"相对应。这种书写所投射的是只从女性自身出发产生的欲望和诉求，不过在这样的界定下，"女性向"文学与传统女性言情文学之间存在大面积的过渡、灰色地带。如果以基本不存在争议的部分举例，"女尊"和"耽美"可以说是"女性向"网络文学的典型文类，与传统男性天空下的女性言情文类遥相对峙。网络的出现为"女性向"文学空间的形成提供了技术支持，出现了晋江文学城、红袖添香网等"女性向"文学网站。相关论述可参考肖映萱《剽悍的"小粉红"：论精英粉丝对晋江"女性向"网络文学的影响》，《网络文学评论》（第5辑），花城出版社，2014。

式"必须形成这一基本的良性循环。在这一过程中,筛选机制发挥着重要的作用,如何筛选优秀作品并呈现给读者,如何筛选优秀作者进行品牌运营,成为"起点模式"必须考虑的重要问题。

当网站掌握了重要的作者与作品资源之后,应当如何进一步运营作者品牌,开展"大神"战略?起点在十多年发展中,尽管依托以做游戏起家的盛大集团进行了一定的游戏开发,但最终没能突破文学的领域范畴。而在2013年横空出世的创世中文网,不仅从起点等网站掠夺了大量作者资源,而且依托腾讯这一互联网巨头,开始打造以作家作品为核心的网文产业链。

(一)从"天地人榜"(编辑导向型)到"推荐榜"(读者导向型):作品筛选机制的演变

在"起点模式"的筛选机制中,"榜单"是最为核心的部分。"榜单"展示按某种要素公布作品排名,制定网站对作品的评价标准,引导作者按这一标准进行创作,并影响读者的审读趣味。目前,起点的榜单包括"推荐榜""点击榜""收藏榜""三江榜",而这些榜单基本依靠数据统计形成,数据则主要来自读者的投票和点击量。

而在榜单之外,"强推"和"封推"则由编辑人工完成,主要是从作品中遴选符合网站需求的作品来进行展示。"推荐"这一机制是对数据统计的补足,展现编辑对网站作品口味的期待与引导。

目前,起点筛选机制是经过较长时间的发展后形成的。2003年8月,起点发布了第一份榜单——"天地人榜",[1] 这份榜单由起点创始人之一的"黑暗左手"(真名为罗立)发布。在这一榜单的说明中,

---

[1]《起点作者体系发展史:实践出真知,作者用脚投票》,http://www.lkong.net/thread-741594-1-1.html。

罗立代表起点的编辑团队,表明了榜单颇具精英倾向的评选标准,注重作品的思想内涵和写作技巧。① 在早期网络文学创作数量尚未超出人力限度的情况下,起点完全通过编辑人工筛选作品。并且,此时起点尚未正式走向商业化,盈利考量不被关注,编辑团队甚至敢于将"不一定符合大多数读者的口味"的作品放入评价最高的"天榜"。

2003年10月,起点开始实行读者 VIP 与作者签约制度,付费阅读的雏形开始出现。而在起点商业化的最初几年里,编辑团队的推荐在网站的筛选机制里仍然占据重要的一席之地。2003年5月27日至2003年11月26日,起点编辑以"起点评论组"的 ID 发布作品《起点评论》,筛选作品进行首页推荐。② 而当读者 VIP 制度逐渐建立后,这一工作也随之发生改变。2004年3月6日至2006年6月17日,起点编辑以"斑竹"的 ID 发布作品《起点 VIP 作品》,对作品进行评价与推荐。

2005年起点接受盛大注资之后,这样立场鲜明的"编辑筛选"逐步隐没了,以读者为核心的榜单筛选成为主流。当读者成为 VIP 会员之后,付费获得了评选作品的资格,拥有了投票评选作品的权利。在网络文学版权保护薄弱、盗文流行的状况下,投票权是网站挽留读者的重要手段,读者需要通过榜单看到其投票的实际结果。另外,在网文数量激增的状况下,起点有限的编辑团队无法再对海量的作品一一进行筛选,必须依赖读者进行选择。在两方面驱使之下,起点的筛选机制开始以读者投票评选作品为主导,甚至在某一时期完全依赖数据统计。这一机制有其优点:第一,能够在数量巨大的网文中筛选出相

---

① "……天地人榜的划分依据在于该作品作为小说其最终目的的高下。……著书立说对作者而言,最根本的目的在于宣扬自己的思想……但是,随着最近快餐文化的流行,越来越多的小说只剩下吸引人的情节和作者熟练的创作技巧,而小说应该表达的思想内涵却被忽略和消失了……我把这类看上去很美或者是第一眼美女的东西放入地榜。而天榜的作品一般会比较严肃,所以并不一定符合大多数读者的口味。"

② 《起点作者体系发展史:实践出真知,作者用脚投票》,http://www.lkong.net/thread-741594-1-1.html。

对文字优良、可读性强的作品；第二，以投票权吸引读者付费阅读，以月票榜奖励、刺激作者更新，推动"起点模式"良性循环。在起点书库的总推荐排行榜前100名中，《亵渎》《回到明朝当王爷》《将夜》等"叫好又卖座"的小说都名列其上，成为这一机制成功的例证。

在这一机制的运作过程中，创新与跟风处于长期的矛盾与循环中。在网文圈中，创造新类型的突破者往往能获得大量的读者粉丝，但其后大量的跟风者又使得新类型成为旧类型。而在网文生产中，作者收入与付费读者数量直接挂钩，作者必须考虑读者的阅读口味，这使得跟风成了二三线作者的最佳选择。在以上的大趋势之下，起点的编辑团队也在不断调整自身在筛选机制中的位置，以对读者导向型的榜单筛选机制进行调控。

目前，起点的筛选机制仍然以推荐榜数据统计为主、以编辑手动筛选为辅。这一机制曾经为起点的发展提供了巨大动力，塑造了网文独特的生产模式，使得网文数量激增，并淘洗出了一批优秀作者。读者在这一机制下，通过推荐票获得了权利，对网站整体的作品生态产生影响。但在这一过程中，如何保证作品的创新性？如何提高作品的质量？编辑团队的力量始终无法妥善处理这两个问题。下一个"大神"在哪里？下一部巨作在哪里？依赖的仍然是不断涌入的新读者和审美水平不断提高的老读者擦亮慧眼，用手中的推荐票把自己喜爱的作者与作品顶起来。新"大神"的产生不可预测，而如何发挥已有作者的价值，成了起点等网站运营中面临的重要问题。

（二）从"白金作家"到"大神之光"：作家培养机制的演变

尽管2003年10月起点发布的"天地人榜"正式以网络文学的标准来为网文作者"排座次"，但在实际运营中，起点最初并没有将"大神"当成品牌来运营。在网络文学发展的早期，新人不断涌入，亦有老作者退出，进出之间，作者和作品具有极强的不确定性。"天地人榜"所举作者近百名，其中至今活跃的只有魏岳、今何在等几名。再加上网文的商业化运作尚在探索之中，网站很难打造作者品牌。在这一时期，起点开启了专栏频道，试图对一些具有写作能力和经验的作家进行推介，但这一措施并不涉及商业运作。

2005年盛大注资之后，起点推出了"起点职业作家体系"，开始招聘职业作家，试图对一批此前几年崭露头角的作者进行重点培养。当年7月，起点筛选了8名职业作家，实行保底年薪制，规定每月必须创作的字数以及相关的分成。这一措施在实行一年后宣告失败，其原因主要在于作家的分成过少，存在盘剥之嫌。8名"起点职业作家"中有3名跳槽去了17K小说网。尽管宣告失败，但这一措施实际上表明了网文作者中的佼佼者开始成为网站进行专门商业运作的对象。

2006年7月，起点推出了"白金作家签约计划"，这一计划不再规定更新速度以及分成，而是规定签约的作者需要在签约期内至少完成一部VIP作品，并且达到一定成绩。而网站将在线上对"白金作家"进行大力宣传，并提供线下媒体的宣传机会。这一计划相比于"职业作家体系"，对作者而言待遇更加宽厚。首批"白金作家"囊括了日后成为网文界标杆的唐家三少、流浪的蛤蟆、跳舞、梦入神机等，这批作家以后为起点贡献了大量具有较高商业价值的作品，而作家们持续稳定的创作，使得特定作家作品的粉丝群体开始产生。2009年，起点推出了"粉丝值系统"，在这一系统中，粉丝绑定的对象是作品，读者的消费和投票可以为其积累相应作品的粉丝积分，根据积分，读者可以获得不同等级的荣誉称号。"粉丝值系统"通过名誉性的等级制度，使得读者对特定的作家、作品产生了归属感，并促进了粉丝群体的形成与壮大。

而当"大神"的固定粉丝群体形成后，单纯的荣誉称号和投票权已经难以满足粉丝的情感需求，"打赏系统"应运而生。2009年，起点推出了"打赏"功能，允许粉丝对作者提供除了订阅收入之外的"打赏"，并在网站滚动横幅中对"打赏"的读者进行表彰。2010年2月，起点公布了2009年全站作品的"打赏"排行，① 在题词中宣告："这里，投出的是读者的权利……展现的是读者的力量……彰显的是读者的选择……谁，是2009年最受读者欢迎的作者？"这一宣告意味着起点试图通过"打赏制度"，使得读者与作者建立更强的经济联系与情感纽带，使得读者通过超出正常阅读需要的消费行为转化为作者的粉丝。2009年，起点居"打赏"前三名的作品分别为《凡人修仙传》（忘语）、《阳神》（梦入神机）、《间客》（猫腻），这几部作品的作者在此后越发成为网文界的"大神"。

当"大神"及其粉丝群体对网站的意义越来越重要时，"挖大神"逐渐成为网文站点之间恶性竞争的主要手段。2010年7月，梦入神机脱离起点，高调入驻纵横中文网，与此同时，纵横中文网也从起点挖走了一批准"大神"级的作者，这一举措使得纵横中文网在此后的三年里与起点势同水火。② 起点对脱离的作者采取了在本站封杀的措施，其所有的作品都在起点被删除，有关纵横中文网的讨论也被禁止。而全面采用"起点模式"的纵横中文网，则对前来投奔的作者进行高调宣传，并在首页大力宣传推广这些作者及其作品。为加强作者维系，起点在2012年6月推出了"大神之光"功能，③ 读者订阅作者所有作品的VIP章节之后，即可领取该作者的"大神之光"作为荣誉称号。这一举措使得粉丝之间根据所领的"大神之光"划分出明确的群体，并进一步刺激了粉丝群体的消费。当新产生的粉丝

---

① 《2009年起点打赏评价榜揭晓》，http：//www.qidian.com/ploy/20100210/。
② 2010~2012年，脱离起点中文网而入驻纵横中文网的"大神"级作者的不完全统计：梦入神机、烽火戏诸侯、流浪的蛤蟆、静官、郭怒、乱世狂刀01。此外，原本脱离起点中文网前往17K小说网的著名作者如血红、烟雨江南，也在纵横中文网发表作品。
③ "大神之光"活动宣传页面，http：//www.qidian.com/PLOY/20120615/AuthorTitleIndex.aspx。

需要加入粉丝团体时，购买该作者的全部作品并领取"大神之光"，成了一条重要的准入门槛。①"大神之光"推出当月，领取的读者可获得一定的网站返利，而被领取"大神之光"最多的作者则可获得网站的首页封推、网站头条等宣传奖励。这使得粉丝群体在作者的鼓励下争相补订作者过往作品，参与活动，粉丝团体与作者的经济、情感联系进一步加强了。

起点的诸多榜单，为"大神"们提供了一个竞争的平台，粉丝读者利用手握的选票支持喜欢的作者。"大神"之间"拼月票"的过程，实际上是粉丝读者之间的较量，在较量的过程中，粉丝与作者的情感与经济联系也加深了。例如，2009年6月，猫腻的《间客》与天蚕土豆的《斗破苍穹》争夺起点月票排行榜第一，粉丝们在百度贴吧与各类论坛上展开了声势浩大的拉票活动，由粉丝建立的"猫腻小说网"以图表记录争夺的形式，对粉丝如何刷票进行战术指导。②并且，这一次争夺对粉丝而言具有特别的象征意义：天蚕土豆代表长期居于月票榜前列的小白文和爽文，而猫腻则代表此前为小白文所"压制"的"有思想"的"文青风格"文章，这一次争夺在很多猫腻粉丝的眼中是"文青"逆袭的机会，是自身审美标准在起点获得一席之地的"证明"，有的猫腻粉丝甚至喊出了"不要让这丫的（指天蚕土豆）名利双收"的口号。由于"大神"较强的作品生产力和巨大的粉丝号召力，"大神"在月票榜上的胜利某种程度上被视为是网站作品风向标的确立，而粉丝则通过自身的消费为"大神"的胜利贡献力量，"大神"的胜利对粉丝而言亦是阅读口味与审美标准的胜利。相比于数量巨大的小白文粉丝，猫腻、徐公子胜治这类作者的忠实读者更具备精英粉丝的自觉性，对作者思想和价值观的认可使得粉丝群体的忠诚度和组织度更高。

---

① 例如，某人加入徐公子胜治的QQ书友群后，需要提供起点中文网ID，供查证是否订阅作者的作品并领取"大神之光"。

② 参见：http://www.taoyoyo.net/maoni/post/218.html。

"大神"战略为起点培养了一批具有较强影响力的作家,并催生了通过作者归属于网站的粉丝群体,推动了网络文学产业的发展。然而,这一战略也产生了不可忽视的弊病:网文站点之间的竞争演变为"挖大神"的恶战;而在网站内部,"大神"群体长期霸占排行榜前列,新作者难以出头;一些成名已久的"大神",其创作早已陷入对自身既定模式的重复,如有网友评论唐家三少,"看他一本书,就等于看完了他十本书",其后跟风的大量新作者更加剧了网文作品的同质化程度。另外,起点以及其依托的盛大,并没有能力将手中握有的"大神"及其作品进行深度开发,"大神"的价值被局限在了起点这一网站上,而没能进一步向产业链的下游转化。尽管起点将一部分作品改编成了客户端网游或网页游戏,但由于盛大本身能力有限,改编过程又过于急功近利,成果寥寥。① 早有"大神"意识到了这一问题,并且进行了应对:起点早期白金作家撒冷在2007年就开始自行创建公司,对自己的作品进行游戏改编,并且利用作者群体中的人脉关系,签下了唐家三少等"大神"的作品版权,成功开发了《唐门世界》《莽荒纪》等手游,率先占据了产业链的下游,而盛大同时期仍缺乏有效举措。

二 迁徙的游牧部落:红袖添香网的发展历史及生产机制

在"女性向"商业网站中,红袖添香网(简称"红袖")最有代表性。近几年,红袖异军突起,从流量和收入上都将晋江文学城(简称"晋江",以原创活跃性著称的老牌女性网站)甩在了后面。根据其

---

① 迄今为止,起点中文网改编为游戏的作品有:《盘龙》(网游)、《斗破苍穹》(网游、页游)、《诛仙》(网游)、《凡人修仙传》(单机游戏、页游、网游)及《佣兵天下》(网游)等。

副主编范晓霞提供的资料，红袖在2013年的注册用户数已经达到了5200万人，而作者的收益也年年增高。① 通过对红袖发展历史的追溯，我们不但可以更了解它的生产机制，而且可以揭示一个"隐秘"——每一个（女性）网络文学网站都是一个灵活机动的游牧部落。在这里，"游牧"并不只是一个比喻，更是（女性）文学网站的本体存在实质，正是这样的本体存在实质牵引着网站的历史走向和日常实践。

（一）游牧部落的形成：红袖生存/生产模式的历史变迁

游牧式的生存/生产模式，其关键在于流动、变化和及时调整发展策略，游牧部落必须摒弃一亩三分地的农耕想法，将灵活的变迁精神融入血脉。然而，吉尔·德勒兹（Gilles Deleuze）和菲利克斯·伽塔利（Felix Guattari）也指出，无序的游牧是不存在的，规律潜隐在时刻变迁的游牧精神里。两人举例说，如果我们将游牧部落的所经点穿缀起来，就可以看到，游牧的路径始终被水源和草地牵引，形成了一条规律的甚至回归原地的路线。② 类似的，阿诺德·汤因比（Arnold Toynbee）也认为稳定和规律是编织进游牧这条明线里的暗纹，他说："游牧民族是那些不欲迁移者。而他们之所以游牧，正因为他们拒绝离开。"③

这种动与不动之间的吊诡、寻求变化和渴求稳定之间的张力，在红袖摸索生存之道、调整生产模式的历史过程中，结晶成了网站的一种平衡术——力求在随机而动的变迁和延续网站历史特点中寻求平衡。如果我们回溯红袖的历史发展过程，就可以看到其外部的两次环

---

① 数据来自笔者2013年对红袖添香网副主编范晓霞的访谈。
② Deleuze, Gilles and Guattari, Felix, *A Thousand Plateaus: Capitalism and Schizophrenia* (Minneapolis & London: University of Minnesota Press, 1987).
③ 杨凯麟在论述德勒兹的文学观时，引用了汤因比关于"游牧民族"的概念。详见：〔法〕吉尔·德勒兹《德勒兹论福柯》，杨凯麟译，江苏教育出版社，2006，第158页。

境大转型——资本的介入和移动互联网的崛起——都迫使红袖及时调整自己的生产方式。犹如游牧的部落,网站必须随外界环境的变化而不时"迁徙","逐水草而生";但同时,网站又抛却不了历史延承下来的生态和"部落文化"。那么,红袖是如何有策略地保护其历史"遗产"的?如何审时度势地进行变迁?

和其他文学网站一样,红袖最早也是依托在论坛上的。其创始人之一的孙鹏(现为红袖的总经理)在1998年和朋友创立了几个论坛板块,均挂靠在"世纪青年"这个网站上,但这几个论坛经过几年的发展,只有文学这个板块存活了下来,而且发展势头迅猛,至于其他板块,都因发帖和跟帖的人过少而荒废了。更有意思的是,女性写手和用户迅速成了这个文学板块的主力军,男性创始人孙鹏的一次无心插柳,出乎意料地铺就了一个女性化的绿荫之地。①

直到2004年,红袖主要的经济来源仍然靠网友捐款,其间也有过几次融资,但因为捐款和融资得来的钱都直接投到了网站建设上,所以红袖基本上是没有任何收益的。所有的网站管理人员都进行义务劳动,网站的作品也以诗歌、中短篇小说、日记等文学形式为主,写作和阅读犹如文人间的唱和,只增加彼此的情谊和文化象征资本,并没有产生过任何交换价值。这个时期的红袖虽然和传统出版业相比,本身已经具有了"游牧"的性质——它灵活地避开了三校三审制度,甚至避开了男性在文学上的权威话语——但它还未能发展出一种游牧经济。

2007~2008年,盛大的资本力量开始全面进入网络文学领域,整个收购像一场快速的"闪电战"。但在盛大和红袖谈判的初期,孙鹏和其他网站的创始人一样,对引入资本有些犹豫不决,站内写手和读者对资本可能带来的商品化也持有警惕和抵触态度。然而,转折点很快

---

① 笔者在2012~2013年几次对孙鹏进行了采访,文中关于红袖发展历史的资料均来自对孙鹏的访谈。

随着晋江的举动出现了,当时的晋江正处于和花语出版社的官司危机,为解决这个威胁到晋江生存下去的纠纷,晋江的站长冰心第一个答应了与盛大合作。① 在晋江被盛大收购之后,孙鹏开始紧张,他害怕因资金短缺而导致各种技术问题出现,也害怕因网站优化的欠缺而失去用户。盛大在这个时刻再次对红袖伸出了资本的"橄榄枝",2008年,红袖和潇湘书院等一批女性网站一起,被盛大收入囊中。

在引入资本后,红袖面临了发展规划上的第一个难题——如何既能满足盛大对文学商品化的盈利要求,又能挽留网站"文青"状态时的用户,并将此作为网站的一个文化优势?这是一个平衡历史延续和网站变迁的任务。当时,除孙鹏之外,济南和武汉均有几个资格颇老、从红袖创建开始就进行义务劳动的网站管理员,经过和他们的协商,在北京的孙鹏开始走出红袖商业化的第一步,他首先确定将长篇小说作为主要的销售文类,然后招聘了一批 VIP 责编,这些责编负责招收写长篇小说的作者、把有市场保证的好作品挑出来、上架销售这些作品的 VIP 章节。与此同时,在济南和武汉的老网站管理员则继续负责编辑中短篇小说及诗歌等红袖的传统文类、维护红袖的早期用户,另外,也承担了打理红袖论坛的责任。相比于晋江年轻化的小粉红论坛,红袖论坛服务于年龄较大(40~50岁)且仍抱有"严肃文学"情怀的用户,这些用户很多是早期就活跃在红袖的老作者/读者,她们在论坛里写古体诗、畅谈时政、交流自己的生活体验。

虽然红袖中短篇小说和论坛作为重要板块而存在,时不时也举办一些征文活动,但其并没有被并入 VIP 的写作/阅读体系,也不产生任何经济价值。可以说,红袖"文青时代"的作者、读者和后期商业化的用户很少在写作与阅读上有借鉴、互动,但前者不仅为红袖的

---

① 广州的花语出版社控告晋江侵权,状告晋江允许书友将花语出版社出版的书以电子文档的形式传到网站上。

高流量做出了贡献,而且为红袖提供了不可或缺的文化象征资本。例如,红袖的老用户在论坛里成立了"红袖助学"板块,她们自发地和乡村困难家庭结对子,为这些家庭的孩子付学费。这个板块很快被网站吸收,成了网站内部的长期活动:孙鹏和其他一些高层开展了"山村儿童图书室"活动,呼吁前后期的用户都参与图书捐赠活动,同时也在用户中筹集款项,款项不仅用来扩大结对子的数量,而且用来创建乡村学校里的图书馆。

"文学""爱心""资本"(例如,维护老用户和老编辑的投入都来自商业化的长篇小说利润)及"企业形象"——这些或许是矛盾对立的因素——彼此纠缠、互生互动地将新旧用户打通,也为网站赢得了口碑。我们可以通过这个例子来这样总结:不生产文化商品的"历史遗产"并不是没有生产力的,而红袖始终想要平衡的也正是变迁带来的商业化要求和历史遗留下的非商业化因素之间的关系,红袖力图使它们处在一个共同推进红袖发展的羁绊关系中。

(二)游牧部落的扩张:应对"移动时代"的"红袖策略"

2012年,智能手机价格的下滑和移动互联网的崛起迅速为网文阅读第三方的进场铺就了道路。三大手机运营商、掌阅、网易云阅读纷纷和红袖、晋江等文学网站联系,要求将它们的内容导到手机阅读的软件里,开发更广阔的阅读人群。尽管依托移动互联网而进入网络文学领域的第三方为文学网站提供了一个拓展销售渠道的契机,但对文学网站来说,这也是一个巨大挑战。

首先,以移动端为主的第三方运营在网文内容和格式(如封面的大小、标点的运用)的要求上与网站传统的PC端有所不同。举个简单的例子,PC端上的穿越文要求穿越的女主人公很快适应穿越过去的社会环境,以尽可能快的速度融入当地社会,并寻求自己的爱情和价值;但移动手机阅读基地(红袖最大的合作第三方)要求将穿越回去的女主人公的心态放慢了写,也要求给女主人公尝试回到现代的举动以更多的描写篇幅。红袖的编辑曾抱怨:移动手机阅读基地要的桥段都是红袖好几年前的点,红袖 PC 端上的老用户早就看腻了这样的故事点,她们要更强的女主人公,要更快适应环境的女主人公。这样的差异看似很微小,但它凸显的是网站传统 PC 端和新发展的第三方之间的矛盾:移动互联网的快速普及使得一些新读者进了场,而之前就在 PC 端看书的读者则成了老用户;移动第三方主要针对的是新发展起来的手机阅读用户,所以要的"梗"比 PC 端来得陈旧。由于新旧用户的口味不同,能在第三方上架销售的书反而不能在网站原有的 PC 端渠道成功盈利,再加上第三方结算作者稿费的速度较慢,大部分红袖的 VIP 作者不愿意在写作内容上迁就第三方和新读者的口味。这使得在第三方成功上架的红袖文日益减少,红袖本想通过第三方渠道来开拓移动互联网市场的尝试受到了较大的阻力。其次,文学网站在传统上,是依托 PC 端来整合资源的。

事实上,将文学网站简单归为内容生产商是极其不精确的,因为 PC 这个平台串联起的是网文的生产、销售和消费,串联起的是网站产业的垂直链。然而,第三方的进场把这个垂直链打破了,它们试图建立起自己的销售渠道,抢先培养移动端的消费群体,这可能会逐步把文学网站挤压成单纯的内容生产商。所以,在第三方的移动端进行销售,是网站的一种新盈利模式,但同时增加了网站的深度焦虑,红袖甚至担心手机运营商在积累了大量客户端用户和行业经验后,会自己招收作者来生产内容,逼迫红袖"出局"。总而言之,红袖面临发展历史上的第二个难题——如何平衡传统 PC 端的各种优势、资源和移动互联网所带来的新机遇与新挑战。

红袖在最近两年的摸索中,逐渐找出了一套应对措施,简单地讲,一是把网文的生产和管理细化,二是着力发展自己的移动端销售渠道。2013 年,红袖成立了无线版权管理部门,这个部门的人员专门管理推荐给第三方的小说，他们分布在北京、济南和杭州三个地方。因为移动手机阅读基地和电信手机阅读业务都坐落在杭州，所以红袖有相关工作人员专门驻扎在杭州，负责和运营商沟通上架事宜。红袖还抽调了部分北京和济南的员工，将他们并入无线版权部门，这些人员专门负责生产适合第三方上架的文章，并进行内容及格式上的调整。从 2013 年起，无线版权部门开始专门征收针对第三方（特别是手机三大运营商）的小说，由专门的责编进行内容和格式上的指导。为吸引作者参与这类渠道销售的小说创作，红袖推出了"一鸣馆"活动，凡是进驻"一鸣馆"的作品，红袖每月都将提前垫付50% 的稿费，剩下的余款则待运营商结算后统一发放给作者。① 无疑，红袖试图通过把作者/作品细致分流，来满足新老用户的不同口味和新旧渠道的不同要求。

和第三方亦友亦敌的紧张关系，鞭促红袖也开始通过发展自己的移动端来深化网站的垂直产业链，扩大自己的地盘。这个过程并不是红袖简单地从 PC 端转移到移动端，而是平衡 PC 端作为传统平台的优势和移动端带来的新机会。尽管使用手机、iPad 来阅读网络小说的人日益增多，但 PC 端作为传统网文写作和阅读的工具，仍然不可能被移动端完全取代，且不说长篇小说的写作不太可能在手机上进行，就连工作时间里偷偷用工作电脑来读小说的人都不在少数。② 此外，相较于手机的小屏幕，PC 端可以轻易安插进远超过手机所能拥有的推荐位，因此，红袖在 2014 年初改版了其 PC 端的大首页，在原有的

---

① 参考 2013 年 9 月 18 日发布的《一鸣馆第一期征稿公告》，http://news.hongxiu.com/2013/9/4283.html。
② 2012~2014 年，笔者在北京和杭州两地采访了大批网络作者和读者。很多读者在访谈里表示，她们会用工作电脑在上班时间阅读当天更新的小说章节，这在工作单位比较安全，因为同事/领导会以为她们在工作。她们在上班时间不敢过多地使用手机，访谈者解释道，大家都知道现在智能手机娱乐功能的重要性远超过通话功能，所以一旦在工作中过多地使用手机，很容易让领导认为他们在用手机偷懒。

基础上，多增了一页下拉屏，安排了更多的推荐位给作者。深深了解作者心理的孙鹏说，作者（特别是非"大神"级别的作者）都希望自己的作品能进入大首页的推荐栏，所以增加推荐位是网站管理和维护作者群的有效方法。[①] 换句话说，PC 端既是为了刺激销售而存在的展示途径，又是刺激生产并管理文化劳工的有力工具。与此同时，红袖也开发了自己的客户端（App）和手机站（Wap 站），通过"下载客户端就送红袖币"等促销方式培养用户使用红袖自己的移动端。在 2014 年的红袖征文大赛上，为进一步增强用户在移动端上的互动，红袖第一次让读者用手机站和客户端来投票、参与评选。[②] 从红袖的以上举措中我们可以看见，红袖正在根据媒介变化对其生产－销售－消费的垂直产业链进行调整，这个产业链不再被封闭于传统的 PC 端平台里，而是向外扩张，将移动互联网也并入产销一体的机制。

回顾红袖在其历史道路上面临的两次机遇和挑战，我们可以看到，红袖的生产模式和发展策略始终在变化，它对作者/作品的细化管理、内部职能部门的调整、新媒体的吸纳利用都与时俱进，但这种不停滞的"游牧精神"是在承载网站"历史传统"的脉络里进行的，红袖始终试图在网站原有的特色和新变革中寻找一个平衡点。但这个平衡点是永远无法企及的，因为今日很快就会成为昨日，而网站当下做的变革也会很快随外界的变化而成为网站昨日的传统。可网站恰恰在不断试图平衡新与旧、变革与传统的过程中，发展出有秩序、有规律但又不时变动的"游牧策略"。比如，2013 年红袖推出了短篇文学写作/阅读的手机站点，鼓励红袖"文青时代"的老用户在这个手机平台上创作几百字的诗歌和篇幅短小的手机小说，Wap 站点提供手

[①] 笔者在 2013 年 5 月参加了红袖总经理孙鹏主持的月度会议，文中关于孙鹏的讲话引自其在月度会议上的讲话。

[②] 参考《校园关注：网络文学大赛新玩法》，http：//edu.sina.com.cn/l/2014－05－19/1821243362.shtml。

机上传、实时同步到 PC 端上的功能。① 这个用新型移动端来激活网站旧型文学样式和情怀的例子，让我们不得不重温汤因比的话：游牧是因为不愿意离开。

（三）"养文"：红袖的生产机制及日常运作

在游牧部落里，分权的组织原则使得部落族长只能成为一个领头人，而不是一个集权者，这个领头人根据自己的经验带领族民寻找水源和草地、躲避外界环境对其生存的威胁，他所拥有的特殊地位是由声望和经验锻铸而成的。但是，这个领头人无法在族群的日常事务上形成一家之言或做一家决定，分权的社会机制始终在避免权力结晶凝聚到某一个人身上。

一个文学网站的社会结构和游牧部落在本质上没有什么不同。虽然网站创始人和高层主管能够在网站的生存关键时刻做出经验性的反应措施——红袖在引入资本、对第三方和母站小说进行分开管理、将移动互联网引入产业垂直链方面，都离不开总经理孙鹏的决策——但在具体的日常实践上，孙鹏无法完全掌控其他各方参与者。他只能和其他高层主管一起搭建一个基本的生产机制框架，让责编、作者、读者都在这个生产机制框架中开展互动。然而，几方参与者之间的互动关系就像在一个舞台上进行没有具体脚本的演出，充满即兴意味。他们的即兴互动往往出乎意料地游离，甚至挑战网站创始人/高层主管所搭建的基本生产机制，迫使创始人/主管以游牧的变化精神来不断调整、更新原有的生产机制。

红袖在 2008 年确立以 VIP 长文为主要业务后，其基本的生产机制就逐渐明晰了起来，简单地说，就是以结合责编的人工和直观反映

---

① 参考《红袖添香推手机短篇文学：将创作平台搬至手机》，http：//www.techweb.com.cn/internet/2012-11-23/1257658.shtml。

网文成绩的数据为手段来养作者/作品，然后以作者/作品来养消费的读者及其忠诚。这个"养"是红袖责编经常挂在嘴边的词，映射的是红袖生产机制的基本内涵。

和晋江一样，红袖的注册用户众多，进入网站写文的作者也如过江之鲫，但真正成功上架销售的文章只占非常小的比例（红袖只有1%的文章能上架，99%是免费文）。这固然和有限的责编数量及责编有限的精力有关，但也与红袖的盈利目标有直接关系。因为主编和责编都有考核任务，所以他们必须保证在有限的资源下，让有市场价值的文章"入V上架"。每个月红袖的主编都会给责编成功上架的指标，也就是说，上架销售的小说是必须要读者有愿意付钱阅读的小说。在这样的指标和考核压力下，责编要把推荐位作为投资资源来谨慎使用，红袖的所有推荐位都按照推荐效果分成不同等级，由责编根据作品的市场重要性来安排推荐位。这个市场重要性往往是结合责编的经验和成绩数据来推测的，但它是经过多个步骤、有根据的推测，具体过程是：在某个作者签约后，编辑会和此作者进行沟通，了解作者是否有写长文的耐力和及时更新的动力，同时也了解作者对故事的把握度到了何种程度（是否有明确的故事主线和好的桥段）；在了解了基本情况后，责编会让作品进入一个"自己养"的阶段，在这个阶段里，作者靠自己来凝聚读者、赚取收藏率，也就是说，作者要"养"作品人气；如果作品在这个阶段里的点击量和收藏量都在逐渐增高，那么责编会安排一些推荐效果略次的位置来推送（好的位置都是留给上架文章的）；到了此作品有了400人收藏后，责编会再次判断该文是否该上架，这时责编会看这400人的收藏里有多少是"V收"（有账户充值消费历史的收藏）、作品上架前能否卡在吊住读者胃口的情节点上、作品评论区是否有良好的互动讨论等，如果"V收"过低或作品的高潮情节还需要一段时间才能展开，责编会建议作者再"养"一段时间，然后上架。

等作品最终上架后，责编会开始用不同的推荐位来推送，这是一个彻底的市场试验，因为每次推送后，责编都会看数据，用数据来评估/重新评估作品的市场价值，调整推送的策略。如果订阅人数和订阅币不断随着推荐位的级别上升而增加，责编会给予此作品更多的推荐次数，上不封顶，而这些作品也往往能积累下大量的读者，作者也会成为网站的"VIP大神"。但如果一部上架的作品在推荐初期的成绩并不如预期，责编会考虑更改推荐语，也会建议作者改个更能抓住读者眼球的书名或简介，然后再进行推荐试验。但如果还推不起来，此文就成了责编口里的"扑文"，责编就会鼓励作者尽快完结作品。还有一些文怎么推都是不温不火的，有收入但又不高，责编就会说："我养的是个上架的文，不是个上架的神。"对于这样的文章，责编仍会给一定的推荐位，让作者积累一些读者基础，为下一篇新文铺路。

如果"养文"的过程犹如走一条漆黑漫长的道路，那么推荐位就是投石问路的那块"石子"，而责编的经验则决定了投掷石子的手劲及巧劲。在这个过程中，读者的重要性是穿插在内并以数据的形式呈现的。作者为了有更好的数据、得到更多的推荐位，往往花大力气去维护她的读者群，她会以留言互动的形式或以撒娇打滚的态度来讨要订阅和"打赏"。但和早期网文作家没有大纲、想到哪里写到哪里不同，现在的VIP作者在情节创作的大方向上，很少受读者的影响，原因有二：第一，这能保证作者"攒文"，作者得到的推荐位级别越高，其需要的日更字数就越多，没有"攒文"的作者就会非常吃力。事实上，责编的任务之一就是培养VIP作者良好的写作习惯，她们常常劝诫作者，如果不"攒文"，万一碰到写作瓶颈或临时有事，就不能及时更新了，这样不仅会"跳订"（流失订阅币），而且会让责编下次不敢放心地给"失约"作者推荐位。为了保有推荐位和订阅成绩，很多VIP作者都有存稿，所以读者在读完前台最新章节后所留的言是滞后于作者写作进程的，她们在关键情节上的要求很少被 VIP 作者吸收。第二，责编也会告诫作者不要去轻易满足读者，因为读者的要求一再被满足后，其就会对作品失去新鲜感，作品就会"跳订"。责编常对作者说，让读者读到意想不到的情节是制造"爽感"的技巧。所以，作者偶尔满足读者要求的地方，都是不影响作品大走向的小细节。

换个角度来阐述，红袖生产机制的内涵在于"养"，而"养"的过程是一个平摊市场风险的过程。网站创始人将"养"网站的风险下沉、分配给主编，主编用数据（每月成功上架的数量、订阅的总人数、收入的红袖总币数等）考核将风险平摊给责编，让其"养"作者和"养"文，而责编则用推荐位为诱饵将风险平摊给作者，让作者去"养"自己的作品和读者。这一分级的、有层次的"养"法使各方都参与了网文生产机制的运作，是红袖高层搭建的基本生产机制。然而，"养"的实际过程及在这个过程中各方的互动是网站高层无法掌控的，以下三个小例子将粗略勾勒各方互动关系中的"不确定性"，我们可以从中一窥创始人/高层如何被迫不断更新、修补网站的生产机制。

首先，"养"文的过程使得责编和作者的关系异常紧密，但文学网站提供给责编的职业空间有限，很多责编会在积累了一定作者资源后，跳槽到腾讯、百度等拥有多项互联网业务的网络公司。跳槽的责编往往计划先在腾讯、百度里的网文频道工作，假以时日后，再借助这个平台调到其他更有前途的部门。因此，跳槽的责编会尽可能地将手头作者挖走，作为自己的职业资本。[①] 事实上，红袖的确很难将责编和作者共同"养"文的"情谊"斩断，只能通过每年都更新作者的福利来尽可能地建立起作者对网站的忠诚。红袖垫付第三方的收入给作者、预先支付影视签约款、取消原"只有打赏道具前十名才能

---

① 笔者于 2012～2013 年在红袖做田野调研，其间不少责编跳槽了，红袖责编岗位的流动是各部门里最频繁的。

分成"的规定（所有道具收入现都五五分）等，都是网站调整生产机制的"补丁"。①

其次，责编即使在整个"养"文过程中都和VIP作者保持沟通，也无法保证作者不会因各种原因而弃坑。而一旦上架的V文成了坑，不仅会浪费之前推送的资源，而且会引起已买VIP章节的读者对网站的反感（读者往往因看不到结局而责怪网站，让网站退钱）。为了减少废稿的出现，红袖在几年前推出了"完结小说奖励计划"，所有上架的文只要完结了，无论销售的成绩如何，都可以按照字数来申请"完结奖"，字数越多、断更时日越短的V文，其作者能拿到越多的奖励现金。② 我们可以这样来理解，新媒体时代的文化劳工在制造文化商品上，有着较多进入或退出生产领域的自主权，"完结奖"事实上是网站以资本来"召唤"文化劳工，力图使其长时间留在"养"文的生产机制里。

最后，网站平摊了风险后，作者为了订阅数据和推荐位而竭尽全力地去"养"作品和读者，尽管红袖的长评区不如晋江活跃，但VIP销售成绩好的作品和作者都聚集起了大批消费粉丝。这些粉丝或许不如晋江的读者那样乐于和善于写长评，但其非常有组织地在各方面积极维护作者的权益。例如，责编常会收到粉丝的电话，举报站内其他作者抄袭了其拥护的作者的桥段。以往，红袖都低调处理这样的站内纠纷，但粉丝不依不饶，最终倒逼网站在论坛上成立了"打假"板块，由专人负责站内举报事务，而抄袭的作者也开始被全站通报。

总而言之，一个网站的生产机制只是引导着各参与方彼此互动，但各方都拥有其他方所不具备的权利，这使得其互动关系复杂多变，同时也逼迫网站采取游牧的方式来跟上变化，并及时更新生产机制。

---

① 参考《2014 红袖添香作者福利计划》，http：//topic.hongxiu.com/fuli/。
② 参考《2014 红袖添香作者福利计划》，http：//topic.hongxiu.com/fuli/。

从这个意义上来说，尽管每个文学网站的生产机制都有自己的内涵，但因为文学网站的社会组织原则均如游牧部落般分权而治，所以它们的生产机制或许共享了一个特色：必须刻意保持灵活的游牧精神，随时调整，随时变迁。

三 "绿晋江"与"红晋江"：晋江文学城的"粉丝监察机制"

晋江文学城①之所以能够成为"女性向"网络文学的典型场域，并在与其他女性文学网站的竞争中使"耽美"这一最能代表"女性向"趋势的文学类型发展得"风景这边独好"并占据难以取代的地位，很大程度上得益于晋江的精英粉丝自发形成的监察机制，其载体就是晋江论坛"小粉红"。② 事实上，论坛网友将晋江文学城的其他区域称为"LJJ"（绿晋江），将"小粉红"对应地指认为"HJJ"（红晋江），二者已经形成了两个拥有交叉受众的较为独立的平台。"小粉红"用户并非完全来自"绿晋江"的读者，由于"小粉红"存在匿名性的"马甲"制度③和圈子化的"黑话"话语系统，只有读者中掌握

---

① 晋江文学城（http：//www.jjwxc.net），简称"晋江"。其前身是福建泉州晋江电信所创办的一个 BBS，2003 年 8 月 1 日独立为"晋江原创网"，2010 年 2 月正式更名为"晋江文学城"。
② "小粉红"，即晋江论坛（http：//bbs.jjwxc.net），其页面背景是粉红色的，因而被戏称为"小粉红"或"HJJ"（红晋江）；与此对应，背景色为绿色的晋江文学城页面，则被称为"LJJ"（绿晋江）。
③ "马甲"，一个人在同一论坛注册多个账号并同时使用时，常用的或知名度较高的那个一般被称为主账号，其他账号则被称为"马甲"或小号（有些小号的知名度提高后也会在粉丝中通行），取其穿上伪装的意思。晋江的文章评论区和"小粉红"的"马甲"制度则更特殊，论坛网友可以不在晋江注册账号，而直接以任何名称的"马甲"发帖，无法按账号追踪源头，只能查找 IP 地址。"小粉红"最常见的"马甲"是两个等号（＝＝），也被戏称为"双眼皮马甲"；如果以主账号发帖，则称其为"真身（马甲）"。管理员、版主、版工登录后发帖时，"马甲"字体显示为粉红色，因而被戏称为"红大衣"。

了最多"女性向"和"ACG"① 知识储备的资深粉丝,才能够进入这个层层把关的私密空间,其中一些论坛用户可能已不再是,甚至不曾是"绿晋江"的读者或VIP章节购买者,只因其对"ACG"或"耽美""同人"等流行文化及圈内规则熟悉而在"小粉红"获得了一席之地。"小粉红"的粉丝监察效应并不总能对"绿晋江"即时生效,作者、作品在"小粉红"背负污名,并不意味着无法在"绿晋江"获得较高人气——作品的销量往往是由广大未能进入"小粉红"的VIP章节购买者决定的。既然"红晋江"无法左右榜单排名和人气销量,那么它究竟是如何对"绿晋江"产生影响的?

笔者认为,"小粉红"的监察机制之所以能够有效运作,是通过"以核心粉丝为中心"的"晋江文化"(管理层本是"同人团体"、编辑出身"脑残粉"的独特企业文化)得以实现的。② 然而"晋江文化"的留存,势必要以晋江在网络文学版图的争夺中博得一席之地为前提。在当前网络文学界"大神作者凝聚读者、文学网站争夺大神"的"作者中心"趋势下,大量在晋江出道的言情作者(如辛夷坞、匪我思存、顾漫等)向其他文学网站或图书出版行业流失或转移。在这场争夺中,"小粉红"是否能够为选择了"读者中心"的"绿晋江"提供支撑并传输力量?2014年4月中旬以来,撼动网络文学界③甚至整个网络平台的"净网行动"在全国范围内深入开展,各大文学网站均受到波及,而晋江更因其"女性向"文学趋势的特殊性而成为"净网行动"和广大读者们关

---

① ACG,即animation(动画)、comic(漫画)、game(游戏)。
② 可参考肖映萱《剽悍的"小粉红":论精英粉丝对晋江"女性向"网络文学的影响》。
③ 截至13日18时,已有超过20家文学网站关站清查整顿。关站或清查了相关内容的网站有搜狐原创、言情小说吧、红袖添香网、潇湘书院、幻世中文网、晋江文学城、纵横中文网、红薯网、3G书城、看书网、岳麓小说网、一千零一夜、澄文中文网、翠微居、飞库、幻剑书盟、杭州19楼、浩扬电子书城、多酷文学网、凤凰读书、飞跃中文网、豆丁网、天涯社区等,金山快盘、新浪微盘、百度云盘等陆续进行了整顿。

注的焦点，"红晋江"与"绿晋江"在共渡难关的过程中又是怎样相互影响的？

（一）自审与举报

"女性向"的固有特点使晋江在多数读者心目中被打上了"耽美""H"①的标签。事实上，此前"绿晋江"已经有较为全面的关键词屏蔽功能，在网站连载的小说文本中，出现任何违禁词都会在系统中显示为"口"字形。另外，"绿晋江"还设有专门的审读人员，对文本进行人工审查，只有通过了双重审查的文本才能正常地在网站页面上打开。小说连载的每一个章节页面标题之下，都为读者提供了"举报色情反动、刷分、抄袭"的按钮，章节列表的下方也有"检举内容"的系统通知公示，形成了较为完整的自查和读者审查举报系统。面对"净网行动"带来的外部审查力量的介入，晋江并没有像其他网站一样关闭全站进行清查，"原创言情站"始终保持了正常运营，只由于"耽美"和"同人"类型的特殊性，暂时关闭了"耽美同人站"。这使得我们可以较为完整地观察到晋江在这次自查过程中做出的改动：在编辑的督促协商之下，全站的作者、作品陆续进行了修改名称、修改内容、锁文等处理，新作品的题材选择回到了较为安全的范围，一些"耽美"作者倾向于转型言情，"耽美同人站"在改名为"纯爱同人站"后重新开放。

在"红晋江"方面，"小粉红"作为晋江的精英粉丝"监察院"，本身就一直承担着网站、作者、读者三方的自审功能。如在主要聚集"绿晋江"作者的原创区"碧水江汀"板块发布的帖子，经常涉及小说的点击收藏数据、上榜情况，以及作者的写作水平、成名技巧、收益情况、个人品性等话题。由于参与讨论的用户存在潜在的

---

① "H"，一种解释是Hentai（エッチ）的缩写，日语的"变态"之意，也有性爱和破廉耻之意。

竞争关系，"碧水江汀"的讨论帖往往带有吹毛求疵的火药味，任何支持或反对的声音都可能指向对发言者真实立场的质疑。主体意识和怀疑精神过分强烈的精英粉丝自觉承担起了发掘真相、定义公正的任务，积极地参与"监察院"和"审判庭"工作，任何被提名的作者及其辩护者很难在字字珠玑的语言游戏中全身而退。因此，在"小粉红"时常可以看见这类说法："爱他，就不要提起他"，"这是有多大仇才把他挂墙头"。① 可以说，这已经约定俗成地形成了"小粉红"独具特色的自审氛围。面对外部审查的力量，"小粉红"的管理员纷纷在各自管理的板块中发布公告，提醒"小粉红"的作者和读者开展针对外部标准的自审，尤其是有小说发布平台功能的四个"文库"板块（"连载文库""完结文库""同人文库""边缘文库"）和耽美广播剧发布平台"优声由色"板块，因其作品公开发布平台的性质而降低了准入门槛，在此刻成为自审的重点。事实上，中文广播剧作为以音频形式传播的网络文学衍生产品，很难逐一进行音频内容上的审查，只能更多地针对发布的文字信息进行规范，"优声由色"板块的管理员陆续发布了四则公告，② 提醒广播剧剧组成员注意发剧标准。这些"小粉红"的管理员"版工"都是网站从核心粉丝中挑选出来的，独立于"绿晋江"的管理者之外，是晋江精英读者自审的中坚力量。"小粉红"用户也都积极响应其号召，经过自查后，多数能够主动向管理员提出对可能违规的内容进行删帖、锁帖、沉帖、抽

---

① "挂墙头"，指的是在主题帖标题中提到某人，这样容易惹来圈内"黑"粉，也容易因此"歪楼"，所以是不被提倡的发帖方式。
② 参考网址：《打 H 扫 F 这事，风向有变，重新公告一下》，http：//bbs.jjwxc.net/showmsg.php？board＝52&keyword＝％B4％F2H％C9％A8F&id＝65508；《严打相关应急整改举报及申诉贴》，http：//bbs.jjwxc.net/showmsg.php？board＝52&keyword＝％B0％E6％B9％A5％B9％A5&id＝65514；《关于最近严打再次提醒！》，http：//bbs.jjwxc.net/showmsg.php？board＝52&keyword＝％B0％E6％B9％A5％B9％A5&id＝66128；《关于 YS 最新的发剧标准和注意事项》，http：//bbs.jjwxc.net/showmsg.php？board＝52&keyword＝％B0％E6％B9％A5％B9％A5&id＝66286。

楼等处理的要求。在经历恐慌的同时，部分晋江的作者和读者对"女性向"的相关内容仍持较为乐观的态度，甚至能够以较为隐秘的方式对官方审查的介入进行调侃和戏谑的处理，①展现对晋江自审和"女性向"文学的信心。

由精英粉丝构建的这一具有监察功能的封闭空间，迫使以读者为中心的"绿晋江"成了一个对读者最大限度开放的空间，同时也成了一个对外部力量最大限度开放的空间。第一轮整顿结束后，其他多数文学网站在重新开放时都选择将举报系统移至非公开的后台或暂时关闭，而晋江始终保持了举报系统的正常运行。"绿晋江"的举报系统此前更多的是作为"小粉红"决议的执行功能存在，违规行为在经由举报系统传达到网站管理层前后，一般会在"小粉红"得到充分讨论，以此对刷分、抄袭等行为进行惩治。在"净网行动"的背景之下，空前敏感的举报系统成为一个分散的权力机制，来自利益冲突方的举报放在过去，会经过"绿晋江"和"红晋江"两方读者与管理者更充分的权衡讨论，此时却必须采取对网站整体最安全稳妥的解决方式，争取内部消化。换言之，任何一个读者哪怕过激的意见都需要得到重视，"小粉红"在一定程度上失去了它的权威性和决议权。如当时在VIP金榜、半年总分榜长期名列首位的耽美作品《谨言》，没有经过"小粉红"的任何相关讨论，在收到读者举报后立即做了锁文处理。这种权力机制借由外部力量的进入而逐渐扩散，"大神"和排名靠前的作品在获得利益的同时，获得了更大的被举报可能性。2014年7月2日，中央电视台《新闻联播》报道了全国"扫黄打非"办公室通报的"打击网上淫秽色情信息专项行动第五批案件案情"，②第一件就是晋江总

---

① 可参考读者制作的广播剧（微小剧）《大监狱时代》，http://weibo.com/1830707484/AFor1kUEG，http://papa.me/post/VL9C6u6W？syncref=sinapost。
② 参考网址：http://news.xinhuanet.com/newmedia/2014-07/03/c_126704204_2.htm；http://news.cntv.cn/2014/07/02/VIDE1404300421006242.shtml。

积分排名第五的作者长着翅膀的大灰狼因制作淫秽出版物并通过淘宝网店进行销售，被刑事拘留。这引发了晋江的进一步自审（关闭"小粉红"四个"文库"板块①）和"小粉红"的轩然大波，② 也使网站管理者和部分作者受到了影响。③ 当外部审查力量介入时，晋江的命运将主要由网站与外部的博弈决定，而"小粉红"的粉丝监察机制作为被隐去的力量，本就无法与外部公然对峙，又因权力的分散而被削弱，只能更多地将注意力放在"叛徒"（举报者）的清理上，缩小至隐匿的读者内部空间。

（二）革新与沿袭

2014年5月23日，《参考消息》的新浪官方微博以《美报：为何很多中国年轻女性写"耽美文学"？》为题，发布了一则《纽约时报》的报道译文，重点指出"学者称耽美属于中国有女权主义特征的性革命"，并点名提到"晋江文学城网站是其中一个网站，拥有大约500万注册用户，……有人认为，不能再称之为亚文化了；已经太大了，……那位中国研究者估计，晋江的日访问量为200万左右"。④

---

① 参考网址：《关于突发情况的说明》，http：//bbs.jjwxc.net/showmsg.php? board =3&boardpagemsg =1&id =723290。

② 参考网址：《看到黑色禁药的微博了吗？"有人被抓了……看样子，很严重，出不来了。"》，http：//bbs.jjwxc.net/showmsg.php? board =17&id =346848；《非天夜翔：回复@爱肥田爱肥肠的糖年糕：她闺蜜这次起码把半个积分榜上的拖下水了，这种时候不闭嘴还想着洗白，实在忍无可忍》，http：//bbs.jjwxc.net/showmsg.php? board =17&id =349979；《因果轮回——年度中国好作者与好闺蜜不得不说的故事，中国好粉丝倾情客窜》，http：//bbs.jjwxc.net/showmsg.php? board =17&boardpagemsg =1&id =350483。后两个主题帖均成为"小粉红"的热门话题贴，"非天夜翔"一贴引发了超过3000跟帖数量上限的跟帖，被管理员进行了锁帖处理。

③ 参考"晋江文学城"新浪官方微博 http：//weibo.com/1732420735/BcM76i4hp，以及相关微博 http：//weibo.com/1356572071/BcKFG0Bl5。

④ 详见微博地址：http：//weibo.com/2375086267/B5AZG8HQZ? mod =weibotime。《参考消息》原文网址：http：//china.cankaoxiaoxi.com/2014/0523/392205.shtml，原文载于 Didi Kirsten Tatlow, "Why Many Young Chinese Women Are Writing Gay Male Erotica," *New York Times*, May 21, 2014。

晋江管理层随后在"小粉红"跟帖，表示此次风波与举报相关。① 晋江立即做出调整，"耽美同人站"从进站页面消失，"小粉红"的"耽美区"改名"纯爱区"，"耽美闲情"板块改名"闲情"，四个"文库"板块被暂时隐去以提高准入门槛（只有熟知门径的读者，才能以直接输入网址②的方式进入），并严格要求创作尺度。③ 此后，晋江终于开始了大刀阔斧的页面改版工作。

2014年5月26日，晋江站长iceheart在"小粉红"的"碧水江汀"板块发帖，征求新分类标签的命名建议。④ 5月30日，正式将原来的"原创言情站"和"耽美同人站"两大主站拆分为"言情小说站""非言情小说站""原创小说站"和"非原创小说站"四个分站，并在"小粉红"的"碧水江汀"板块发帖进行说明。⑤ 随后，采纳跟帖的建议，将"非原创小说站"的名称调整为"衍生小说站"。这一改版策略首先当然是针对耽美与同人两个类型的特殊性，根据主CP的"性取"分为"言情"与"非言情"（包括耽美及"无CP/剧情流"⑥）

---

① 详见网址：http：//bbs. jjwxc. net/showmsg. php？board = 17&boardpagemsg = 1&id = 341607。
② 连载文库，http：//bbs. jjwxc. net/showmsg. php？board = 7；完结文库，http：//bbs. jjwxc. net/showmsg. php？board = 24；同人文库，http：//bbs. jjwxc. net/showmsg. php？board = 41。
③ 《构建和谐论坛，打造网络纯净空间》，http：//bbs. jjwxc. net/showmsg. php？board = 3&boardpagemsg = 1&id = 717943。
④ 《关于无cp名称的讨论》，http：//bbs. jjwxc. net/showmsg. php？board = 17&keyword = %CE% DEcp&id = 342116。
⑤ 《关于改版说几句》，http：//bbs. jjwxc. net/showmsg. php？board = 17&boardpagemsg = 23&id = 342956。
⑥ "无CP"和"CP"概念来自同人领域，"CP"即Couple（一说Character Pairs），指人物配对，在同人文章中往往标识为"甲×乙"的形式；"无CP"是由"CP"发展出的反义概念，指以剧情为主、CP线并不明确或完全没有CP的创作，与"剧情流"概念相似。近年来，由于以《盗墓笔记》为代表的"无CP"网络小说走红，这一概念扩展到整个网文圈，而在晋江原本的"原创言情"和"耽美同人"分类法之下则无明确的归属。iceheart在相关讨论帖中是这样界定晋江的"无CP"标签的："我们设定的本意是无关性向，也就是说故事的情节走向和性向没什么关系，以剧情为主，并不是不能有终成眷属的事出现，而是是否终成眷属不是影响故事走向的主要因素。比如《射雕英雄传》这种武侠文，也比《盗墓笔记》这种小暧昧。"

两站，以版权归属为标准划分了"原创"与"非原创/衍生"两站，最大限度地弱化了分站命名的风险，从另一个角度来看也是对这两个类型文章的保护。四个分站的划分存在许多交叉，如原创的言情小说和耽美小说除了能够出现在"言情小说站"和"非言情小说站"之外，还可以共同在"原创小说站"争夺榜单排名；而同人作品则拥有了独立的分站，这既给了同人类型文章一个发展契机，又是网站因同人类型文章版权问题"目前不太明朗"而预先做出的隔离措施，一旦外部给出规范和标准，网站就可以最快做出相应调整，使其他分站受到的影响降到最小。

在改版过程中，"小粉红"始终充当了"绿晋江"的智囊团和坚强后盾，通过与站长iceheart的直接对话最大限度地参与了变革的全过程。因此，这些革新举措虽然是特殊时期的权宜之计，但并不使作者和读者委曲求全，而是借此契机处理一些遗留问题，如"无CP"类型文章的归属。分站数量的增加使榜单的数量和分类增多，正如iceheart所言："从绝对推荐位上来讲，原来两个分站，现在四个分站，绝对推荐位增加了一倍。"作品出现在推荐位置的概率提高了，读者也能够从更加细致的分类榜单中挑选符合口味的作品。"净网行动"前后，"绿晋江"的作品避开了民国、军队、警察、高干等较为敏感的题材，转向更为稳妥的古代、架空和未来题材。现代文则由缘何故的《重征娱乐圈》[①] 和非天夜翔的《金牌助理》[②] 两部作品引领了"娱乐圈文"的热潮。在2014年6月发表的作品中，南枝的《最佳男主》和云过是非的《请勿入戏》都在月榜上取得了

[①] 缘何故的《重征娱乐圈》，2014年4月1日至7月12日连载，共69万字，到截稿日其积分为3800万分，在"原创小说站"的季度积分排行榜中居第二位，在"原创小说站"的VIP（收入）金榜排名中居第六位。

[②] 非天夜翔的《金牌助理》，2014年4月29日至5月25日连载，共29万字，到截稿日其积分为6200万分，在"原创小说站"的季度积分排行榜中居第一位。

较好的成绩,① 可以说是作者的自审和战略调整取得的成功。

"小粉红"为此做出的调整,主要是"耽美同人站"四个"文库"板块,即"连载文库""完结文库""同人文库""边缘文库"的隐匿和关闭。"连载文库"和"完结文库"一般是名气不大的"小透明"作者推广作品或"大神"推送福利、免费转载的板块,也会收录一些与"绿晋江"整体文风不符的作品。"边缘文库"收录了一些不属于晋江主流类型或超出读者公认发表底线的争议性作品。"同人文库"则是对"耽美同人站"中同人作品的补充。同人②在中国大陆没有充分经历日本和欧美纸质出版、通信邮寄、定期展会的粉丝群构建与沟通,在网络化、非地域化、即时通信化的过程中成为一个笼统的"ACG"文化元素,同人文创作模式也与其他网络文学类型的创作模式日渐趋同。但作为一个拥有独立文化圈的类型,同人文仍保有鲜明的圈子化特点,尤其是"ACG"的相关同人作品,与"绿晋江"主流的名著同人(如《红楼梦》同人)、历史人物同人、琼瑶金庸同人等创作有着截然不同的特点和受众。而"ACG"同人围绕着一部作品的圈子化特点,使这些作品无法在"绿晋江"的广大读者中获得普遍认同,它们本身也往往不是 VIP 作品——同人圈较为完善的实体书生产、售卖体系,使这些作品的经济利益主要指向实体书销售,在网络平台刊登则更接近圈内同好私下交流、宣传的性质,只因"小粉红"的"ACG"核心粉丝较强的凝聚力而在"同人文库"得以聚集。而"同人文库"在"绿晋江"震荡影响下的关闭,是"ACG"核心读者无奈的妥协之举。事实上,"小粉红"一直保持高度的警醒

---

① 南枝的《最佳男主》,2014 年 6 月 5 日开始连载,到截稿日在"原创小说站"的月度积分排行榜中居第三位。云过是非的《请勿入戏》,2014 年 6 月 7 日开始连载,到截稿日在"原创小说站"的月度积分排行榜中居第 16 位。
② 中国大陆的耽美同人文化真正兴起的时间大约是 20 世纪 90 年代后期,以商业消费和再创作群体为特征的粉丝文化几乎与网络文化同时起步。其中,大陆同人文化一开始便受到日本漫画、小说等作品,以及欧美畅销书、影视剧等的共同影响。

和自觉，四个"文库"板块的状态一直与"绿晋江"的动向保持高度一致，板块建立至今已经因"绿晋江"的自审而隐藏，关闭过数次，后又重新开放，这可以说是配合"绿晋江"与外部审查力量进行的游击式博弈。

正是由于这样强大的生命力，"文库"板块一定程度上承担着"绿晋江"作者后备军和"ACG"文化补充的功能，而整个"小粉红"除了"粉丝监察院"的职能之外，更是催生和引导"绿晋江"主流类型、最新潮流的动力来源。"小粉红"交流区的"网友留言区"（简称"2区"或"兔区"）和纯爱区的"闲情区"一直是各种国际国内"ACG"、影视、体育等各大流行文化领域的讨论板块。两个板块的发帖人与"绿晋江"的读者相互交叉，又各自独立，讨论的主题虽然不与"绿晋江"的文学作品直接相关，热门话题也往往不直接在文学创作中有所体现，但向晋江源源不断地输送着时下流行文化的最新鲜气息。由于话题的独立性和非文学性，这两个板块基本不会受到"绿晋江"审查风暴的波及，成为相对安全的交流平台，承担着类似于女性综合文化论坛的职能，与微博等流行文化相关信息发布平台相配合，始终保持着旺盛的生命力。

通过"净网行动"中外部审查力量的介入，我们更加清晰地看到了晋江文学城作为"女性向"文学网站的特殊性，以及这一特殊性与"小粉红"密不可分的联系。外部审查力量的介入，一定程度上削弱了"小粉红"粉丝监察机制的权威作用，提高了具有主流文化领导权的官方作品的评估标准，网站和作者、读者的自主权相对地受到了限制。而"绿晋江"和"小粉红"的相互影响及一系列自审、革新举措，正是要使这一受限的自主权最大化的努力和尝试。"红晋江"与"绿晋江"的相互关系正是晋江"读者中心"的体现，也是"读者中心"的网站文化形成的最初动因。在各大网站纷纷趋向"作者中心"的商业模式大潮之下，晋江将会因相对牺牲经济利益的"读者中心"运营模式而获得"女性向"网络文学难能可贵的文学性和生生不息的活力。

四 "复兴中篇"：以豆瓣阅读为中心的"纯文学网络移民"

有着"中国文青聚集地"之称的豆瓣网在2011年底上线了"豆瓣阅读"数字平台，该平台一开始便将重心放在中短篇小说上。豆瓣阅读问世不久，便有论者预言，这是"网络时代的'纯文学'移民"。① 豆瓣阅读在首届征文大赛上提出的"复兴中篇"的口号，更为我们观察网络时代中短篇小说生产机制的转型提供了思考契机。

中国现代短篇小说的兴起与现代新式传媒密切相关，"'短篇小说'是与'报纸'作为新式印刷媒体同步兴起的，它不是从既有的'小说'文类中分离出来的次级文类，与'时评'一样，也是趋于'意旨论说之时代'里的'创造'。"② 1949年之后，中国形成了与计划经济体制相配套的当代文学生产机制，这套机制从20世纪80年代中后期开始"市场化"转型，在转型过程中，对中短篇小说发表、传播有着重要作用的文学期刊因为财政"断奶"而纷纷"改版"，"文学期刊从以往计划经济体制之下按照行政级别设置的意识形态功能的执行者转向在'市场原则'下按消费群体的层次划分的文化产品的生产者"。③ 消费群体因为品味不同而迅速分化，这在短期内有

---

① 该提法见对白惠元、范筒的访谈文章《豆瓣阅读：网络时代的"纯文学"移民——访"豆瓣阅读"作品编辑范筒》，《网络文学评论》（2012年总第3期），花城出版社，2012。
② 张丽华：《现代中国"短篇小说"的兴起》，北京大学出版社，2011，第69页。
③ 邵燕君：《倾斜的文学场——当代文学生产机制的市场化转型》，江苏人民出版社，2003，第107页。

利于短篇小说类型的丰富,但长此以往会导致"圈子化",逐渐将短篇小说置于"小众文学"的境地。"今天我们在讨论短篇小说的衰落时往往归咎于其不能给作者带来较之长篇小说丰厚的经济效益,而恰恰忽视了短篇小说的没落更是因为它只能借助作品集、文学期刊被有限度地接受,而不能通过大众传媒直接进入更广泛的普通读者的阅读视野。"①

进入网络时代,文学生产机制的变革成为必然,中短篇小说的发展也孕育了新的可能。在网络文学发展脉络上,中短篇小说也经历了一个由兴而衰的历程。在中国网络文学的起步阶段,文学网站的文体分类几乎是照搬传统文学的,有小说、散文、诗歌等,其中,小说有短篇、长篇之分。后来,以起点中文网为代表的文学网站,依靠长篇小说找到了付费阅读的商业盈利模式。长篇小说的成功商业化,使得文学网站将更大的精力集中在长篇小说上,这大大挤压了网络中短篇小说的生存空间。随着网络长篇类型小说的成熟、固化,部分文学网站又回过头来发掘中短篇小说的潜力,篇幅变短成为网络小说的一个新趋势。网站出于产业链开发的需要,将中短篇小说作为新的利润生长点,"中篇更容易出版和被影视改编选中,而《鬼吹灯》这样巨大篇幅的作品,现在不仅很难出版,也很难有改编成影视作品的机会。因此,一些作者顺理成章地开始主写中篇作品了"②。在几大主流文学网站中,明确设置了"短篇"频道的有红袖添香网、塔读文学网和起点中文网的副站起点文学网。这些与传统的长篇小说体量差不多的"网络中短篇小说"是网站商业化探索的重要部分,同时也是网络时代的小说文体实验,其前途值得期许。

网络时代的中短篇小说目前正处于一个尴尬境地:旧的日薄西

---

① 何平:《媒体新变和短篇小说的可能——〈二○一一中国最佳短篇小说〉序》,《当代作家评论》2012 年第 1 期。
② 路艳霞:《大部头网络文学静悄悄地短》,《北京日报》2014 年 1 月 24 日。

山，新的未能成型，读者的阅读需求得不到满足。渠道与需求之间的不匹配，为豆瓣阅读的发展提供了巨大空间，豆瓣阅读的核心理念就是"自出版"，它不是简单的传统中短篇小说"入网"，而是网络时代文学生产传播方式的变革。近年来，蒋一谈与当当网合作单篇销售短篇小说（有几篇是首发）的尝试，张嘉佳微博短篇"睡前故事"的火爆，都预示着网络平台有可能取代期刊和出版社，高效地将中短篇小说作品送到读者面前。

在中短篇小说尝试"网络移民"的同时，网络"原生"的"直播贴"带来了新的可能性。直播本质上是一种旨在引发轰动效应的互动，为了直播效果，作者（"楼主"）所用的并非客观纪实文字，而是具有夸张、想象成分的日常文字。"直播帖"的虚构性是先在的，所谓的"现实经历"是吸引眼球进而引起轰动效应的基本装置，"直播帖"的成功是文学修辞的成功。在文本容量上，"直播帖"是以"中短篇"的形式出现的，因为只有在相对短促、集中的阅读中才会形成轰动效应。在主题上，"直播帖"都是现实题材的。近年来影响较大的"直播帖"，如《失恋三十三天》《与我十年长跑的女友明天要嫁人了》等，能够走红的根本原因就在于其故事本身具有很强的现实针对性，能够引起读者共鸣。在迅速反映当下社会热点问题、表现个体的生存状况方面，"直播帖"比现在的传统小说和绝大多数网络长篇小说有优势。这种紧贴社会现实，以相对较短篇幅出现的互动、虚构性文字样式，为网络时代中短篇小说的转型提供了一种珍贵资源。

豆瓣阅读所尝试的"自出版"机制提高了中短篇小说发表、阅读的效率，使中短篇小说的生产、传播更加大众化。"直播帖"具有文学虚构性，是网络时代中短篇小说新变的资源。随着网络时代的发展，肩负"纯文学网络移民"和"复兴中篇"重任的豆瓣阅读的诸多尝试，让我们看到了中短篇小说生产机制转型的可能性。

结　语

以上对起点中文网、红袖添香网、晋江文学城、豆瓣阅读四个有代表性的文学网站核心机制的考察，大致勾勒了网络文学生产机制和阅读传播机制的样貌。媒介革命的发生不但改变了文学的样态，而且改变了我们的文学生活。对于这种深刻的改变，我们不妨借用雷蒙德·威廉斯在《漫长的革命》中的描述："我觉得我们就像是在经历一次漫长的革命，关于这场革命，我们最好的描述也只是局部性的解释。"[①] 在网络时代，文学新变衍生出的无限可能性，值得我们持续关注，全面、深入的研究肯定会出现，让我们拭目以待。

---

① 〔英〕雷蒙德·威廉斯：《漫长的革命》，倪伟译，上海人民出版社，2013。

B.19
文科大学生对网络文学的接受及思考

刘　畅*

摘　要： 网络时代的文学格局已经发生了巨大变化，这不仅体现在载体和写作方式的变更上，而且体现在一种新的、交互式的关系在作者与读者之间逐渐形成。以阅读和接受的视角来审视当代文学，可以让我们更加清晰地看到读者对文学的期待。以此为出发点，我们对上海市文科大学生阅读网络文学的现状进行了调查，并在此基础上梳理了这一批90后读者的文学趣味和阅读需要。

关键词： 网络文学　阅读调查　文学趣味

网络时代的文学格局已经发生了巨大变化，这不仅体现在载体和写作方式的变更上，而且体现在一种新的、交互式的关系在作者与读者之间逐渐形成。从某种意义上说，文学从未像今天一样如此依赖读者和市场。当我们在谈论当下的文学时，读者究竟需要什么样的作品、喜欢什么样的作品，理应成为一个无法回避的话题。"其实普通读者的反应最能反映作品的实际效应，正是大量普通读者的接受，构成了真实的社会'文学生活'，理所当然要进入文学研究的视野。"[①]

---

* 刘畅，文学博士，上海师范大学都市文化研究中心副教授。
① 温儒敏：《"文学生活"：新的研究生长点》，《中国现代文学研究丛刊》2012年第8期。

因此，以阅读和接受的视角来审视当代文学，可以让我们更加清晰地看到读者对文学的期待。以此为出发点，我们对上海市文科大学生阅读网络文学的现状进行了调查，并在此基础上梳理了这一批 90 后读者的文学趣味和阅读需要。

一

近年来，已有一些研究者对大学生群体的阅读现状及其对网络文学的接受状况做出了调查。例如，在对大学生群体的问卷调查中，研究者发现，"具有大专和本科学历的网络文学受众占到 54.3%，而从职业构成来看，则学生群体所占比例最大，为 39.9%"；[1] 但 "认同网络文学'质量很高'的学生几乎没有，认为网络文学'代表了文学发展的方向'的学生也低至 1% 左右，而认为网络文学'质量良莠不齐'的高达 76% ~ 81%"。[2] 这说明，网络文学虽然在大学生中间具有比较大的市场，但其自身的文学价值并没有得到普遍认同。因此，与传统的纸媒文学相比，网络文学在某种程度上仅仅是以娱乐消遣品、文化消费品的面目出现。

为了进一步了解大学生群体对网络文学的接受状况，我们选择文学阅读量比较大的中文系本科生作为调查对象，对其阅读状况进行了问卷调查。此次调查共回收有效问卷 100 份，受访者的年龄为 18 ~ 21 岁，属于 90 后。

通过调查，我们发现大部分受访者有阅读原创性网络文学作品的经历，其中有 29% 的大学生表示自己几乎每周会关注和阅读网络文学，46% 的学生表示自己会在有兴趣时或闲暇时主动搜索和阅读网络

---

[1] 史建国：《网络文学生态调查》，《中国现代文学研究丛刊》2012 年第 8 期。
[2] 黄万华：《学校教育背景下的大学生文学阅读状况调查》，《中国现代文学研究丛刊》2012 年第 8 期。

文学，仅有25%的学生表示自己从来不读网络文学。由此延伸出来的另一个问题是：与网络文学相比，纸媒文学尤其是时下的纸媒文学，在这些文科大学生的阅读活动中处于什么位置？58%的受访者表示自己"偶尔"阅读经典化的纸媒文学，仅有17%的受访者"经常"阅读，15%的受访者是在"老师布置任务后才去读"。对于当下的纸媒文学，只有1%的受访者表示自己会经常性地主动了解文坛动态和最新作品，74%的受访者表示自己仅在浏览到相关信息时才会对文坛动态和新人新作有所关注。同样，与文学网站居高不下的点击率相比，文学期刊在大学生读者中的受关注程度也比较低，只有8%的受访者表示自己会经常翻阅文学期刊，69%的受访者会偶尔翻阅文学期刊。由此可见，从读者接受的层面来看，与网络文学相比，纸媒文学尤其是当代纸媒文学处于明显的劣势。

在被问及"通常在何种情况下阅读网络文学作品"时，42%的受访学生表示自己在上网的过程中会浏览文学网站或文学资讯，只有在"发现感兴趣的作品"的情况下才去阅读网络文学；26%的受访者则表示自己"只有在无聊的时候"才去主动搜索和阅读网络文学；仅有7%的受访者已经形成了每天必读网络文学的习惯。而在被问及"如果你阅读网络文学作品，你主要关注哪几类作品"时，现实类小说、灵异和探险类小说、科幻和奇幻类小说、历史和架空历史类小说、散文和诗歌的受关注比例分别为38%、30%、24%、23%、11%，这说明贴近生活的现实类小说在受访的大学生中最受欢迎。之所以会出现这样的状况，不仅因为这类小说往往脱胎于读者熟悉的现实环境，而且因为这类小说在对校园、城市等生活场景的描述中展开叙述，或是书写当代人奋斗挣扎的苦乐，或是铺设夸张离奇的人生际遇，在很大程度上迎合了涉世未深的青年读者对社会与人生的想象、猎奇和期待。

虽然网络文学的受众比例比较大，但正如其他一些相关问卷调查所揭示的，大学生读者对网络文学的阅读和认同实质上呈现了两极化的态势——网络文学的读者群庞大，但读者的认同度偏低。在此次受访的学生中，"很喜欢"网络文学的受访者仅占总人数的11%，而"不喜欢"网络文学的受访者只占14%，其余75%的受访者表示自己对网络文学的态度是"无所谓喜欢不喜欢"，仅仅将阅读网络文学看成一种调剂生活的方式。由此可见，接受问卷调查的文科大学生对网络文学的认同度并不高，他们阅读网络作品实际上并非出于个人喜好，而是因为网络文学在一定程度上满足了自身的娱乐消遣需要。

在追求娱乐享受的动机之下，网络文学之所以能够吸引大学生读者，一个至关重要的原因是网络文学为他们提供了相对轻松愉快的阅读体验。所以，有41%的受访者认为自己阅读网络文学就是因为感觉这类作品"读起来轻松愉快，适合消遣"，28%的受访者认为自己"对网络文学的某个主题容易产生共鸣或代入感"，4%的受访者认为阅读网络文学"容易和周围的人产生共同话题"，2%的受访者认为网络文学的吸引力主要体现在"可以和作者互动，参与创作"上。针对这一点，此次问卷也对受访者关于纸媒文学的阅读体验进行了调查，大部分受访者均表示自己对纸媒文学的疏离甚至抗拒：40%的学生认为所读到的纸媒作品往往"与自己的生活阅历有差距，读起来有隔阂"，32%的学生认为纸媒文学的"阅读过程不够轻松，读起来太费脑筋和时间"，20%的学生认为"购买或借阅纸媒文学作品的成本太高"，另有少数学生认为纸媒文学"让人感觉枯燥"，"有意思的作品不多"。从以上数据的对比可见，90后大学生选择和接受文学作品的基本标准并非作品本身的文学价值，他们所需要的也不是相对严肃厚重的文学经典，而是能够在轻松愉悦的阅读过程中引起自己的共鸣。正因为如此，"轻阅读""浅阅读"在青年一代读者中间成了普遍的、常态化的阅读方式，而网络文学提供给读者的正是这样的阅读体验。

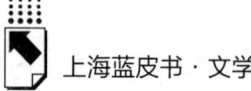

在此次问卷调查中，我们也发现，尽管网络文学契合了相当一部分大学生的阅读趣味，拥有相对庞大的读者群，但纸媒文学也有自身的竞争优势。一是读者对纸媒文学的认同度高于网络文学。与纸媒文学相比，网络文学自身的价值并未得到充分认可，即使网络文学的忠实拥趸也承认网络文学与纸媒文学之间仍存在比较大的差距，所以在受访的文科大学生中，多达89%的人认同"纸媒文学的文学价值高于网络文学"，甚至有人提出网络文学并不是"真正的文学"。二是纸媒文学的载体——纸质书籍在大学生中更受欢迎。在被问及"更愿意以何种方式来阅读文学作品"时，选择"在线阅读或下载"的受访者仅占15%，而有54%的受访者表示自己更愿意看纸质书籍。在填写理由时，部分学生表示，自己愿意阅读纸质作品的原因分别是"在电脑或手机上读小说更容易疲劳""翻纸质书更有阅读的感觉""纸质书籍有保存的价值"等。

二

从问卷调查的结果来看，文科大学生对网络文学的接受状况在一定程度上折射出了当前网络文学和纸媒文学各自遭遇的困境。

从受访大学生对网络文学的反应来看，"叫座而不叫好"始终是网络文学无法摆脱的尴尬处境。虽然与十余年前刚刚兴起之际的网络文学相比，时下的网络文学在整体质量上已经得到了比较大的提升，但对网络文学的批评、质疑仍然不绝，这在很大程度上反映了网络文学自身存在的某些痼疾。相对于传统的纸媒文学而言，网络写作的门槛低，缺少科学专业的评价和筛选机制，而其自身的商业痕迹也更加鲜明，作者对读者、市场的依赖程度比较高。因此，在基于点击率、推荐数等量化指标的盈利模式驱动下，文学网站和作者都在总体上呈现媚俗跟风、迎合市场的一面。譬如，在《诛仙》《鬼吹灯》《盗墓笔记》《后宫·甄嬛传》《步步惊心》等小说走红之后，一大批"仙侠"小说、"盗墓"小说、"宫斗"小说泛滥于各大文学网站，其中相当一部分作品在情节、人物甚至语言和场景描写上存在模式化的问题，常常陷入低水平的重复，以致出现有数量而无质量的状况。更有甚者，部分网络小说为了吸引读者的兴趣，内容里充斥着情色、暴力的描写，以致在网络小说中出现了所谓的"种马文"。所以，作家宁肯批评网络文学"比起十年前不是进步了，而是大大倒退了，倒退到过去的地摊文学——纯粹吸引眼球的文学"。① 虽然我们不能因此否定近年来网络文学取得的成绩，但更要看到，在网络文学庞大的作品基数上，大量低俗、粗劣的作品在整体上拉低了读者对网络文学的认同度——冗长拖沓的情节，类型化、模式化的写作方式，对流行文本甚至网络游戏的简单抄袭，欲望和负面情绪的粗暴宣泄……让网络文学难以撕去"媚俗""注水""商业化""装神弄鬼"的标签，以至于有学者将其描述为"有'网络'而无'文学'"，② 受众对网络文学自身价值的贬抑甚至否定也自然不足为奇了。

诚然，网络文学存在诸多缺失，从整体上看仍处于不甚成熟的阶段。但是，从另一个角度来看，为什么网络文学在被大多数读者看低的同时，仍然拥有比较大的市场？这个问题可以促使我们更加深入地审视网络文学及当代文学。一方面，网络文学的流行与其自身独特的话语机制有关，而其狂欢化的、超现实的叙事话语则在实质上映射出了属于这个时代的某种集体心理。换言之，在批评网络文学的庸俗、浅薄时，我们也要看到这种写作方式背后的价值和意义。对此，有学者认为，"YY"和"爽"是网络文学的两个重要概念，而对网络作者和读者而言，"他们也不会在一个'严肃－通俗'的序列里接受自

---

① 舒晋瑜：《宁肯：网络文学已倒退为地摊文学》，《中华读书报》2010年11月24日。
② 欧阳友权：《网络文学，离茅盾文学奖有多远？》，《光明日报》2011年9月26日。

己的次等地位和精英的指导批评。在他们看来,既然'铁屋子'无法打破,打破后也无路可走,为什么不能在白日梦里'YY'一下,让自己'爽'一点?"① 所以,在"娱人娱己"的动机之下,无论是穿越小说、玄幻小说,还是其他类型的网络小说,常常构成了对现实世界的嘲弄、颠覆和自我价值的极度张扬,它们带给读者的往往是夸张荒诞的故事、奇崛刺激的想象、"乌鸦变凤凰"式的"草根"神话,在某种程度上让读者获得了情绪、心理的释放。尤其是对刚刚或即将步入社会的青年一代来说,由这个"白日梦"带来的意淫式快感恰恰是他们在现实的世界里无法得到、无从寻觅的,甚至在一定程度上传达出了他们对冷酷现实的逃避或逆反。

另外,正如我们问卷调查的结果所示,文科大学生对网络文学的接受是建立在后者所提供的轻松愉快的阅读体验上,而这在很大程度上为当代文学提供了某种启示。从总体上看,"轻松愉快"不单单是受访的文科大学生,也是90后读者对文学的一个基本要求,而这个要求也常常受到精英文学的诟病。这与90后读者自身的阅读趣味、接受心理有关——他们是在影像、画面、资讯的"密集轰炸"下成长起来的一代人,并由此形成了"观看"(图像)和"浏览"(信息)式的阅读习惯。所以,从寻求阅读快感和消遣性的接受心理出发,90后读者用跳跃式、碎片化的文本浏览替换了细嚼慢咽式的传统阅读,以轻松愉快的"浅阅读"和"轻阅读"取代了纸媒文学带给他们的沉思默想。所以,试图表达"意义"和"思想"的精英文学遭到了读者的拒绝,而将娱乐功能发挥到极致的网络文学却大行其道。虽然诸多学者对此做出了回应乃至批评,他们的看法也发人深省,但这些回应与批评必不可能逆转"读图时代""泛阅读时代"的滚滚大潮,更无法从根本上改变年轻一代读者的阅读范式。在这种状

---

① 邵燕君:《面对网络文学:学院派的态度和方法》,《南方文坛》2011年第6期。

况之下，我们势必无法简单地将精英文学的价值标准强加于网络时代的文学和读者，也不可能将文学剥离于读者之外而侈谈它的价值、意义。所以，对当代文学而言，面对阅读方式的革命性转变，我们不仅要谈论文学应当如何发展，更要思考读者究竟需要的是什么。

由文科大学生的阅读现状来检视网络文学乃至中国当代文学的状况，或有以偏概全之嫌。然而，通过问卷调查的方式，我们仍然可以从部分90后读者的阅读现状中发现当下文学存在的某些问题。在这样一个多元化的时代里，文学应当如何应对读者的需要？如何找到作者写作和读者接受的契合点？始终是值得思考的问题。

上海电影
Shanghai Films

B.20 《小时代》系列电影的越界之旅

张新璐*

摘　要： 郭敬明的《小时代》成了近两年影坛避之不开的热议话题，它已成为时代的文化表征，值得对其辨析与探讨。《小时代》里的梦想，就实现的可能性与普适性来说，是虚无的。但不可忽视的是，这种美妙的梦想已然植入大众对未来的想象。粉丝电影、现象电影、网生代电影，已成为一种不可忽视，也无法逆转的电影发展新趋向。

关键词： 《小时代》　梦想　粉丝电影

---

* 张新璐，复旦大学中文系博士研究生。

郭敬明作为青春文学的引领者，执掌着他一手搭建起来的文学产业王国，在资本的世界里游刃有余。以严肃文学为旨归的文学界，对郭敬明代表的文学商业化浪潮可以不屑，却不能忽视其存在。由传统文学批评转向文化研究的王晓明教授，就曾在2011年撰文《六分天下：今天的中国文学》，将郭敬明这类文学摆在了与严肃文学赫然对立的位置，并将此类文学定义为"新资本主义的文学"。[①] 此声未消，两年后，郭敬明就带着他的《小时代》系列电影辗转影坛，在电影界掀起了轩然大波。

2013年，《小时代1》热映，票房破亿，却获得了如汹涌潮水的圈内人的差评，影评人与粉丝在微博上展开口水战，甚至《人民日报》也刊文《小时代和大时代》……可是，郭敬明以他精准的商业头脑，在一年时间内马不停蹄地摄制、上映了《小时代2》《小时代3》，斩获13亿元票房。《小时代》系列电影和同期票房破亿电影一起，催生了近两年国产电影繁盛的泡沫。对这样一个畸形繁盛的现象，电影界反应迅速。于是，"现象电影"[②] 与"网生代电影"[③] 这两个特定的称谓，在2013年末的上海、2014年夏的北京电影界两场研讨会上呼之欲出。这似乎印证了郭敬明当初的豪言壮语，"我进影坛一定会像我当时进文坛一样，震死他们"。[④] 郭敬明打造的文化产业越过文坛，向影坛声势浩大地席卷开来。

2014年度的影坛，一边是《小时代3》席卷4亿元票房，另一边是许鞍华导演的《黄金时代》票房惨淡。有媒体质疑："《小时代》

[①] 王晓明：《六分天下：今天的中国文学》，《文学评论》2011年第5期。
[②] 万传法、罗馨儿：《新世纪的"现"与"象"——"新世纪中国'现象电影'大型学术研讨会"综述》，《当代电影》2013年第9期。
[③] 杜思梦、林琳：《"网生代"电影与电影生产方式——"互联网与电影产业高峰论坛"综述》，《当代电影》2014年第9期。
[④] 张卓、张捷：《郭敬明·名利场》，豆瓣阅读，第21页。

的票房好，《黄金时代》的票房就好不了？"① 同是新概念起家的韩寒，带着电影《后会无期》进军影坛，也创造了 5 亿元票房的神话。韩寒与郭敬明，这两个总是被捆绑在一起的少年天才，两人的对照，也成为 2014 年夏两人电影热映中最吸睛的噱头。郭敬明的《小时代》似乎成了近两年影坛避之不开的热议话题。随着《小时代 4》上映已经提上日程，有关电影《小时代》的争论仍会进一步发酵。《小时代》在把影坛搅扰得如此喧闹的同时，已成为时代的文化表征，值得对其辨析与探讨。究竟应该怎样看待郭敬明引爆文化界的"小时代"这样一个对时代气象的定义？又应该如何看待他在电影中展现出来的"梦想"？郭敬明的文化产业帝国又表明了怎样的时代症候？

一

郭敬明用他的电影定义了我们置身其中的时代气象，似乎"小时代"已经来临。而《小时代》系列电影引发的争论，主要围绕着"小时代"这个称谓展开。将《小时代》推向风口浪尖的，正是《人民日报》的评论。论者一针见血地指出，《小时代》传播的是个人主义、物质主义和消费主义，也从作家、艺术家身为知识分子这样一个身份，认为艺术家理应承担起知识分子的社会职责；并称在《小时代》之流的文艺作品中宣扬的物质主义和消费主义大行其道的话，小时代将遮蔽甚至替代大时代、大世界和大格局，一个时代的人文传播和建设也将失控。② 在论者看来，《小时代》将让"消费主义""物质主义"的思潮传播、蔓延开来，将引导整个社会走向唯利是图

---

① 陈晨：《〈小时代〉的票房好，〈黄金时代〉的票房就好不了？》，http://news.163.com/14/1009/13/A84ACKRL00014SEH.html。
② 刘琼：《小时代和大时代》，《人民日报》2013 年 7 月 15 日。

的歧途。所以，论者的担忧，甚至禁播《小时代2》《小时代3》的呼吁就在情理之中。只不过需要厘清的是，《小时代》中的"物质主义"从何而来？究竟是《小时代》中的物质主义将让社会失范，还是《小时代》中的媚俗、拜金只是当下社会思潮赤裸裸的呈现？

《小时代》翻拍自郭敬明的同名小说，小说《小时代》系列早在2008年就已经陆续面世。由郭敬明自己编剧、导演，由小说到电影的改编自然会最大限度地与原著相吻合。电影《小时代》基本上算是对小说还原似的再现。电影中的华丽场景、奢华道具、服装，是对小说中事无巨细的物质书写进行的影像再现。当郭敬明备受争议时，一些老一辈的文学家纷纷说出了自己的看法。王安忆认为："过于物质化从来都是艺术的天敌。而当下，像《小时代》这样的文学作品中体现的这种以物判人的观念，变成了如此被高度关注、吸引人高度热情的对象。这个确实有点奇怪。而这个奇怪现象，可能会被将来的文学史注意到。"[①] 刘心武在谈论《小时代》时，也转述了王安忆的评论，对"以物判人"进行了更详细的解释："但是在目前出现的不仅是《小时代》，还有很多很多，比如有一些散文，有一些小说，会很有趣味地写到各种各样的品牌，以这些品牌来断定人的身份、辨别人的职业等。"[②] 二者都敏锐地捕捉到了写作传统中悄然发生的改变，物质书写充斥在当下写作中，尤其是更年轻一代作家的创作中。这样的物质书写，一定程度上反映了作家的生活经验，并不是作家凭空的想象与创造。"以物判人"正悄悄地植入很多人的价值观，成为不可忽视的感觉结构。所以，《小时代》中的物质主义、消费主义并不是作家与导演的有意宣扬，而是创作者本人对这个时代的体悟。在回应《小时代》的批评时，郭敬明坦诚道："我可能是第一个赤裸裸去拍

---

① 王安忆：《耐心点，〈小时代〉可能进文学史》，《华西都市报》2013年7月19日。
② 刘心武、张颐武：《我看郭敬明的〈小时代〉》，《粤海风》2014年第2期。

摄物质的人,你不去拍,小说里不写,不代表不存在。不要去逃避这个问题,而要勇敢地面对。"① 80后一代的出生与成长,正伴随着商品经济浪潮在中国的扎根与盛行,消费主义、物质主义重塑了这个时代里人们的感觉与经验,媚金与拜俗充斥在日常生活中的方方面面,社会的价值观、道德观已然失范。从历史虚无主义中成长起来的80后、90后,没有老一代人因袭的沉重历史记忆,也没有经历过红色年代里乌托邦理想的洗礼。对他们而言,商业社会是自来的熟稔,他们崇尚的就是商业社会的价值观。作为观影大众主体的这一批新生代,看不懂,也不会喜欢《黄金时代》中那个离乱、动荡的大时代与那个时代人们成长的历史。当然,这样一个乱世能否被称为"黄金时代",本身就是一个值得商榷的问题。用"黄金时代"这样的宏大叙事手法,来试图感召生活在"小时代"里的人们,自然是失效的。

二

《小时代》系列电影和2013年同时热映的《中国合伙人》《致我们终将逝去的青春》一起,引发了青春与梦想的浪潮。与《中国合伙人》《致我们终将逝去的青春》的青春怀旧不同,《小时代》系列是"现在进行时",讲述的是80后、90后自己的青春故事。影片以四个女孩的友谊贯穿始终,讲述她们从中学、大学到职场的成长故事,其中夹杂着友情、爱情、亲情的背叛与考验。四个分属不同社会阶层的女孩分享着历久弥坚的友情,而贯穿电影始终的旁白,出自女孩林萧之口,她来自上海弄堂里的平民家庭,是"上海上千女孩中

---

① 《郭敬明上海豪宅曝光 回应〈小时代〉宣扬拜金主义》,《新京报》2013年7月2日。

最平凡的一个"。① 她去 ME 实习与工作，正是她长久以来的梦想。林萧追梦的故事成了电影的主线，ME 成为《小时代》系列最主要的场景。

《小时代1》中林萧参加完实习面试，心情沮丧地回到宿舍，她扒着栏杆，眺望远处林立的高楼，此时响起《小时代1》最重要的独白："开学的第一天就这样过去，我们的生命就这样一天一天地转动着，秒针、分针、时针，拖着虚影转动成这个庞大的时代，而我和我们，都是这个时代里最最渺小微茫的存在。"② 林萧的独白，点出了个人与庞大时代之间的疏离感，"我"和"我们"都是卑微的。这种感受对生活在当下的人们来说，是极为贴切的。集体主义话语早已失效，个人主义遍布当下的各个角落，今天的人们对社会的前景早就失去了想象的能力，不会去幻想或追求一个更好的共同体。对于未来全部的期许，就是个人梦想的实现，个人的梦想也窄化成能够在职场获得成功，拥有金钱和地位，这也是个人奋斗的终极意义。所以，在《小时代2》开场时，林萧的独白是这样一段耐人寻味的话："他们的生活，仿佛玫瑰花蜜般，甜美而又奢侈，他们的双脚远离世俗的灰尘，他们是活在云端的命运宠儿……他们的身体永远保持着最好的状态，璀璨夺目的生命，永远熠熠生辉。他们占据着上海最美的地段，享受众人艳羡的目光。"③ 这里，林萧对富人阶层生活的羡慕与崇拜一览无余。在林萧这样一个来自底层的女孩看来，富人和他们的优质生活，甚至他们的生命，都散发着夺目的光彩，成为富人就是卑微的个人梦想实现的全部意义。这里，个人主义和拜金主义是紧紧缠绕交织在一起的。

郭敬明在接受采访时，坦言他的电影就是要传达："成为现在的

---

① 电影《小时代1》旁白。
② 电影《小时代1》旁白。
③ 电影《小时代2》旁白。

我,大家也可以。"①"现在的我",在电影《小时代》里,就是宫洺和周崇光。在张颐武的解读中,宫洺引领着时尚的潮流,不仅拥有奢华的生活,而且具有优雅的气质、敏感的心灵,这些都仿佛是郭敬明自我想象的一部分。而周崇光的专栏作家身份,以及极富文艺气息的抒情讲话,体现了郭敬明作品的抒情特征。这两个兄弟之间的微妙性,正是郭敬明生活中多重角色的复杂展开。②张颐武很精准地解读出了郭敬明,宫洺和周崇光这对兄弟的形象设置正是对其自身的复杂投射。宫洺对杯子的恋物癖,安排 ME 为诺贝尔文学奖获得者莫言写稿;周崇光的写稿状态,拍摄唯美的时尚封面,自嘲最关心作品的销量,多次拿郭敬明与自己比对,等等,都与郭敬明本人有着紧密的关联。集编剧、导演于一身的郭敬明推出的《小时代》,本身就是一部带有鲜明导演个人印记的作者电影。但是,除了这对兄弟之外,影片中被大家称为"女王"的富二代顾里,其世界观和价值观似乎也暗含着导演本人价值观的某种倾向。在《小时代1》中,顾里多处嘲讽了 80 后所熟悉的话语:"毛主席教导我们,封建迷信要不得。""我在马路边,睡了一整天……""艺术是物价的……这个预算只够在铁岭开一场秧歌会。"这些都是在 80 后的童年教育中随处可见的话语,这些应该沉淀在他们的童年记忆中,可是顾里不留情面地解构了这些话语,被教化的世界观、价值观似乎彻底坍塌。

  郭敬明在接受访谈时,曾毫不避讳地道出了自己的成长蜕变史,他是如何从四川自贡边远县城的懵懂少年,成长为坐拥一个庞大文化产业帝国的企业家。成名后,他来到上海求学,在接受采访时,自己身穿一件普通白衬衫,遭到了鄙视;和妈妈过地铁闸机验票口时,因不会操作而被工作人员用上海话唾骂、侮辱……这些经历让

---

① 《郭敬明上海豪宅曝光　回应〈小时代〉宣扬拜金主义》,《新京报》2013 年 7 月 2 日。
② 张颐武:《"小时代"的新想象:消费和个体性》,《当代电影》2013 年第 10 期。

这个初来上海的内陆男孩承受了强烈的挫败感。他自己也坦言：
"所以我就会比一般的同龄人更早地，也更强烈地去接受这种物质的冲撞、名牌的冲撞，这种对你曾经世界观的摧毁。"① 当他把文学包装成商品，成功推向市场，攫取大量利润后，就过上了奢华的生活。但是，他的动机是"我疯狂地买各种奢侈品，带着一种快意的恨在买"。② 至于《小时代》里出现的各种奢侈品，"我想在里面很残忍地、很赤裸地去讨论问题，我当时非常明白它一定会刺痛很多人的神经，挑战那些卫道士们，但是我遵从内心的出发点去写，我非常想记录我所看到的上海，我就是刻意要血淋淋地挑起这些矛盾"。③ 从郭敬明本人的自述中，可以看出，是上海这座国际金融城市充斥着的金钱味与世俗人情，摧毁了郭敬明旧有的世界观。他接受了拜金主义的教化，看准了文学的商业市场，成功地穿梭在作家与资本家两个身份之间。他成功地逆袭后，将拜金主义发挥到了极致，不仅他的生活是奢靡的，而且他的文学与电影也是浮夸的。他的作品是各种奢侈品牌的堆砌，转换成影像，就成了华丽场景与服装的不停变换。《小时代1》的高潮就是服装盛宴，《小时代2》中的女孩们失恋后，要靠穿上华美的服装来平复心情，靠着装来找到自我的存在感。一切都是物的，《小时代》里的世界围绕着拜物教的逻辑而展开。郭敬明崇尚的拜金主义、消费主义、享乐主义，在宫洺、周崇光、顾里这些由品牌堆砌出来的有钱人身上得以淋漓尽致地展现。郭敬明向读者、观众唤卖的梦想，就是以林萧为代表的平民阶级的梦想——努力跻身中产阶层甚至上流阶层，豪奢的生活就是个人梦想的全部意义。

《小时代》里的梦想和《小时代》招致的批评一起，多被人诟

---

① 张卓、张捷：《郭敬明·名利场》，豆瓣阅读，第38页。
② 张卓、张捷：《郭敬明·名利场》，豆瓣阅读，第9页。
③ 张卓、张捷：《郭敬明·名利场》，豆瓣阅读，第11页。

病。有人认为这是低龄与扭曲的,甚至认为《小时代》给予的梦想极具虚无主义气息,"郭敬明给了他们一个美妙的梦想,却没有应有的思考和实现的路径。过于美妙的梦想没有丝毫的现实基础,两者之间的鸿沟注定无法跨越。所以,无论在电影还是在现实中,结尾总是悲剧"。①《小时代》里的梦想,就实现的可能性与普适性来说是虚无的,但不可忽视的是,这种美妙的梦想已然植入大众对未来的想象。而且郭敬明本人的经历是能够让他理直气壮地宣称,他给予的梦想是有现实感召力的。梦想就是成为现在的他,影片的奢华场景展现的是他真实拥有的生活与品位。只是他忽略了他的成功是不可复制的,在阶层分化日益明显的当今社会,阶层的流动性日益微弱。而且从本质上来看,这种梦想与《中国合伙人》里的梦想如出一辙。郭敬明完全可以跻身《中国合伙人》片尾的"成功人士岁月流逝照"系列,不同的是,《中国合伙人》再现了个人奋斗的艰辛历程,而《小时代》只是将奋斗成功后的奢侈性消费展现了出来。说起梦想的虚无,韩寒的《后会无期》才是典范。追求、奋斗的价值与意义全部坍塌,个人失去了精神家园,开始四处流浪,一切都被解构,价值、意义成为真正的虚无。

三

《小时代》《后会无期》和近两年来票房骄人的电影一起,被称为"现象电影",即"新世纪以来,在国内电影市场公映后,造成了一定事件影响且出乎观众意料,并引起观众评价不一的一些电影"。②

---

① 雷环捷、朱路遥:《〈小时代〉电影三部曲:奢侈品的想象与梦想的虚无》,《新作与评论》2014年8月号。
② 万传法、罗馨儿:《新世纪的"现"与"象"——"新世纪中国'现象电影'大型学术研讨会"综述》,《当代电影》2013年第9期。

而郭敬明和韩寒被称为"网生代"导演,业界把电影的成功归功于导演的"互联网思维,他们反映出虚拟与现实之间的关系,拥有碎片化的表达和渐进式的文化消费。《小时代》的成功在于进行了有效资源的整合,创作中依据大数据调研。它真正的价值是品牌价值"。①业界将《小时代》系列电影的成功归功于电影全新的运作方式,自然有一定的道理,毕竟现在已经进入了"热媒介"一统天下的时代,而且也精准地抓住了《小时代》系列电影的品牌价值,只是《小时代》系列电影的品牌价值是要追溯到它的改编文本——《小时代》系列小说。不过,"品牌"也不能仅仅指《小时代》小说、电影系列,"郭敬明"本身就已经成了一个品牌。

"郭敬明"成为一个"品牌"与"符号",与他创办的"最世"文化产业王国、主导的青春文学市场分不开。只是青春文学市场的繁盛并不能简单归为通俗文学,与琼瑶、亦舒简单并置。青春文学的读者群从何而来?这就要追溯到"新概念作文大赛",它的初衷是反中国传统的教育体制、反僵化的语文教育,获奖者可以一跃高考的门槛,轻松进入中国一流学府。"新概念"获奖者及其作文成为青少年膜拜的对象,在中学生心中,最优秀的文章就是"新概念"式的作文。获奖者的文体与文风也成为学生们争先模仿的对象,这造成了青少年对经典的误读,他们很可能因此错失了与文学经典的相遇。与文学经典的思想深邃性、生活的广博度、阅读的耐心相比,青春文学书写同龄人的生活感受,语言抒情华美,更容易虏获青少年的心。"新概念作文大赛"已举办16年,它已成功形塑了80后、90后的阅读趣味与审美品位。凭借"新概念作文大赛"对读者群不断地再生产,从"新概念"起家的韩寒、郭敬明、张悦然等,轻而易举就能引领

---

① 杜思梦、林琳:《"网生代"电影与电影生产方式——"互联网与电影产业高峰论坛"综述》,《当代电影》2014年第9期。

青春文学市场。只是郭敬明又将青春文学产业化，成功转型为集作家、企业家、作家经纪人于一身的人。郭敬明的"最世"已经成为一个品牌，它旗下的签约作家落落、笛安、安东尼等，也成为青春文学市场中不断更新的领跑者。而郭敬明的系列小说《小时代》，也以骄人的销量，位居畅销书的榜首，其受众正是被"新概念"作文熏陶过的80后、90后。

改编自《小时代》同名小说的电影，自然会吸引"郭敬明"这个阅读品牌的粉丝。《小时代》的制片人安晓芬坦诚地说《小时代》是粉丝电影，明确地把观众群体年龄定位在15~25岁，认为这是多年来的电影市场空白，[①]这就意味着将郭敬明的粉丝从阅读的平面拉入电影院。除了郭敬明，台湾偶像剧教母柴智屏及杨幂、柯震东等，以及随着《小时代1》热播而人气骤升的郭采洁、陈学冬等各自的粉丝群，都成为《小时代》电影系列高票房的保证。《小时代3》让吴亦凡来演唱片尾曲《时间煮雨》，都能将吴亦凡的一干"忠粉"拉入影院，他们哪怕就是为了听一听片尾曲。如出一辙的《致我们终将逝去的青春》《后会无期》的大卖，一次又一次证明了粉丝电影的王牌销量。

粉丝电影的发酵始自2011年，特指"一种新类型片，主打粉丝群体，为迎合某偶像粉丝而拍的电影，只对特定人群有着非看不可的意义"。[②]这是针对当年上映的《孤岛惊魂》《大武生》《五月天追梦3DNA》而有的称谓。粉丝电影横空出世之际，业界并不看好，但是两年后，《致我们终将逝去的青春》《小时代》《后会无期》证明了粉丝电影到了井喷状。只是，这一次粉丝群已扩大为整个青春亚文化的庞大受众。走入影院的粉丝中的大部分，正是青春文学、流行文化

---

① 安晓芬：《〈小时代〉是粉丝电影》，《电影》2013年第7期。
② 杜思梦、汪景然：《粉丝电影与粉丝营销》，《中国电影报》2011年11月3日。

的消费者。粉丝电影、现象电影、网生代电影，似乎这样一些电影的新类型已成为一种不可忽视，也无法逆转的电影发展新趋向。只是，电影作为文化症候之一种，直接或间接地呼应着整个时代、文化的气象。《小时代》在文坛、影坛引发的轰动效应，终将成为文化研究的经典案例，牵扯出整个时代的文化走向。

B.21
多管齐下，打造完整产业链

——2014年上海电影产业发展回顾

朱鹏杰*

摘　要： 回顾2014年的上海电影产业发展，通过创造精品、培养人才奠定发展基础，获得政府支持，克服发展瓶颈，多管齐下，为上海电影打造完整产业链提供基础。由此，2014年成为上海电影产业发展的关键一年。

关键词： 上海电影　产业链

2014年，中国电影继续高速发展，电影票房保持高增长态势，总票房有望突破300亿元，① 电影创作也维持在700余部的规模。在此大环境下，上海电影保持了一定的增长态势。然而，2013年上海电影票房已经从2011年全国各大省份票房排名第三跌到全国第五，排在广东、北京、浙江、江苏之后。此外，上海电影制作表现平平，2014年上海制作、出品电影的代表作仅有《西藏天空》《触不可及》《陈家泠》等为数不多的几部，创作表现与上海电影的优良传统与票房实力不相符。不过，令人感到振奋的是，继2011年上海市政府出台《关于

---

* 朱鹏杰，文学博士，《电影新作》编辑部主任。
① 周南焱：《三大国产片欲破票房纪录　国产片票房纪录有望刷新》，《北京日报》2014年12月1日。

促进上海电影产业繁荣发展的实施意见》，2014年出台了《关于促进上海电影发展的若干政策》，政府以强力姿态力挺上海电影的发展，为上海电影产业的腾飞保驾护航。此外，2014年上海温哥华电影学院正式招生，拉开了建设环上大国际影视园区的帷幕，有望为上海电影产业发展提供更多的人才和技术支持。上影集团科教电影制片厂连续出品、公映《报国之路》《陈家泠》等人物纪录片，在科教纪录片方面贡献精品。下面对2014年上海电影总体发展做一下回顾。

一 创作精品，以质量取胜

作为上海电影产业的龙头，上影集团的创作从某种程度上代表了上海电影创作的水平和方向，上影集团一直坚持三方面电影，即主旋律电影、艺术电影、商业电影的创作齐头并进，三种题材的电影都要有所投入。2014年，上影集团先后出品了《西藏天空》《触不可及》《陈家泠》等故事片和纪录片，同时发布了《山河故人》《魔咒钢琴》《法门寺密码》等电影的开拍时间或创作计划。齐头并进不代表三者泾渭分明，而是更多地呈现融合态势，如《触不可及》有著名演员孙红雷、桂纶镁加盟，情节曲折，画面唯美，故事荡气回肠，具备商业电影的主要元素，同时，该电影又把新中国成立前地下党员为国牺牲的故事作为主要情节，也可以将其看成主旋律电影。我们选择《西藏天空》《触不可及》《陈家泠》三部电影作为近年上海电影创作的成果，进行逐一分析。

（一）《西藏天空》

《西藏天空》是国内为数不多的反映西藏题材的故事片，也是近几年来唯一以藏语为主要故事语言的电影。作为一部长达两个小时的电影，它以复杂的情节、纠结的内心戏和厚重的命运感成功树立了民族电影的新标杆。2014年11月,《西藏天空》与《绣春刀》等10部影片一起,从200余部影片中脱颖而出,荣获中美电影节"金天使奖",成为2014年中国电影的代表作之一。

《西藏天空》是一部反映"西藏魂"的电影。故事从西藏解放前开始讲起,描述了丹增和普布四十余年的经历。丹增是旧西藏世袭贵族的少爷,普布是其家奴。他们从小一起长大,两人原本相交甚好,但身份与家境的悬殊,令两人在动荡的时代变迁中形成了复杂纠结的关系。影片以他们四十余年的恩怨情仇为主要线索,浓缩展现了西藏一段沧桑巨变的历史。与多数公映的故事片靠大明星、大制作、大场面来吸引人不同,《西藏天空》把所有的精气神都放在了西藏这块土地上,放在了藏地的文化密码和藏民的内心世界上。它要表现的不只是西藏美丽的自然风景,还有西藏文化的内在气韵;它探寻的不只是西藏历史的变迁,还有藏民内心变化的轨迹。《西藏天空》把原汁原味的西藏风俗礼仪展现给观众,带来了奇观的效果。但是,电影的重心不在此,而在于把一个本应属于奇观的风景剖开了给观众看。这种剖析是自然的,它把西藏文化和藏民心理放在一个故事架构中展现,叙述之物和叙事结构水乳交融,不分彼此。无论如何,这部电影填补了中国民族电影的空白,为观众带来了一股充满高原气息的民族风,称得上近三十年来国内有关西藏题材的最好故事片。

(二)《触不可及》

《触不可及》是上影集团2014年商业片的重头戏,题材与《风声》类似,依然是上海电影常用的民国题材,场景依然是上海的十里洋场。不过,这部电影的内涵有了全新的变化,从表现主旋律变为表现人类普遍经验之事物。其着眼点不再局限于鸡毛蒜皮,而是家国情仇;其落脚之处,也不再是日常生活,而是生离死别。

电影以孙红雷和桂纶镁为男女主角,表现了抗日战争时期共产党地下工作者生离死别的恋爱故事。傅经年有着双重特工的身份，他和搭档"影子"原本要进行最后一次合作，但东窗事发，两人均面临威胁。关键时刻，"影子"牺牲了自己，解救了傅经年，真相被"影子"收养的义妹宁待知晓。随着深入接触和一系列事件，宁待与傅经年相爱了，可是好景不长，国仇家恨又使两人分离。抗战结束后，傅经年和宁待重逢，然而为了国家，傅经年抛弃了宁待，转而和国民党高官女儿卢秋漪结合。内战结束后，傅经年与卢秋漪分开，与宁待再次重逢，并打算一起白头到老。而此时，国家需要傅经年随国民党残军一起撤到台湾，继续为国家提供情报。组织上的任务让傅经年面临人生中最艰难的抉择，最终，他选择了服从国家需要。几十年后，等他回到大陆，宁待早已经去世，他所能做的，就是在宁待坟前翩然起舞。

这部电影用柔婉的音乐和绝妙的舞姿成功营造了唯美的风格，情感线索曲折动人，孙红雷和桂纶镁的表现都很到位。不过，由于过于注重对凄婉唯美风格的追求，整体故事架构显得不够紧凑有力，一些戏剧性的情节交代得不够清晰，比如在处理傅经年为了获得情报而同宁待分手时，就显得过于简单，傅经年并不解释，只是告诉宁待"我们分手吧"，就分手了。对整体故事架构来说，这种处理显得苍白无力。此外，宁待始终如飞蛾扑火般追随傅经年，即便被抛弃了几次也毫无怨言，这无论从人情还是人性上看，都显得有些牵强。也可能正是因为这些原因，《触不可及》的总体评价不是太高，其票房也只有7600万元。[①] 从这部电影可以看出，除了题材选择、画面处理之外，要注重电影的故事架构与情节逻辑。

（三）《陈家泠》

《陈家泠》是上影集团科教电影制片厂出品的彩色宽银幕人物纪

[①] 艺恩票房统计，http://www.cboo.cn/m/618096。

录片,电影以"海派画坛三剑客"之一的当代画家陈家泠为表现对象,记录了他前往"三山五岳"和"佛教四圣地"12座高山采风写生的足迹,以及在此之后创作系列山水画作的过程。该电影摄制完成后走出国门,在第九届罗马国际电影节举行了"荣誉放映",获得了观众及媒体的一系列好评。① 这部电影是上海科影厂回归上影集团后"三年磨一剑"的创作成果,导演叶田、顾宇高,监制贾樟柯,电影中也数次出现贾樟柯和陈家泠的对话,导演和艺术家的对话贯穿其中,别具特色。

陈家泠出生于杭州,现为中国国家画院研究员和上海大学美术学院教授。这部电影传达了他对中国传统文化的一种理解,中国传统文化强调大自然对人的启发,行走于大自然中被认为是了解生命意义的最好途径,电影通过记录陈家泠在12座高山采风写生的足迹,表现了东方艺术与自然息息相关的神秘联系。新中国成立以来,画家纪录片比较少,只有《任伯年》《徐悲鸿》《潘天寿》等寥寥几部,大部分片长在二三十分钟内,只能撷取画家艺术人生的一个片断。《陈家泠》是中国改革开放以来第一部以中国画家为主角的彩色宽银幕纪录片。《陈家泠》片长65分钟,制作团队选用了不少半个多世纪前上海和杭州两地的黑白影像,如杭州西湖、上海国际饭店和上海外滩等,一一呈现于观众眼前。借助纪录片《陈家泠》,这些尘封于历史中的影像资料再次登上大银幕与观众见面,使得大家了解了上海这座城市的魅力,也增添了整部影片的历史厚重感。

除了这部影片外,上影集团科教电影制片厂还在2014年9月底举行了《报国之路》的首映式,这是反映当代医学大家吴孟超院士的一部人物纪录片,片子追寻了吴孟超当年为了报效祖国从马来西亚辗转回国的历程。随着这部片子启动的"上海优秀·经典科教纪录

---

① 王彦:《〈陈家泠〉,让世界久等了》,《文汇报》2014年10月23日。

片展映周"给上海电影放映带来了别样风采,包括入围第63届戛纳电影节"一种注目"竞赛单元的《海上传奇》,以及荣获第12届金鸡奖最佳科教片奖和广播电影电视部1991年度优秀影片奖的《企鹅大帝》等影片,在上海10家电影院得到了为期两周的放映,这些科教纪录片的放映使得曾经风靡于银幕的科教片重新回归市民视野,为科教纪录片重新回归市场提供了一个范例。

二 培养人才,奠定发展基础

上海是中国电影的发祥地,在20世纪60年代以前一直占据中国电影的半壁江山。上海电影的发展离不开人才,从张石川、郑君里、蔡楚生,到费穆、谢晋、吴贻弓,电影人才推动了上海电影的发展。然而,新时期以来,上海电影人才流失严重,由于北京是中国的政治中心和文化中心,很多人才去往北京发展,上海电影发展面临人才不足的瓶颈。目前,上海电影人才培养机构的主要问题是电影学科设置与市场人才需求不完全匹配,人才的培养不能与世界、市场完全接轨,上海电影发展缺少成熟的、有经验的人才。

2014年,由上海大学与加拿大温哥华电影学院合办的上海温哥华电影学院正式开班招生,首批100名学员已经于2014年9月开始上课。上海温哥华电影学院的落成开班,对中国电影产业来说是一个标志性事件。因为目前中国电影产业最紧缺的不是资金,而是人才,电影人才是电影产业兴旺发展的基础,只有培养出好的人才,才能真正推动电影产业发展,上海温哥华电影学院把一套国际化的培养人才模式引到中国,培训老师有一大半来自国外,有丰富的制作经验,培养出来的学生都将是有很强操作技能的复合型人才。上海温哥华电影学院的建立,对完善上海现代影视工业体系、培养影视人才具有重要意义。

自此，上海已经有上海大学影视艺术技术学院、上海戏剧学院、上海视觉艺术学院、上海电影艺术学院、上海温哥华电影学院等多个专业或综合性的影视人才培养基地。在这些院校的支持下，上海电影人才产出持续不断，不仅为上海电影产业发展提供了最直接的动力，而且为中国电影产业发展提供了带有国际特色的复合型人才。

此外，上海各大影视人才培养机构还积极与电影企业合作，培养具有较强动手能力的人才，比如上影集团与上海大学联合设立了"上影上大践习基地"，由企业和高校各出一批骨干力量作为带教老师，培养电影创作人才。同时，上影集团科教电影制片厂与上海大学联合设立"科教片创作"方向的硕士专业，专门培养科教纪录片创作人才。这些举措都为上海电影产业发展提供了人才基础和助推力。

中国电影产业的一个短板是后期制作缺乏核心技术及高端设计人才，因此很多国产大片和合拍片的后期制作需要到国外完成，比如《狄仁杰》《一代宗师》等。针对这一短板，上海市政府推出了后期制作服务平台——"立鼎电影后期制作基地"，为电影后期制作提供服务，上海温哥华电影学院会为后期制作培养相关人才。这样，上海不仅能够为电影拍摄提供场地、资金等硬件服务，而且能提供后期制作人才等软件服务。

三 政策支持，克服发展瓶颈

2011年4月，上海出台了《关于促进上海电影产业繁荣发展的实施意见》，明确设立了上海电影专项扶持资金，用于促进重点影片的拍摄、培养优秀青年电影人才、扶持新人新作。近三年来，专项扶持资金先后扶持出品了《大闹天宫》《西藏天空》《星星的孩子》《狂奔蚂蚁》等作品，取得了良好的社会效益。为了进一步推动上海电影的发展，2014年10月，上海市发布《关于促进上海电影发展的若干政策》（简称《政策》），出台了7个方面26条具体措施，进一步加大对上海电影的扶持力度。

目前，上海电影发展存在的弊病主要有电影市场份额偏低、缺乏具有票房号召力的作品、民营电影企业多但是总体竞争力不强、电影人才缺乏等。例如，上海的民营电影企业有150多家，但是很多注册资本在1000万元以下，没有太大的竞争力。《政策》对解决这些弊病提供了一系列应对措施。这些措施将从以下几个方面对上海电影产业发展提供支持。

第一，资金支持。《政策》提出，上海市政府每年提供2亿元资金用以支持上海电影发展，这笔资金的支持面涵盖了电影产业链的各个环节，包括剧本创作，电影取景、摄制，以及后期制作等。对于在上海取景、摄制，在上海进行后期制作，宣传提升上海城市形象，以及对发展上海电影产业有积极推动作用的影片，上海市政府将给予一定优惠。对于在上海备案、立项且以上海影视机构为第一出品方，并在境外参赛、参展和发行中取得较好成绩的电影，上海市政府也将给予奖励或适当补贴。此外，对电影企业实行税收优惠，上海大部分电影制作企业是中小企业，税收负担太重，对它们发展非常不利，现在政策里对上海电影企业税收优惠比较大。对于认定为高新技术型的电影企业，成立第一年和第二年免征企业所得税，第三年到第五年减半征收企业所得税，这一方面有利于减轻民营电影企业的税收压力，另一方面有利于将越来越多的影视机构吸引到上海来。政策扶持中把上海出品、电影完片上映作为硬指标，一方面与上海已有的文化发展基金形成了错位和互补，另一方面增加了财政性资金扶持的公平性。① 同时，电影专项资金主要用于支持精品优品创作生产、高票房的优秀

---

① 陈晨、张喆、徐明徽：《每年至少2亿资助，上海9部门推26条措施促电影产业攀高峰》，http：//www.thepaper.cn/newsDetail_ forward_ 1273528。

商业大片和新人新作,这也为未来上海电影产业发展指出了方向。

第二,摄制服务。《政策》将在上海市文化广播影视管理局专门设立上海电影设置服务窗口,提供政策解读、取景地拍摄、人才支持协调等一站式服务。这借鉴了韩国、新西兰等国家和香港地区的经验,窗口共提供113项免费服务。[1] 以后只要是在上海拍摄影片,无论设置机构规模大小,甚至是拍摄微电影的学生团体,都可以到这个机构免费咨询。上海是中国内地第一个由政府设立专门影视设置服务机构的城市,这可以把上海丰富的影视摄制资源利用起来。影视设置服务机构的设立获得了业内人士的好评,光线传媒总裁王长田认为:"这是一个政府合署办公的概念,是全国率先提出的非常国际化的服务方式,简化了影视公司在上海拍摄电影中可能碰到的问题和困难。……常来上海拍片子的企业都知道,上海个人和企业的商业意识比较强,导致拍摄场地协调困难,同时价格非常高,这样导致在上海拍摄电影的成本非常高,这就吓跑了许多制作机构,他们纷纷去寻找可以替换上海场景的城市。比如我们在上海取景,可能需要临时性地对某些区域进行交通禁行,我们在纽约等国外城市拍摄,他们就会有专门的机构去帮我们协调纽约警察局等,如果电影公司自己找有关部门去协调,就非常困难。现在有了这个机构,可以让许多想拍不能拍的场景得到拍摄……我们之前拍摄时就碰到困扰,不知道向谁去申请,也不知道向谁去协调,而且电影拍摄场景是流动的、跨区域的,现在我们可以统一归口找影视摄制服务机构了。"[2] 从这一点我们可以看出,上海市政府在推动上海电影产业发展方面的确用心良苦,而政府所提供的这些服务一定会吸引更多的人才和影视制作机构落户上海。

---

[1] 陈晨、张喆、徐明徽:《上海电影新政解读:全国首家影视摄制服务机构,拍片人点赞》,http://www.thepaper.cn/newsDetail_forward_1273635。
[2] 陈晨、张喆、徐明徽:《上海电影新政解读:全国首家影视摄制服务机构,拍片人点赞》,http://www.thepaper.cn/newsDetail_forward_1273635。

结语：多管齐下，建构完整产业链

  回顾 2014 年的上海电影产业发展，有上海温哥华电影学院落成开班，有上影股份积极上市，有上海市政府出台每年 2 亿元的支持政策，上海电影表现了强劲的发展潜力。这一切发展举措，都围绕着构建完善的电影产业链。上海是中国的经济中心，有着成熟的电影市场和优良的电影传统，这都为上海电影产业发展提供了基础。2013 年，有 145 家影视文化公司在上海拍摄电影，与 2012 年相比新增 49 家。[①]自 2011 年上海颁布《关于促进上海电影产业繁荣发展的实施意见》以来，上海电影产业保持稳定增长的态势，2013 年上海电影票房达 15.7 亿元，比三年前增长了 31.9%，2014 年预期票房可超过 18 亿元。[②]良好的票房和政府的支持都为上海电影打造完整产业链提供了基础。此外，2014 年的上海国际电影节确立了"政府办节"的运作模式，争取把电影的公益属性和社会属性发挥出来，把社会效益放在第一位。2014 年的上海国际电影节明确提出了"关注亚洲、关注华语、关注新人"的定位，共有来自 100 多个国家和地区的 1099 部影片报名参赛，1808 部影片报名参展，400 多名中外电影人争艳红毯，15 部参赛影片竞逐"金爵奖"，这在全世界 A 类国际电影节中也占据了一定地位。此外，上海国际电影节还成为活跃而可持续的交易交流平台，为上海电影的发展提供了展示舞台和合作机会。

  综上所述，2014 年成为上海电影产业发展的关键一年，在政府的政策支持下，伴随着中国电影产业的大发展，拥有多个人才培养基

---

① 《上海国际电影节今日开幕：世界电影步入"中国时区"》，http://www.thepaper.cn/newsDetail_forward_1250754。
② 《上海电影工作座谈会 27 日召开，上海电影将有"大作为"》，http://www.thepaper.cn/newsDetail_forward_1273336。

地、多家影视摄制机构、多个电影发行公司的上海电影产业将蓬勃发展，"世界电影、上海制造"不再是一个口号，会在未来变成现实。

参考文献

切梦刀：《〈西藏天空〉：西藏魂》，《东方电影》2014年第5期。

朱鹏杰：《〈触不可及〉风情诉与何人?》，《东方电影》2014年第10期。

朱鹏杰：《加强"上海制作"，培育电影文化——2013年上海电影发展回望》，陈圣来主编《上海文学发展报告（2014）》，社会科学文献出版社，2014。

〔澳〕格雷姆·特纳：《电影作为社会实践》（第4版），高红岩译，北京大学出版社，2010。

附录
Appendix

B.22
2014年上海文学纪事

(2013年12月~2014年11月)

2013年12月

《钱谷融文集》出版 2013年适逢钱谷融先生95年诞辰,上海人民出版社推出4卷本《钱谷融文集》。19日,上海人民出版社、上海市作家协会共同举办《钱谷融文集》出版座谈会,钱谷融先生到场交流。《钱谷融文集》共分4卷,由文论、散文、译文、对话录、书信等组成,收录了作者有关文学理论、世界文学、中国现当代文学等领域的研究,包括其"文学是人学"观点的阐述,以及对鲁迅小说、《雷雨》等经典的研究;收录了有关文学、人生的感悟随笔,以及与友人、学生的思想谈话;精心收存了400多封信札,富于思想艺术性和史料价值。

上海市文联召开 2013 年度文艺评论工作总结会 2013 年 12 月 30 日，上海市文联召开 2013 年度文艺评论工作总结会。市文联党组书记、专职副主席宋妍，市文联专职副主席、秘书长沈文忠，以及各协会秘书长、部分事业单位负责人、文联部分中青年文艺评论工作者出席会议。会上，理论研究室主任胡晓军通报了《上海市文联文艺评论工作 2013 年总结和 2014 年意见》。各协会负责人、中青年评论工作者进行了热烈交流。会议客观分析了评论工作的一些瓶颈问题，并提出了把握评论"龙头"、开通评论"源头"、建设评论"码头"等改进措施，力争三管齐下，促进文艺评论工作的开展。

2014年1月

上海剧协开展"上海戏剧评论状况调查" 1 月 17 日下午，上海剧协特邀部分活跃在戏剧舞台上的创作者，在市文联会议室参加"上海戏剧评论状况调查"编导演专题调研会，恳谈当下戏剧评论状况，以及他们个人对戏剧评论的需求与建议，共谋戏剧评论的发展。由上海剧协牵头的"上海戏剧评论状况调查"课题调研已近尾声，此前已召开了戏剧院团、戏剧评论者、媒体平台三个专题调研会，旨在加强文艺评论理论工作，关注文化思潮，倡导营造文艺评论良好环境，活跃上海戏剧评论气氛，探索健康、务实的文艺批评；加强上海戏剧批评对舞台创作的积极作用，助推戏剧精品力作和评论人才涌现。

2月

海上女作家文学朗诵会举办特别活动 2 月 11 日，由上海市作家协会、东方广播有限公司主办的 2014 海上女作家文学朗诵会特别活动"追忆逝水年华——陆星儿、蒋丽萍、程乃珊文学纪念会"在长宁区图书馆举行。市作协党组书记汪澜、市作协主席王安忆、市图书馆副馆长陈超、区文联主席周文贤、区妇联主席王秀红等领导，以及三位女作家生前好友王小鹰、王晓玉、王周生、孔明珠等二十余位上海作家，三位女作家的家属代表，一起用文学朗诵的形式追忆三位早逝的女作家。纪念会吸引了逾150位文学爱好者参加。

3月

上海研讨赵丽宏长篇小说《童年河》　由当代上海文学研究中心主办的"赵丽宏长篇小说《童年河》研讨会"3月18日在上海师范大学举行，杨剑龙教授主持会议。赵丽宏的长篇小说《童年河》以其对童年生活的真切回忆，以从崇明乡村到上海市区的孩子雪弟为视角，展现了20世纪五六十年代的都市生活，突出了雪弟在都市环境中的成长，也呈现了特殊年代的时代风云和世态人情。与会者认为，这是一部洋溢着善与美的感染人、打动人的佳作，是作者对当代长篇小说创作的新贡献，展现了作者精益求精的创作姿态和探索精神。

2013年度上海儿童文学好作品奖揭晓　19日，上海市儿童文学研究推广学会在其实验基地——竹园小学召开"2014上海儿童文学迎春座谈会"，近百名儿童文学作家、儿童文学理论工作者、少儿报刊出版编辑、小学与幼儿园教师参加会议。会议揭晓了2013年度上海儿童文学好作品，分别是王岚的儿童小说《姚遥的〈三国演义〉》、林海燕的儿童故事《调皮鬼出没》、蒋白鸽的幼儿文学《梯子山》、吴正阳的儿童散文《游在水井里的鱼》、小微的童话《爸爸、妈妈和我会变……》、萧萍的儿童诗《男生女生不可不说的那些事儿》六部作品。会议还授予了在上海市少儿文教事业中做出卓越成绩的80岁以上人士"学会奖",鲁风、刘一庸、钱景文、张瑛文、江英、倪谷音等人获奖。

4月

第24届白玉兰戏剧表演艺术奖揭晓 第24届上海白玉兰戏剧表演艺术奖颁奖晚会4月10日在上戏剧院举行。上海白玉兰戏剧表演艺术奖组委会主任、上海市委宣传部副部长陈东为沪剧表演艺术家王盘声颁发特殊贡献奖;舒巧、蔡正仁、陈少云、小王彬彬、李政成、梁伟平、蔡金萍、茅善玉等艺术家分别为获奖演员颁奖。共有10位演员获得主角奖,浙江绍剧艺术研究院(浙江绍剧团)演员刘建杨凭借在《孙悟空三打白骨精》中的出色表演夺得该奖榜首;共有4位演员获得配角奖,张唐兵凭借在苏剧《柳如是》中钱谦益一角荣获该奖榜首。在本届颁奖晚会上,沪剧成为最大的赢家。除王盘声荣获特殊贡献奖外,《挑山女人》的华雯、王文分获主配角奖,上海沪剧院最年轻一代演员洪豆豆凭在《雷雨》一剧中的表演获新人配角奖。

2014年上海市文艺工作会议举行 4月14~15日,2014年上海市文艺工作会议在上海电影博物馆举行,来自上海文艺界及媒体领域的数百位代表参加会议。中共上海市委常委、宣传部部长徐麟出席会议并讲话。据悉,2014年,上海在服务文艺人才方面有以下举措:一是实施"推星"计划,对贡献卓越的老艺术家、国内外具有一定知名度的艺术家、青年文化才俊分类施策,吸引高层次文艺人才集聚。二是实施"海漂"关爱行动,加大对体制外文艺工作者的关心、扶持和服务力度,关注他们的生存状态,解决他们的实际困难,引导他们的创作方向,提供平等的创作机会,共享创作资源和创作扶持政策。三是实施"强基工程",加强基层文化专业技术人才队伍建设,重点扶持民间文化人才发挥积极作用。上海市作协党组书记汪澜介绍，上海市作协将重点关注年轻文学人才，计划组织青年评论家评论青年作家作品的系列研讨对谈活动，为上海两个青年文学群体集体亮相搭建平台。同时，作协的服务职能进一步向体制外写作者延伸，特别是针对"海漂"文艺人才，将启动对签约作家、网络写作者和自由写作者的调研项目，并加快筹建网络作家协会，希望通过有针对性的服务，团结、凝聚、引导更多的体制外写作者壮大主流文学的创作力量。

"镜中之镜：中国当代文学及其译介研讨会"在沪举行 4月21~22日，"镜中之镜：中国当代文学及其译介研讨会"在华东师范大学举行。王安忆、阎连科、毕飞宇等著名作家，以及葛浩文（Howard Goldblatt）、何碧玉（Isabelle Rabut）、安毕诺（Angel Pino）、高立希（Ulrich Kautz）及坂井洋史（Sakai Hirobumi）等从事中国文学翻译的汉学家，就中国现当代文学的热点问题各抒己见，并进行了面对面的交流。在研讨会上，与会代表和专家还围绕"中国现当代文学'走出去'""莫言再审视""世界文学及其翻译与文化""翻译风格及译者主体地位"等主题进行了学术研讨。

于东田小说遗作出版 4月，由上海文学发展基金会支持，上海女作家于东田遗作"小说三部曲"由上海书店出版社出版，这套书包括《重伤不痛》《山外有山》和完整版《大路千条》，其中反映作者成长背景的珍贵文稿《父女对话录》收录于《大路千条》。这三部现实主义题材的小说选取了颇接地气的小人物作为主角，用干净利落的文字，将大悲大喜隐藏在平淡的段落中。作家王安忆评价："当写作与发表变得轻松方便的时候，要在大量流通的文字中发现真正的虚构的天赋，其实要比前一个严谨的时代更为不易。我一下子就喜欢上了于东田的小说，故事清新、叙述沉着，更可贵的是感情充沛。"

5月

资深翻译家朱威烈教授荣获沙特阿卜杜拉国王世界翻译奖 5月13日，由沙特阿卜杜拉国王世界翻译奖评选委员会主持的第七届阿卜杜拉国王世界翻译奖获奖名单宣布仪式在利雅得举行，资深翻译家、上海外国语大学中东研究所名誉所长、智库委员会主席朱威烈教授荣获个人贡献奖。朱威烈教授长期从事阿拉伯语教学、研究和翻译工作。主要翻译作品有《阿拉伯马格里布史》《卡尔纳克咖啡馆》《回来吧，我的心》，合译作品有《初恋岁月》《中东艺术史》《蒙面人——阿拉伯小说选》《无身份世界中的爱国主义——全球化的挑战》《十字路口》等，曾获埃及文化部"翻译表彰奖"。2010年中国翻译协会授予其"资深翻译家"荣誉称号。

第三届上海青年作家创作会议举行 5月16日，上海市作家协会举行了主题为"2014：在'上海'写作"的第三届上海青年作家创作会议。薛舒、滕肖澜、姚鄂梅、路内、小白、走走、黄昱宁、甫跃辉、孙未、周嘉宁、徐敏霞、BTR、张怡微、蔡骏、黄平、金理、血红等34位青年作家、翻译、评论家围绕三个议题进行分组讨论，三个议题分别是"城市与写作：我手写'我城'""写作与翻译：借镜的自我观看""传播与写作：新传播方式下的写作形态"。中国作协副主席、书记处书记李敬泽，中共上海市委宣传部副部长陈东，中国当代文学研究会会长白烨，以及《人民文学》主编施战军等出席会议并发言。会议以青年作家与批评家的讨论为主，作家和评论家陈思和、程永新、吴亮、郜元宝、杨扬、孙甘露等在现场做简要点评。白烨表示，和国内其他省份相比，上海市的青年写作力量特点明显：很多省份50后、60后写作者多，80后、90后写作者相当稀少，上海文坛则是70后、80后、90后队伍雄壮。

"E时代的戏剧批评"学术研讨会举行 5月16~17日,"E时代的戏剧批评"学术研讨会在上海戏剧学院举行。学者与评论家董健、田本相、郜元宝、毛时安、荣广润、丁罗男、葛红兵、陈歆耕等,以及剧作家罗怀臻、赵耀民等出席会议。在为期两天的研讨会上,与会代表围绕中国戏剧批评的传统与现状、网络时代戏剧批评的新特点、戏剧批评与剧场实践的互动关系、戏剧批评的理论创新等议题做了深入探讨。

第十一届上海市大学生话剧节举行 5月5~19日,由共青团上海市委、上海市文联、上海市学生联合会、上海市戏剧家协会共同主办,上海话剧艺术中心承办的"2014第十一届上海市大学生话剧节"(简称"大话节")举行。本届大话节共收到上海34所高校43个剧社提交的话剧30部、短剧21部,参赛剧社与作品数量创历史新高。经初赛组委会的评判,入围决赛的有19部剧目,其中14部为原创作品、5部为改编作品。19日晚大话节闭幕,同济大学东篱剧社凭借其原创剧目《关于水的若干问题》从12部入围决赛的作品中脱颖而出,摘得话剧组桂冠,这也是同济大学东篱剧社在大话节史上的第二次夺冠。短剧组冠军为2014年新参赛的黑马——上海音乐学院AUV(哎哟喂)话剧社的改编短剧《桃花源》。在话剧组方面,"最佳导演奖"由复旦大学复旦剧社的原创肢体剧《身影——1925互动剧肢体篇》获得,该剧同时也获得了本届大话节的二等奖;荣获"最佳编剧奖"的是上海电力学院精灵话剧社的原创悬疑剧《七只兔子》;"最佳舞台创意奖"则由上海财经大学学生话剧团《来客》获得。

叶辛新作《问世间情》关注"新上海人" 5月,作家叶辛的最新长篇小说《问世间情》在上海首发。在这本新作中,叶辛将关注的目光投向"新上海人"中的底层劳动者,通过探讨农民工进城后组成"临时夫妻"这一特殊现象,关注农民工进城后的情感生活,深入探讨了改革开放和城镇化浪潮中不可避免的情感变迁与生活矛盾。"故事写的是一个与以往弄堂、石库门迥然不同的上海，探讨的不仅是农民工进城后'临时夫妻'的现象，也向爱情这一主题发出了当代人的诘问：问世间情为何物？"叶辛说。新书的出版，也意味着他今后的创作将更关注现实生活。

6月

上海社会科学院全力建设"城市文学与文化"创新学科 6月初，经过广泛论证和评审，上海社会科学院将"城市文学与文化"列为该院大力发展的创新学科之一，将为该学科建设提供第一期为期5年的全方位支持。"城市文学与文化"创新学科以上海社会科学院文学研究所三大学科，即中国古代文学、中国现当代文学和文艺学为基础，着眼于更加积极地推动文学研究、关注社会生活的现实变化，更加积极有力地回应现实发展对学术研究提出的要求，拟通过考察城市空间中文学与文化生产机制的历史流变、发展现状及其理论形态，拓展城市文学与文化研究的新视角，探索新方法，提出新观点，从而为更深入地把握文学、文化生产与城市社会发展之间的互动建构关系提供理论阐释，以期为当前和未来的中国社会转型与城市文化发展做出贡献。该学科共由10人组成，首席专家为文学研究所副所长荣跃明研究员。在首期5年的建设计划中，除了系统整理、出版上海文学口述史等资料集，推出多卷本《城市文学研究读本》，出版"城市文学与文化研究丛书"之外，《新编上海文学通史》将是其标志性成果。

第二届"上海市中学生话剧展演季"举行 4日，由上海市教育委员会指导、上海话剧艺术中心与上海中学生报共同主办的第二届"上海市中学生话剧展演季"在上海话剧艺术中心落幕。"上海市中学生话剧展演季"是一个关注青少年梦想、展示青少年风采的平台。

这个面向上海市各中小学校,包括民工子弟学校在内的长期非营利性戏剧教育项目,在2013年首次尝试举办就获得了巨大成功。2014年,第二届"上海市中学生话剧展演季"扩大了宣传范围,吸纳了更多学校参与。在本次活动中,包括上海中学、上外附中、复旦附中、向明中学、交大附中在内的19所市级与区级重点中学的二十多部作品参加展演,并邀请了专业师资点评指导。最终,来自上海市盲童学校的《生命之光》获得了本次展演季的第一名。

上海召开青年文艺骨干座谈会　6月5日,上海青年文艺骨干座谈会召开,来自影视、演艺、动画和视频网站的12位年轻人齐聚一堂,从青年人的视角出发,讨论了上海如何营造更好的环境、搭建更大的发展平台、集聚更多的文化创意产业人才。市委常委、宣传部部长徐麟,市委宣传部副部长朱英磊、朱芝松,市委宣传部秘书长姜迅,市文广局局长胡劲军,市文联党组书记、专职副主席宋妍等出席座谈会。会议认为,要呈现更多的精品力作,出更多的大师,上海需要形成人才梯队,完善文艺队伍的结构。与会的青年文艺人才建议,上海应当成为强大的孵化器,培育紧缺人才以及复合型人才,建成一个人才培育流通的大平台。

7月

华语文学网上线　由上海市作家协会主管、主办,上海文化创意产业基金资助建设的华语文学网(www.myhuayu.com)7月2日上线。有别于起点、红袖添香等风头正劲的商业文学网站,华语文学网将着眼点放在当代传统文学、经典文学作品的推广传播上,希望借助数字出版的手段,给传统文学更多的出路。华语文学网目前已经获得《收获》增刊、《萌芽》增刊、《上海文学》与《上海作家》等文学杂志的内容传播授权,并拥有王安忆《长恨歌》、叶辛《蹉跎岁月》、以及孙颙、赵丽宏、孙甘露、王小鹰、竹林、金宇澄、沈善增、阮海彪、薛舒、滕肖澜、姚鄂梅、孙未等上海作家作品的电子版权。苏童、余华、格非、马原、王璞、阎连科、荆歌、杨争光、张楚、钟求是、艾伟、迪安等知名作家，已通过《收获》杂志向华语文学网授权。美国的聂华苓、卢新华、虹影、陈谦，加拿大的陈河、李彦，荷兰的林湄，瑞士的赵淑侠，德国的穆紫荆，马来西亚的朵拉，中国香港的吴正、陶然，以及中国台湾的施叔青等作家，则将作品直接授权给华语文学网。

上海网络作家协会成立 7月3日，上海网络作家协会第一届会员大会召开，这也标志着上海网络作家协会正式成立。包括蔡骏、血红、骷髅精灵、洛水、树下野狐、今何在、哥舒意、格子里的夜晚、府天等在内的75名网络文学作家成为首批会员，作家陈村任会长。据介绍，作为上海网络作家自愿组成的专业性、非营利性社会团体法人，上海网络作家协会是拥有独立法人资质的社会团体，是依法独立享有民事权利和承担民事义务的社会组织，会员依法享有权利和履行义务。首批75名会员来自盛大文学、起点中文、创世中文、悬疑世界、纵横中文、铁血读书、潇湘书院、原创中文、榕树下、红袖添香、小说阅读、九州志、言情小说吧、上海作家、萌芽、云文学、华语文学等17个网站。其中70后、80后、90后会员占比达90%，女性会员占比超过1/3，并有5名从事网络文学研究的评论者。除作者之外，协会同时也向从事网络文学研究、翻译、编辑、教学等工作的人员开放。

上海研讨孙颙作品 7月15日，"从《雪庐》到《缥缈的峰》——孙颙文学作品研讨会"在上海市作家协会大厅举行，来自京沪两地的赵丽宏、郏宗培、朱大建、王小鹰、王周生、金宇澄、杨剑龙、贺绍俊、孙甘露、孔明珠、邹平、王雪瑛等30多位作家与评论家出席。以孙颙新作《缥缈的峰》为契机，研讨会讨论了孙颙40多年来的文学创作之路，并给予了高度评价。与会专家认为，都市文学的发展需要建立真正属于都市的文学传统，而孙颙的创作对此做出了贡献。

8月

"2014上海市民阅读报告"出炉，上海市民最爱文学读物 上海书展揭幕前夕，上海市新闻出版局8月11日发布了《上海市民阅读状况调查分析报告（2014）》。该调查显示，尽管遭受了数字阅读的冲击，但市民阅读首选纸质书，纸质书阅读时间回升，高出数字阅读25.15%。70.65%的被调查者认为，纸质读物具有最好的阅读效果。近六成市民不愿为数字阅读付费。在阅读方面，上海市民最爱文学读物，从性别、年龄、收入等角度划分，市民都将文学类图书作为自己的首选。市民购书热情小幅提升，69.99%的被调查者在一年中会购买50元以上的纸质图书。

第四届上海国际文学周举办 8月11~18日，第四届上海国际文学周于上海书展期间同时举办。本届文学周邀请了十多位国际著名作家、诗人，以及一批中国著名作家、诗人、翻译家，开展了近40场文学对话、作品研讨、文学演讲、新书首发和读者见面活动。其中包括以"文学与翻译：在另一种语言中"为主题的上海国际文学周主论坛、上海国际文学周诗歌之夜和作为中法文化交流年项目的"杜拉斯百年诞辰"系列活动。奈保尔（印度裔英国作家，2001年诺贝尔文学奖得主）、罗伯特·哈斯（美国诗人，美国第八位桂冠诗人）、布伦达·希尔曼（美国女诗人）、艾斯特哈兹·彼得（匈牙利作家）、罗伯特·奥伦·巴特勒（美国作家，普利策文学奖得主）、尤兰达·卡斯塔诺（西班牙女诗人）、马克·李维（法国作家）、皮埃尔·阿苏里（法国龚古尔学院成员，杜拉斯传记和纪录片作者）等外国作家、诗人，以及活跃在华语文坛的马振骋、周克希、余中先、叶兆言、孙颙、刘醒龙、欧阳江河、王家新、翟永明、陈黎、黄运特、袁筱一、戴从容等一批著名翻译家、作家、诗人，参加了本届上海国际文学周系列活动。其间，文学周还举办了面向青年文学创作与翻译群体的"萌芽文学夏令营"和"青年翻译家上海沙龙"等活动。

9月

2014"上海写作计划"启动 9月7日下午，由上海市作家协会主办的2014"上海写作计划"欢迎会在上海话剧艺术中心举办。2014年，有来自美国、新西兰、匈牙利、墨西哥、丹麦、哥伦比亚、阿根廷七个国家的9位作家驻上海市。王安忆、赵丽宏、秦文君、陈村、孙甘露等众多上海作家齐聚一堂，欢迎来自世界各地的作家。驻市作家在上海生活两个月，其间上海作家协会举办了三场主题为"时时刻刻"的驻市作家文学报告会。9位驻市作家与上海作家一起座谈，并访问大学，和师生交流。2008年创办以来，每年一届的"上海写作计划"已经成为上海文学交流的重要名片，迄今已有来自27个国家的47名作家驻沪体验。

第六届鲁迅文学奖颁奖，上海三人获奖 23日晚，第六届鲁迅文学奖颁奖典礼在北京中国现代文学馆举行。35位作家、诗人、文学理论评论家和文学翻译家捧走大奖。其中，上海3位作家、评论家获此殊荣：滕肖澜以中篇小说《美丽的日子》获中篇小说奖，张新颖以论文《中国当代文学中沈从文传统的回响》获文学理论批评奖，程德培以文学评论集《谁也管不住说话这张嘴》获文学理论评论奖。这是上海文学界在历届鲁迅文学奖评选中获得的最好成绩。此外，《收获》杂志刊登的格非《隐身衣》、徐则臣《如果大雪封门》、叶弥《香炉山》三篇中短篇小说也获得鲁迅文学奖；上海出版机构有 3 部图书获得鲁迅文学奖,分别是上海文艺出版社出版的鲁枢元《陶渊明的幽灵》和程德培《谁也管不住说话这张嘴》,以及上海译文出版社出版的菲利普·克洛代尔《布罗岱克的报告》(刘方译)。

盛大文学影视版权单本价格破百万 9月底,在由浙江省绍兴市政府与中科院浙江分院举办的首届影视数字内容文化投资与版权交易会上,盛大文学与国内6家影视及演艺机构签订了作品改编授权协议。6部原创网络小说《史上第一混乱》《鬼吹灯》《朱雀》《斗铠》《盘龙》《步步生莲》被华影影视投资、儒意欣欣、希世纪影视、乐视网及圣坤堂文化等单位购得,总销售价格近1000万元,其中《史上第一混乱》《鬼吹灯》的单本价格突破100万元。近年来,由网络文学版权改编,"一次生产、多次利用、版权获利"的文化娱乐产品逐渐成为市场宠儿。2010年以来,仅盛大文学小说售出的影视剧版权就超过130部,改编且畅销影视作品有《步步惊心》《小儿难养》《裸婚时代》等。

10月

话剧《生死遗忘》上演 根据作家王周生同名小说改编的话剧《生死遗忘》于10月3~12日在话剧艺术中心上演。该剧讲述了一个关于记忆与遗忘的故事。小说曾获"第八届茅盾文学奖"提名。该剧系上海市重大文艺创作项目,由资深制作人李胜英制作,由国家一级编剧李容创作,由著名导演苏乐慈执导,由张晨贤担任舞美设计,由上海话剧艺术中心老中青三代优秀演员许承先、宋茹惠、吴静为、韩秀一、何彦淇联合主演。

上海文艺界学习习近平总书记在文艺工作座谈会上的讲话精神 10月15日,习近平总书记在文艺工作座谈会上发表重要讲话,在上海文艺界引起了巨大反响。19日上午，上海市召开了"上海文艺界学习习近平总书记在文艺工作座谈会上讲话精神座谈会"。会上，王安忆、尚长荣、叶辛、茅善玉、史依弘、李军六位赴京参加座谈会的文艺界人士，以及施大畏、江海洋等文艺界代表畅所欲言。大家纷纷表示，总书记的讲话既点到了目前文艺创作的弊病和痛处，又指明了文艺创作的方向。

上海作协专题研讨四部现实题材新作　17日，上海作协为叶辛《问世间情》、孙颙《缥缈的峰》、程小莹《女红》、薛舒《远去的人》四部现实题材力作举行研讨会。中国作协书记处书记阎晶明认为，在文艺工作座谈会召开后，这一研讨会探讨的话题尤其具有意义。现实题材创作在中国文学传统中，特别是"五四"以来的文学传统中，比乡土文学积累的经验少；都市文学虽缺乏历史经验，但也面临很多机会。

管燕草长篇小说《天之光》获"全国青年产业工人文学大奖"　20日，第二届"全国青年产业工人文学大奖"评选在广州揭晓，此次大赛共决出18篇（部）获奖作品，上海作家管燕草的《工人》第一卷《天之光》获得唯一的长篇小说奖。

上海出台七项政策扶持电影发展　为落实习近平总书记在文艺工作座谈会上的重要讲话精神、全国电影工作座谈会精神，推动上海电影繁荣发展，上海电影工作座谈会于10月27日在上海展览中心举行。市委书记韩正日前强调，上海电影工作应丰富主体，打造电影全产业链，创作更多思想性、艺术性、观赏性相统一的精品佳作，不断提升上海文化的影响力、竞争力、说服力、感召力。在上海电影工作座谈会上，与会业内人士一致认为，在推动文化大发展大繁荣的进程中，上海电影人必须主动而为、积极而为、创新而为。根据国家七部门《关于支持电影发展若干经济政策的通知》精神，上海九部门共同制定了《关于促进上海电影发展的若干政策》，从政府的介入度、企业的集聚度、作品的鲜亮度和政策的公平度出发，出台了具体的七项政策，与会人士对此给予了好评。

11月

第四届中国校园戏剧节在沪举办 历时10天，以"中国梦·青春梦"为主题的第四届中国校园戏剧节12日晚在上海戏剧学院落幕。本届中国校园戏剧节公布并颁发了"中国戏剧奖·校园戏剧奖"各大奖项，清华大学的话剧《马兰花开》、上海视觉艺术学院的音乐剧《妈妈，再爱我一次》分别领衔普通组和专业组的"优秀剧目奖"，上海戏剧学院的话剧《中国梦》获得"优秀剧目奖·特别奖"。另有来自5个高校的编剧导演和演员分别获得单项奖。颁奖仪式结束后，上海歌剧院带来的音乐剧《国之当歌》被作为闭幕演出上演。自11月3日中国校园戏剧节开幕的10天时间里，来自全国22个省份的33所高校的剧目（包括23台大戏和由10台短剧组成的2个短剧专场）登上中国校园戏剧节舞台，集中展示了当代校园戏剧艺术的最高水平。戏剧节还邀请了罗马尼亚锡比乌大学演出话剧《四川好人》，举办了一次"罗马尼亚戏剧工作坊"活动，吸引观众近2万人次。

2014年市民文化节市民写作大赛颁奖 历时近8个月，经过层层筛选，2014年市民文化节市民写作大赛评出"百位市民作家"，11月15日在普陀区图书馆举行颁奖活动。此次写作大赛倡导"生活即写作，写作即生活"的理念，激发了市民参与写作的激情。"IN上海——倾听你的上海故事"作为此次征文活动的主题板块，让市民抒写与上海血脉相连、与汉语文脉相通的情怀。据主办方透露，活动从2014年4月23日启动至8月31日截稿，全市有3万余人参赛，选送组委会稿件3857份（其中学生组来稿808份）。参赛单位遍及全市区县，稿件由知名作家、学者、资深编辑等经过初审、复审与终审三轮评审，最终产生"百位市民作家"。评委、作家薛舒说："文学一直都有生活渊源，普通人平时因为缺少展现的平台，扮演更多的是文学欣赏者，通过这次市民写作大赛，他们写出了所思所想，展示了各自的文采。只有民众自发参与文化活动，一个有魅力的文化城市才会拥有坚实广泛的根基。"颁奖当天，"市民作家俱乐部"也宣告成立，以为"市民作家"提供一个交流、提升的平台。

"都市化进程与都市文学"高峰论坛举行 当代上海文学研究中心11月16日在上海师范大学举行"都市化进程与都市文学"高峰论坛，白烨、殷国明、郜元宝、栾梅健、葛红兵、陈歆耕、王宏图、胡晓军、刘忠、许苗苗、叶祝弟等来自京沪两地的20余位学者就中国都市文学的发展进行了深入探讨，杨剑龙教授主持会议。会议认为，上海应引领都市文学的发展与繁荣，应将具有精神品格的都市文学呈现给读者。

陈伯吹国际儿童文学奖颁奖 19日，2014年陈伯吹国际儿童文学奖颁奖仪式在宝山民间艺术馆举行。陈伯吹国际儿童文学奖的前身是陈伯吹儿童文学奖，设立于1981年，是新中国文坛第一个以作家名字命名的文学奖项。此次获"年度作家奖"的是巴西著名插画家罗杰·米罗、中国著名儿童文学作家金波；获得"特殊贡献奖"的是加拿大著名出版人帕奇·亚当娜、中国少年儿童新闻出版社总社原社长海飞；获得"年度单篇作品奖"的是小河丁丁的《爱喝糊粮酒的倔老头》、任永恒的《一下子长大》、张之路的《拐角书店》、陈问问的《夏天的小数点》与舒辉波的《你听我说》；获得"年度图书（绘本）奖"的是刘旭功的《谁的家到了?》、蔡皋的《花木兰》、朱莉·福利亚诺与艾琳·E.斯特德的《如果你想看到一头鲸鱼》、彼得·布朗的《老虎先生发狂了》和高洪波的《掉牙小猪》；获得"年度图书（文字）奖"的是薛涛的《小城池》、殷健灵的《致未来的你——给女孩的 15 封信》与庞婕蕾的《微笑说再见》。

上海举办纪念巴金 110 周年诞辰系列活动　2014 年是一代文学巨匠巴金 110 周年诞辰。由中国作家协会、上海市作家协会、上海文学发展基金会和巴金故居主办的"巴金的世界——巴金先生 110 周年诞辰纪念展"暨国际文学研讨会 22 日在上海举行。海内外众多文艺界人士云集上海，共同追忆巴金。作为巴金先生 110 周年诞辰系列纪念活动的最重要内容，本次展览从多角度、多层次展现了真实的巴金，其规模之大、展品之多、展陈手段之丰富，是巴金故居面向公众开放以来所仅有，上千件珍贵展品多为首次展出，巴金先生的每一段往事都以实物佐证，让观众回归历史现场，切实触及巴金的内心世界。11 月 22～24 日，上海举办了第 11 届巴金学术研讨会，邀请了近百名国内外巴金研究的专家学者与会，探讨"超越时代的理想主义"。此外，"收获之美——青年作家朗诵会""乐读巴金——宋思衡多媒体音乐会"等多场纪念活动也在此期间举办。

B.23
后　记

　　上海社会科学院文学研究所一贯重视对上海文学的研究与批评，曾先后主编出版《上海近代文学史》《上海现代文学史》《上海文学通史》等著作。为及时跟踪和反映上海文学发展的现状，2006年，时任所长叶辛先生推动文学研究所青年学术交流中心开始编撰《上海文学发展报告》。本书立足于全面反映上海文学的整体状况，敏锐把握上海及中国文学发展中的新现象、新问题。宏观扫描与深度论述相结合、理论探讨与调查研究相结合，成为本书鲜明的特色。鉴于本书良好的学术影响，在上海社会科学院和社会科学文献出版社的大力支持下，自2012年起，本书被列入"上海蓝皮书"系列，与《上海文化发展报告》等一起由社会科学文献出版社出版，并被呈予上海市"两会"代表、委员等社会各界参阅。得益于本书编委会老师的大力支持，"上海蓝皮书"系列的整体策划和新闻发布活动进一步提升了本书的学术质量和社会影响。

　　自2006年启动至今，上海社会科学院文学研究所一直支持本书的编纂和出版，本所同事们全方位参与从策划、组稿、撰稿到后期编辑、校对等环节，给了本书最坚实的支撑。同时，本书的作者群不断扩大，上海乃至国内其他地区高校、作协、新闻报刊等单位的学者、批评家、编辑、记者等，逐渐成为本书作者的主体，而见证一批优秀青年作家的成熟、与一批青年批评家共同成长，则是本书重要的收获之一。2014年，上海社会科学院启动"城市文学与文化"创新学科建设，促使本书进一步明确了定位和研究方向，即跟踪考察上海与中国城市文学的发展进程，推动中国城市文学的成长及城市文学研究的不断深入。

在《上海文学发展报告（2015）》编撰过程中，来自上海文学界内外的支持得到了充分体现：上海市作协杨斌华先生为本书提供了丰富的资料，并协助组稿；华东师范大学中文系黄平副教授参与策划并组稿；上海慧舟文化发展有限公司的专业译者汪文娟老师负责了本书的英译工作。特此致谢！

《上海文学发展报告》将持续关注上海与中国城市文学的发展，期待与更多的作家、批评家、学者建立联系，期待社会各界对本书给予更多的关注、帮助和批评，有何意见、建议等可致信 shwxfzbg@163.com。

本书编委会
2014 年 12 月 1 日

社会科学文献出版社　　　　　　　　　　　　　　　　　皮书系列

❖ 皮书起源 ❖

"皮书"起源于十七、十八世纪的英国，主要指官方或社会组织正式发表的重要文件或报告，多以"白皮书"命名。在中国，"皮书"这一概念被社会广泛接受，并被成功运作、发展成为一种全新的出版型态，则源于中国社会科学院社会科学文献出版社。

❖ 皮书定义 ❖

皮书是对中国与世界发展状况和热点问题进行年度监测，以专业的角度、专家的视野和实证研究方法，针对某一领域或区域现状与发展态势展开分析和预测，具备权威性、前沿性、原创性、实证性、时效性等特点的连续性公开出版物，由一系列权威研究报告组成。皮书系列是社会科学文献出版社编辑出版的蓝皮书、绿皮书、黄皮书等的统称。

❖ 皮书作者 ❖

皮书系列的作者以中国社会科学院、著名高校、地方社会科学院的研究人员为主，多为国内一流研究机构的权威专家学者，他们的看法和观点代表了学界对中国与世界的现实和未来最高水平的解读与分析。

❖ 皮书荣誉 ❖

皮书系列已成为社会科学文献出版社的著名图书品牌和中国社会科学院的知名学术品牌。2011年，皮书系列正式列入"十二五"国家重点图书出版规划项目；2012~2014年，重点皮书列入中国社会科学院承担的国家哲学社会科学创新工程项目；2015年，41种院外皮书使用"中国社会科学院创新工程学术出版项目"标识。

中国皮书网

www.pishu.cn

发布皮书研创资讯，传播皮书精彩内容
引领皮书出版潮流，打造皮书服务平台

栏目设置：

- 资讯：皮书动态、皮书观点、皮书数据、皮书报道、皮书发布、电子期刊
- 标准：皮书评价、皮书研究、皮书规范
- 服务：最新皮书、皮书书目、重点推荐、在线购书
- 链接：皮书数据库、皮书博客、皮书微博、在线书城
- 搜索：资讯、图书、研究动态、皮书专家、研创团队

中国皮书网依托皮书系列"权威、前沿、原创"的优质内容资源，通过文字、图片、音频、视频等多种元素，在皮书研创者、使用者之间搭建了一个成果展示、资源共享的互动平台。

自2005年12月正式上线以来，中国皮书网的IP访问量、PV浏览量与日俱增，受到海内外研究者、公务人员、商务人士以及专业读者的广泛关注。

2008年、2011年中国皮书网均在全国新闻出版业网站荣誉评选中获得"最具商业价值网站"称号；2012年，获得"出版业网站百强"称号。

2014年，中国皮书网与皮书数据库实现资源共享，端口合一，将提供更丰富的内容，更全面的服务。

法律声明

"皮书系列"（含蓝皮书、绿皮书、黄皮书）之品牌由社会科学文献出版社最早使用并持续至今，现已被中国图书市场所熟知。"皮书系列"的LOGO（ ）与"经济蓝皮书""社会蓝皮书"均已在中华人民共和国国家工商行政管理总局商标局登记注册。"皮书系列"图书的注册商标专用权及封面设计、版式设计的著作权均为社会科学文献出版社所有。未经社会科学文献出版社书面授权许可，任何使用与"皮书系列"图书注册商标、封面设计、版式设计相同或者近似的文字、图形或其组合的行为均系侵权行为。

经作者授权，本书的专有出版权及信息网络传播权为社会科学文献出版社享有。未经社会科学文献出版社书面授权许可，任何就本书内容的复制、发行或以数字形式进行网络传播的行为均系侵权行为。

社会科学文献出版社将通过法律途径追究上述侵权行为的法律责任，维护自身合法权益。

欢迎社会各界人士对侵犯社会科学文献出版社上述权利的侵权行为进行举报。电话：010-59367121，电子邮箱：fawubu@ssap.cn。

社会科学文献出版社

权威报告·热点资讯·特色资源

皮书数据库
ANNUAL REPORT(YEARBOOK) DATABASE

当代中国与世界发展高端智库平台

www.pishu.com.cn

皮书俱乐部会员服务指南

1. 谁能成为皮书俱乐部成员？
- 皮书作者自动成为俱乐部会员
- 购买了皮书产品（纸质书/电子书）的个人用户

2. 会员可以享受的增值服务
- 免费获赠皮书数据库100元充值卡
- 加入皮书俱乐部，免费获赠该纸质图书的电子书
- 免费定期获赠皮书电子期刊
- 优先参与各类皮书学术活动
- 优先享受皮书产品的最新优惠

3. 如何享受增值服务？

（1）**免费获赠100元皮书数据库体验卡**

第1步 刮开附赠充值的涂层（右下）；

第2步 登录皮书数据库网站（www.pishu.com.cn），注册账号；

第3步 登录并进入"会员中心"—"在线充值"—"充值卡充值"，充值成功后即可使用。

（2）**加入皮书俱乐部，凭数据库体验卡获赠该书的电子书**

第1步 登录社会科学文献出版社官网（www.ssap.com.cn），注册账号；

第2步 登录并进入"会员中心"—"皮书俱乐部"，提交加入皮书俱乐部申请；

第3步 审核通过后，再次进入皮书俱乐部，填写页面所需图书、体验卡信息即可自动兑换相应电子书。

4. 声明

解释权归社会科学文献出版社所有

皮书俱乐部会员可享受社会科学文献出版社其他相关免费增值服务，有任何疑问，均可与我们联系。

图书销售热线：010-59367070/7028
图书服务QQ：800045692
图书服务邮箱：duzhe@ssap.cn

数据库服务热线：400-008-6695
数据库服务QQ：2475522410
数据库服务邮箱：database@ssap.cn

欢迎登录社会科学文献出版社官网
（www.ssap.com.cn）
和中国皮书网（www.pishu.com.cn）
了解更多信息

社会科学文献出版社 皮书系列
卡号：600187463380
密码：

S 子库介绍
ub-Database Introduction

中国经济发展数据库

涵盖宏观经济、农业经济、工业经济、产业经济、财政金融、交通旅[游]、商业贸易、劳动经济、企业经济、房地产经济、城市经济、区域经济[等]领域，为用户实时了解经济运行态势、把握经济发展规律、洞察经济[趋]势、做出经济决策提供参考和依据。

中国社会发展数据库

全面整合国内外有关中国社会发展的统计数据、深度分析报告、专家[解]读和热点资讯构建而成的专业学术数据库。涉及宗教、社会、人口、[政]治、外交、法律、文化、教育、体育、文学艺术、医药卫生、资源环[境]等多个领域。

中国行业发展数据库

以中国国民经济行业分类为依据，跟踪分析国民经济各行业市场运行[情]况和政策导向，提供行业发展最前沿的资讯，为用户投资、从业及各[项]经济决策提供理论基础和实践指导。内容涵盖农业，能源与矿产业，[交]通运输业，制造业，金融业，房地产业，租赁和商务服务业，科学研[究]，环境和公共设施管理，居民服务业，教育，卫生和社会保障，文化、[体]育和娱乐业等 100 余个行业。

中国区域发展数据库

以特定区域内的经济、社会、文化、法治、资源环境等领域的现状与[发]展情况进行分析和预测。涵盖中部、西部、东北、西北等地区，长三[角]、珠三角、黄三角、京津冀、环渤海、合肥经济圈、长株潭城市群、关中[、]天水经济区、海峡经济区等区域经济体和城市圈，北京、上海、浙江[、]河南、陕西等 34 个省份及中国台湾地区。

中国文化传媒数据库

包括文化事业、文化产业、宗教、群众文化、图书馆事业、博物馆事[业]、档案事业、语言文字、文学、历史地理、新闻传播、广播电视、出版[业]业、艺术、电影、娱乐等多个子库。

世界经济与国际政治数据库

以皮书系列中涉及世界经济与国际政治的研究成果为基础，全面整合[国]内外有关世界经济与国际政治的统计数据、深度分析报告、专家解读[和]热点资讯构建而成的专业学术数据库。包括世界经济、世界政治、世[界]文化、国际社会、国际关系、国际组织、区域发展、国别发展等多个子库。

权威·前沿·原创

社会科学文献出版社

皮书系列

2015年

盘点年度资讯 预测时代前程

社会科学文献出版社 学术传播中心 编制

社会科学文献出版社
SOCIAL SCIENCES ACADEMIC PRESS (CHINA)

社会科学文献出版社成立于1985年，是直属于中国社会科学院的人文社会科学专业学术出版机构。

成立以来，特别是1998年实施第二次创业以来，依托于中国社会科学院丰厚的学术出版和专家学者两大资源，坚持"创社科经典，出传世文献"的出版理念和"权威、前沿、原创"的产品定位，社科文献立足内涵式发展道路，从战略层面推动学术出版的五大能力建设，逐步走上了学术产品的系列化、规模化、数字化、国际化、市场化经营道路。

先后策划出版了著名的图书品牌和学术品牌"皮书"系列、"列国志"、"社科文献精品译库"、"全球化译丛"、"气候变化与人类发展译丛"、"近世中国"等一大批既有学术影响又有市场价值的系列图书。形成了较强的学术出版能力和资源整合能力，年发稿5亿字，年出版图书1400余种，承印发行中国社科院院属期刊70余种。

依托于雄厚的出版资源整合能力，社会科学文献出版社长期以来一直致力于从内容资源和数字平台两个方面实现传统出版的再造，并先后推出了皮书数据库、列国志数据库、中国田野调查数据库等一系列数字产品。

在国内原创著作、国外名家经典著作大量出版，数字出版突飞猛进的同时，社会科学文献出版社在学术出版国际化方面也取得了不俗的成绩。先后与荷兰博睿等十余家国际出版机构合作面向海外推出了《经济蓝皮书》《社会蓝皮书》等十余种皮书的英文版、俄文版、日文版等。截至目前，社会科学文献出版社共推出各类学术著作的英文版、日文版、俄文版、韩文版、阿拉伯文版等共百余种。

此外，社会科学文献出版社积极与中央和地方各类媒体合作，联合大型书店、学术书店、机场书店、网络书店、图书馆，逐步构建起了强大的学术图书的内容传播力和社会影响力，学术图书的媒体曝光率居全国之首，图书馆藏率居于全国出版机构前十位。

上述诸多成绩的取得，有赖于一支以年轻的博士、硕士为主体，一批从中国社科院刚退出科研一线的各学科专家为支撑的300多位高素质的编辑、出版和营销队伍，为我们实现学术立社，以学术的品位、学术价值来实现经济效益和社会效益这样一个目标的共同努力。

作为已经开启第三次创业梦想的人文社会科学学术出版机构，社会科学文献出版社结合社会需求、自身的条件以及行业发展，提出了新的创业目标：精心打造人文社会科学成果推广平台，发展成为一家集图书、期刊、声像电子和数字出版物为一体，面向海内外高端读者和客户，具备独特竞争力的人文社会科学内容资源供应商和海内外知名的专业学术出版机构。

社长致辞

我们是图书出版者，更是人文社会科学内容资源供应商；

我们背靠中国社会科学院，面向中国与世界人文社会科学界，坚持为人文社会科学的繁荣与发展服务；

我们精心打造权威信息资源整合平台，坚持为中国经济与社会的繁荣与发展提供决策咨询服务；

我们以读者定位自身，立志让爱书人读到好书，让求知者获得知识；

我们精心编辑、设计每一本好书以形成品牌张力，以优秀的品牌形象服务读者，开拓市场；

我们始终坚持"创社科经典，出传世文献"的经营理念，坚持"权威、前沿、原创"的产品特色；

我们"以人为本"，提倡阳光下创业，员工与企业共享发展之成果；

我们立足于现实，认真对待我们的优势、劣势，我们更着眼于未来，以不断的学习与创新适应不断变化的世界，以不断的努力提升自己的实力；

我们愿与社会各界友好合作，共享人文社会科学发展之成果，共同推动中国学术出版乃至内容产业的繁荣与发展。

社会科学文献出版社社长
中国社会学会秘书长

2015年1月

社会科学文献出版社　　　　　　　**皮书系列**

❖ 皮书起源 ❖

"皮书"起源于十七、十八世纪的英国，主要指官方或社会组织正式发表的重要文件或报告，多以"白皮书"命名。在中国，"皮书"这一概念被社会广泛接受，并被成功运作、发展成为一种全新的出版形态，则源于中国社会科学院社会科学文献出版社。

❖ 皮书定义 ❖

皮书是对中国与世界发展状况和热点问题进行年度监测，以专业的角度、专家的视野和实证研究方法，针对某一领域或区域现状与发展态势展开分析和预测，具备权威性、前沿性、原创性、实证性、时效性等特点的连续性公开出版物，由一系列权威研究报告组成。皮书系列是社会科学文献出版社编辑出版的蓝皮书、绿皮书、黄皮书等的统称。

❖ 皮书作者 ❖

皮书系列的作者以中国社会科学院、著名高校、地方社会科学院的研究人员为主，多为国内一流研究机构的权威专家学者，他们的看法和观点代表了学界对中国与世界的现实和未来最高水平的解读与分析。

❖ 皮书荣誉 ❖

皮书系列已成为社会科学文献出版社的著名图书品牌和中国社会科学院的知名学术品牌。2011年，皮书系列正式列入"十二五"国家重点出版规划项目；2012~2014年，重点皮书列入中国社会科学院承担的国家哲学社会科学创新工程项目；2015年，41种院外皮书使用"中国社会科学院创新工程学术出版项目"标识。

经济类　　皮书系列 重点推荐

经 济 类

经济类皮书涵盖宏观经济、城市经济、大区域经济，提供权威、前沿的分析与预测

经济蓝皮书

2015年中国经济形势分析与预测

李 扬 / 主编　　2014年12月出版　　定价:69.00元

◆ 本书课题为"总理基金项目"，由著名经济学家李扬领衔，联合数十家科研机构、国家部委和高等院校的专家共同撰写，对2014年中国宏观及微观经济形势，特别是全球金融危机及其对中国经济的影响进行了深入分析，并且提出了2015年经济走势的预测。

城市竞争力蓝皮书

中国城市竞争力报告No.13

倪鹏飞 / 主编　　2015年5月出版　　估价:89.00元

◆ 本书由中国社会科学院城市与竞争力研究中心主任倪鹏飞主持编写，汇集了众多研究城市经济问题的专家学者关于城市竞争力研究的最新成果。本报告构建了一套科学的城市竞争力评价指标体系，采用第一手数据材料，对国内重点城市年度竞争力格局变化进行客观分析和综合比较、排名，对研究城市经济及城市竞争力极具参考价值。

西部蓝皮书

中国西部发展报告（2015）

姚慧琴　徐璋勇 / 主编　　2015年7月出版　　估价:89.00元

◆ 本书由西北大学中国西部经济发展研究中心主编，汇集了源自西部本土以及国内研究西部问题的权威专家的第一手资料，对国家实施西部大开发战略进行年度动态跟踪，并对2015年西部经济、社会发展态势进行预测和展望。

皮书系列重点推荐　经济类

中部蓝皮书
中国中部地区发展报告（2015）

喻新安 / 主编　　2015 年 5 月出版　　估价：69.00 元

◆ 本书敏锐地抓住当前中部地区经济发展中的热点、难点问题，紧密地结合国家和中部经济社会发展的重大战略转变，对中部地区经济发展的各个领域进行了深入、全面的分析研究，并提出了具有理论研究价值和可操作性强的政策建议。

世界经济黄皮书
2015 年世界经济形势分析与预测

王洛林　张宇燕 / 主编　　2014 年 12 月出版　　估价：69.00 元

◆ 本书为"十二五"国家重点图书出版规划项目，中国社会科学院创新工程学术出版资助项目，作者来自中国社会科学院世界经济与政治研究所。该书总结了 2014 年世界经济发展的热点问题，对 2015 年世界经济形势进行了分析与预测。

中国省域竞争力蓝皮书
中国省域经济综合竞争力发展报告（2015）

李建平　李闽榕　高燕京 / 主编　　2015 年 3 月出版　　估价：198.00 元

◆ 本书充分运用数理分析、空间分析、规范分析与实证分析相结合、定性分析与定量分析相结合的方法，建立起比较科学完善、符合中国国情的省域经济综合竞争力指标评价体系及数学模型，对 2013~2014 年中国内地 31 个省、市、区的经济综合竞争力进行全面、深入、科学的总体评价与比较分析。

城市蓝皮书
中国城市发展报告 No.8

潘家华　魏后凯 / 主编　　2015 年 9 月出版　　估价：69.00 元

◆ 本书由中国社会科学院城市发展与环境研究中心编著，从中国城市的科学发展、城市环境可持续发展、城市经济集约发展、城市社会协调发展、城市基础设施与用地管理、城市管理体制改革以及中国城市科学发展实践等多角度、全方位地立体展示了中国城市的发展状况，并对中国城市的未来发展提出了建议。

权威 前沿 原创

经济类　皮书系列 重点推荐

金融蓝皮书

中国金融发展报告（2015）

李 扬 王国刚/主编　2014年12月出版　估价:69.00元

◆ 由中国社会科学院金融研究所组织编写的《中国金融发展报告（2015）》，概括和分析了2014年中国金融发展和运行中的各方面情况,研讨和评论了2014年发生的主要金融事件。本书由业内专家和青年精英联合编著,有利于读者了解掌握2014年中国的金融状况,把握2015年中国金融的走势。

低碳发展蓝皮书

中国低碳发展报告（2015）

齐 晔/主编　2015年3月出版　估价:89.00元

◆ 本书对中国低碳发展的政策、行动和绩效进行科学、系统、全面的分析。重点是通过归纳中国低碳发展的绩效,评估与低碳发展相关的政策和措施,分析政策效应的制度背景和作用机制,为进一步的政策制定、优化和实施提供支持。

经济信息绿皮书

中国与世界经济发展报告（2015）

杜 平/主编　2014年12月出版　估价:79.00元

◆ 本书由国家信息中心继续组织有关专家编撰。由国家信息中心组织专家队伍编撰,对2014年国内外经济发展环境、宏观经济发展趋势、经济运行中的主要矛盾、产业经济和区域经济热点、宏观调控政策的取向进行了系统的分析预测。

低碳经济蓝皮书

中国低碳经济发展报告（2015）

薛进军 赵忠秀/主编　2015年5月出版　估价:69.00元

◆ 本书是以低碳经济为主题的系列研究报告,汇集了一批罗马俱乐部核心成员、IPCC工作组成员、碳排放理论的先驱者、政府气候变化问题顾问、低碳社会和低碳城市计划设计人等世界顶尖学者、对气候变化政策制定、特别是中国的低碳经济经济发展有特别参考意义。

皮书系列 重点推荐　社会政法类

社会政法类

社会政法类皮书聚焦社会发展领域的热点、难点问题，提供权威、原创的资讯与视点

社会蓝皮书

2015年中国社会形势分析与预测

李培林　陈光金　张　翼/主编　2014年12月出版　定价:69.00元

◆ 本报告是中国社会科学院"社会形势分析与预测"课题组2014年度分析报告，由中国社会科学院社会学研究所组织研究机构专家、高校学者和政府研究人员撰写。对2014年中国社会发展的各个方面内容进行了权威解读，同时对2015年社会形势发展趋势进行了预测。

法治蓝皮书

中国法治发展报告 No.13（2015）

李　林　田　禾/主编　2015年2月出版　估价:98.00元

◆ 本年度法治蓝皮书一如既往秉承关注中国法治发展进程中的焦点问题的特点，回顾总结了2014年度中国法治发展取得的成就和存在的不足，并对2015年中国法治发展形势进行了预测和展望。

环境绿皮书

中国环境发展报告（2015）

刘鉴强/主编　2015年5月出版　估价:79.00元

◆ 本书由民间环保组织"自然之友"组织编写，由特别关注、生态保护、宜居城市、可持续消费以及政策与治理等版块构成，以公共利益的视角记录、审视和思考中国环境状况，呈现2014年中国环境与可持续发展领域的全局态势，用深刻的思考、科学的数据分析2014年的环境热点事件。

社会政法类　　皮书系列 重点推荐

反腐倡廉蓝皮书
中国反腐倡廉建设报告 No.4

李秋芳　张英伟/主编　2014年12月出版　　定价：79.00元

◆ 本书抓住了若干社会热点和焦点问题，全面反映了新时期新阶段中国反腐倡廉面对的严峻局面，以及中国共产党反腐倡廉建设的新实践新成果。根据实地调研、问卷调查和舆情分析，梳理了当下社会普遍关注的与反腐败密切相关的热点问题。

女性生活蓝皮书
中国女性生活状况报告 No.9（2015）

韩湘景/主编　2015年4月出版　估价：79.00元

◆ 本书由中国妇女杂志社、华坤女性生活调查中心和华坤女性消费指导中心组织编写，通过调查获得的大量调查数据，真实展现当年中国城市女性的生活状况、消费状况及对今后的预期。

华侨华人蓝皮书
华侨华人研究报告(2015)

贾益民/主编　2015年12月出版　估价：118.00元

◆ 本书为中国社会科学院创新工程学术出版资助项目，是华侨大学向世界提供最新涉侨动态、理论研究和政策建议的平台。主要介绍了相关国家华侨华人的规模、分布、结构、发展趋势，以及全球涉侨生存安全环境和华文教育情况等。

政治参与蓝皮书
中国政治参与报告（2015）

房　宁/主编　2015年7月出版　估价：105.00元

◆ 本书作者均来自中国社会科学院政治学研究所，聚焦中国基层群众自治的参与情况介绍了城镇居民的社区建设与居民自治参与和农村居民的村民自治与农村社区建设参与情况。其优势是其指标评估体系的建构和问卷调查的设计专业，数据量丰富，统计结论科学严谨。

皮书系列重点推荐

行业报告类

行业报告类

行业报告类皮书立足重点行业、新兴行业领域，提供及时、前瞻的数据与信息

房地产蓝皮书

中国房地产发展报告No.12（2015）

魏后凯 李景国/主编　2015年5月出版　估价：79.00元

◆ 本书汇集了众多研究城市房地产经济问题的专家、学者关于城市房地产方面的最新研究成果。对2014年我国房地产经济发展状况进行了回顾，并做出了分析，全面翔实而又客观公正，同时，也对未来我国房地产业的发展形势做出了科学的预测。

保险蓝皮书

中国保险业竞争力报告（2015）

姚庆海　王力/主编　2015年12出版　估价：98.00元

◆ 本皮书主要为监管机构、保险行业和保险学界提供保险市场一年来发展的总体评价，外在因素对保险业竞争力发展的影响研究；国家监管政策、市场主体经营创新及职能发挥、理论界最新研究成果等综述和评论。

企业社会责任蓝皮书

中国企业社会责任研究报告（2015）

黄群慧　彭华岗　钟宏武　张蒽/编著
2015年11月出版　估价：69.00元

◆ 本书系中国社会科学院经济学部企业社会责任研究中心组织编写的《企业社会责任蓝皮书》2015年分册。该书在对企业社会责任进行宏观总体研究的基础上，根据2014年企业社会责任及相关背景进行了创新研究，在全国企业中观层面对企业健全社会责任管理体系提供了弥足珍贵的丰富信息。

行业报告类

皮书系列 重点推荐

投资蓝皮书
中国投资发展报告（2015）

杨庆蔚 / 主编　　2015年4月出版　　估价：128.00元

◆ 本书是中国建银投资有限责任公司在投资实践中对中国投资发展的各方面问题进行深入研究和思考后的成果。投资包括固定资产投资、实业投资、金融产品投资、房地产投资等诸多领域，尝试将投资作为一个整体进行研究，能够较为清晰地展现社会资金流动的特点，为投资者、研究者、甚至政策制定者提供参考。

住房绿皮书
中国住房发展报告（2014~2015）

倪鹏飞 / 主编　　2014年12月出版　　估价：79.00元

◆ 本报告从宏观背景、市场主体、市场体系、公共政策和年度主题五个方面，对中国住宅市场体系做了全面系统的分析、预测与评价，并给出了相关政策建议，并在评述2013~2014年住房及相关市场走势的基础上，预测了2014~2015年住房及相关市场的发展变化。

人力资源蓝皮书
中国人力资源发展报告（2015）

余兴安 / 主编　　2015年9月出版　　估价：79.00元

◆ 本书是在人力资源和社会保障部部领导的支持下，由中国人事科学研究院汇集我国人力资源开发权威研究机构的诸多专家学者的研究成果编写而成。作为关于人力资源的蓝皮书，本书通过充分利用有关研究成果，更广泛、更深入地展示近年来我国人力资源开发重点领域的研究成果。

汽车蓝皮书
中国汽车产业发展报告（2015）

国务院发展研究中心产业经济研究部　中国汽车工程学会
大众汽车集团（中国）/ 主编　　2015年7月出版　　估价：128.00元

◆ 本书由国务院发展研究中心产业经济研究部、中国汽车工程学会、大众汽车集团（中国）联合主编，是关于中国汽车产业发展的研究性年度报告，介绍并分析了本年度中国汽车产业发展的形势。

国别与地区类

国别与地区类皮书关注全球重点国家与地区，提供全面、独特的解读与研究

亚太蓝皮书
亚太地区发展报告（2015）

李向阳/主编　　2015年1月出版　　估价：59.00元

◆ 本书是由中国社会科学院亚太与全球战略研究院精心打造的品牌皮书，关注时下亚太地区局势发展动向里隐藏的中长趋势，剖析亚太地区政治与安全格局下的区域形势最新动向以及地区关系发展的热点问题，并对2015年亚太地区重大动态做出前瞻性的分析与预测。

日本蓝皮书
日本研究报告（2015）

李　薇/主编　　2015年3月出版　　估价：69.00元

◆ 本书由中华日本学会、中国社会科学院日本研究所合作推出，是以中国社会科学院日本研究所的研究人员为主完成的研究成果。对2014年日本的政治、外交、经济、社会文化作了回顾、分析与展望，并收录了该年度日本大事记。

德国蓝皮书
德国发展报告（2015）

郑春荣　伍慧萍/主编　　2015年6月出版　　估价：69.00元

◆ 本报告由同济大学德国研究所组织编撰，由该领域的专家学者对德国的政治、经济、社会文化、外交等方面的形势发展情况，进行全面的阐述与分析。德国作为欧洲大陆第一强国，与中国各方面日渐紧密的合作关系，值得国内各界深切关注。

国际形势黄皮书
全球政治与安全报告（2015）

李慎明　张宇燕 / 主编　2014 年 12 月出版　估价 :69.00 元

◆ 本书为"十二五"国家重点图书出版规划项目、中国社会科学院创新工程学术出版资助项目，为"国际形势黄皮书"系列年度报告之一。报告旨在对本年度国际政治及安全形势的总体情况和变化进行回顾与分析，并提出一定的预测。

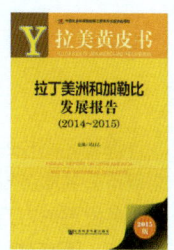

拉美黄皮书
拉丁美洲和加勒比发展报告（2014~2015）

吴白乙 / 主编　2015 年 4 月出版　估价 :89.00 元

◆ 本书是中国社会科学院拉丁美洲研究所的第 14 份关于拉丁美洲和加勒比地区发展形势状况的年度报告。本书对 2014 年拉丁美洲和加勒比地区诸国的政治、经济、社会、外交等方面的发展情况做了系统介绍，对该地区相关国家的热点及焦点问题进行了总结和分析，并在此基础上对该地区各国 2015 年的发展前景做出预测。

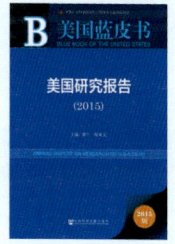

美国蓝皮书
美国研究报告（2015）

黄　平　郑秉文 / 主编　2015 年 7 月出版　估价 :89.00 元

◆ 本书是由中国社会科学院美国所主持完成的研究成果，它回顾了美国 2014 年的经济、政治形势与外交战略，对 2014 年以来美国内政外交发生的重大事件以及重要政策进行了较为全面的回顾和梳理。

大湄公河次区域蓝皮书
大湄公河次区域合作发展报告（2015）

刘　稚 / 主编　2015 年 9 月出版　估价 :79.00 元

◆ 云南大学大湄公河次区域研究中心深入追踪分析该区域发展动向，以把握全面、突出重点为宗旨，系统介绍和研究大湄公河次区域合作的年度热点和重点问题，展望次区域合作的发展趋势，并对新形势下我国推进次区域合作深入发展提出相关对策建议。

地方发展类

地方发展类皮书关注大陆各省份、经济区域，提供科学、多元的预判与咨政信息

北京蓝皮书
北京公共服务发展报告（2014~2015）

施昌奎 / 著　　2015年2月出版　　估价：69.00元

◆ 本书是由北京市政府职能部门的领导、首都著名高校的教授、知名研究机构的专家共同完成的关于北京市公共服务发展与创新的研究成果。内容涉及了北京市公共服务发展的方方面面，既有综述性的总报告，也有细分的情况介绍，既有对北京各个城区的综合性描述，也有对局部、细部、具体问题的分析，对年度热点问题也都有涉及。

上海蓝皮书
上海经济发展报告（2015）

沈开艳 / 主编　　2015年1月出版　　估价：69.00元

◆ 本书系上海社会科学院系列之一，报告对2015年上海经济增长与发展趋势的进行了预测，把握了上海经济发展的脉搏和学术研究的前沿。

广州蓝皮书
广州经济发展报告（2015）

李江涛　朱名宏 / 主编　　2015年5月出版　　估价：69.00元

◆ 本书是由广州市社会科学院主持编写的"广州蓝皮书"系列之一，本报告对广州2014年宏观经济运行情况作了深入分析，对2015年宏观经济走势进行了合理预测，并在此基础上提出了相应的政策建议。

 文化传媒类

皮书系列重点推荐

文化传媒类

文化传媒类皮书透视文化领域、文化产业，探索文化大繁荣、大发展的路径

新媒体蓝皮书
中国新媒体发展报告 No.5（2015）

唐绪军 / 主编　　2015 年 6 月出版　　估价：79.00 元

◆ 本书由中国社会科学院新闻与传播研究所和上海大学合作编写，在构建新媒体发展研究基本框架的基础上，全面梳理 2014 年中国新媒体发展现状，发表最前沿的网络媒体深度调查数据和研究成果，并对新媒体发展的未来趋势做出预测。

舆情蓝皮书
中国社会舆情与危机管理报告（2015）

谢耘耕 / 主编　　2015 年 8 月出版　　估价：98.00 元

◆ 本书由上海交通大学舆情研究实验室和危机管理研究中心主编，已被列入教育部人文社会科学研究报告培育项目。本书以新媒体环境下的中国社会为立足点，对 2014 年中国社会舆情、分类舆情等进行了深入系统的研究，并预测了 2015 年社会舆情走势。

文化蓝皮书
中国文化产业发展报告（2015）

张晓明　王家新　章建刚 / 主编　　2015 年 4 月出版　　估价：79.00 元

◆ 本书由中国社会科学院文化研究中心编写。从 2012 年开始，中国社会科学院文化研究中心设立了国内首个文化产业的研究类专项资金——"文化产业重大课题研究计划"，开始在全国范围内组织多学科专家学者对我国文化产业发展重大战略问题进行联合攻关研究。本书集中反映了该计划的研究成果。

经济类

G20国家创新竞争力黄皮书
二十国集团（G20）国家创新竞争力发展报告（2015）
著(编)者：黄茂兴 李闽榕 李建平 赵新力
2015年9月出版 / 估价：128.00元

产业蓝皮书
中国产业竞争力报告（2015）
著(编)者：张其仔 2015年5月出版 / 估价：79.00元

长三角蓝皮书
2015年全面深化改革中的长三角
著(编)者：张伟斌 2015年1月出版 / 估价：69.00元

城乡一体化蓝皮书
中国城乡一体化发展报告（2015）
著(编)者：付崇兰 汝信 2015年12月出版 / 估价：79.00元

城市创新蓝皮书
中国城市创新报告（2015）
著(编)者：周天勇 旷建伟 2015年8月出版 / 估价：69.00元

城市竞争力蓝皮书
中国城市竞争力报告（2015）
著(编)者：倪鹏飞 2015年5月出版 / 估价：89.00元

城市蓝皮书
中国城市发展报告NO.8
著(编)者：潘家华 魏后凯 2015年9月出版 / 估价：69.00元

城市群蓝皮书
中国城市群发展指数报告（2015）
著(编)者：刘新静 刘士林 2015年1月出版 / 估价：59.00元

城乡统筹蓝皮书
中国城乡统筹发展报告（2015）
著(编)者：潘晨光 程志强 2015年3月出版 / 估价：59.00元

城镇化蓝皮书
中国新型城镇化健康发展报告（2015）
著(编)者：张占斌 2015年5月出版 / 估价：79.00元

低碳发展蓝皮书
中国低碳发展报告（2015）
著(编)者：齐晔 2015年3月出版 / 估价：89.00元

低碳经济蓝皮书
中国低碳经济发展报告（2015）
著(编)者：薛进军 赵忠秀 2015年5月出版 / 估价：69.00元

东北蓝皮书
中国东北地区发展报告（2015）
著(编)者：马克 黄文艺 2015年8月出版 / 估价：79.00元

发展和改革蓝皮书
中国经济发展和体制改革报告（2015）
著(编)者：邹东涛 2015年11月出版 / 估价：98.00元

工业化蓝皮书
中国工业化进程报告（2015）
著(编)者：黄群慧 吕铁 李晓华 2015年11月出版 / 估价：89.00元

国际城市蓝皮书
国际城市发展报告（2015）
著(编)者：屠启宇 2015年1月出版 / 估价：69.00元

国家创新蓝皮书
中国创新发展报告（2015）
著(编)者：陈劲 2015年6月出版 / 估价：59.00元

环境竞争力绿皮书
中国省域环境竞争力发展报告（2015）
著(编)者：李闽榕 李建平 王金南
2015年12月出版 / 估价：148.00元

金融蓝皮书
中国金融发展报告（2015）
著(编)者：李扬 王国刚 2014年12月出版 / 估价：69.00元

金融信息服务蓝皮书
金融信息服务发展报告（2015）
著(编)者：鲁广锦 殷剑峰 林义相 2015年6月出版 / 估价：89.00元

经济蓝皮书
2015年中国经济形势分析与预测
著(编)者：李扬 2014年12月出版 / 定价：69.00元

经济蓝皮书·春季号
2015年中国经济前景分析
著(编)者：李扬 2015年5月出版 / 估价：79.00元

经济蓝皮书·夏季号
中国经济增长报告（2015）
著(编)者：李扬 2015年7月出版 / 估价：69.00元

经济信息绿皮书
中国与世界经济发展报告（2015）
著(编)者：杜平 2014年12月出版 / 估价：79.00元

就业蓝皮书
2015年中国大学生就业报告
著(编)者：麦可思研究院 2015年6月出版 / 估价：98.00元

临空经济蓝皮书
中国临空经济发展报告（2015）
著(编)者：连玉明 2015年9月出版 / 估价：79.00元

民营经济蓝皮书
中国民营经济发展报告（2015）
著(编)者：王钦敏 2015年12月出版 / 估价：79.00元

农村绿皮书
中国农村经济形势分析与预测（2014~2015）
著(编)者：中国社会科学院农村发展研究所
　　　　　国家统计局农村社会经济调查司
2015年4月出版 / 估价：69.00元

农业应对气候变化蓝皮书
气候变化对中国农业影响评估报告（2015）
著(编)者：矫梅燕 2015年8月出版 / 估价：98.00元

经济类·社会政法类

皮书系列 2014全品种

企业公民蓝皮书
中国企业公民报告（2015）
著(编)者：邹东涛　2015年12月出版／估价：79.00元

气候变化绿皮书
应对气候变化报告（2015）
著(编)者：王伟光　郑国光　2015年10月出版／估价：79.00元

区域蓝皮书
中国区域经济发展报告（2015）
著(编)者：梁昊光　2015年4月出版／估价：79.00元

全球环境竞争力绿皮书
全球环境竞争力报告（2015）
著(编)者：李建建　李闽榕　李建平　王金南
2015年12月出版／估价：198.00元

人口与劳动绿皮书
中国人口与劳动问题报告（2015）
著(编)者：蔡昉　2015年11月出版／估价：59.00元

世界经济黄皮书
2015年世界经济形势分析与预测
著(编)者：王洛林　张宇燕　2014年12月出版／估价：69.00元

世界旅游城市绿皮书
世界旅游城市发展报告（2015）
著(编)者：鲁勇　周正宇　宋宁　2015年6月出版／估价：88.00元

西北蓝皮书
中国西北发展报告（2015）
著(编)者：张进海　陈冬红　段庆林　2014年12月出版／估价：69.00元

西部蓝皮书
中国西部发展报告（2015）
著(编)者：姚慧琴　徐璋勇　2015年7月出版／估价：89.00元

新型城镇化蓝皮书
新型城镇化发展报告（2015）
著(编)者：李伟　2015年10月出版／估价：89.00元

新兴经济体蓝皮书
金砖国家发展报告（2015）
著(编)者：林跃勤　周文　2015年7月出版／估价：79.00元

中部竞争力蓝皮书
中国中部经济社会竞争力报告（2015）
著(编)者：教育部人文社会科学重点研究基地
　　　　　南昌大学中国中部经济社会发展研究中心
2015年9月出版／估价：79.00元

中部蓝皮书
中国中部地区发展报告（2015）
著(编)者：喻新安　2015年5月出版／估价：69.00元

中国省域竞争力蓝皮书
中国省域经济综合竞争力发展报告（2015）
著(编)者：李建平　李闽榕　高燕京
2015年3月出版／估价：198.00元

中三角蓝皮书
长江中游城市群发展报告（2015）
著(编)者：秦尊文　2015年1月出版／估价：69.00元

中小城市绿皮书
中国中小城市发展报告（2015）
著(编)者：中国城市经济学会中小城市经济发展委员会
　　　　　《中国中小城市发展报告》编纂委员会
　　　　　中小城市发展战略研究院
2015年1月出版／估价：98.00元

中央商务区蓝皮书
中国中央商务区发展报告（2015）
著(编)者：中国商务区联盟
　　　　　中国社会科学院城市发展与环境研究所
2015年10月出版／估价：69.00元

中原蓝皮书
中原经济区发展报告（2015）
著(编)者：李英杰　2015年6月出版／估价：88.00元

社会政法类

北京蓝皮书
中国社区发展报告（2015）
著(编)者：于燕燕　2015年6月出版／估价：69.00元

殡葬绿皮书
中国殡葬事业发展报告（2015）
著(编)者：李伯森　2015年3月出版／估价：59.00元

城市管理蓝皮书
中国城市管理报告（2015）
著(编)者：谭维克　刘林　2015年10月出版／估价：158.00元

城市生活质量蓝皮书
中国城市生活质量报告（2015）
著(编)者：中国经济实验研究院　2015年6月出版／估价：59.00元

城市政府能力蓝皮书
中国城市政府公共服务能力评估报告（2015）
著(编)者：何艳玲　2015年7月出版／估价：59.00元

创新蓝皮书
创新型国家建设报告（2015）
著(编)者：詹正茂　2015年3月出版／估价：69.00元

皮书系列 2014全品种 — 社会政法类

慈善蓝皮书
中国慈善发展报告（2015）
著(编)者：杨团　2015年5月出版 / 估价:79.00元

大学生蓝皮书
中国大学生生活形态研究报告（2015）
著(编)者：张新洲　2015年12月出版 / 估价:69.00元

法治蓝皮书
中国法治发展报告No.13（2015）
著(编)者：李林　田禾　2015年2月出版 / 估价:98.00元

反腐倡廉蓝皮书
中国反腐倡廉建设报告No.4
著(编)者：李秋芳　张英伟　2014年12月出版 / 定价:79.00元

非传统安全蓝皮书
中国非传统安全研究报告（2015）
著(编)者：余潇枫　魏志江　2015年6月出版 / 估价:79.00元

妇女发展蓝皮书
中国妇女发展报告（2015）
著(编)者：王金玲　2015年9月出版 / 估价:148.00元

妇女教育蓝皮书
中国妇女教育发展报告（2015）
著(编)者：张李玺　2015年1月出版 / 估价:78.00元

妇女绿皮书
中国性别平等与妇女发展报告（2015）
著(编)者：谭琳　2015年12月出版 / 估价:99.00元

公共服务蓝皮书
中国城市基本公共服务力评价（2015）
著(编)者：钟君　吴正杲　2015年12月出版 / 估价:79.00元

公共服务满意度蓝皮书
中国城市公共服务评价报告（2015）
著(编)者：胡伟　2015年12月出版 / 估价:69.00元

公民科学素质蓝皮书
中国公民科学素质报告（2015）
著(编)者：李群　许佳军　2015年6月出版 / 估价:79.00元

公益蓝皮书
中国公益发展报告（2015）
著(编)者：朱健刚　2015年5月出版 / 估价:78.00元

管理蓝皮书
中国管理发展报告（2015）
著(编)者：张晓东　2015年9月出版 / 估价:98.00元

国际人才蓝皮书
中国国际移民报告（2015）
著(编)者：王辉耀　2015年1月出版 / 估价:79.00元

国际人才蓝皮书
中国海归发展报告（2015）
著(编)者：王辉耀　苗绿　2015年1月出版 / 估价:69.00元

国际人才蓝皮书
中国留学发展报告（2015）
著(编)者：王辉耀　苗绿　2015年9月出版 / 估价:69.00元

国家安全蓝皮书
中国国家安全研究报告（2015）
著(编)者：刘慧　2015年5月出版 / 估价:98.00元

行政改革蓝皮书
中国行政体制改革报告（2014~2015）
著(编)者：魏礼群　2015年3月出版 / 估价:89.00元

华侨华人蓝皮书
华侨华人研究报告（2015）
著(编)者：贾益民　2015年12月出版 / 估价:118.00元

环境绿皮书
中国环境发展报告（2015）
著(编)者：刘鉴强　2015年5月出版 / 估价:79.00元

基金会蓝皮书
中国基金会发展报告（2015）
著(编)者：刘忠祥　2015年6月出版 / 估价:69.00元

基金会绿皮书
中国基金会发展独立研究报告（2015）
著(编)者：基金会中心网　2015年8月出版 / 估价:88.00元

基金会透明度蓝皮书
中国基金会透明度发展研究报告（2015）
著(编)者：基金会中心网　清华大学廉政与治理研究中心　2015年9月出版 / 估价:78.00元

教师蓝皮书
中国中小学教师发展报告（2015）
著(编)者：曾晓东　2015年7月出版 / 估价:59.00元

教育蓝皮书
中国教育发展报告（2015）
著(编)者：杨东平　2015年5月出版 / 估价:78.00元

科普蓝皮书
中国科普基础设施发展报告（2015）
著(编)者：任福君　2015年6月出版 / 估价:59.00元

劳动保障蓝皮书
中国劳动保障发展报告（2015）
著(编)者：刘燕斌　2015年6月出版 / 估价:89.00元

老龄蓝皮书
中国老年宜居环境发展报告(2015)
著(编)者：吴玉韶　2015年9月出版 / 估价:79.00元

连片特困区蓝皮书
中国连片特困区发展报告（2015）
著(编)者：冷志明　游俊　2015年3月出版 / 估价:79.00元

民间组织蓝皮书
中国民间组织报告(2015)
著(编)者：潘晨光　黄晓勇　2015年8月出版 / 估价:69.00元

民调蓝皮书
中国民生调查报告（2015）
著(编)者：谢耘耕　2015年5月出版 / 估价:128.00元

社会政法类 — 皮书系列 2014全品种

民族发展蓝皮书
中国民族区域自治发展报告（2015）
著（编）者：王希恩 郝时远 2015年6月出版 / 估价：98.00元

女性生活蓝皮书
中国女性生活状况报告No.9（2015）
著（编）者：《中国妇女》杂志社 华坤女性生活调查中心 华坤女性消费指导中心
2015年4月出版 / 估价：79.00元

企业国际化蓝皮书
中国企业国际化报告(2015)
著（编）者：王辉耀 2015年10月出版 / 估价：79.00元

汽车社会蓝皮书
中国汽车社会发展报告（2015）
著（编）者：王俊秀 2015年1月出版 / 估价：59.00元

青年蓝皮书
中国青年发展报告No.3
著（编）者：廉思 2015年4月出版 / 估价：59.00元

区域人才蓝皮书
中国区域人才竞争力报告（2015）
著（编）者：桂昭明 王辉耀 2015年6月出版 / 估价：69.00元

群众体育蓝皮书
中国群众体育发展报告（2015）
著（编）者：刘国永 杨桦 2015年8月出版 / 估价：69.00元

人才蓝皮书
中国人才发展报告（2015）
著（编）者：潘晨光 2015年8月出版 / 估价：85.00元

人权蓝皮书
中国人权事业发展报告（2015）
著（编）者：中国人权研究会 2015年8月出版 / 估价：99.00元

森林碳汇绿皮书
中国森林碳汇评估发展报告（2015）
著（编）者：闫文德 胡文臻 2015年9月出版 / 估价：79.00元

社会保障绿皮书
中国社会保障发展报告（2015）
著（编）者：王延中 2015年6月出版 / 估价：79.00元

社会工作蓝皮书
中国社会工作发展报告（2015）
著（编）者：民政部社会工作研究中心
2015年8月出版 / 估价：79.00元

社会管理蓝皮书
中国社会管理创新报告（2015）
著（编）者：连玉明 2015年9月出版 / 估价：89.00元

社会蓝皮书
2015年中国社会形势分析与预测
著（编）者：李培林 陈光金 张翼
2014年12月出版 / 定价：69.00元

社会体制蓝皮书
中国社会体制改革报告（2015）
著（编）者：龚维斌 2015年5月出版 / 估价：79.00元

社会心态蓝皮书
中国社会心态研究报告（2015）
著（编）者：王俊秀 杨宜音 2015年10月出版 / 估价：69.00元

社会组织蓝皮书
中国社会组织评估发展报告（2015）
著（编）者：徐家良 廖鸿 2015年12月出版 / 估价：69.00元

生态城市绿皮书
中国生态城市建设发展报告（2015）
著（编）者：刘举科 孙伟平 胡文臻
2015年6月出版 / 估价：98.00元

生态文明绿皮书
中国省域生态文明建设评价报告（ECI 2015）
著（编）者：严耕 2015年9月出版 / 估价：85.00元

世界社会主义黄皮书
世界社会主义跟踪研究报告（2015）
著（编）者：李慎明 2015年3月出版 / 估价：198.00元

水与发展蓝皮书
中国水风险评估报告（2015）
著（编）者：王浩 2015年9月出版 / 估价：69.00元

土地整治蓝皮书
中国土地整治发展研究报告No.2
著（编）者：国土资源部土地整治中心 2015年5月出版 / 估价：89.00元

危机管理蓝皮书
中国危机管理报告（2015）
著（编）者：文学国 2015年8月出版 / 估价：89.00元

形象危机应对蓝皮书
形象危机应对研究报告（2015）
著（编）者：唐钧 2015年6月出版 / 估价：149.00元

医改蓝皮书
中国医药卫生体制改革报告（2015～2016）
著（编）者：文学国 房志武 2015年12月出版 / 估价：79.00元

医疗卫生绿皮书
中国医疗卫生发展报告（2015）
著（编）者：申宝忠 韩玉珍 2015年4月出版 / 估价：75.00元

应急管理蓝皮书
中国应急管理报告（2015）
著（编）者：宋英华 2015年10月出版 / 估价：69.00元

政治参与蓝皮书
中国政治参与报告（2015）
著（编）者：房宁 2015年7月出版 / 估价：105.00元

政治发展蓝皮书
中国政治发展报告（2015）
著（编）者：房宁 梅海蛟 2015年5月出版 / 估价：88.00元

中国农村妇女发展蓝皮书
流动女性城市融入发展报告（2015）
著（编）者：谢丽华 2015年11月出版 / 估价：69.00元

宗教蓝皮书
中国宗教报告（2015）
著（编）者：金泽 邱永辉 2015年9月出版 / 估价：59.00元

行业报告类

保险蓝皮书
中国保险业竞争力报告（2015）
著(编)者：王力　2015年12月出版 / 估价：98.00元

彩票蓝皮书
中国彩票发展报告（2015）
著(编)者：益彩基金　2015年10月出版 / 估价：69.00元

餐饮产业蓝皮书
中国餐饮产业发展报告（2015）
著(编)者：邢颖　2015年6月出版 / 估价：69.00元

测绘地理信息蓝皮书
智慧中国地理空间智能体系研究报告（2015）
著(编)者：徐德明　2015年1月出版 / 估价：98.00元

茶业蓝皮书
中国茶产业发展报告（2015）
著(编)者：杨江帆　李闽榕　2015年1月出版 / 估价：78.00元

产权市场蓝皮书
中国产权市场发展报告（2015）
著(编)者：曹和平　2015年12月出版 / 估价：79.00元

电子政务蓝皮书
中国电子政务发展报告（2014~2015）
著(编)者：洪毅　杜平　2015年2月出版 / 估价：79.00元

杜仲产业绿皮书
中国杜仲橡胶资源与产业发展报告（2015）
著(编)者：胡文臻　杜红岩　俞锐
2015年9月出版 / 估价：98.00元

房地产蓝皮书
中国房地产发展报告No.12（2015）
著(编)者：魏后凯　李景国　2015年5月出版 / 估价：79.00元

服务外包蓝皮书
中国服务外包产业发展报告（2015）
著(编)者：王晓红　刘德军　2015年6月出版 / 估价：89.00元

工业设计蓝皮书
中国工业设计发展报告（2015）
著(编)者：王晓红　于炜　张立群　2015年9月出版 / 估价：138.00元

互联网金融蓝皮书
中国互联网金融发展报告（2015）
著(编)者：芮晓武　刘烈宏　2015年8月出版 / 估价：79.00元

会展蓝皮书
中外会展业动态评估年度报告（2015）
著(编)者：张敏　2015年1月出版 / 估价：78.00元

金融监管蓝皮书
中国金融监管报告（2015）
著(编)者：胡滨　2015年5月出版 / 估价：69.00元

金融蓝皮书
中国商业银行竞争力报告（2015）
著(编)者：王松奇　2015年12月出版 / 估价：69.00元

客车蓝皮书
中国客车产业发展报告（2015）
著(编)者：姚蔚　2015年12月出版 / 估价：85.00元

老龄蓝皮书
中国老年宜居环境发展报告（2015）
著(编)者：吴玉韶　党俊武　2015年9月出版 / 估价：79.00元

流通蓝皮书
中国商业发展报告（2015）
著(编)者：荆林波　2015年5月出版 / 估价：89.00元

旅游安全蓝皮书
中国旅游安全报告（2015）
著(编)者：郑向敏　谢朝武　2015年5月出版 / 估价：98.00元

旅游景区蓝皮书
中国旅游景区发展报告（2015）
著(编)者：黄安民　2015年7月出版 / 估价：79.00元

旅游绿皮书
2015年中国旅游发展分析与预测
著(编)者：宋瑞　2015年1月出版 / 估价：79.00元

煤炭蓝皮书
中国煤炭工业发展报告（2015）
著(编)者：岳福斌　2015年12月出版 / 估价：79.00元

民营医院蓝皮书
中国民营医院发展报告（2015）
著(编)者：庄一强　2015年10月出版 / 估价：75.00元

闽商蓝皮书
闽商发展报告（2015）
著(编)者：王日根　李闽榕　2015年12月出版 / 估价：69.00元

能源蓝皮书
中国能源发展报告（2015）
著(编)者：崔民选　王军生　2015年8月出版 / 估价：79.00元

农产品流通蓝皮书
中国农产品流通产业发展报告（2015）
著(编)者：贾敬敦　张东科　张玉玺　孔令羽　张鹏毅
2015年9月出版 / 估价：89.00元

企业蓝皮书
中国企业竞争力报告（2015）
著(编)者：金碚　2015年11月出版 / 估价：89.00元

企业社会责任蓝皮书
中国企业社会责任研究报告（2015）
著(编)者：黄群慧　彭华岗　钟宏武　张蒽
2015年11月出版 / 估价：69.00元

行业报告类

皮书系列 2014全品种

汽车安全蓝皮书
中国汽车安全发展报告（2015）
著(编)者：中国汽车技术研究中心　2015年4月出版 / 估价：79.00元

汽车蓝皮书
中国汽车产业发展报告（2015）
著(编)者：国务院发展研究中心产业经济研究部
　　　　　中国汽车工程学会 大众汽车集团（中国）
2015年7月出版 / 估价：128.00元

清洁能源蓝皮书
国际清洁能源发展报告（2015）
著(编)者：国际清洁能源论坛（澳门）
2015年9月出版 / 估价：89.00元

人力资源蓝皮书
中国人力资源发展报告（2015）
著(编)者：余兴安　2015年9月出版 / 估价：79.00元

软件和信息服务业蓝皮书
中国软件和信息服务业发展报告（2015）
著(编)者：陈新河　洪京一　2015年12月出版 / 估价：198.00元

上市公司蓝皮书
上市公司质量评价报告（2015）
著(编)者：张跃文　王力　2015年10月出版 / 估价：118.00元

食品药品蓝皮书
食品药品安全与监管政策研究报告（2015）
著(编)者：唐民皓　2015年7月出版 / 估价：69.00元

世界能源蓝皮书
世界能源发展报告（2015）
著(编)者：黄晓勇　2015年6月出版 / 估价：99.00元

碳市场蓝皮书
中国碳市场报告（2015）
著(编)者：低碳发展国际合作联盟
2015年11月出版 / 估价：69.00元

体育蓝皮书
中国体育产业发展报告（2015）
著(编)者：阮伟　钟秉枢　2015年4月出版 / 估价：69.00元

投资蓝皮书
中国投资发展报告（2015）
著(编)者：杨庆蔚　2015年4月出版 / 估价：128.00元

物联网蓝皮书
中国物联网发展报告（2015）
著(编)者：黄桂田　2015年1月出版 / 估价：59.00元

西部工业蓝皮书
中国西部工业发展报告（2015）
著(编)者：方行明　甘犁　刘方健　姜凌 等
2015年9月出版 / 估价：79.00元

西部金融蓝皮书
中国西部金融发展报告（2015）
著(编)者：李忠民　2015年8月出版 / 估价：75.00元

新能源汽车蓝皮书
中国新能源汽车产业发展报告（2015）
著(编)者：中国汽车技术研究中心
　　　　　日产（中国）投资有限公司 东风汽车有限公司
2015年8月出版 / 估价：69.00元

信托市场蓝皮书
中国信托业市场报告（2015）
著(编)者：李旸　2015年1月出版 / 估价：198.00元

信息产业蓝皮书
世界软件和信息技术产业发展报告（2015）
著(编)者：洪京一　2015年8月出版 / 估价：79.00元

信息化蓝皮书
中国信息化形势分析与预测（2015）
著(编)者：周宏仁　2015年8月出版 / 估价：98.00元

信用蓝皮书
中国信用发展报告（2015）
著(编)者：田侃　2015年4月出版 / 估价：69.00元

休闲绿皮书
2015年中国休闲发展报告
著(编)者：刘德谦　2015年6月出版 / 估价：59.00元

医药蓝皮书
中国中医药产业园战略发展报告（2015）
著(编)者：裴长洪　房书亭　吴篠心　2015年3月出版 / 估价：89.00元

邮轮绿皮书
中国邮轮产业发展报告（2015）
著(编)者：汪泓　2015年9月出版 / 估价：79.00元

支付清算蓝皮书
中国支付清算发展报告（2015）
著(编)者：杨涛　2015年5月出版 / 估价：45.00元

中国上市公司蓝皮书
中国上市公司发展报告（2015）
著(编)者：许雄斌　张平　2015年9月出版 / 估价：98.00元

中国总部经济蓝皮书
中国总部经济发展报告（2015）
著(编)者：赵弘　2015年5月出版 / 估价：79.00元

住房绿皮书
中国住房发展报告（2014~2015）
著(编)者：倪鹏飞　2014年12月出版 / 估价：79.00元

资本市场蓝皮书
中国场外交易市场发展报告（2015）
著(编)者：高峦　2015年8月出版 / 估价：79.00元

资产管理蓝皮书
中国资产管理行业发展报告（2015）
著(编)者：智信资产管理研究院　2015年7月出版 / 估价：79.00元

文化传媒类

传媒竞争力蓝皮书
中国传媒国际竞争力研究报告（2015）
著(编)者：李本乾　2015年9月出版 / 估价：88.00元

传媒蓝皮书
中国传媒产业发展报告（2015）
著(编)者：崔保国　2015年4月出版 / 估价：98.00元

传媒投资蓝皮书
中国传媒投资发展报告（2015）
著(编)者：张向东　2015年7月出版 / 估价：89.00元

动漫蓝皮书
中国动漫产业发展报告（2015）
著(编)者：卢斌　郑玉明　牛兴侦　2015年7月出版 / 估价：79.00元

非物质文化遗产蓝皮书
中国非物质文化遗产发展报告（2015）
著(编)者：陈平　2015年3月出版 / 估价：79.00元

非物质文化遗产蓝皮书
中国少数民族非物质文化遗产发展报告（2015）
著(编)者：肖远平　柴立　2015年4月出版 / 估价：79.00元

广电蓝皮书
中国广播电影电视发展报告（2015）
著(编)者：杨明品　2015年7月出版 / 估价：98.00元

广告主蓝皮书
中国广告主营销传播趋势报告（2015）
著(编)者：黄升民　2015年5月出版 / 估价：148.00元

国际传播蓝皮书
中国国际传播发展报告（2015）
著(编)者：胡正荣　李继东　姬德强
2015年7月出版 / 估价：89.00元

国家形象蓝皮书
2015年国家形象研究报告
著(编)者：张昆　2015年3月出版 / 估价：79.00元

纪录片蓝皮书
中国纪录片发展报告（2015）
著(编)者：何苏六　2015年9月出版 / 估价：79.00元

科学传播蓝皮书
中国科学传播报告（2015）
著(编)者：詹正茂　2015年4月出版 / 估价：69.00元

两岸文化蓝皮书
两岸文化产业合作发展报告（2015）
著(编)者：胡惠林　李保宗　2015年7月出版 / 估价：79.00元

媒介与女性蓝皮书
中国媒介与女性发展报告（2015）
著(编)者：刘利群　2015年8月出版 / 估价：69.00元

全球传媒蓝皮书
全球传媒发展报告（2015）
著(编)者：胡正荣　2015年12月出版 / 估价：79.00元

世界文化发展蓝皮书
世界文化发展报告（2015）
著(编)者：张庆宗　高乐田　郭熙煌
2015年5月出版 / 估价：89.00元

视听新媒体蓝皮书
中国视听新媒体发展报告（2015）
著(编)者：庞井君　2015年6月出版 / 估价：148.00元

文化创新蓝皮书
中国文化创新报告（2015）
著(编)者：于平　傅才武　2015年4月出版 / 估价：79.00元

文化建设蓝皮书
中国文化发展报告（2015）
著(编)者：江畅　孙伟平　戴茂堂
2015年4月出版 / 估价：138.00元

文化科技蓝皮书
文化科技创新发展报告（2015）
著(编)者：于平　李凤亮　2015年1月出版 / 估价：89.00元

文化蓝皮书
中国文化产业供需协调增长测评报告（2015）
著(编)者：王亚南　郝朴宁　张晓明　祁述裕
2015年2月出版 / 估价：79.00元

文化蓝皮书
中国文化消费需求景气评价报告（2015）
著(编)者：王亚南　张晓明　祁述裕　郝朴宁
2015年2月出版 / 估价：79.00元

文化蓝皮书
中国文化产业发展报告（2015）
著(编)者：张晓明　王家新　章建刚
2015年4月出版 / 估价：79.00元

文化蓝皮书
中国公共文化投入增长测评报告(2015)
著(编)者：王亚南　2015年5月出版 / 估价：79.00元

文化蓝皮书
中国文化政策发展报告（2015）
著(编)者：傅才武　宋文玉　燕东升　2015年9月出版 / 估价：98.0元

文化品牌蓝皮书
中国文化品牌发展报告（2015）
著(编)者：欧阳友权　2015年4月出版 / 估价：79.00元

文化遗产蓝皮书
中国文化遗产事业发展报告（2015）
著(编)者：苏杨　刘世锦　2015年12月出版 / 估价：89.00元

文学蓝皮书
中国文情报告（2015）
著(编)者：白烨　2015年5月出版 / 估价：49.00元

新媒体蓝皮书
中国新媒体发展报告（2015）
著(编)者：唐绪军　2015年6月出版 / 估价：79.00元

文化传媒类·地方发展类

皮书系列 2014全品种

新媒体社会责任蓝皮书
中国新媒体社会责任研究报告（2015）
著（编）者：钟瑛　2015年10月出版　估价：79.00元

移动互联网蓝皮书
中国移动互联网发展报告（2015）
著（编）者：官建文　2015年6月出版　估价：79.00元

舆情蓝皮书
中国社会舆情与危机管理报告（2015）
著（编）者：谢耘耕　2015年8月出版　估价：98.00元

地方发展类

安徽经济蓝皮书
芜湖创新型城市发展报告（2015）
著（编）者：杨少华　王开玉　2015年4月出版　估价：69.00元

安徽蓝皮书
安徽社会发展报告（2015）
著（编）者：程桦　2015年4月出版　估价：79.00元

安徽社会建设蓝皮书
安徽社会建设分析报告（2015）
著（编）者：黄家海　王开玉　蔡宪　2015年4月出版　估价：69.00元

澳门蓝皮书
澳门经济社会发展报告（2015）
著（编）者：吴志良　郝雨凡　2015年4月出版　估价：79.00元

北京蓝皮书
北京公共服务发展报告（2014~2015）
著（编）者：施昌奎　2015年2月出版　估价：69.00元

北京蓝皮书
北京经济发展报告（2015）
著（编）者：杨松　2015年4月出版　估价：79.00元

北京蓝皮书
北京社会治理发展报告（2015）
著（编）者：殷星辰　2015年4月出版　估价：79.00元

北京蓝皮书
北京文化发展报告（2015）
著（编）者：李建盛　2015年4月出版　估价：79.00元

北京蓝皮书
北京社会发展报告（2015）
著（编）者：缪青　2015年5月出版　估价：79.00元

北京旅游绿皮书
北京旅游发展报告（2015）
著（编）者：北京旅游学会　2015年7月出版　估价：88.00元

北京律师蓝皮书
北京律师发展报告（2015）
著（编）者：王隽　2015年12月出版　估价：75.00元

北京人才蓝皮书
北京人才发展报告（2015）
著（编）者：于淼　2015年1月出版　估价：89.00元

北京社会心态蓝皮书
北京社会心态分析报告（2015）
著（编）者：北京社会心理研究所　2015年1月出版　估价：69.00元

北京社会组织蓝皮书
北京社会组织发展研究报告(2015)
著（编）者：李东松　唐军　2015年2月出版　估价：79.00元

北京社会组织蓝皮书
北京社会组织发展报告（2015）
著（编）者：温庆云　2015年9月出版　估价：69.00元

滨海金融蓝皮书
滨海新区金融发展报告（2015）
著（编）者：王爱俭　张锐钢　2015年9月出版　估价：79.00元

城乡一体化蓝皮书
中国城乡一体化发展报告（北京卷）（2015）
著（编）者：张宝秀　黄序　2015年4月出版　估价：69.00元

创意城市蓝皮书
北京文化创意产业发展报告（2015）
著（编）者：张京成　2015年11月出版　估价：65.00元

创意城市蓝皮书
无锡文化创意产业发展报告（2015）
著（编）者：谭军　张鸣年　2015年10月出版　估价：75.00元

创意城市蓝皮书
武汉市文化创意产业发展报告（2015）
著（编）者：袁堃　黄永林　2015年11月出版　估价：85.00元

创意城市蓝皮书
重庆创意产业发展报告（2015）
著（编）者：程宇宁　2015年4月出版　估价：89.00元

创意城市蓝皮书
青岛文化创意产业发展报告（2015）
著（编）者：马达　张丹妮　2015年6月出版　估价：79.00元

福建妇女发展蓝皮书
福建省妇女发展报告（2015）
著（编）者：刘群英　2015年10月出版　估价：58.00元

甘肃蓝皮书
甘肃舆情分析与预测（2015）
著（编）者：郝树声　陈双梅　2015年1月出版　估价：69.00元

皮书系列 2014全品种 — 地方发展类

甘肃蓝皮书
甘肃文化发展分析与预测（2015）
著(编)者：周小华 王福生　2015年1月出版 / 估价：69.00元

甘肃蓝皮书
甘肃社会发展分析与预测（2015）
著(编)者：安文华　2015年1月出版 / 估价：69.00元

甘肃蓝皮书
甘肃经济发展分析与预测（2015）
著(编)者：朱智文 罗哲　2015年1月出版 / 估价：69.00元

甘肃蓝皮书
甘肃县域经济综合竞争力评价（2015）
著(编)者：刘进军　2015年1月出版 / 估价：69.00元

广东蓝皮书
广东省电子商务发展报告（2015）
著(编)者：程晓　2015年12月出版 / 估价：69.00元

广东蓝皮书
广东社会工作发展报告（2015）
著(编)者：罗观翠　2015年6月出版 / 估价：89.00元

广东社会建设蓝皮书
广东省社会建设发展报告（2015）
著(编)者：广东省社会工作委员会　2015年10月出版 / 估价：89.00元

广东外经贸蓝皮书
广东对外经济贸易发展研究报告（2015）
著(编)者：陈万灵　2015年5月出版 / 估价：79.00元

广西北部湾经济区蓝皮书
广西北部湾经济区开放开发报告（2015）
著(编)者：广西北部湾经济区规划建设管理委员会办公室
　　　　广西社会科学院 广西北部湾发展研究院
2015年8月出版 / 估价：79.00元

广州蓝皮书
广州社会保障发展报告（2015）
著(编)者：蔡国萱　2015年1月出版 / 估价：65.00元

广州蓝皮书
2015年中国广州社会形势分析与预测
著(编)者：张强 陈怡霓 杨秦　2015年5月出版 / 估价：69.00元

广州蓝皮书
广州经济发展报告（2015）
著(编)者：李江涛 朱名宏　2015年5月出版 / 估价：69.00元

广州蓝皮书
广州商贸业发展报告（2015）
著(编)者：李江涛 王旭东 荀振英　2015年6月出版 / 估价：69.00元

广州蓝皮书
2015年中国广州经济形势分析与预测
著(编)者：庾建设 沈奎 郭志勇　2015年6月出版 / 估价：79.00元

广州蓝皮书
中国广州文化发展报告（2015）
著(编)者：徐俊忠 陆志强 顾涧清　2015年6月出版 / 估价：69.00元

广州蓝皮书
广州农村发展报告（2015）
著(编)者：李江涛 汤锦华　2015年8月出版 / 估价：69.00元

广州蓝皮书
中国广州城市建设与管理发展报告（2015）
著(编)者：董皞 冼伟雄　2015年7月出版 / 估价：69.00元

广州蓝皮书
中国广州科技和信息化发展报告（2015）
著(编)者：邹采荣 马正勇 冯元　2015年7月出版 / 估价：79.00元

广州蓝皮书
广州创新型城市发展报告（2015）
著(编)者：李江涛　2015年7月出版 / 估价：69.00元

广州蓝皮书
广州文化创意产业发展报告（2015）
著(编)者：甘新　2015年8月出版 / 估价：79.00元

广州蓝皮书
广州志愿服务发展报告（2015）
著(编)者：魏国华 张强　2015年9月出版 / 估价：69.00元

广州蓝皮书
广州城市国际化发展报告（2015）
著(编)者：朱名宏　2015年9月出版 / 估价：59.00元

广州蓝皮书
广州汽车产业发展报告（2015）
著(编)者：李江涛 杨再高　2015年9月出版 / 估价：69.00元

贵州房地产蓝皮书
贵州房地产发展报告（2015）
著(编)者：武廷方　2015年1月出版 / 估价：89.00元

贵州蓝皮书
贵州人才发展报告（2015）
著(编)者：于杰 吴大华　2015年3月出版 / 估价：69.00元

贵州蓝皮书
贵州社会发展报告（2015）
著(编)者：王兴骥　2015年3月出版 / 估价：69.00元

贵州蓝皮书
贵州法治发展报告（2015）
著(编)者：吴大华　2015年3月出版 / 估价：69.00元

贵州蓝皮书
贵州国有企业社会责任发展报告（2015）
著(编)者：郭丽　2015年10月出版 / 估价：79.00元

海淀蓝皮书
海淀区文化和科技融合发展报告（2015）
著(编)者：孟景伟 陈名杰　2015年5月出版 / 估价：75.00元

海峡西岸蓝皮书
海峡西岸经济区发展报告（2015）
著(编)者：黄端　2015年9月出版 / 估价：65.00元

杭州都市圈蓝皮书
杭州都市圈发展报告（2015）
著(编)者：董祖德 沈翔　2015年5月出版 / 估价：89.00元

地方发展类

皮书系列 2014全品种

杭州蓝皮书
杭州妇女发展报告（2015）
著(编)者：魏颖　2015年6月出版／估价：75.00元

河北经济蓝皮书
河北省经济发展报告（2015）
著(编)者：马树强 金浩 张贵　2015年4月出版／估价：79.00元

河北蓝皮书
河北经济社会发展报告（2015）
著(编)者：周文夫　2015年1月出版／估价：69.00元

河南经济蓝皮书
2015年河南经济形势分析与预测
著(编)者：胡五岳　2015年3月出版／估价：69.00元

河南蓝皮书
河南城市发展报告（2015）
著(编)者：王建国 谷建全　2015年1月出版／估价：59.00元

河南蓝皮书
2015年河南社会形势分析与预测
著(编)者：刘道兴 牛苏林　2015年1月出版／估价：69.00元

河南蓝皮书
河南工业发展报告（2015）
著(编)者：龚绍东　2015年1月出版／估价：69.00元

河南蓝皮书
河南文化发展报告（2015）
著(编)者：卫绍生　2015年1月出版／估价：69.00元

河南蓝皮书
河南经济发展报告（2015）
著(编)者：完世伟 喻新安　2015年12月出版／估价：69.00元

河南蓝皮书
河南法治发展报告（2015）
著(编)者：丁同民 闫德民　2015年3月出版／估价：69.00元

河南蓝皮书
河南金融发展报告（2015）
著(编)者：喻新安 谷建全　2015年4月出版／估价：69.00元

河南商务蓝皮书
河南商务发展报告（2015）
著(编)者：焦锦淼 穆荣国　2015年5月出版／估价：88.00元

黑龙江产业蓝皮书
黑龙江产业发展报告（2015）
著(编)者：于渤　2015年9月出版／估价：79.00元

黑龙江蓝皮书
黑龙江经济发展报告（2015）
著(编)者：张新颖　2015年1月出版／估价：69.00元

黑龙江蓝皮书
黑龙江社会发展报告（2015）
著(编)者：王爱丽 艾书琴　2015年1月出版／估价：69.00元

湖北文化蓝皮书
湖北文化发展报告（2015）
著(编)者：江畅 吴成国　2015年5月出版／估价：89.00元

湖南城市蓝皮书
区域城市群整合
著(编)者：罗海藩　2014年12月出版／估价：59.00元

湖南蓝皮书
2015年湖南电子政务发展报告
著(编)者：梁志峰　2015年4月出版／估价：128.00元

湖南蓝皮书
2015年湖南社会发展报告
著(编)者：梁志峰　2015年4月出版／估价：128.00元

湖南蓝皮书
2015年湖南产业发展报告
著(编)者：梁志峰　2015年4月出版／估价：128.00元

湖南蓝皮书
2015年湖南经济展望
著(编)者：梁志峰　2015年4月出版／估价：128.00元

湖南蓝皮书
2015年湖南县域经济社会发展报告
著(编)者：梁志峰　2015年4月出版／估价：128.00元

湖南蓝皮书
2015年湖南两型社会发展报告
著(编)者：梁志峰　2015年4月出版／估价：128.00元

湖南县域绿皮书
湖南县域发展报告No.2
著(编)者：朱有志　2015年4月出版／估价：69.00元

沪港蓝皮书
沪港发展报告（2015）
著(编)者：尤安山　2015年9月出版／估价：89.00元

吉林蓝皮书
2015年吉林经济社会形势分析与预测
著(编)者：马克　2015年1月出版／估价：79.00元

济源蓝皮书
济源经济社会发展报告（2015）
著(编)者：喻新安　2015年4月出版／估价：69.00元

健康城市蓝皮书
北京健康城市建设研究报告（2015）
著(编)者：王鸿春　2015年3月出版／估价：79.00元

江苏法治蓝皮书
江苏法治发展报告（2015）
著(编)者：李力 龚廷泰　2015年9月出版／估价：98.00元

京津冀蓝皮书
京津冀发展报告（2015）
著(编)者：文魁 祝尔娟　2015年3月出版／估价：79.00元

经济特区蓝皮书
中国经济特区发展报告（2015）
著(编)者：陶一桃　2015年4月出版／估价：89.00元

辽宁蓝皮书
2015年辽宁经济社会形势分析与预测
著(编)者：曹晓峰　2015年1月出版／估价：79.00元

皮书系列 2014全品种 — 地方发展类

南京蓝皮书
南京文化发展报告（2015）
著（编）者：南京文化产业研究中心
2015年10月出版 / 估价：79.00元

内蒙古蓝皮书
内蒙古反腐倡廉建设报告（2015）
著（编）者：张志华 无极　2015年12月出版 / 估价：69.00元

浦东新区蓝皮书
上海浦东经济发展报告（2015）
著（编）者：沈开艳 陆沪根　2015年1月出版 / 估价：59.00元

青海蓝皮书
2015年青海经济社会形势分析与预测
著（编）者：赵宗福　2015年1月出版 / 估价：69.00元

人口与健康蓝皮书
深圳人口与健康发展报告（2015）
著（编）者：曾序春　2015年12月出版 / 估价：89.00元

山东蓝皮书
山东社会形势分析与预测（2015）
著（编）者：张华 唐洲雁　2015年6月出版 / 估价：89.00元

山东蓝皮书
山东经济形势分析与预测（2015）
著（编）者：张华 唐洲雁　2015年6月出版 / 估价：89.00元

山东蓝皮书
山东文化发展报告（2015）
著（编）者：张华 唐洲雁　2015年6月出版 / 估价：98.00元

山西蓝皮书
山西资源型经济转型发展报告（2015）
著（编）者：李志强　2015年5月出版 / 估价：98.00元

陕西蓝皮书
陕西经济发展报告（2015）
著（编）者：任宗哲 石英 裴成荣　2015年2月出版 / 估价：69.00元

陕西蓝皮书
陕西社会发展报告（2015）
著（编）者：任宗哲 石英 牛昉　2015年2月出版 / 估价：65.00元

陕西蓝皮书
陕西文化发展报告（2015）
著（编）者：任宗哲 石英 王长寿　2015年3月出版 / 估价：59.00元

陕西蓝皮书
丝绸之路经济带发展报告（2015）
著（编）者：任宗哲 石英 白宽犁
2015年8月出版 / 估价：79.00元

上海蓝皮书
上海文学发展报告（2015）
著（编）者：陈圣来　2015年1月出版 / 估价：69.00元

上海蓝皮书
上海文化发展报告（2015）
著（编）者：蒯大申 郑崇选　2015年1月出版 / 估价：69.00元

上海蓝皮书
上海资源环境发展报告（2015）
著（编）者：周冯琦 汤庆合 任文伟　2015年1月出版 / 估价：69.00元

上海蓝皮书
上海社会发展报告（2015）
著（编）者：周海旺 卢汉龙　2015年1月出版 / 估价：69.00元

上海蓝皮书
上海经济发展报告（2015）
著（编）者：沈开艳　2015年1月出版 / 估价：69.00元

上海蓝皮书
上海传媒发展报告（2015）
著（编）者：强荧 焦雨虹　2015年1月出版 / 估价：79.00元

上海蓝皮书
上海法治发展报告（2015）
著（编）者：叶青　2015年4月出版 / 估价：69.00元

上饶蓝皮书
上饶发展报告（2015）
著（编）者：朱寅健　2015年3月出版 / 估价：128.00元

社会建设蓝皮书
2015年北京社会建设分析报告
著（编）者：宋贵伦 冯虹　2015年7月出版 / 估价：79.00元

深圳蓝皮书
深圳劳动关系发展报告（2015）
著（编）者：汤庭芬　2015年6月出版 / 估价：75.00元

深圳蓝皮书
深圳经济发展报告（2015）
著（编）者：张骁儒　2015年7月出版 / 估价：79.00元

深圳蓝皮书
深圳社会发展报告（2015）
著（编）者：叶民辉 张骁儒　2015年7月出版 / 估价：89.00元

深圳蓝皮书
深圳法治发展报告（2015）
著（编）者：张骁儒　2015年4月出版 / 估价：79.00元

四川蓝皮书
四川文化产业发展报告（2015）
著（编）者：侯水平　2015年2月出版 / 估价：69.00元

四川蓝皮书
四川企业社会责任研究报告（2015）
著（编）者：侯水平 盛毅　2015年4月出版 / 估价：79.00元

四川蓝皮书
四川法治发展报告（2015）
著（编）者：郑泰安　2015年2月出版 / 估价：69.00元

四川蓝皮书
2015年四川生态建设报告
著（编）者：四川省社会科学院
2015年2月出版 / 估价：69.00元

地方发展类·国别与地区类

皮书系列 2014全品种

四川蓝皮书
四川省城镇化发展报告（2015）
著（编）者：四川省城镇发展研究中心
2015年2月出版 / 估价：69.00元

四川蓝皮书
2015年四川社会发展形势分析与预测
著（编）者：郭晓鸣 李羚　2015年2月出版 / 估价：69.00元

四川蓝皮书
2015年四川经济发展报告
著（编）者：杨钢　2015年2月出版 / 估价：69.00元

天津金融蓝皮书
天津金融发展报告（2015）
著（编）者：王爱俭 杜强　2015年9月出版 / 估价：89.00元

图们江区域合作蓝皮书
中国图们江区域合作开发发展报告（2015）
著（编）者：李铁 朱显平 吴成章　2015年4月出版 / 估价：79.00元

温州蓝皮书
2015年温州经济社会形势分析与预测
著（编）者：潘忠强 王春光 金浩　2015年4月出版 / 估价：69.00元

扬州蓝皮书
扬州经济社会发展报告（2015）
著（编）者：丁纯　2015年12月出版 / 估价：89.00元

云南蓝皮书
中国面向西南开放重要桥头堡建设发展报告（2015）
著（编）者：刘绍怀　2015年12月出版 / 估价：69.00元

长株潭城市群蓝皮书
长株潭城市群发展报告（2015）
著（编）者：张萍　2015年1月出版 / 估价：69.00元

郑州蓝皮书
2015年郑州文化发展报告
著（编）者：王哲　2015年9月出版 / 估价：65.00元

中医文化蓝皮书
北京中医文化发展报告（2015）
著（编）者：毛嘉陵　2015年4月出版 / 估价：69.00元

珠三角流通蓝皮书
珠三角商圈发展研究报告（2015）
著（编）者：林至颖 王先庆　2015年7月出版 / 估价：98.00元

国别与地区类

阿拉伯黄皮书
阿拉伯发展报告（2015）
著（编）者：马晓霖　2015年4月出版 / 估价：79.00元

北部湾蓝皮书
泛北部湾合作发展报告（2015）
著（编）者：吕余生　2015年8月出版 / 估价：69.00元

大湄公河次区域蓝皮书
大湄公河次区域合作发展报告（2015）
著（编）者：刘稚　2015年9月出版 / 估价：79.00元

大洋洲蓝皮书
大洋洲发展报告（2015）
著（编）者：喻常森　2015年8月出版 / 估价：89.00元

德国蓝皮书
德国发展报告（2015）
著（编）者：郑春荣 伍慧萍　2015年6月出版 / 估价：69.00元

东北亚黄皮书
东北亚地区政治与安全（2015）
著（编）者：黄凤志 刘清才 张慧智
2015年3月出版 / 估价：69.00元

东盟黄皮书
东盟发展报告（2015）
著（编）者：崔晓麟　2015年5月出版 / 估价：75.00元

东南亚蓝皮书
东南亚地区发展报告（2015）
著（编）者：王勤　2015年4月出版 / 估价：79.00元

俄罗斯黄皮书
俄罗斯发展报告（2015）
著（编）者：李永全　2015年7月出版 / 估价：79.00元

非洲黄皮书
非洲发展报告（2015）
著（编）者：张宏明　2015年7月出版 / 估价：79.00元

国际形势黄皮书
全球政治与安全报告（2015）
著（编）者：李慎明 张宇燕　2014年12月出版 / 估价：69.00元

韩国蓝皮书
韩国发展报告（2015）
著（编）者：刘宝全 牛林杰　2015年8月出版 / 估价：79.00元

加拿大蓝皮书
加拿大发展报告（2015）
著（编）者：仲伟合　2015年4月出版 / 估价：89.00元

拉美黄皮书
拉丁美洲和加勒比发展报告（2014~2015）
著（编）者：吴白乙　2015年4月出版 / 估价：89.00元

美国蓝皮书
美国研究报告（2015）
著（编）者：黄平 郑秉文　2015年7月出版 / 估价：89.00元

缅甸蓝皮书
缅甸国情报告（2015）
著（编）者：李晨阳　2015年8月出版 / 估价：79.00元

皮书系列 2014全品种 — 国别与地区类

欧洲蓝皮书
欧洲发展报告（2015）
著(编)者:周弘　　2015年6月出版 / 估价:89.00元

葡语国家蓝皮书
葡语国家发展报告（2015）
著(编)者:对外经济贸易大学区域国别研究所　葡语国家研究中心
2015年3月出版 / 估价:89.00元

葡语国家蓝皮书
中国与葡语国家关系发展报告·巴西（2014）
著(编)者:澳门科技大学　2015年1月出版 / 估价:89.00元

日本经济蓝皮书
日本经济与中日经贸关系研究报告（2015）
著(编)者:王洛林　张季风　2015年5月出版 / 估价:79.00元

日本蓝皮书
日本研究报告（2015）
著(编)者:李薇　2015年3月出版 / 估价:69.00元

上海合作组织黄皮书
上海合作组织发展报告（2015）
著(编)者:李进峰　吴宏伟　李伟
2015年9月出版 / 估价:89.00元

世界创新竞争力黄皮书
世界创新竞争力发展报告（2015）
著(编)者:李闽榕　李建平　赵新力
2015年1月出版 / 估价:148.00元

土耳其蓝皮书
土耳其发展报告（2015）
著(编)者:郭长刚　刘义　2015年7月出版 / 估价:89.00元

亚太蓝皮书
亚太地区发展报告（2015）
著(编)者:李向阳　2015年1月出版 / 估价:59.00元

印度蓝皮书
印度国情报告（2015）
著(编)者:吕昭义　2015年5月出版 / 估价:89.00元

印度洋地区蓝皮书
印度洋地区发展报告（2015）
著(编)者:汪戎　2015年3月出版 / 估价:79.00元

中东黄皮书
中东发展报告（2015）
著(编)者:杨光　2015年11月出版 / 估价:89.00元

中欧关系蓝皮书
中欧关系研究报告（2015）
著(编)者:周弘　2015年12月出版 / 估价:98.00元

中亚黄皮书
中亚国家发展报告（2015）
著(编)者:孙力　吴宏伟　2015年9月出版 / 估价:89.00元

中国皮书网
www.pishu.cn

发布皮书研创资讯,传播皮书精彩内容
引领皮书出版潮流,打造皮书服务平台

栏目设置:

- 资讯:皮书动态、皮书观点、皮书数据、皮书报道、皮书发布、电子期刊
- 标识:皮书评价、皮书研究、皮书规范
- 服务:最新皮书、皮书书目、重点推荐、在线购书
- 链接:皮书数据库、皮书博客、皮书微博、在线书城
- 搜索:资讯、图书、研究动态、皮书专家、研创团队

中国皮书网依托皮书系列"权威、前沿、原创"的优质内容资源,通过文字、图片、音频、视频等多种元素,在皮书研创者、使用者之间搭建了一个成果展示、资源共享的互动平台。

自2005年12月正式上线以来,中国皮书网的IP访问量、PV浏览量与日俱增,受到海内外研究者、公务人员、商务人士以及专业读者的广泛关注。

2008年、2011年,中国皮书网均在全国新闻出版业网站荣誉评选中获得"最具商业价值网站"称号;2012年,获得"出版业网站百强"称号。

2014年,中国皮书网与皮书数据库实现资源共享、端口合一,将提供更丰富的内容,更全面的服务。

权威报告　热点资讯　海量资源

当代中国与世界发展的高端智库平台

皮书数据库 www.pishu.com.cn

皮书数据库是专业的人文社会科学综合学术资源总库,以大型连续性图书——皮书系列为基础,整合国内外相关资讯构建而成。包含七大子库,涵盖两百多个主题,囊括了近十几年间中国与世界经济社会发展报告,覆盖经济、社会、政治、文化、教育、国际问题等多个领域。

皮书数据库以篇章为基本单位,方便用户对皮书内容的阅读需求。用户可进行全文检索,也可对文献题目、内容提要、作者名称、作者单位、关键字等基本信息进行检索,还可对检索到的篇章再做二次筛选,进行在线阅读或下载阅读。智能多维度导航,可使用户根据自己熟知的分类标准进行分类导航筛选,使查找和检索更高效、便捷。

权威的研究报告,独特的调研数据,前沿的热点资讯,皮书数据库已发展成为国内最具影响力的关于中国与世界现实问题研究的成果库和资讯库。

皮书俱乐部会员服务指南

1. 谁能成为皮书俱乐部成员?
   ● 皮书作者自动成为俱乐部会员
   ● 购买了皮书产品(纸质书/电子书)的个人用户

2. 会员可以享受的增值服务
   ● 免费获赠皮书数据库100元充值卡
   ● 加入皮书俱乐部,免费获赠该纸质图书的电子书
   ● 免费定期获赠皮书电子期刊
   ● 优先参与各类皮书学术活动
   ● 优先享受皮书产品的最新优惠

3. 如何享受增值服务?
   (1) 免费获赠100元皮书数据库体验卡
   第1步 刮开皮书附赠充值的涂层(右下);
   第2步 登录皮书数据库网站
   (www.pishu.com.cn),注册账号;
   第3步 登录并进入"会员中心"—"在线充值"—"充值卡充值",充值成功后即可使用。

   (2) 加入皮书俱乐部,凭数据库体验卡获赠该书的电子书
   第1步 登录社会科学文献出版社官网
   (www.ssap.com.cn),注册账号;
   第2步 登录并进入"会员中心"—"皮书俱乐部",提交加入皮书俱乐部申请;
   第3步 审核通过后,再次进入皮书俱乐部,填写页面所需图书、体验卡信息即可自动兑换相应电子书。

4. 声明
   解释权归社会科学文献出版社所有

皮书俱乐部会员可享受社会科学文献出版社其他相关免费增值服务,有任何疑问,均可与我们联系。
图书销售热线:010-59367070/7028　图书服务QQ:800045692　图书服务邮箱:duzhe@ssap.cn
数据库服务热线:400-008-6695　数据库服务QQ:2475522410　数据库服务邮箱:database@ssap.cn
欢迎登录社会科学文献出版社官网(www.ssap.com.cn)和中国皮书网(www.pishu.cn)了解更多信息

皮书大事记

☆ 2014年8月,第十五次全国皮书年会(2014)在贵阳召开,第五届优秀皮书奖颁发,本届开始皮书及报告将同时评选。

☆ 2013年6月,依据《中国社会科学院皮书资助规定(试行)》公布2013年拟资助的40种皮书名单。

☆ 2012年12月,《中国社会科学院皮书资助规定(试行)》由中国社会科学院科研局正式颁布实施。

☆ 2011年,部分重点皮书纳入院创新工程。

☆ 2011年8月,2011年皮书年会在安徽合肥举行,这是皮书年会首次由中国社会科学院主办。

☆ 2011年2月,"2011年全国皮书研讨会"在北京京西宾馆举行。王伟光院长(时任常务副院长)出席并讲话。本次会议标志着皮书及皮书研创出版从一个具体出版单位的出版产品和出版活动上升为由中国社会科学院牵头的国家哲学社会科学智库产品和创新活动。

☆ 2010年9月,"2010年中国经济社会形势报告会暨第十一次全国皮书工作研讨会"在福建福州举行,高全立副院长参加会议并做学术报告。

☆ 2010年9月,皮书学术委员会成立,由我院李扬副院长领衔,并由在各个学科领域有一定的学术影响力、了解皮书编创出版并持续关注皮书品牌的专家学者组成。皮书学术委员会的成立为进一步提高皮书这一品牌的学术质量、为学术界构建一个更大的学术出版与学术推广平台提供了专家支持。

☆ 2009年8月,"2009年中国经济社会形势分析与预测暨第十次皮书工作研讨会"在辽宁丹东举行。李扬副院长参加本次会议,本次会议颁发了首届优秀皮书奖,我院多部皮书获奖。

皮书数据库
www.pishu.com.cn

皮书数据库三期

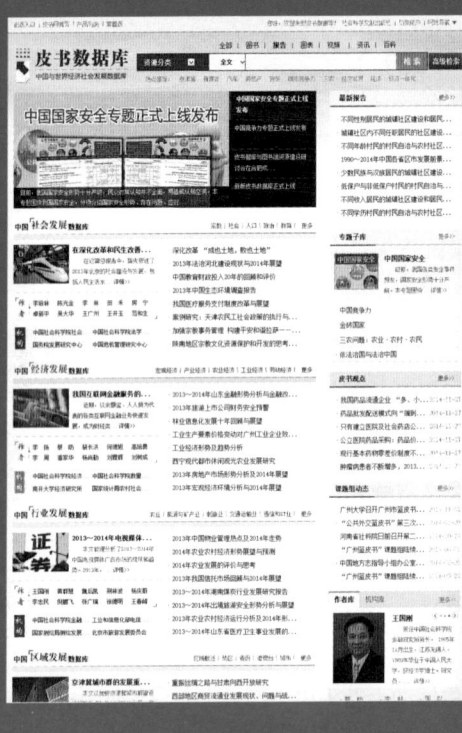

- 皮书数据库（SSDB）是社会科学文献出版社整合现有皮书资源开发的在线数字产品，全面收录"皮书系列"的内容资源，并以此为基础整合大量相关资讯构建而成。

- 皮书数据库现有中国经济发展数据库、中国社会发展数据库、世界经济与国际政治数据库等子库，覆盖经济、社会、文化等多个行业、领域，现有报告30000多篇，总字数超过5亿字，并以每年4000多篇的速度不断更新累积。

- 新版皮书数据库主要围绕存量+增量资源整合、资源编辑标引体系建设、产品架构设置优化、技术平台功能研发等方面开展工作，并将中国皮书网与皮书数据库合二为一联体建设，旨在以"皮书研创出版、信息发布与知识服务平台"为基本功能定位，打造一个全新的皮书品牌综合门户平台，为您提供更优质更到位的服务。

更多信息请登录

中国皮书网
http://www.pishu.cn

皮书微博
http://weibo.com/pishu

皮书博客
http://blog.sina.com.cn/pishu

皮书微信
皮书说

请到各地书店皮书专架／专柜购买，也可办理邮购

咨询／邮购电话：010-59367028　59367070　　邮　　箱：duzhe@ssap.cn
邮购地址：北京市西城区北三环中路甲29号院3号楼华龙大厦13层读者服务中心
邮　　编：100029
银行户名：社会科学文献出版社
开户银行：中国工商银行北京北太平庄支行
账　　号：0200010019200365434
网上书店：010-59367070　　qq：1265056568
网　　址：www.ssap.com.cn　　www.pishu.com